夜明けのハンター

文明開化物語

三条　杜夫

はじめの口上

千数百年の歴史を築いてきた日本が大きく変貌をとげたのは、文明開化。西洋の文化がどっと入ってきて、新しい制度や慣習が次々と生まれた。はげしい時の流れにほんろうされながらも、いのち燃やして、見果てぬ夢をむさぼり続けた人たち。そんな群像のなかに近代日本の原点をさぐる。そしてそれは、今の私たちの暮らしをより充実したものにする何よりものヒントとなる。

近代日本の幕開けに、英国からこの国に来て、牛肉文化の普及活動を手始めに、ビジネスを植え付け、国際結婚第一号の足跡を記し、その偉業を今に伝えるエドワード・ハズレット・ハンターの生きざまを縦糸に、彼とかかわる著名人たちのエピソードを横糸に、縦横無尽に紡いでいく「文明開化辞典」の趣を隠し味にした物語である。

この本のなかに必ず、あなたと関係のある固有名詞が複数登場するはず。家庭の常備薬としてこの本を一冊お手元に置いて下さればいざという時の「話のタネ」となり、絆を深める効果大であることを付記させて戴く。

それでは、どうぞ、ごゆっくりとお楽しみください。

目次

第一章　兵庫開港

神戸港誕生の様子

紀淡海峡《きたんかいきょう》から大坂湾《おおさかわん》に入って、機帆船《きはんせん》が北上すると、六甲連山《ろっこうれんざん》が見えてきた。甲板から身を乗り出して兵庫の地を眺めるのは、英国人のハンターとキルビーである。二人は横浜から蒸気船や帆船を乗り継いでここにやって来た。慶応三年（1867）十二月の神戸である。もっとも今に言う神戸という地名はまだ起こっておらず、このころは兵庫と呼ばれていた。

兵庫の地の背後に屏風のように山並みが横たわって、強い北風を防ぐことからこの地に港を開くにはもってこいの立地条件だった。このころは蒸気船よりもむしろ帆船が主流の日本であったので、ことさら風に関して神経質になるのは当然のことであった。英国人の二人には屏風というより巨大なベルトを横たえたように見える地肌向き出しの連山の一角に、ひときわ緑が濃く均斉のとれた峰があった。ウッデッドマウントと名付けられて英国版海図にも記されているその峰は再度山《ふたたびさん》だった。標高四百六十八メートルの再度山を目印しに船はぐんぐん陸に近づき、泊まったところは小野浜《おのはま》であった。そこは、つい二年前まで勝海舟《かつかいしゅう》率いる海軍操練所《かいぐんそうれんじょ》のあったところである。四年前の文久三年（1863）に将軍徳川家茂《いえもち》が摂津の海の防御を巡視した後を受けて海舟がここに海軍操練所を設けた。海兵の訓練船・咸臨丸《かんりんまる》の燃料の石炭を鷹取山《たかとりさん》から採掘しようと試みるなど、大規模な計画だったが、幕府に反対の者まで入所させたことから、わずか二年で閉鎖されたものである。名残《なごり》の建物を横目で見ながらハンターたちは船から上陸した。十二月六日、兵庫開港の前日である。

「ミスターキルビーアンドハンター！　ウエルカム！」

陸で待ちかまえていたチョンマゲに着物姿の若者、稲次郎が二人を出迎えた。すぐに気付いたハンターが答える。

「ヘイ、ミスターイナジロー、ナイストゥミーチュウ！」

ハンターが差し出す手を握り返したまではよいが、丁寧にお辞儀をしてしまう稲次郎である。西洋式のシェイクハンドを話しには聞いていたが、実際に体験してみると、ついつい日本流のお辞儀をしてしまう十五歳の少年であった。

「オー、ヒョーゴ、クウキ、フレッシュネ」

「エアー、スゥイーツ、クリーンネ」キルビーとハンターは陸に上がるや、大きく背伸びし、胸いっぱいに兵庫の空気を吸い込んだ。

ハンター二十四歳。アイルランド同郷の先輩、キルビーのお供をして、このたび新しく開港する兵庫の地で一旗揚げようと、横浜から移って来た。ハンターは日本に来て三年目、カタコトの日本語を喋られるようになっていた。

右も左も田畑で、冬枯れの大地がゆるやかな傾斜をもって山の麓まで続く、おだやかな光景の中にまっすぐ伸びる一本の坂道。その突き当たりに紺部村《こんべむら》がある。その名が示す通り、紺屋《こうや》と称される藍《あい》染《ぞ》めを生業《なりわい》とする家があり、生田神社《いくたじんじゃ》の本村《もとむら》として氏子たちが集まっている五十軒近い集落の一軒が稲次郎の家である。大八車《だいはちぐるま》にキルビーとハンターのトランクを積んで、稲次郎は二人の異邦人《いほうじん》を我が家へと案内する。途中、牛の背に乗って遊ぶ童子を見かけて、異邦人は「ヘイ！　ナイスボーイ！」とおどけてみせた。日本人とは違って感情の表現が豊かである。

「カウハチャイルドのフレンドデスカ？　ステーキ食べマスカ？」

「牛ですか？　牛は日本人にはとても大事な家畜です。ステーキ？　何ですか？　それ」

農耕になくてはならぬ大切な家畜の牛を肉にして食べるという慣習はまだ日本にはなかった。英国では牛の肉をローストビーフやステーキにして食べることをハンターは稲次郎に教えた。

農業の家がほとんどの中で、稲次郎の父・留吉は大工職人として生計を立てていた。兵庫港となる海岸の西に立ち並ぶ酒蔵「監喜《らんよろし》」「柴金《しばきん》」「橋本」「川越《かわごえ》」の幾つかの建築にかかわってきたことも自慢の一つだった。腕の良さでは誰にも負けぬ留吉が息子に口癖のように言うのだった。

「これからの時代、学問をしろ」

というわけで、稲次郎はこのあたりで寺子屋《てらこや》の元祖とあがめられる間人家《はしうどけ》の塾生になっていた。学制が発布される明治五年まではあと六年あり、読み書き算盤《そろばん》は寺子屋と呼ばれる私塾で学ぶのが意欲ある人たちのならわしであった。

このころ、兵庫の地に合計十六の寺子屋があり、二千人の子弟がいた。なかでも二《ふた》ツ茶屋村《ぢゃやむら》の間《はし》人家《うどけ》が最も古く、京都、大坂（江戸時代にはこの字を当てがっていた。明治新政府が大阪府を誕生させる時に、坂を忌み嫌う向きもあって阪と改める）方面で学を修めた間人近直《はしうどちかなお》が文化三年（１８０６）に自宅を開放して寺子屋を始めた。年々評判を上げ、今では近直の子どもの近正《ちかまさ》が父を助けて、兵庫を代表する学問所に成長していた。そこへ稲次郎を通わせる留吉は教育熱心で、人づてに横浜のキルビー商会のことを聞き及び、キルビーとそのスタッフのハンターが兵庫に来たがっていることを知って、その寄宿舎《きしゅくしゃ》として我が家を提供しようと、二人を迎え入れることにしたものであった。

「いらっしゃいませ。むさくるしい家ですがご自分の家と思ってゆっくり過ごして下さいな」

留吉の妻のタネがよく出来た女性だった。息子の教育を兼ねて英国人を受け入れるという突拍子もないことを考える夫に一言も逆らうことなく、準備を整えた。日本が鎖国の長い眠りから醒めて横浜が開港したのは九年前。以来、日本を訪れる外国人がじょじょに増加していたが、世間一般的には毛《け》唐《とう》と言って異国人を避けたがる風潮も否めなかった。そんな時代に青い目の毛唐を二人も寝泊まりさせるというのである。嫌な顔をしても仕方ないところを、タネはぐちるどころか、せっせと風習の違う外国人を受け入れるための日用品などを揃えて準備を整えた。

「お疲れでしょう。まずはお風呂に入って下さいな」

留吉の家には五右衛門風呂《ごえもんぶろ》があった。丸い鉄の釜風呂《かまぶろ》である。薪《たきぎ》を燃やして湯を沸かすのだが、大工だけに薪には不自由しなかった。稲次郎が追い炊《だ》きをしながら、ハンターに話しかける。

「湯加減はどうですか？」

「オウ、ナイス湯デス。サンキューベリーマッチ」

留吉が稲次郎の背後から言葉を投げかける。

「今日の湯はことさら体を温めてくれますぜ。なにしろビードロの家の木ぎれを戴いてきたものですからね」

「ビードロノ家？　ナンデスカソレ？」

「運上所《うんじょうしょ》ですよ。港のお目付《めつけ》どころといったもんですかね。わしたちが造ったんですよ。明日、見てもらいやしょう」

その年の六月に運上所の建築計画が持ち上がり、幕府の命を受けて兵庫奉行《ぶぎょう》、柴田日向守《しばたひゅうがのかみ》が生田川尻の松林の西に半年がかりで完成させていた。腕の良い大工があちこちから集められたが、その一人が留吉だった。

「お奉行さまがハイカラなお方でね、キラキラ輝くビードロを取り付けるように命じられたんですよ」

「ハイカラ？　ナンデスカソレ？」

留吉は返答に困った。ハイカラというのは、西洋の文化を日本流の粋《すい》に置き換えたもので、西洋人のハンターを前にしてはどんなに自慢してみても所詮は西洋のまねごとに過ぎない。

「ワンダフルハウスネ？　楽シミデス」

ハンターは日本という国が性に合っていた。だから留吉が誇らしげに言うビードロの家のハイカラも理解出来るような気がした。

風呂上がりのキルビーとハンターの前に出された膳の上に、タネが深江《ふかえ》の浜の漁師から取り寄せたチヌのお頭《かしら》付きが乗っていた。チヌは黒鯛《くろだい》で、赤い鯛より豊富に獲れることから庶民の間ではよく食べられていた。大坂湾の別名をちぬの海と言うほど黒鯛は一般の間で親しまれていたのである。地酒の「監喜」が用意され、キルビーとハンターは留吉と徳利を差しつ差されつ、今から始まる家族同然の付き合いの始まりを祝福し合うのだった。

思えば、黒船襲来におびえたペリーの浦賀来航から十五年。日米修好通商条約《にちべいしゅうこうつうしょうじょうやく》や安政《あんせい》の五カ国条約によって、箱館《はこだて》（のちの函館）、神奈川、長崎、兵庫、新潟の開港が約束されたなかで、幕府は膝元の神奈川を先に開港させ、ひなびた漁村が江戸の横の浜であることから「横浜」と呼ばれるようになって港町として発展していた。兵庫の近くには天皇のいる京都があることから、外国勢力が及んで天皇が幕府に不利な動きを起こしてはいけないと兵庫開港を渋って来たが、世間の動きでこれ以上拒むことは不可能と見た幕府が、横浜より九年遅れでの兵庫開港を決断したものであった。

キルビーとハンターに日本酒を勧めながら、しみじみと留吉が言う。

「泰平の眠りを覚ます上喜撰《じょうきせん》、たった四杯で夜も眠れず、という狂歌がありましてね、サスケハナ、サラトガなど四隻の蒸気船が浦賀に来ただけで、国民は上等の茶の『上喜撰』に酔ったみたいに尋常でなくなったものです。六年後に横浜が開港し、九年遅れで兵庫も開港。黒船におびえたのが嘘みたいですよ」

「日本ノ皆サン、私タチ外国人怖イデスカ？　悲シイデス。同ジ人間、仲良クシタイデス」

明けて慶応三年十二月七日。キルビーとハンターは留吉に案内され、稲次郎と共に海岸まで出かけた。いよいよ、兵庫開港の日である。六甲山系のカワウソ池に端を発する渓谷の流れが布引の滝を経て里に出ると生田川《いくたがわ》となる。その川尻の小野浜から西へ、大輪田泊《おおわだのとまり》に端を発する西出町《にしでまち》の船溜まりを経て湊川尻までの海面一帯が兵庫港として生まれ変わるのである。

このころの中心地であった兵庫津《ひょうごつ》を東に一里ほど離れた神戸村《かんべむら》の海が中心となる。周辺の人口は、神戸村《かんべむら》五百戸、二ツ《ふた》茶屋村《ぢゃやむら》三百戸、走人村《はしうどむら》二百戸、三村合わせて三千七百人ほどであった。そのうちの多数が一目、開港の瞬間を見ようと駆けつけ、海岸が黒山の人だかりになっていた。港としての工事が行われて波止場が三箇所に築かれていたが、いずれも人が鈴なりになって、なかには勢い余って海に転落する者まで出る始末。

それというのも、沖合に異国の船がたくさん姿を見せており、それらを見ようと波止場から我勝ちにと身を乗り出すものだから、足を踏み外して海に落ちる者さえ出る始末であった。背の高い英国人はこんな時はありがたい。背の低い日本人の頭越しに沖の船を見ることが出来る。旗艦《きかん》ロドネイ号率いる英国の艦隊《かんたい》十二隻と、ハートフォート号など六隻の米国艦隊が停泊していた。そもそも、この海は深いので、外国の大きな船が出入りするのに都合良いと言われていたが、なるほど二十隻近い西洋の大きな船が沖合に停泊するさまは、この世の景色と思えぬほど壮観で、見物人たちはただただ感激の面持ちで見とれているのであった。

群衆の中に身を置きながら、ハンターはロドネイ号のメインマストにユニオンジャックの旗が掲揚される瞬間を見た。それは懐かしい故国の旗印である。一瞬、胸詰まる思いになり、里心を呼びさまされそうになったが、青雲の志を抱いて、この国にやって来た身である。感傷に浸っている場合ではない。それよりも自分にはやらねばならない事業の夢がある。冬の海風にきっと唇を結んで、こぶしを強く握りしめるハンターであった。

生田川尻の近くに建てられた運上所はこれまでの日本家屋の常識を打ち破るものだった。西洋の家というふれこみで、それまでの茅葺《かやぶ》きや藁葺《わらぶ》きとは全く異なる姿の建物だった。窓を大きくとり、ギヤマンという珍しいものが周囲に張りめぐらされていた。それが冬の朝日にキラキラと輝いているのだった。

「ほれ、昨日わしが言いましたやろ、ハイカラなビードロの家、これがそうですがな」

留吉が自慢げに指を指《さ》す。この辺りで初めての西洋風建築を手がけたのだから、大工職人として誇りに思うのはしごく当然のことであった。

突如、沖合で大砲が鳴った。それを合図に次ぎ次ぎと大砲が打たれる。正午を期して合計十八隻の艦隊が打ち鳴らす祝砲であった。合計二十一発。岸壁を埋め尽くす群衆が「うおー!」とどよめくのと川尻に建てられたビードロの家のギヤマンが「ビリビリ」「ビリビリ」と振動するのと同時だった。

「オウ!　、グラス、喜ンデマス!」

ハンターは群衆の中でもみくちゃになりながら留吉に言った。大工の一人として運上所の建築にかかわってきた留吉だけに、ギヤマンの振動は、まるで建物が生きて喜びを表現しているかのように思えた。ギヤマンはこのあたりで初めて取り入れられた建築材料であるが、それはのちにガラスと呼ばれて日本各地へと広まって行く。

木や土や藁などを材料にした建物ばかりのこの時代、初めての西洋式建物で人々から「ビードロの家」と呼ばれて注目を集めていた運上所の中では、三代目兵庫奉行の柴田日向守が各国の公使を招いて神妙に開港の儀式をとり行っている最中だった。その外では一般群衆が歓喜の声を上げる。

「ええじゃないか！　ええじゃないか！」

誰からともなく、歌い出し、踊り始めた。最近流行の奇妙な踊りである。もとは名古屋方面で始まったものらしかったが、いつのころからか、兵庫の庶民の間に流行り始めていた。

「ええじゃないか！」「ええじゃないか！」

踊りの輪がまたたく間に大きく広がった。

「イギリスにはギヤマンがたくさんあるのですか？」

稲次郎が踊りの輪にもみくちゃになりながらハンターに尋ねた。柴田日向守は何年か前に欧州へ洋行の経験がある進取《しんしゅ》の気性《きしょう》の奉行と聞いていた。だから、半年前の六月に、川堤の松林の西に運上所の建築命令が幕府から下された時、日向守は「毛唐をあっと言わせる建物を」と、それまでの日本家屋とはまるで異なる西洋式建物を建てさせたのであった。大工として父・留吉が建築にかかわり、自慢げに「今度の建物は全くこれまでの日本のものとは違う。窓というものがあって、西洋のギヤマンがはめられる」と口にするのを耳にして、稲次郎は幼ごころに西洋という遠い異国に興味を感じるようになっていたのである。

「グラスネ、タクサンアリマス。イギリスタテモノ、ウインドー、グラスデス」

見よう見まねで「ええじゃないか」踊りに身をゆだねながら、ハンターが答える。

十五歳の稲次郎より九歳年上のハンターが日本に興味を抱いてやって来たように、稲次郎もまた、異国に深い関心を示す。時代が音を立てるようにめまぐるしく変遷をとげようとしていた。庶民がそれを肌で感じ取っていた。だから「ええじゃないか」と言いたくなるのであった。まるで何かに憑《つ》かれたように、民衆が歌い踊る光景を目にして、ハンターとキルビーは思わず感想をもらすのであった。

「この国は長らく海外に門戸を閉ざしていたので、もっと閉鎖的な人たちが住んでいるのかと思っていたが、意外に明るいね？」

そんな意味のことを英語でやりとりするハンターとキルビーだった。稲次郎が真剣に耳をそば立てた。何とか英語を理解しようとする気迫が感じられる少年であった。兵庫開港、のちに神戸港となる港の誕生は日本人にとっても外国人たちにとっても、まさに新しい時代の幕開けであった。徳川二百六十年の長い鎖国の眠りからさめて、この国に新しい風が吹き始めていた。

第二章　青雲の志

大政奉還宣言

紺部村《こんべむら》の朝は鶏の声で始まる。大工の留吉の家でも、農家と同じように庭先で鶏を飼っていた。野草のハコベに貝殻を砕いたものを混ぜて餌を作って与えるのは稲次郎の役目だった。

「クックアドゥドルドゥ！」

ハンターが鶏の鳴き声をまねしながら、稲次郎のそばにやってきた。

「オッハヨウ！」

ハンターが日本語で挨拶する。

「グッモーニング」

稲次郎の挨拶は英語だ。

「コケコッコーと日本人は聞きますが、ハンターさんは、クックアドゥドルドゥと聞くんですか？」

「オウ、イエス。ジャパニーズトイングリシュ違イマス。スープト味噌汁チガウミタイ」

ハンターと一緒に生活するようになって稲次郎は色々な知識を吸収し始めていた。ハンターと会話をするだけで、間人塾《はしうどじゅく》の寺子屋で勉強するのと同じくらいの知識を得られる。いや、海の向こうのさまざまなことはそれ以上の勉強になる。

「ナマタマゴ、オネガイデス」

ハンターの注文にタネがこころよく応える。

「ハンターさんは、ほんとたまごかけご飯が好きですねえ」

おひつから白いご飯を茶碗によそいながら、タネは上機嫌だ。自分がかまどで炊き上げた米の飯に生玉子をかけて「オイシイ」と言ってくれるハンターに親しみを覚える。キルビーもまた、同様に日本びいきだった。

「味噌汁、イギリスノスープヨリ好キデス」

などと言って、お替わりしてみせるのだ。自家製の味噌にじゃがいもと玉葱を入れた味噌汁は留吉の大工仕事の原動力でもあった。

茶ぶ台を囲んで正座しての食事に、ハンターも、キルビーもさほどの違和感を覚えなかった。ほんの少し前まで過ごしていた横浜では洋館に住んでいたが、兵庫の地はやっと港が開かれたばかりで、西洋風の建物を建てるどころではない。こうして、留吉の家に同居させてもらえるだけありがたいと素直に感謝するキルビーとハンターであった。留吉の家族にとっても二人の異人の同居は何かと助かることがあった。珍しいペンとインクにノートと称する帳面を稲次郎にくれたほか、このころようやく一般の間に普及し始めていた燐寸《まっち》を、たくさん二人がおみやげに持参してくれたことがありがたかった。

五右衛門風呂を湧かす時、火を点《つ》けるのが随分と楽になった。釜の下で燃えるたきぎを見ながら、ハンターが稲次郎に教えるのだった。

「ワタシの国では、チムニーのファイアー見ナガラ、トークシマス。向キ合ワナイ。隣座ッテ同ジファイアー見ナガラ話シマス」

国によって生活や慣習が肌の色以上に違うことを、稲次郎はハンターやキルビーと共に過ごすだけで学んでいく。

「ミスター・ハンター、何故日本に来たのですか？」

同じ火を見ることでなごんだ雰囲気になったのを幸いに、稲次郎は一度訊いてみたいと思っていた質問を投げかけてみた。

「オウイエス！　ソレニハ訳アリマス。ドンナ訳？　私話シマス。稲次郎、聞キマスカ？」

「聞きたいです。ぜひ、話して下さい。プリーズ！」

五右衛門風呂の釜の火を二人で見つめながら、薪の上に腰かけて、ハンターが話した身の上ばなしはこうだった。

日本を遠く離れたアイルランドの北端に位置するロンドンデリーがハンターの出身地だった。フォイル湾に注ぐフォイル河口に近い港町。中世には城で栄えた町で、のちに沿海交易の拠点としてにぎわった。こんなロンドンデリー地方で、エドワード・ハズレット・ハンターは１８４３年2月3日にジョーン・ハンターの第七子として生まれた。日本の天保十四年（１８４３）、老中水野忠邦が天保の改革を行った翌年である。日本はまだ鎖国状態にあり、それを解く糸口となるペリー来航の嘉永六年（1853）までは十二年ある。このころの英国人は海外進出の意欲が盛んだった。「ユニオンジャックの旗をなびかせて……」といった表現で知られる通り、英国の帆船が我が物顔で七つの海を支配していた時代である。そんな環境の中で育つうちに、ハンターは東洋に興味を覚えた。とりわけ、彼の心を虜にしたのは、マルコポーロの東方見聞録に記された黄金の国・ジパングであった。「まだ見ぬ国へ行ってみたい」。わずか十五歳前後の少年の身で、ハンターは、未開の宝庫と思われるアジアを目指して船に乗った。港町育ちだから、誰からともなく、海外植民の話しはよく耳にしていたが、極東の辺境を目指す船旅はそれこそ、万里の波濤を蹴っての一大冒険に違いはなかった。日本流に表現するなら、まさに青雲の志を抱いての人生の船出であった。しかし、船便の都合で、着いたところはオーストラリア。南半球のこの大陸ではハンターの夢は叶えられそうになかった

「ジパングへ行キタイ。ソレガ無理ナラセメテジパングノ近クへ」

太平洋を北上する香港行きの船を見つけて乗船し、ハンターは香港に移った。このころから香港は既に自由港として開けており、英国人が過ごすには快適な都市だった。ヨーロッパ人が集中して住む地域があり、建物もどことなく、ヨーロッパの雰囲気をたたえ、まるで小ヨーロッパがそこにそっくり形成されている感さえあった。ヨーロッパ人のなかでも、このころひときわ幅をきかせていた英国人だから、この界隈に身を落ち着けることは楽であったが、ハンターは香港に定住することには不満であった。開拓者は汚されていない土地を望む。探求心旺盛な彼が希望したのは開国間もない日本だった。日本行きの船を待つことしばし。上海経由で日本の横浜へ上陸したのは1865年、慶応元年、

ハンター二十二歳の年である。嘉永六年（１８５３）にアメリカのペリー提督が浦賀に入港し、日本に開国を促してから六年後の安政六年（１８５９）六月二日に横浜港が誕生していた。進取の気性を持つ西洋人の多くが鎖国の眠りから醒めた日本にどっと押しかけ、横浜には既に外国商館が軒を連ねる盛況ぶりであった。ハンターは勝手がわからぬ日本の横浜で、同郷のキルビーとめぐり会って、彼の経営する商館に身を寄せた。自分よりほんの少し早く来日しただけで、既に立派な商館を構えているキルビーは頼もしい男性であった。彼は雑貨やマッチの輸入を行っており、ハンターはとりあえず、支配人としてその貿易実務を助けることとなった。万事、大雑把なキルビーに対し、ハンターは計数に明るく緻密で、互いに補い合いが出来るというコンビであった。

二人が協力し合ってビジネスを拡大すべく虎視眈々《こしたんたん》と機会を伺ううちに兵庫が慶応三年（１８６７）十二月七日に開港するという情報を得た。キルビーは横浜開港後六年目に上陸したことが不満でならなかった。わずか六年のことであるが、開国間もないアジアの異国・日本で一旗揚げようと母国を捨てた身にとっては、これが気にくわなかった。やはり、自分がパイオニアになりたいという思いがメラメラと燃えていた。そんな時、兵庫開港の話を耳にした。

「兵庫ハ日本ノ中央ダ。東洋ノノド首ダ。ソンナ地ニマダ外国人ガ入ッテイナイ。マサニパイオニアニウッテツケノ地ダト思ウンダ」

キルビーが熱っぽく語るのを聞きながら、ハンターもまた、自分の血がたぎる思いがした。

太平洋を越えてやってきた日本、未開の地に上陸して二年の歳月が流れたが、まだ充分な方向づけが出来ていなかった。憧れの日本で、今また、未開の兵庫をめざす。考えるだけでも胸がわくわくする。もともと、地球の丸みを実感するような働きをしたくて、アイルランドを出てきた。たどりついた日本で、さらにふさわしい未開の新境地を求めるのは究極の目的とするところである。しかも、この異国でめぐり会った同郷の先輩がこのように自分を引っ張ってくれるのは何よりも嬉しいことであった。

「先輩。ゼヒ、ゴ一緒サセテ下サイ！　ヨロシクオ願イシマス！」

キルビーが差し出した手をしっかりと握り返し、ハンターは日本流にお辞儀もした。そんな日本流が不自然でなくなろうとするほど、ハンターはこの国になじみ始めていた。キルビーが胸に描く夢を実現させるための同志としてハンターはもってこいの人材であった。純情無垢ながら、芯のしっかりしたものを秘めたハンター青年は、充分に自分の片腕として期待に応えてくれるに違いないと見込んだ。キルビーは横浜の商館をたたんで、ハンターと共に、兵庫の地に一番乗りを決意し、新境地を開く強い意志で、開港前夜に現地入りしたのであった。

こんな二人が新境地を開こうとしている兵庫の地に港を設けることをかたくなに遅らせてまで、その立場を守ろうとした江戸幕府が、もはや時代の波にさからえなくなっていた。兵庫開港の二ヶ月前の十月十四日に政権を朝廷に返還するという大政奉還宣言《たいせいほうかんせんげん》を行っていた。が、それは本心ではなく、天皇や公家《くげ》には政治を司る能力がないことを見越しての宣言であり、実権はいずれ幕府に戻るだろうと見越しての形ばかりの大政奉還宣言であった。

幕府に対し、名実共に朝廷を中心とした新政府を樹立して、新しい日本を築くべく動いていたのが西郷隆盛と大久保利通であった。ハンターとキルビーが兵庫開港の瞬間に居合わせた十二月七日の二日後に西郷は薩摩藩兵らを率いて京都御所に諸藩の藩主や公家を集めて御前会議を開いた。維新政権樹立の準備が着々と進められる日本で、誕生直後の港町・兵庫で、ハンターとキルビーは新境地を切り開こうとしているのであった。

第三章　牛肉革命

日本初の牛肉ビジネス

港町として産声を上げたばかりの兵庫はまだ田舎で、二人が身を寄せている紺部村の周辺は一面の綿畑と麦畑であった。米を作る田は少なく、一般の人たちの間では麦飯が日常の主食であった。そんななかで、大工の留吉の家では異邦人に気を使って白い米の飯を炊く。感謝して当たり前のところを、キルビーが意外なことを言う。

「日本人、モット食ベルコト贅沢シタ方ガイイ」

ハンターがけげんな顔をして言い返す。

「不服カ？　毎日、コレダケタクサンノ食事ノ世話ニナリナガラ、ソンナコト言ウキルビーノ気持分カラナイ。タネサンノ前デハ絶対言ワナイデクレ。彼女ガカワイソウダ」

ハンターは留吉の妻に気を使う。

「ノウノウ、タネサンニ不平言ウノジャナイ。彼女ハゴ馳走用意シテクレル。私言イタイノハ、コノ国ノ食生活ノ貧シサダ」

キルビーの言葉にますますけげんな顔をするハンターである。

「私ハソウハ思ワナイ。西洋人ト日本人ノ食生活ノ違イダト思ウ。私ハ日本ノ食事ヲ気ニ入ッテイル。魚や野菜ニ米ノ飯、充分ジャナイカ？」

ハンターは、実際にこの国で過ごしてみて、想像していた以上に自分がうまくなじめることを身をもって実感していた。だから、キルビーがこの国の食生活の改善を言う気持ちが理解出来なかった。

「牛ノ肉食ベルレボリューション起コシタイ！」

キルビーがズバリ言い切った。いつの間にか二人のそばにやって来ていた稲次郎がただごとならぬ面持ちで二人の顔を見る。

「マサカ、牛ヲコノ国ノ人タチニ食ベサセヨウト言ウノデハナイダロウネ？」

「ソノマサカデス。食ベサセルンデスヨ、牛ヲ日本ノ人タチニ」

稲次郎が腰を抜かさんばかりに仰天した。息を飲む稲次郎の気持ちを察して、ハンターがキルビーに言う。

「牛ハ神様ヤ仏様ノ使イノヨウニ日本デハ大切ニサレテキマシタカラネ、抵抗アルデショウ」

至極もっともな言葉である。

「ダカラ、レボリューション、革命起コスノデス」

キルビーは断固言い切る。何かにつけて積極的で強引なキルビーらしい発言ではある。相反してハンターはあくまでも慎重である。

「私ハ日本ノ風習ヲ打チ破ルニハソレナリノ準備必要ト思イマス。神聖ナ家畜トシテ大事ニシテキタ牛ヲ殺シテ食ベルニハ、ミンナノ納得ガイルデショウ」

「食ベレバウマイトイウコト知レバ、ミンナ喜ンデ牛食ベルヨウニナリマスヨ」

キルビーは自信ありげに言い切る。

「稲次郎、牛ノ肉食ベタイデスカ？」

ハンターが矛先《ほこさき》を稲次郎に向けて聞いた。予期せぬ問いかけに、稲次郎はとまどう。無理もない。農耕民族国家の日本では、牛は大切に扱われ、農家では同じ屋根の下で飼われて家族同様に扱われてきたほどである。その牛を殺して食べるというのだ。天罰が当たらぬだろうか？　稲次郎はそちらの方も心配になる。答えをためらう稲次郎にキルビーが言う。

「日本人、猪食ベテキタデショウ。猪モ牛モオナジ生キモノ。牛ハ猪ヨリタクサンノ肉、プレゼントシテクレル。トテモオイシイ。大切ニ育テテ、農業ニ役立テル。ソシテ食ベル。ワタシ日本人ノ皆サンニ提案シタイノデス」

熱っぽく語るキルビーの態度に、稲次郎はやっと返す言葉を見つけた。

「猪は確かに日本人は食べてきました。弥生時代から祭りごとの時などに食べてきたと寺子屋で教えてもらいました。が、山鯨《やまくじら》と名前をぼかして遠慮がちに食べた時代もあったと学びました。魚を食べるのは当たり前ですが、猪ですら山の魚の仲間と気を使わねば食べられなかった時代があったそうです。こんな日本で、牛を食べるのはもってのほかと私は思います」

稲次郎の言葉に、キルビーがもっともだといわんばかりの表情であとを引き受ける。

「コノ国ノ習慣デ育ッタ稲次郎ノ気持ヨク分カリマス。デモ、稲次郎、ホントハドウデスカ？　少シは牛食ベテミタイトイウ気持ニナリマセンカ？」

「キルビー、稲次郎ヲイジメナイデ。牛ヲ食ベタイノナラ、アナタガ一人デ食ベレバイイ」

たまりかねてハンターが稲次郎を守るために口をはさむ。

「違イマス。私ハ自分ガ食ベタイカラ、コノ国デ牛食ベルヨウニ革命起コスノデハアリマセン。牛ノ素晴ラシサヲ日本ノ皆サンニ知ッテホシイカラ革命起コスノデス」

キルビーはきっぱりと言い切った。

開港を期して外国人専用の町・居留地《きょりゅうち》の造成が計画され、開港の三カ月前に工事が始まってはいたが、遅々として進まず、居留地はまだ姿形もなく、運上所の西の入《い》り海《うみ》を埋め立てる作業が今だに続いていた。

「町も出来てないのに、密貿易の取り締まりには神経をとがらせて、居留地に関門《かんもん》を設ける幕府のやり口がわしには分からない」留吉がぼやく。

「と言いながら、その仕事をありがたく戴いてたのではお話しにならないけどね」

生田神社から南に伸びる道と西国街道《さいごくかいどう》が交わるところに設けられる東関門《ひがしかんもん》の建築工事に留吉がかかわっていた。街道を西に進むと神戸村《かんべむら》、二《ふた》ツ茶屋村《ぢゃやむら》、走人村《はしうどむら》があり、その外れに、西関門《にしかんもん》の建築も予定されていた。走人村の海岸べりにある「柴六《しばろく》酒造」の酒蔵を借り受けてキルビーが屠牛場《とぎゅうじょう》を開設した。

「みんなびっくりしてますぜ。酒を造る蔵に牛が集められて、酒を造らずに肉を造っているとえらい噂です」

留吉が早速、町の噂を耳にしてきた。

「ベリーグッド！　人ノ噂大事デス。噂ガ噂ヲ呼ンデビジネス成長シマス」

この兵庫の地でキルビーが、まず始めたビジネスは、屠牛場と牛肉の販売であった。港に入ってくる外国船の乗組員に牛肉を販売する目的もあったことは言う迄もない。ハンターはキルビーのスタッフとして実務を補佐した。牛を手放す農家を探して四《よ》ノ宮《みや》神社の北西の中宮村《なかみやむら》、その南の花隈村《はなくまむら》、その西の宇治野村《うじのむら》あたりを二人で回った。

「牛を手放すなんてとんでもない。それも殺して肉を食べるなど、何考えてるんだ」

「お前さんたち目の青い人たちに大事な牛を売るほど落ちぶれてはいない」

などと取り付く島もない農家が多いなかで、

「西洋人は牛の肉を食べるのか？　で、どんな味がするのか？」

と興味を示す農家もあった。

「鉄板デ焼イテステーキニシテ食ベマス。肉ノ塊ヲ火ニアブッテローストビーフニモシマス。牛ノ肉、トテモオイシイデス。栄養モアリマス。牛ノ肉ノ素晴ラシサヲ日本ノ皆サンニ知ッテモラウタメニ私タチビジネス始メマシタ」

ハンターが心を込めて説明する。

「牛提供シテ下サル農家ノ皆サンニ私オ金払イマス。農作業ノ務メ終エタ牛デイイデス、売ッテ下サイ」

キルビーがお願いする。

「どうせ、役に立たなくなる牛を引き取ってくれるのなら助かる」

「お金もらっていいのですか？」

などと応じてくれる農家が増えていくのであった。そのうちに肉をサンプルとして鞄の中にしのばせておき、ここ一番という時には目の前で実際に味見をしてもらうことも考えついた。鉄板の代用品として農家が備えている鋤《すき》や鍬《くわ》を使わせてもらった。予備品として置いている新品の鋤や鍬を鉄板としてその上に牛肉を乗せて焼くのである。薪で焼き上げるステーキである。たちまち、農家の庭先一面に香ばしい臭いが立ちこめて、大抵の農家は、

「ほほう、これは素晴らしい」と喜んだ。さすがに、ステーキを口にする瞬間には、

「牛の肉を食べて罰が当たらないか？」

「徳川五代将軍綱吉《つなよし》様の生類哀れみ《しょうるいあわれ》の令《れい》が生きてれば討《う》ち首《くび》ものぞよ」

などとためらいの色を隠せぬ者もいたが、肉の焼け具合の誘惑には勝てず、

「ええい、食べてしまえ」と勇気を奮い起こして口に入れる者
「南無阿弥陀仏！」と経を唱えて食べる者などさまざまであるが、一様に変わらぬのは
「おいしい！」

「牛の肉がこんなにうまいものとは知らなかった」

の称賛の言葉であった。宇治川《うじかわ》を越えて西の荒田村《あらたむら》、平野村《ひらのむら》あたりからも牛を提供するという農家が増え、それにもまして、牛肉を買い求める客も日増しに増加の一途を辿り、キルビーの屠牛業と牛肉販売業は順調に発展するかのように思われた。

第四章　神戸事件勃発

すきやきと牛鍋のおこり

農耕に欠かせぬ神仏の使いの如く大切にされてきた牛の肉を食べさせる事業を居候のキルビーとハンターが始めてしまった。西洋では当たり前のこととして牛肉を食べているというのに、日本では何故、牛を食さなかったのか、多感な十五歳の稲次郎が興味を持った。寺子屋・間人塾《はしうどじゅく》でもとりわけ勉強熱心な稲次郎だけに、その辺の事情を師匠の米田左門に調べてもらった。

「日本人が牛を食べないという風習を身に付けたのには、仏教伝来が影響したようだ」

年のころなら三十路半ばか？　髭《ひげ》をたくわえて見るからに学問の士といった風貌の米田左門が文献をひもときながら説明する。

「今から千百年ほど前に天武天皇《てんむてんのう》が殺生禁断令《せっしょうきんだんれい》を出し、牛、馬、犬、猿などを食してはいけないとしたことも関係したかも知れないね」

「師匠、そんななかで、猪は何故食べることを禁じられなかったのですか？」

稲次郎が疑問を投げかける。

「猪は弥生時代に祭りごとの時に食べたということは前に教えた通りだが、一つは農産物を荒らすので、田畑を守るために殺して食べるようになったとも言われておる。そういう意味においては熊も殺して食うところがあるようじゃ」

探求心が強く、行動力もある米田は稲次郎にとって単に学問の師匠というにとどまらず、人生の色々なことを教えてくれる師匠でもあった。そもそも、ハンターとキルビーが兵庫に来たがっているという情報を入手して、一肌脱いでくれたのもこの師匠であった。

「実はな戦国時代に牛肉の味噌漬けが薬と称されて秘かに食べられたり、大将への貢ぎ物にされたりしたこともあったようだ。その後、ポルトガル人が来日して、肉食が広まりかけたが、豊臣秀吉が吉《き》利《り》支《し》丹《たん》禁教令《きんきょうれい》と共に牛馬の屠殺《とさつ》を禁止して、肉食はいかんと言う風潮を作ったわけじゃよ」

こういった裏の実情まで教えてくれるところが、米田の優れたところで、そんな師匠を稲次郎は心底から尊敬していた。

「今の将軍徳川慶喜《よしのぶ》様から十代前の五代将軍の綱吉様が生類哀れみの令を出して後はいっそう動物の肉が食べられないという風潮が起こり、日本人は牛を食べないのが当たり前となって今の時代に至ったんだな。だが、彦根藩では牛肉の粕漬《かすづ》けを将軍に献上したとも言われておる。物事には建前と本音があるものよ」

米田の説明を興味深く聞きながら、稲次郎はここで思い切った質問をぶつけてみた。

「キルビーさんが屠牛場を設けたことについては、師匠はどのようにお考えですか？」

「ええじゃないか、だよ」

いともあっさりと、それも当節流行のええじゃないか踊りを意識した言いまわしで米田は答えた。

「おかげ踊りと言ってな、ええじゃないか踊りは尾張《おわり》で始まったものだ。えらい飢饉《ききん》があって民が困りはてている時に自分の米蔵を投げ打って民衆を助けた御仁《ごじん》がいる。民衆が小躍りして喜び、それがええじゃないか踊りとなって、この兵庫にまで流行ってきたというわけだ。民は正直なものじゃ。ええじゃないかと思うものはすぐに自分たちのものにしてしまう。せっかく外国と交流を始めるようになった日本だ。西洋のいいものをどんどん取り入れるべきだと私は思う」

「師匠、ならば、一度牛肉を食べてもらいます。ハンターさんに頼んで牛肉をもらって来ます」稲次郎は言い切った。この師匠にこそ、牛肉の味をぜひ知ってほしいと本気で思ったのである。慶応四年が明け、キルビーの屠牛場と牛肉販売所は順調に客足が伸びていた。

「すきやきの肉をくれ」

と言って買いに来る客が増えていた。肉にするための牛をキルビーとハンターが調達するために宇治野村《うじのむら》から平野村《ひらのむら》あたりまで出かけた時に、サンプルの肉を持参して、農機具の鋤や鍬を借りて、農家の庭先で肉を焼き、味見をさせた。鉄板の代用品として鋤で肉を焼いたのであるが、そのことが噂になって広まっていた。

「牛の肉をよ、鋤《すき》で焼いて食べるそうじゃが、頬がこけるほどうまいという話しだ」

「なに？　牛の肉を鋤焼《すきや》きするのか？」

「鋤焼きよ。舌がとろけるほどの味だそうな」

「頬がこけたり、舌がとろけたりするのか？　そりゃ大変だ。だけどよ、そんなにうまいものなら一遍そのすきやきとやらを食ってみたいな」

誰からともなく、牛の肉を食べることを「すきやき」と呼ぶようになったのである。だが、ここでいうすきやきは今にいうステーキのことである。醤油や砂糖で割り下《わした》を作り、鍋で野菜と共に煮ながら食べる、今にいうすきやきは「牛鍋《ぎゅうなべ》」と呼ばれてのちに横浜あたりで流行する。兵庫港に入ってくる外国船の乗組員も牛肉を買いに来た。日本初の屠牛場《とぎゅうじょう》兼食肉販売店は日を追うごとに繁忙を極めていくのであった。しかし、客足がパタリと途絶えるという事態が発生した。一月十一日のことである。

「Ｗｈｙ？　何故ダロウ？　オカシイネ？」

「何カアッタノデハナイデスカ？」

キルビーとハンターが話し合っている時に、息せき切って店に飛び込んできたのは稲次郎である。

「大変です！　三宮神社前で日本人とフランス水兵の喧嘩がありました！」

柴六の酒蔵がある走人村《はしうどむら》の東に二ツ茶屋村《ふたつぢゃやむら》があり、その東が神戸村《かんべむら》で、三つの村の北の端を東西に西国街道が通っていた。神戸村の東一帯が外国人居留地《きょりゅうち》の予定地だが、まだ造成中で、田畑や野原が広がっているにすぎないという様子であった。

間人塾《はしうどじゅく》はもともと走人村《はしうどむら》にあったが、宇治川の氾濫で被害を受けたのを機に移転し、今は二ツ茶屋村にあった。が、発祥の地にちなんであえて「はしうど」との名称を大事に守り抜いていた。それというのも、間人家《はしうどけ》はもともと天皇家に仕えていた氏族と言われ、京の都から摂津のこの地に間人家が住み着いたことにより「はしうど」との地名が生まれたとされるほどの有力な家筋であった。本来なら走人村は「間人村」と書くべきだが、宇治川の氾濫で「走《はし》り渦《うず》」がたびたび地域を襲うこともあって、「走人《はしうど》」と書くようになったものである。が、かんじんの塾は本来の苗字を大切に守り抜いて、あえて読みにくい「間人《はしうど》」を当てて「間人塾《はしうどじゅく》」と名乗っていた。ちなみに、この塾の伝統を継いで、明治十九年十一月に至ると、間人《はしうど》たね子が「間人幼児保育所《はしうどようじほいくしょ》」を開設する。さて、慶応四年（１８６８）一月のこの日、塾に行くために稲次郎が紺部村から生田神社の馬場を南に下って東の関門から西国街道を西に歩き、三宮神社《さんのみやじんじゃ》前にさしかかった時、備前藩の行列に遭遇した。土下座して一行が通り過ぎるのを待つ稲次郎の目の前で、突如、行列を横切ろうとしたフランスの水兵が備前藩士に斬りつけられるという事件が起こり、その一大事をハンターとキルビーに知らせるために稲次郎はやって来たのであった。

「ドウリデ肉買ウオ客来ナイハズデス。日本人ト外人ノトラブルデスカ？　何故？」

「稲次郎、詳シク話シテクダサイ」

肩で大きく息をしている稲次郎に井戸の水を茶碗で一杯進めながら、土間に置かれてある荷車に腰かけさせて、彼がたった今見聞きしてきたことを熱心に聞くハンターとキルビーであった。三宮神社のうっそうと茂った森が近くなったあたりで、稲次郎はどこかの藩の行列に出くわした。参勤交代《さんきんこうたい》の大名行列のころからの習わしで、そういった行列に出くわすと、民衆はその場で土下座《どげざ》して行列が行き過ぎるまで見送るというのが当たり前になっていた。居合わせた村人たちに混じって稲次郎は神妙《しんみょう》に頭《ず》を低くして、行列が通り過ぎるのを待っていた。西から東へ移動する行列の百人くらいが行き過ぎたころだったろうか、突然、あわただしい物音がして、何やら叫ぶ日本語と悲鳴に似た外国語が聞こえてきた。ただごとでない気配を感じて、土下座していた民衆が一斉に顔を上げる。外国の水兵二、三人が行列のまん中であわてふためいている。どうやら、水兵たちが行列を横切ろうとしたものらしかった。藩の武士数名が槍を構えて水兵たちを威圧している。

「無礼せんばん、打首にしてくれる！」

怒りをあらわにする藩士たちに、水兵が何か声高《こわだか》に言い返すが、異国語がわからない。水兵たちにとっても藩の武士たちが何を怒っているのかわからない。行列を横切ることがそれほど悪いことだという意識が全くない。そのうちに水兵の一人がピストルを構えた。それを見て、隊長と見られる武士がすかさず「鉄砲！」と叫んだ。隊士数名が元込銃《もとごめじゅう》を構えるより早く、隊長の槍が水兵たちに向かって突かれ、水兵の一人がのけぞった。もう一人の水兵が気丈にも手槍の柄を握り、攻撃をかわすと、傷ついた仲間をかばいながらほうほうのていで居留地予定地の方へ逃げて行き、一件落着かと思われた。隊列の行軍が開始され、民衆がやれやれと胸を撫でおろすのを待って、稲次郎はものわかりの良さそうな大人をつかまえて事情を尋ねてみた。

「どこの藩の行列ですか？　あの外国の水兵はどこの国ですか？」

何人かに聞くうちに、行列は備前藩で、行列を横切ったのはフランスの水兵とアメリカの海兵らしいということがわかった。

「このまま収まればいいんだけどね」商人風の出で立ちの男が心配げに言うのを聞き、稲次郎は自分が大変な出来事の場に居合わせたことを実感した。この一大事をハンターたちに知らせようと、稲次郎は塾へ行くのを変更して柴六の酒蔵まで駆けつけたのであった。

「異国間ノイサカイハマズイデス。問題ガ大キクナラナケレバイイガ……」

腕組みをして考え込むハンターに、

「横浜ノ生麦事件ノコトモアルシ……」

とキルビーも同様に顔をくもらせる。二人が心配するのも当然で、このころ、居留地予定地を検分していた英国公使やアメリカ海兵がフランスと団結して、備前藩の隊列の後を追いかけ、生田川右岸で銃撃戦をくり広げている最中だったのを三人は知るよしもなかった。のちに神戸事件《こうべじけん》と呼ばれて新政府初の外交問題として新生日本の力量が試される大事件が、キルビーの事業にまで影響をもたらせることとなろうとは予想だにできないことであった。

第五章　新生日本の胎動

生麦事件

慶応四年が明けて早々、大きな事件が連続していた。

一月十一日の神戸村三宮神社《かんべむらさんのみやじんじゃ》前事件の八日前には京都で鳥羽伏見《とばふしみ》の戦いがあった。徳川家康が慶長八年（1603）に征夷大将軍《せいいたいしょうぐん》になって以来二六五年間続いた徳川幕府が権力を失い、十五代将軍・徳川慶喜が慶応三年（1867）十月十四日に「政権を朝廷に返還する」という大政奉還宣言《たいせいほうかんせんげん》を行い、天皇や公家に政治の実権が譲り渡された格好になってはいた。が、それは倒幕《とうばく》運動の出鼻をくじくための策略で、本心は朝廷に政治能力は乏しいと見て、結局は朝廷と幕府の連合政権・公武合体《こうぶがったい》に落ち着くだろうともくろんでの行動であった。その魂胆を見抜いた西郷隆盛が「二百年余りも太平の旧習に慣れた人心の一新を図るには死中に活を求めることこそ大事でごわす」と一大決心をしていた。

ハンターとキルビーが横浜から兵庫に来て三日後の慶応三年十二月九日に西郷は京都御所《きょうとごしょ》に諸藩の藩主や公家を集めて、孝明天皇第二皇子の祐宮陸仁《さちのみやむつひと》のもとで御前会議を開き、今こそ朝廷が政治を司るべきという王政復古大号令《おうせいふっこだいごうれい》を発した。江戸城から京都二条城に出向いて様子を伺っていた徳川慶喜は、形勢不利と見て、大坂城に退いたものの、すきあらばと、強大な軍事力にものいわせ、慶応四年一月三日に京都に攻め入ったのである。勤王《きんのう》か佐幕《さばく》か、と激動のなか、新撰組、坂本龍馬、桂小五郎などが闊歩して来た京都の鴨川小枝橋あたりで、西郷隆盛が指揮する薩摩、長州を中心とする新政府軍が幕府軍を迎え打った鳥羽伏見の戦いである。西洋伝来の大砲や鉄砲など近代兵器を駆使した新政府軍が五千という少数ながら、その三倍の一万五千の大軍の幕府軍に勝利した。勤王という錦の御旗《にしきのみはた》を掲げる新生日本の胎動とも言うべき鳥羽伏見の戦いの八日後に、兵庫で備前藩士と異人たちの衝突事件が起きたわけだが、それは、鳥羽伏見の戦いの余波とも言えるものだった。幕府が敗れ、徳川慶喜が江戸へ逃げ帰る情勢の中で、なお幕府に味方しようとする動きが尼崎で見られたことから、その警護を命じられた備前池田茂政の家老・日置帯刀《へきたてわき》の一隊四百五十名が、明石の宿場に一泊の後、西国街道を現地に向かう途中、三宮神社前で行列を横断しようとした外国兵に斬りつけるという事態が起こったのだ。

「稲次郎ガスグニ知ラセテクレマシタネ。アノ時、私ハ横浜デ聞イタ生麦事件《なまむぎじけん》ヲ思イ出シマシタヨ」

キルビーが言う。

「オウ、生麦事件ネ？　外国人ナラ誰モガ忘レナイ悲惨ナ事件デス」

ハンターも、キルビーと同じように顔をくもらせる。二人が母国英国から日本に来た慶応元年（1865）の三年前、文久二年（1862）八月に、江戸日本橋から六里の小さな漁村・生麦で同じような事件が起こった。参勤交代で江戸から京都へ帰る島津久光の行列を、川崎大師見物に向かう途中の英国人三人が馬に乗って横切ったことから、薩摩藩士が英国人を無礼討ちしたことに抗議した英国が、薩摩藩に十万ポンドの賠償金を要求したのを拒んで、薩英戦争《さつえいせんそう》にまで発展した生麦事件である。横浜で暮らすうちに誰からともなく何度もこの事件のことを聞かされた二人だが、自分の国の人間が日本人と争いを起こした事実だけでもショックだのに、行列を横切ったというだけで、日本の侍が英国人の首をはねたという残酷な行為にいたたまれないものも覚える二人であった。

「大名行列に出くわしたら、その場に土下座するのが当たり前と、日本人は心得てますぜ」

留吉が言う。父の言葉を受けて稲次郎が続ける。

「行列を横切ることは供割《ともわ》りと言って武門ご法度《はっと》になっているのです。それを邪魔されると武士の誇りを傷つけられたということで、斬り捨て御免となるのです」

「ライフスタイル異ナルコトカラ起コル争イ、恐イデス。生麦事件デハ、侍ガ切リ落トシタ外国人ノ首ガ東海道ニ転ガッテ白イ道ガ真ッ赤ニ血デ染マッタソウデス」

男たちの会話に遠慮がちに耳傾けていたタネがたまりかねて、口をはさむ。

「恐ろしい話しですねえ。生麦というのは生首がもじって生麦というようになったのでしょうか?」

「ノウノウ、事件起コッタ村ハ貝ノ佃煮ガ名物デシタ。貝ノ生ムキヲシタ白イ貝殻ヲ東海道ニ敷キ詰メテイマシタ。生ムキガチェンジシテ生麦村ト呼バレルヨウニナッタソウデス」

この辺の事情まで正しく理解しているのはさすが日本びいきのハンターである。キルビーはむしろ、斬り落とされた首が三人分なのか、それとも二人だったのか、ということの方に興味を覚える。

「斬ラレタノガ一人ナラ納得デスガ、三人揃ッテ首ヲハネラレタトシタラ、何故逃ゲラレナカッタノカ疑問デス」

真剣に語るキルビーの勢いをそらせて、留吉が茶碗の飯をかきこみながら、

「あっしは麦飯を食う村だから生麦村と言うのかと思いましたぜ。貝を生むきすることがなまって生麦村ですかい？　いいかげんな由来ですね。それに比べりゃ、この兵庫の二ツ茶屋村なんてのは由緒正しいものですぜ」

留吉の言う通り、二ツ茶屋村はもともと、中宮村《なかみやむら》の二人の人物、治右衛門《じえもん》と利右衛門《りえもん》が西国街道に競い合うように二軒の茶屋を出したことから、その南に形成された集落をいつしか二ツ茶屋村と呼ぶようになったものであった。松並木の間に並ぶ二軒の茶屋の東を「茶治」、西隣りの店を「茶利」と呼んで、旅人だけでなく、周辺の人々にとっても格好の憩いの場としてなじまれていた。留吉の言葉が続く。

「生麦事件では島津の侍がイギリス兵の首をはねてしまったんですね？　無礼討ちとはいえ、日本人が責められても仕方ないとあっしは思いますがね、今度の神戸村の事件ではフランス兵が怪我をして、アメリカ兵が指三本を折っただけで、命に別状はなかったそうじゃないですかい？　それだのに何故、フランス、アメリカ、イギリスの軍艦が兵庫港にいた諸大名の船を六隻も拿捕して、しかも連合軍の兵を上陸させてこのあたりを占領しちまったんですかいね？」

アメリカの海兵が五百人近く、イギリスの水兵が三百五十人、フランス兵が五十人ほど上陸し、アームストロングの大砲を二門、生田口の東関門近くに設置して威嚇するという状態が四日目の今日も続いていた。少し前に完成したばかりの宇治川の水車近くの西関門にも、２４ポンド砲が据えられて、

柳原、長田方面へのにらみをきかしているのであった。右も左も異人の姿ばかりで、一帯は異様な雰囲気に包まれ、村人たちはこれまでに経験したこともないような恐怖にさらされていた。

「荷車に家財道具や年寄りを積んで、よそに避難する人が多くて、村はすっからかんになり始めているそうですよ。せっかく造った徳川道は役に立たなかったのでしょうかねえ」

愚痴の一つもこぼしたくなるタネであった。母の言葉を補足して稲次郎が言う。

「塾の左門先生に教えてもらいましたが、兵庫開港に備えて、生麦事件のような事が起こらぬように、幕府は西国街道の迂回道を作りました。だけど、その道があまりにも遠まわりで、使いものにならないと左門先生は言っておられました。備前藩の隊列は徳川道を通らず、西国街道を通ったばかりに今回の事件が起こりましたね。左門先生の心配しておられたことが現実となりました」

徳川道は明石の大蔵谷《おおくらだに》から西国街道と分かれて北に向かい、太山寺《たいさんじ》、布施畑《ふせのはた》、白川峠《しらかわとうげ》から藍那《あいな》へ抜け、東に折れて西小部《にしおぶ》から有馬街道《ありまかいどう》を越えて、六甲連山の尾根筋に入って東に進み、摩耶山《まやさん》の北を杣《そま》谷峠《だにとうげ》から杣谷を五毛《ごもう》へ下って、住吉へ出るという大迂回の道であった。全長八里十町余り（３３キロメートル）。兵庫石井村の谷勘兵衛が三万六千両で工事を請け負い、開港前に完成させていた。だが、海岸沿いの西国街道に比べると迂回の程度が激しいうえ、山間部でかなりきつい道もあり、西宮へ急ぐ備前藩が徳川道を通らなかった気持ちも理解できる。しかし、そのために、七年前に横浜で起きた生麦事件と同様の、日本人と外国人の衝突事件がこの兵庫でも起きてしまったのである。

ハンターとキルビーが留吉の家族とそのことを話し合いながら夕食をとっていたその日に、朝廷の勅使《ちょくし》・東久世通禧《ひがしくぜみちとみ》が新政府の外国担当・伊藤俊輔《しゅんすけ》と共に兵庫に来て、運上所で六カ国の公使と事件決着のための折衝を行っていた。新政府が樹立されて初の外交の手腕が試される事件で、外国公使が責任者の処刑を要求するのに対し、伊藤は「幸い外国兵が命を落としていない」ことを強調、備前藩責任者の助命を嘆願した。

しかし、維新早々の外交問題を円満に納めるためには日本側の犠牲もやむをえないとの朝廷の思惑もあり、率先して槍を向けた備前池田藩第三砲隊長・滝善三郎正信《たきぜんざぶろうまさのぶ》に日本国家のためにも切腹するよう諭す結果となったのである。

第六章　腹切り

日本武士の最期に立ち会い

宇治川《うじかわ》が西国街道と交わるところに水車が回り、土橋の東に外人居留地《がいじんきょりゅうち》への出入りを警護する関門《かんもん》が作られていた。生田筋にある東の関門に相対して造られた西の関門で、神戸村《かんべむら》の三宮神社前事件が勃発した直後はアメリカ、フランス、イギリスの兵士が占拠して、日本人の襲撃を警戒していたが、慶応四年二月九日に事件の責任をとって備前池田藩士の滝善三郎正信が切腹して一件落着してからは、ここに備えられていた24ポンド砲が撤去され、積み上げられていた土嚢も片づけられた。平穏を取り戻した村に、よそへ避難していた村人たちも帰って来た。一カ月余りもの間、商売どころではなかったキルビーの屠牛場も走人村の海岸の「柴六」で再開した。

久方振りに牛を調達するために、湊川を越えて、西の田園地帯に足を踏み入れた時のことである。

「や〜い、毛唐！　こっちへ来るな！」

突如、子供たちの叫び声が起こり、石つぶてがハンターとキルビーめがけて飛んできた。

「日本人に腹切らせた毛唐、日本から出て行け！」

滝善三郎が切腹させられたことが住民の間でいい噂になっていないらしい。だから、外人を見るとこうして当たってくるのだった。農家を回って、牛を売ってもらう交渉を始めても、事件前とはがらりと日本人たちの態度が変わってしまっていた。門前払いをくらわしたり、やっとのことで、話しの出来る家に行き着いたと思えば、足もとを見て、牛を手放す値段を法外に吊り上げるのであった。

真面目に商談の出来る農家を探すべく、ハンターはキルビーを促して東尻池村《ひがししりいけむら》まで足を伸ばす。満々と水をたたえた池のほとりで一休みすることにした。大陸から渡って来た鴨の群れが羽を休める光景を目にして、キルビーがポツリともらす。

「渡リ鳥ハ春ニハ大陸へ帰ル。国ヲ捨テタ私タチハ帰ルトコロナイ」

「帰ル必要ナイ。日本ヲ自分ノ故郷ニスルダケノコトデス」

ハンターの心は十分にこの国にとけ込んでいる。

「ハンター、キミハ強イネ」

ため息をつくキルビーに、

「私ヲ強クシテクレルノハ、アナタデスヨ」

互いの人格を認め合う二人はまさに名コンビであった。

「もうし、もうし！」

突如、大声がした。またしても誰か、喧嘩でもふっかけてくるのかと身構えた二人の前に現れたのは、野良帰《のらがえ》りと見られる農夫であった。

「異人さん、これ食べませんか?」

ほほえみながら、ぶこつな手に持っているのはふかし薩摩芋《さつまいも》であった。

「余りもんだ。よかったら日本の芋食べてみなさい。日本人の気持ち味わうのもいいですよ」

毛唐にやさしく接してくれる人もいるのだった。農夫が野良仕事に持参していたものだけに冷えきった芋であったが、体中が温まる思いがした。農夫の心使いが嬉しかった。さらにありがたかったのは、話しをするうちに、

「ちょうど年齢《とし》を重ねた牛がいる。役に立つなら譲ってもいい」と言ってくれたことだった。

「近ごろ港のあたりで、すきやきが流行っていると聞いていたが、お前さんたちがそれを流行らせているのか?」

農夫は人なつこい顔で、二人に暖かい言葉を送る。

「これまで人がやらなかったことをやるのは大変だろが、日本のためになると思えることなら、自信を持ってやって下さい」

農夫は二人を自分の家に案内し、何頭か飼育している牛の中から一頭を譲ってくれた。

「よく働いた牛でね、手放すのはつらいが、いずれ年老いて死ぬのなら、ここで世間の役に立つのもこの牛のためじゃろう」

「ソノ通リデス。牛ハ食ベラレテタクサンノ人ノ命ニナッテ生キマス。人ノ命ノタメニ私、コノ仕事シテイマス」

理解してくれる日本人に出会えて、キルビーは久し振りに熱っぽく自分の思いを語るのであった。

「アリガトゴザイマス。捨テル神アレバ、拾ウ神アリデス」

ハンターも合掌して丁寧に礼を述べた。この国で家畜を殺すことの意味を改めて考えなおす二人であった。また、牛の命を絶つことにそれほど神経質になる国民が、自らの腹を切る風習を持つことが不思議であった。先日の三宮神社前事件の責任を取って侍が永福寺《えいふくじ》で腹を切ったことを耳にしたばかりだ。その時の様子を詳しく知りたいと思った。稲次郎に頼んで、左門講師に切腹の時の状況を調べてもらった。

外国が責任者の死罪を要求するのに屈した新政府がまず、備前藩にそれを伝えたという。次ぎに藩主・池田茂政が滝善三郎じきじきに「日本のため、藩のために死んでくれるよう」頼み込み、滝は武士らしく承知したという。切腹の場所として五つ六つの寺が候補に上げられたが、どこも断った末に、兵庫南仲町《ひょうごみなみなかまち》の永福寺の諦善住職《ていぜんじゅうしょく》が引き受けた。

そのときの様子は克明に伝えられた。

二月九日夜、外国側から米、英、仏、独、伊、和の公使、書記官らが永福寺に詰めかけ、日本側からは薩摩、長州、備前藩士らが寺入りし、ものものしい雰囲気のなか、新政府の外国事務掛かりの伊藤俊輔が中島作太郎を伴って検視のために同席した。

もう少しで暦が変わろうとするほど夜も更けてから、燭台の薄明かりの中に滝の姿が浮かび上がった。仏壇の前に畳を何段か積み重ねて赤い毛氈《もうせん》を敷いた台の上に、白の死装束《しにしょうぞく》で滝は着座した。前方へ倒れ伏すのに都合のよいように位置を定めて、身を落ち着かせると、滝は静かに口を開いた。

「お役目と心得て死に申す。腹を召したのちは、せめて辞世の句を妻にお届け下され」

きのう見し夢は今更引きかえて　神戸が浦に名をやあげなむ

妻はつ二十八歳との間に四歳の息子成太郎と二歳の娘いりを備前に残して、滝は三十二歳の生涯を自らの手で閉じようとしている。まばたきもせず、見守るみんなの視線を一身に受けて、滝はもろ肌脱いで押し下げる。袖を巻いて膝に敷くと、白木の三宝に乗せられた短刀を手にする。しーんと静まりかえるなかで、滝はにこっとほほえみすら浮かべた。短刀に巻かれた絹を外してすべらぬようにしつかと掌に握った所作《しょさ》はまこと日本の武士の鑑《かが》みともいえる美しい姿であった。次ぎの瞬間、真剣な顔になり

「参ります！」

と一言。やおら短刀をざくっと我が腹に深く刺し込んだ。「う～ん」うめきながらそのまま右へ一文字に引き、さらに上に切り上げて、腹を十文字に掻ききったところで、がっくりと体を前に倒した。泰然《たいぜん》として微動《びどう》だにせず、首を前に差し伸べた滝の切腹はあまりにも見事であった。誰もがただ見とれるなかで、介錯役《かいしゃくやく》の宮崎槙之輔《みやざきしんのすけ》がつと立ち上がり、一振りの素振りの後に滝の首めがけて刀を打ちおろした。「ブス！」にぶい音と共に首が体を離れ、勢い余って青畳《あおだたみ》の上に転がった。たちまちにしてあたりは血の海と化す。ここでハッと我に返った人々が「おう！」とか「ああ！」とか悲鳴に近い声を一斉に上げる。

毅然として立ち上がり、伊藤俊輔が叫ぶ。

「これにて、切腹の儀、終了とあいなりました！」

助命嘆願したにもかかわらず聞き入れられず、この切腹が実施された。伊藤にとって不本意であっ

ただけに、いっそう、これですべてが終わったことを強調したかったのである。外人たちの要求で日本の儀式・切腹が行われたのだが、現実にハラキリの場に立ち会ってみて、外人たちは想像以上のショックを受けた。一様に顔をそむけて言葉もないまま、外人たちは寺をあとにした。外はヒューヒューと漆黒《しっこく》の闇《やみ》の中に木枯らしが吹きすさぶ日本の厳冬の夜であった。

第七章　兵庫県誕生

遊郭のおこり

幕府に代わって政権を譲り受けた新政府が発足し、初の外交事件となった三宮神社前の備前藩と外国兵の衝突事件、のちに言う神戸事件《こうべじけん》は、備前藩砲隊長・滝善三郎の切腹という最悪の解決手段によって一件落着はしたが、日本政府の完敗に終わったと言っても過言ではない。ただ、あまりにも見事な切腹を滝が見せたことによって、日本の〝ハラキリ〟は世界を震撼《しんかん》させることとなり、これを最後として封建時代《ほうけんじだい》はその幕を閉じた。

新政府の立役者《たてやくしゃ》として勅使《ちょくし》・東久世通禧《ひがしくぜみちとみ》のもとで外国との交渉を担当した伊藤俊輔《いとうしゅんすけ》は、四年前の文久三年（1863）、二十三歳の時に英国に留学していた。幕府が渡航を認めていなかったので、密入国という形にはなったが、同志の井上馨《いのうえかおる》らと共に、先進国の文明を体感して帰国した。ちょうどそのころ、ハンターは香港で日本へ移る機会を伺っていた。英国の文明の素晴らしさを肌で感じた伊藤と、英国をあとにして、未開の日本へ乗り込んできたハンターが間もなく、出会う。

「ハンターさん、左門先生が牛肉を食べさせたい人がいる、とおっしゃるのです。買って来てほしいと私、頼まれました」

稲次郎がキルビー屠牛場兼牛肉直販所にやって来て言った。

「オウ、左門先生ガワザワザ牛肉食ベサセルオ人？　誰デスカ？　ソレハ？」

弟子の稲次郎は言うまでもなく、ハンターやキルビーたちも尊敬している間人塾《はしうどじゅく》の米田左門講師が、心を配るほどの相手とは誰だろうと、ハンターは興味を覚えた。

「永福寺の切腹に立ち会った人で、日本政府の意見を堂々と主張した人だと言っておられました」

「オウ、シュンスケイトージャナイカ？　ナイス！　ゼヒ牛肉食ベテホシイデス。稲次郎、チョット待ッテ」

ハンターは酒蔵の奥に入り、精肉作業に余念がないキルビーに事情を話した。

「シュンスケイトー？　アノ事件デ正々堂々ト日本ノ意見、外国ニ主張シタ人ネ？　左門先生カラハラキリノ話聞カセテモラッタ時、私、シュンスケニ大変キョーミ感ジマシタ。牛肉プレゼントシマショウ」

一頭の牛の肉の中でもとびきりうまい部位《ぶい》とされる背ロースの部分をどっさり竹の皮に包んでキルビーはハンターに渡した。それをハンターが稲次郎にことづける。

「オ金イラナイ。ミスターイトーヘノプレゼントト伝エテ下サイ。ソレカラ、モシコノ牛肉ガ気ニ入ッタラ、ミスターイトー、左門先生、稲次郎、キルビー、私トデ牛肉パーティーシマショウ。ヨロシク伝エテ下サイ」

「サンキューベリーマッチ！　確かにお伝えします」

稲次郎が小躍りしながら、牛肉を大事に抱えて塾へ戻っていった。

キルビーとハンターの提案がほどなく実現する。彼らは異国で自らの道を切り開く者として独特の嗅覚《きゅうかく》を備えていた。伝え聞く伊藤という人物に限りなく興味を覚えるのであった。

伊藤は天保十二年（１８４１）九月二日、長州は周防《すおう》の国、熊毛郡《くまげぐん》で農民・林十蔵の長男として生まれたが、家族ぐるみで萩の下級武士足軽《あしがる》の伊藤家に養子入りしたことが、後に歴史上にその名を残す開運のきっかけとなった。十六歳の時、吉田松陰《よしだしょういん》率いる松下村塾《しょうかそんじゅく》に入門し、長州藩《ちょうしゅうはん》が江戸湾の警備を任されたこともあって、十八歳の時、桂小五郎のお付きとして江戸にのぼる。外国との交流を否定する攘夷思想《じょういしそう》の門下に身を置きながらも、自らは時代の変化を鋭敏に嗅ぎ取って、外国との交流の必要性を感じとる人物に成長していた。

あの三宮神社前事件が起きた一月十一日の三日後に伊藤は京都から兵庫に移り住んだ。それまでの兵庫鎮台《ひょうごちんだい》が二月二日に兵庫裁判所《ひょうごさいばんしょ》と改められ、勅使として赴いた東久世が総督となり、そのもとで、伊藤は外国事務局判事《はんじ》として働くこととなった。その初仕事が諸外国要人との交渉で、そのしめくくりが永福寺の切腹の検視役だったのである。伊藤は新しい土地で暮らすうち、巷で噂になっているキルビー屠牛場の牛肉を一度口にしてみたいと思った。英国へ行った時、ロンドンでローストビーフを食べた。日本人が食べない牛の肉であることに驚いたが、味は良かった。兵庫に来て、そんな牛の肉を売るところが最近に出来たということを耳にして興味を持っていた。その矢先に、左門講師を通じてそれが手に入ったのである。しかも、屠牛場のオーナーのキルビーとハンターから牛肉パーティーの誘いがあった。進取《しんしゅ》の気性《きしょう》に富む伊藤がそれを拒むはずがなかった。米田がアドバイスした。

「西洋ではホームパーティーと言って自分の住まいに客人を招くエチケットがあるそうです。洋行帰りの伊藤さんらしく、その流儀でやってみてはどうですか？」

伊藤は花隈城址《はなくまじょうし》の北側にある名家の別荘を仮の住まいとして借りていた。もともとが広厳寺《こうげんじ》の坊・吟松庵《ぎんしょうあん》だったものだけに、風情《ふぜい》たっぷりの屋敷である。庭に梅の木があった。たまたま、妻の名前が梅子である。紅梅が満開に近くなった日を選んで、伊藤がキルビーやハンターたちを招く形でパーティーが行われることとなった。

キルビーとハンターが牛肉を持参して伊藤家を訪れた。紹介者の米田が弟子の稲次郎を伴って参加した。ふくいくとした梅の香りはすぐに牛肉が焼ける臭いに変わった。伊藤の妻・梅子が用意した野菜を添えてみんなで牛肉をつつく。伊藤は二十七歳。二年前に結婚した元下関の芸妓の梅子との間にもうけた貞子が一歳三か月になっていた。また梅子はこの時、二人目の子どもを宿していた。ガーデンパーティーが和気藹々《わきあいあい》としたムードになったころ、みんなの仲を取り持つ米田が、

「西洋では重要なパーティーには夫妻が同伴で出席するでしょ？　今日は西洋式パーティーです。と言っても、私はまだ妻がいないし、キルビーさんもハンターさんも独身ですから、連れてくる女性がいない。ミスターキルビー、アンドハンター、あなた方から見てジャパニーズレディー、どうですか？」

と、やわらかい話題を投げかけた。いつもはきびしい顔つきのキルビーが笑顔で答える。

「ヤマトナデシコ？　ワンダフルデス。シカシ、今ハ牛トノ付キ合イノ毎日デ、ナデシコト出会ウチャンスアリマセン」

焼き上がる牛肉を裏返しながら伊藤が、英国人公使から耳にしていたことを思い出して言う。

「これからたくさんの外国人がどんどんやって来るでしょう。そんな外国人が遊べる場所を作るべきだと言う意見があるんですよ。どんなものでしょう？」

「外国人タチニ親切ニシテクレル女性トノミーティングノ場ガアレバナイスデスネ」

キルビーは横浜在住の時に耳にした江戸の吉原《よしわら》のことを思い出した。

「ニュー吉原、ナイススポットデスネ？」

徳川幕府の膝元の江戸は六〜七割りが男で、女が少ないことから日本橋近くの湿地帯に遊女を集めた里・吉原が誕生し、「遊女の城」として人気を集めた。それが浅草寺裏《せんそうじうら》の田圃《たんぼ》に移転していっそう広範囲となり「新吉原」と呼ばれて話題をさらっていた。当時の遊郭《ゆうかく》は大名や豪商など一流の名士を迎える社交場であり、気位いも高く、衣食住も一流で、流行の先端を行く格別の場所として憧れの目で見られていたのである。伊藤が言う。

「そういえば、遊郭は江戸より先に京都で出来ましてね、やはり発展を繰り返したようです。町を拡大するたびに移転するのですが、それが九州島原《しまばら》の乱のように大変ってことで、いつのころからか島原と呼ばれるようになりました。新撰組の連中もしばしば通ったようですが、キルビーさん、関心ありますか？」

「ファーストレディーノイルスペシャルスポットデスネ？　ジャパニーズファーストレディー？　行ッテミタイデスネ」

米田が言う。

「実はこの兵庫にも、吉原や島原のような遊郭を作ってはどうかという意見があるのですよ。やがて居留地も出来れば、外国の人たちがどんどん増える。そんな人たちの社交場を作るべきだという提案です」

ハンターも自分の考えを述べる。

「人ト人トノコミュニケーションヲ深メル文化ノレベル高イスポットニナレバト希望シマス」

伊藤が続ける。

「いずれにしろ、外国の人たちはもはや、日本の敵ではないと私自身思うのですよ」

その言葉に実感がこもるだけの理由がある。伊藤は一端は攘夷運動《じょういうんどう》に身を置き、桂小五郎らと共に、文久二年には江戸で建築中であったイギリス公使館を焼き打ちしたこともある。その翌年に、よりによってイギリスに留学し、自分のそれまでの考え方と行動がもはや、通用しないことを身をもって悟ったのであった。

「英国公使から興味深いアドバイスをもらいました。これからの日本の敵は、外国ではなく、スピロヘータだと言うんですよ」

外国事務局判事として誰よりもひんぱんに外国の要人に接するうちに伊藤が耳にしたことであった。スピロヘータは日本語では梅毒《ばいどく》と訳され、いまわしい性病として恐れられていた。

「よりによって何故、梅の毒と言うようになったのか、私の大切な妻の名前が使われているあたりが不満なんですが、ともかく、性病を蔓延《まんえん》させないためにも、ちゃんとした社交場を設けるよう、外国人対応係の私に積極的に動くよう希望する声が強いです」

かいがいしくパーティーの世話をする伊藤の妻をしげしげと見ながら、稲次郎は不思議に思う。あの美しい梅にどんな毒があるのか？　外国人のために社交場が何故必要なのか？　子供には今一つわかりにくい話しであるが、大人の会話を耳にしながら、口はひたすら肉を味わい続ける稲次郎であった。初めて食べた牛肉は、これまでの十五年間の人生に食べたあらゆるものにもましておいしいと稲次郎は感じていた。

このパーティーが引き金となって、伊藤は外国人と日本女性の交流の場を設けることに深い関心を示すようになる。宇治川尻の西に一カ月ほど前から外国人相手の茶屋が出来ていた。そんな社交の場をもっと本格的に増やしてはどうかと、英国公使たちの声も耳にし、伊藤は自分の力で何とかなるものなら、と真剣に考えるようになった。

慶応四年三月のこの時点では、外国人居留地はまだ名ばかりで、狐や狸が横行する原野に夜には追いはぎまで出るしまつであった。

「追いはぎだけではないです。幽霊まで出るそうですよ。塾生の間で大変な噂になっています」

稲次郎が色々な噂を聞いてきた。

「あの事件が起きた場所でしょ？　無念の最期をとげた侍が白装束で現れ、じぃっと西国街道の方をながめているそうです」

加えてこの春は菜種梅雨《なたねつゆ》となった。じめじめと春雨が降り続き、居留地予定地として造成された土地がぬかるんで、視察に訪れる外人たちが不平をもらすのであった。

牛肉を買いにやってくる外人たちからキルビーやハンターも不平を耳にしており、伊藤に伝えた。

「港ヲ作ッタダケデ、後ハ放リッパナシ。日本人ハ外国人トホントニ仲良クヤッテイク気持チガアルノカトマデ言ッテマスヨ」

ハンターの忠告に胸を痛める伊藤だった。

「アドバイス、ありがたく戴きます。せっかく誕生した港を盛り上げるためにも、居留地を一日も早く完成させ、同時に周辺のにぎわいも必要だと私は考えます」

伊藤の本心からの言葉だった。こんな彼がこの兵庫の発展に欠かせぬ重要な人物となるのに時間はかからなかった。

ほどなく兵庫県が誕生して、初代知事に伊藤が就任する。

第八章　明治維新

東京の地名の由来
明治の意味
日本の三原《さんばら》

ハンターとキルビーは自分たちが命を預けているこの国が慶応四年のこの年、激動の瞬間を迎えていることを肌で実感していた。

「ジャパンノ夜明ケデスヨネ。私コノ時ヲ信ジテコノ国、来マシタ」

しみじみとハンターがもらす。出身地のアイルランドは永年、イングランドの工業の植民地的地位に置かれ、自由を求めて他国へ出稼ぎに行く者が多かった。

「ドウセ出稼ギニ行クナラ、ヨーロッパ人ガ注目スル東洋ノジパングヘト思ッテ日本ニ来タ私デスカラ、イツカハ造船ビジネスニトライシタイト夢見テマス」

柴六の酒蔵の向こうに広がる兵庫港の波が五月晴れ《さつきば》の空を映してきらきらと輝いていた。その海に、帆船《はんせん》ではなく、機械で動く船をいつか浮かべてみたいと、ハンターは思い描く。

「私モソウダヨ。コノ国ニハ可能性ガアルト思ッタカラ、アイルランドヲ捨テテヤッテ来タ。居留地出来タラ貿易始メマショウ」

牛刀《ぎゅうとう》の手入れをしながら、キルビーが言う。常に時代の先端をいくビジネスに挑戦するのがキルビーのやり方であった。横浜では燐寸《まっち》や雑貨の貿易を手がけたが、先発の商社が幅をきかし、後発組は「ヨーロッパの掃きだめ」とも悪口を叩かれる一面があった。キルビーはそれが不満で、これからの時代を支えていく機械や最新の技術で動く船を扱うニュービジネスを新天地の兵庫で立ち上げたいと、そのタイミングを狙うのであった。

「コノ牛肉ビジネスハ、誰カガ真似ヲシテ跡ヲ継イデクレレバイイ。牛肉食ベナカッタ日本人ガ牛肉ノ素晴ラシサ知ッテクレタダケデ私ハ満足ダ」

日本の食文化の革命ともいえる実績を残すだけでも偉大なことなのに、キルビーは既に次ぎのビジネスの展開を目指しているのであった。

「夢ハ実現サセテコソ夢デス。ミスター・伊藤ガ張リ切ッテイル。私タチモガンバリマショウ」

幕府に代わっての新政府が矢継ぎ早やにさまざまな改革を実施していた。四月二十五日に京都裁判所を改めて京都府を設置したのを皮切りに、五月二日には大坂を大阪府と改め（注、大坂はここで大阪の表記に変わる）、五月十二日には江戸府を設けた。その二十一日後の慶応四年（1868）五月二十三日、兵庫県が誕生し、初代知事に伊藤俊輔が就任した。ここで伊藤はそれまでの俊輔という名前を博文と改めた。のちに日本初の内閣総理大臣として歴史に残る伊藤博文である。

兵庫県庁の前身である兵庫鎮台《ひょうごちんだい》はもともとが大坂奉行所《おおさかぶぎょうしょ》の出先機関として設置されたもので、伊藤が四カ月前に赴任した時は「大坂奉行」とも呼ばれていた。チョンマゲに着物姿の日本人が多いなかで、洋行経験のある伊藤はいち早くチョンマゲを落とし、外国人並みの洋服を着て、外人たちとの折衝に臨んできた。馬にまたがって駆ける二十七歳のハイカラ青年を人々は「坊主奉行」と呼んで親しんだ。チョンマゲがない坊主頭であることからそんなあだ名が付けられたが、寺の坊主のように読経《どきょう》ざんまいの生活とは程遠い行動ぶりで、得意の英語を駆使してさっそうとした姿で注目を集める伊藤だった。

今や知事となった坊主奉行が馬に乗ってキルビー屠牛場にやって来た。伊藤はキルビーやハンターたちとの付き合いで、牛肉が大好物となっていたが、今日は牛肉を求めにやって来たのではない。馬から下りるなり、伊藤はキルビーに言った。

「稲次郎が言っていた噂ですがね、居留地が追いはぎの稼ぎどころとなっているばかりか、幽霊まで出るようになっているということは放っておけません。その幽霊があの切腹の侍だと噂されているとすれば、なおさら私は見過ごすわけにいきません」

三宮神社前事件の責任を負わされて、腹を切らされた滝善三郎を伊藤はふびんに思っていた。外国の要求に反対して伊藤が助命嘆願《じょめいたんがん》したにもかかわらず、滝は切腹に追いやられてしまった。幽霊となって出たい気持ちがよく分かる伊藤だった。

「だからといって幽霊が暗躍する居留地では困る。私の権限で本来の外国人たちがビジネスを行うタウンに仕上げたい。とどこおっていた工事を再開させることにしました」

キルビーたちが、居留地の整備を急ぐべきだとアドバイスしたことに応えてさっそく伊藤は行動を起こしたことを報告する。

「入居者の予約募集も始めるので、ぜひ、応募を」

アドバイスのお礼として情報の提供も忘れないところが伊藤らしい。

「サンキュー、プレジゼント・イトウ。私、コノ時待ッテイマシタ。オブコース、予約シマス」

キルビーは知事に手を差し出し、固い握手を交わす。

「貿易ビジネス、造船ビジネス始メル時、近ヅイテ来タヨウデスネ？」

ハンターが笑顔で言う。日本好きのハンターらしく、しゃれまで口にして喜びを伝える。

「プレジゼント・イトウニプレゼントデス」

竹の皮にすばやく包んだ牛肉を、ハンターは伊藤に持たせる。

「今日からプレゼント・イトウと名前を変えましょうか？」

ジョークで答えながら、伊藤が肉を受け取る。

「良イ知ラセヲアリガトゴザイマス。プレジデントノ働キニ期待シマス」

キルビーの言葉に伊藤は、西洋流の敬礼で応えると馬にまたがって帰って行く。そのうしろ姿にキルビーとハンターが英語を投げかける。

「グッドラック！」

伊藤知事の命によって居留地の工事がすぐに再開した。併行して居留地入居者の募集も始まった。

知事に約束した通り、キルビーは居留地の二区画を申し込んだ。

「土地が決まったら、建物はあっしが建てますからね。楽しみにしてて下さいよ」

留吉がキルビーに言う。楽しみにしているのは留吉自身もである。西洋風の運上所の建物を手がけた経験を活かし、自分の家に身を寄せている二人の外国人のために素晴らしい洋館を建てるべく、張り切るのだった。

このころ、七月十七日に、江戸では地名を東京と改め、江戸府に代わる東京府を誕生させた。西の京都に対して、東の都という意味での東京である。その一週間後の七月二十四日、兵庫では居留地の第一回目の競売が行われ、キルビーは十三号と十四号の計六百坪を落札し、永代借地権《えいたいしゃくちけん》が認められる地券《ちけん》を手にした。

「さあ、準備スタートですよ」

留吉まで英単語を口にするようになっていた。

「どんな間取りをお望みか、プランを相談しましょうや。土地造成が終わったらすぐにもスタート出来るようにスタンバイしておかないと」

夫の張り切りように目を細めるタネの姿を見て、稲次郎は子供ごころに「人間、目標があればこんなにもいきいきするものだな」と、感心する。

そうこうするうちに、八月二十七日、京都で祐宮睦仁親王《さちのみやむつひとしんのう》が即位して天皇となった。そのことがすぐに兵庫に伝わってきて、キルビーが稲次郎に言う。

「ジャパニーズエンペラー、Ｙｏｕヨリ一年上。稲次郎、Ｙｏｕ、シッカリ勉強シテベリーグッド人生送リマショ」

「イエス、サー。キルビーさんやハンターさんをサポートさせていただきます。日本男児の名誉にかけて」

外国人と同じ屋根の下に暮らすことで、少年ながらも社交性を身に付けていく稲次郎であった。

祐宮睦仁親皇は嘉永五年（1852）九月二十二日の生まれで、父は初代神武天皇から数えて第百二十一代孝明天皇《こうめいてんのう》、母は中山慶子である。幕末の激動のなかで幼年期を過ごし、十四歳の十二月二十五日には、父孝明天皇が三十五歳の若さで崩御《ほうぎょ》するという悲しい場面にも直面した。孝明天皇には悪性の痔（脱肛）の持病があるうえに、流行性出血性痘瘡《とうそう》をわずらい、それが直接の死因とされた。しかし、その裏で岩倉具視《いわくらともみ》が妹の女官を操ってヒ素で毒殺したとする説も噂され、子供ごころにもすっきりしない思いのまま、過ごしていた。二年の歳月が流れ、自分自身が即位という転機を迎えたのであった。しかも、単に天皇になるだけではなく、徳川幕府最後の第十五代将軍徳川慶喜から政権を譲り受けての即位で、責任重大である。あと二十六日で十七歳という若さでの即位であった。即位の十二日後の九月八日に年号を明治と改元して祐宮睦仁親皇は明治天皇となった。中国の歴史書「易経《えききょう》」の中に「聖人南面して天下を聴き、明《めい》に嚮《むか》って治《おさ》む」という文章があるが、この中から明と治を取って明治と決めたものであった。ここから日本の歴史が大きく変わる。まさに、近代日本の夜明けである。

明治元年と改まった直後の九月十八日、坂本村周辺は朝から活気づいていた。田畑の中に林があり、室町時代の湊川の合戦で討ち死にした楠木正成《くすのきまさしげ》を祀る塚があった。水戸黄門の異名で親しまれる徳川光圀《みつくに》公が「嗚呼忠臣楠子之墓《ああちゅうしんなんしのはか》」と揮毫《きごう》した碑がひっそりと立つ林の東に兵庫県庁の建物が完成していた。兵庫切戸町《きれとちょう》にあった元大坂鎮台の県庁舎を閉鎖して、ここに新たな県庁の建物を完成させて、今日はその開庁式なのであった。伊藤知事からじきじきの招待を受けて、ハンターはキルビーと共に出かけた。

「オウ、ジャパニーズ・ハウス！」

キルビーが一目見るなり、喚声を上げた。いかにも日本の役所らしい建物が出来ていた。しかし、藁葺《わらぶ》きではなく、黒瓦屋根《くろがわらやね》の目新しい建物ではある。切り妻《づま》屋根が二棟あり、東の棟の屋根の上には櫓《やぐら》まで作られ、凝った作りに仕上げさせたあたりに伊藤らしいセンスが伺える。大きな木材で鳥居のような門構えを作り、十段余りの土の階段を上って門にたどり着く。ぞろぞろと多くの客が門をくぐっている時、土煙を上げて馬車がやって来た。慶応二年に横浜で始まった乗合馬車事業が、この兵庫でも見られるようになり、人々は「異人馬車」と呼んでいたが、さすが県庁のレセプションともなると、目新しい異人馬車で乗り付ける者がいるのである。馬車から下り立ったのは帽子がよく似合う髭をたくわえた西洋人で、見るからにプライドの高そうな男性であった。

建物の入り口で、伊藤夫人の梅子が笑顔で客を迎えていた。キルビーやハンターが伊藤家で牛肉パーティーをした時、二子目《にしめ》を妊娠していた梅子は、八月に生子《いくこ》を出産していた。乳飲み子を人に預けて、本日の晴れ舞台へのお出ましであった。このように、妻を公の場に出すのも洋行経験のある伊藤らしいやり口であった。西洋流を取り入れる一方で、伊藤はこの日ばかりは、紋付きの着物に袴姿《はかますがた》という日本調の正装で臨んでいた。兵庫県知事として、威儀を正す、伊藤らしいやり方であった。日本人、西洋人含め二百人を超える招待客でごった返す役所の建物の中で樽酒《たるざけ》が開かれ、漆《うるし》の盃に注いで客人たちにふるまうこぎれいな日本人女性十数人がひときわ目立っていた。彼女たちは宇治川の西川尻近くに七カ月ほど前から形成されつつある遊郭から招いた女性たちである。伊藤家でのパーティーで話題にのぼった外国人との交流の場を伊藤は知事になってから本気で推進しており、一流の社交場の形成を目指して、一帯を福原《ふくはら》と名付けていた。治承四年（1180）、平清盛が福原遷都《ふくはらせんと》を行い、わずか半年ではあるが兵庫を日本の政治の中心地にした史実にあやかって伊藤が命名したものである。京都の島原《しまばら》、東京の吉原《よしわら》と並んで後に〝日本の三原《さんばら》〟と呼ばれるようになる重い意味を持った命名であった。その福原から招いた芸妓十数人がかいがいしく来賓の世話をやいていた。いまにいうコンパニオンの原形がここにあった。

「外国の重要人物の皆さんのもてなしが出来る日本のトップレディーですよ。この機会に顔つなぎをどうぞ」

伊藤がキルビーとハンターに紹介した。

「ナイストゥミーチュウ！　マイネームイズエドワード・チャールズ・キルビー」

「マイネームイズ菊奴です。よろしゅうに！」

トップレディーの盃を気軽に受けて談笑に入るキルビーであるが、ハンターはためらいがちだ。その時、伊藤がハンターの前に一人の西洋人を連れて来て紹介した。

「居留地の設計をお願いしているミスター・ハートです」

一見して、先ほどの異人馬車でやって来た重要人物だと分かった。同じイギリスの出身という。

「プレジゼント・イトウがヨーロッパニ負ケナイタウンヲ希望シテイマス。ナイス・タウン、プロデュースシマス」

測量技師でもあるジョン・ウイリアム・ハートは伊藤と共に居留地の基礎設計を練り直している最中であった。徳川幕府が昨年の開港前に着手したにもかかわらず、未だに何にも出来ていない居留地をこの西洋人が伊藤兵庫県知事の肝煎《きもい》りで実現させようとしている。新しい時の流れを実感させる兵庫県庁の開庁式であった。

第九章　運命の出会い

道修町《どしょうまち》のおこり

兵庫に続いて大阪にも外国人居留地が予定されていた。慶応三年に幕府と各国との取決めにより準備が進められたものの、幕府が崩壊したことによって、計画が宙に浮いてしまった。明治新政府がこれを引き継ぎ、外交等の問題を処理する機関として、安治川《あじがわ》沿いに慶応四年四月、富島外務局《とみしまがいむきょく》を、その翌月には川口運上所《かわぐちうんじょうしょ》を設置した。運上所では外交、関税事務等の処理が行われ、後に税関と変わる。

川口運上所を設けた川口町一帯の二万六千平方メートルを川口居留地《かわぐちきょりゅうち》として造成を予定し、兵庫の居留地第一回競売の五日後の明治元年（１８６８）七月二十九日、大阪でも第一回競売が行われた。キルビーはこの競売にも参加し、第十七番区画三百五十五坪を七百十両余りで落札した。これにより兵庫に二箇所、大阪に一箇所、計三軒の商館を構える予定となったが、その計画に向けてキルビーとハンターは機械や雑貨類の輸入を始める準備にとりかかっていた。

「医薬品ノ輸入モシタイノデスガ……？」

ハンターがキルビーに提案した。アイルランドで、ハンターは医薬品の勉強をした経験がある。

「コノ国ハメディスンノジャンルガ遅レテイマス。コレカラハオソラク、メディスンガ必要トナルト私ハ思イマス」

アイルランドで薬剤師並みの知識を身に付けた自信に基づく意見である。青雲の志を抱いて世界を航海するには、人間の体を病気から守ることが不可欠とハンターは考え、故郷を出るまで、真剣に薬学の勉強をしたのであった。

「私ハコノ国ガ好キデスガ、悪イ病気ガ流行ルコトハ好キニナレマセン」

ハンターが横浜にやって来た慶応元年の三年前の文久二年には江戸でコレラが大流行し、囲碁の道で十二年間にわたり、無敗の地位を守り抜いて来た本因坊《ほんいんぼう》が三十四歳で死んだという話しをハンターは横浜で耳にしていた。囲碁は英国で言うチェスのようなものとハンターは理解し、日本で棋聖《きせい》とあがめられる本因坊が、もろくも流行り病いに命を落としてしまったことに心を痛めた。

「囲碁ノ勝負ニ負ケタコトノナイ人ガ流行リ病イニハ勝テナイ。コノ国ハ野蛮デス」

これからいよいよ貿易の事業を始めるにあたり、医薬品の輸入も、ぜひ行いたいとハンターは考えるのであった。キルビーは年下のハンターを部下と見るのではなく、腹心の相棒と思い、ハンターの意見を尊重することにしていたので、今回の提案を素直に受け入れた。屠牛業は新天地での事業の手始めとしては一応の成功であった。が、今後の事業展開としては、商社として各種商品の輸出入が当然考えられねばならない課題であった。

大阪川口居留地への進出を見込んで、特にハンターは医薬品の取り扱いをアイテムに加える必要があると踏んでいた。それというのも、大阪には道修町《どしょうまち》という薬問屋が集まる地域があることを聞き及び、兵庫とは異なるビジネスの展開をすべきと彼なりのプランを描いていたのである。

ハンターの認識は正しかった。安土桃山時代に豊臣秀吉が大坂城を構えるにあたり、道修町を中心に薬業を盛り立てるよう促したこともあって、江戸時代に入ってからも、薬の町の形態がいっそう整い、明治維新の今、道修町はますますその存在が日本全国に知られつつあった。

ハンターの計画に役立つよう間人塾の米田左門講師が文献を調べて報告してくれた。

「昔、中国からの帰化人の北山道修が大坂で医業を開いたところ、その腕が素晴らしいというので、次第に薬種業を志す者たちが集まって薬の町を築いて来たんですね。文政五年（１８２２）に大坂でコレラが流行った時には、虎の頭の骨を砕いて作った虎頭殺鬼雄黄円《ことうさっきゆおうえん》という薬が道修町で作られ、薬の町としての評価が高まりました」

「虎ノ頭ノ骨ガコレラニ効クノデスカ？」

ハンターが驚いて聞き返す。

「西洋医学デハ考エラレナイコトデス」

「ハンターさん、だからこそあなたの活躍の場がありますよ。先進国の医薬品をどんどん日本に輸入して下さい。私はあなたに期待しています」

左門講師の激励を受けて、ハンターは勇気百倍になり、ヨーロッパからの医薬品の輸入を開始した。このことが、ハンター自身の運命を左右する結果を招こうとは、想像だに出来ないことだった。

堂島川と堀川が合流したかと思うと、すぐに安治川と木津川に分かれる。二つの川の間に横たわる三角地が川口居留地に予定されていた。木津川の東に位置する江之子島上之町に薬種問屋「平野常助商店」があった。大阪進出をもくろんでキルビー商会は医薬品の輸入卸を開始したが、新規取引先を開拓中で、ハンターがしばしば大阪を訪れては販路拡大に励んでいた。平野常助商店も、取引を始めて間もない得意先の一軒だった。

日本には秋霖《しゅうりん》という言葉がある。しとしとと秋の雨が降り続くさまを表現した言葉だが、九月八日に明治元年となった翌月、その言葉通りの秋雨が降る日が続いていた。ハンターはその日も大阪入りしていた。平野商店から輸入薬品の注文を受けていたこともあり、雨だから得意先回りをやめるというわけにはいかなかった。

「足もとの悪いなか、すまんこってすな」

番頭が泥にまみれたハンターの靴を見てねぎらいの言葉を送った。この店は主人の平野常助の人柄から従業員の躾までいき届いている。

「大丈夫デス。レイニーデイニハソレナリノ日本ノイメージガアルノデ私、レイニーデイ、問題ナシデス」

土間で合羽を脱いで、帳場の上がり口に鞄を置こうとするハンターに番頭が言う。

「いとはんもおんなじことを言わはります。雨に打たせてほしいちゅうて」

番頭の何げない一言だったが、その一言がハンターの、そして愛子の運命を左右する重大な糸口となったのである。

「イトハン、オ嬢サンノ愛子サンデスネ、彼女、雨ニ打タセテホシイ、言ウノデスカ? ドウシテデスカ?」

鞄の中から注文の薬品を取り出しながら、ハンターは尋ねる。

「この間から高熱を出してはりますねん。もとは腸わずらいやそうですけど、医者がもうどないも手の打ちようがないさかい、好きにさせてやりなさいゆうことですねん。座敷で寝てもろうてましたんやけどえらい熱でして、いとはんが雨に打たせてほしい言わはりまして、縁側にふとんを移したとこですわ」

ハンターがこの店を訪れるのは、三、四度目になろうか。帳場を助けたり、商品の管理を手伝ったり、かいがいしく働く娘がいた。主人常助の長女で十八歳の愛子である。珍しい外国人の訪問にいつも笑顔で挨拶してくれる感じのよい女性だった。その娘が病気になって医者から見放されているという。

「ドウシタンデスカ?　コノ間オジャマシタ時ハ元気ダッタデハナイデスカ?」

「あてらも不思議に思うてんですけど、急に病気にならはりまして、あれよあれよゆううちに悪なって、明日をも知れぬ命にならはりましてん」

明日をも知れぬ命という割りにこの店には緊張感がないことをハンターは感じた。逆に言えば、それほどまでに愛子の病状がもうどうしようもないほど悪化してしまっているということか。

「会ワセテ下サイ。愛子サンニ」

ハンターは何故かいたたまれぬ気持ちになって頼み込んだ。番頭が案内した奥座敷の縁側で、降り込む霧雨に打たれながら目を閉じたままの愛子の姿があった。一目見るなりハンターは叫んだ。

「オウ、ノウ!　ミス愛子、雨、ダメデス!」

ハンターは愛子のそばに駆け寄ると、寝床ごと彼女を抱え込んで、座敷に運び込んだ。

うっすらと目を開けた愛子が虫の息で反応した。

「あ、ハンターさん……」

あとが続かなかった。高熱におかされた愛子の熱気がハンターの顔にまで伝わってくる。

「ダイジョーブ、ナントカシマス」

ハンターはふとんごと愛子を座敷に下ろすと、鞄の中から幾つかの薬を取りだして、その一包みを愛子の口にふくませた。

「スミマセン、オ水クダサイ」

丁稚が水を持ってくるまでの間、ハンターはじっと愛子の顔を見つめていた。そして手をそっと愛子の額に置いて目を閉じたままの愛子に小声でささやいていた。

「ダイジョーブ……。ヨクナリマスヨ……」

丁稚が運んできた土瓶の口を愛子の口にくっつけて、ゆっくりと時間をかけながら水を少しずつ愛子に飲ませるのだった。

「熱キット下ガリマス。元気ニナリマスヨ、ミス愛子……」

水をふくませ終わると、ハンターは手ぬぐいを借りて水にしめらせ、そっと愛子の額の上に置く。

「あ、り、が、と」

うっすらと目を開けた愛子がそれだけ言った。

「ドンナニ熱高クテモ、雨ニ当タルノハヨクアリマセン。熱ハ私ガ下ゲテアゲマス。病気モ私ガ直シテアゲマス」

やさしく言うとハンターは静かに座敷を離れ、主人の常助に面会を請うた。

「薬売る身が娘の命も救えぬのかと消沈しとりました」

常助がハンターの顔を見るなり、つぶやいた。いつもの元気いっぱいの主人の姿はどこに消えたのか、やつれはてた中年男がそこにいた。愛娘《まなむすめ》を死なせてしまうかも知れない悲しみにうちひしがれている主人にハンターは言う。

「アキラメテハイケマセン。熱ハ原因ガアルカラ出ルノデス。原因ヲ取リ去ル方法考エマショウ。私、薬作ッテ持ッテキマス」

「医者がもう駄目だから好きにさせてやりなさいと言うとるんですが……」

「失礼デスガ、日本ノドクター、出来ナイコト、ヨーロッパノ薬、病気ナオセル可能性アリマス」

「ハンターさん、本当ですか？　うちが今扱っている支那やオランダからの薬ではどうしょうもないと医者が言うとりますが」

「失礼デスガ、ソレ以上ニ優秀ナ薬ヲ私ガ調合シマス」

「ハンターさん、信じていいのですか？」

常助の顔に持ち前の品の良さが戻ってきた。

「ハイ。私ヲ信ジテ下サルナラ、雨ニ打タセルノハ良クアリマセン。平野商店ハ薬売ル店デス。薬デミス愛子治シマショ。私ヘルプ約束シマス」

「ハンターさん、あなたの力で治せるものならぜひ、治して下さい。私にはかわいいかわいい娘です。

あなたの薬でぜひ、愛子の命を助けて下さい」

常助は額を畳にこすりつけんばかりに、ハンターに頼み込んだ。

「日本ノドクターノ治セナイ病気、私ノ薬デキット治シテミセマス」

きっぱりとハンターは言い切る。

「最後ノ望ミダカラトイッテ雨ニ打タセルノダケハ良クアリマセン。モット熱高クナッテ愛子サン死ンデシマイマス。雨ヨリモ、店ノミナサンノ気持チデ彼女ヲ包ンデアゲテ下サイ。オ願イシマス」

「解りました。ハンターさん、あなたのおっしゃる通りにします。奇跡を待ちます」

「奇跡ハ待ツテイテハ起コリマセン。待ツモノデハナク、作ルモノデス」

番頭と丁稚がそばにやって来て、主人と共に頭を畳にこすりつけてハンターに言うのだった。

「ハンターさん、お願いします！」


兵庫の紺部村の留吉の家にハンターが帰り着いた時には、暮れやすい秋の日がとっぷりと夜になっていた。夕食を取ろうともせず、自室にこもるなり、ハンターは菜種油のランプの灯りで、薬の調合を始めた。キルビーが心配してのぞき込む。

「ドウシタ？　何カアッタノカ？」

事情を説明するのももどかしげに、色々な薬の調合を試みるハンターに、キルビーは、

「ベストヲ尽クシテ平野商店ノ娘サンヲ救ッテアゲマショウ。ココニアル薬足リナケレバ、英国人ノ誰カ薬持ッテイナイカ、探シテミマス」

と、ハンターを激励する。愛子は細菌性の病気におかされているとハンターは診ていた。細菌を殺す新薬が有効だろうと考えた。ちょうどふさわしい薬が数種類、英国から届いていた。これまでの日本に流行った病気は殆どが細菌性のものだとハンターはロンドンデリーで勉強した知識を活かして分析していた。だから、細菌をやっつける薬が日本には必要だと考えて、今にいう抗生物質系の医薬品を本国から取り寄せていた。

自室に入ったきり出てこないハンターを心配して、タネがおにぎりと味噌汁を運んできた。

「これだと食べられるでしょう？　人様を助けるには、自分自身が体力を付けないとね」

さりげなく気遣う日本の母がそこにいた。久しく忘れていたロンドンデリーの母を思い出してハンターは胸が熱くなった。国を出て十年余り、無我夢中で新しいことへの挑戦の連続で人間らしい気持ちを忘れてしまっていたが、思いがけなくも人並みの気持ちを取り戻して、ハンターは何としてでも平野常助商店の娘・愛子の命を助けようと自分自身をふるい立たせるのだった。

第十章　執念の看病

明治初期の交通事情

エドワード・ハズレット・ハンターの生まれ故郷、アイルランドの北端・ロンドンデリーに伝わる子守歌があった。母が何かにつけ口ずさんでいたことを久しぶりにハンターは思い出した。

「オウ、ダニーボーイ……」

歌がひとりでに口をついて出た。薬を調合しながら、懐かしい故郷の子守歌のメロディーをなぞる。チロチロと燃える菜種油《なたねあぶら》のランプの光の向こうに、母の顔が目に見えるようだ。

「マミー、元気デスカ?」

そっと、言葉にしてみた。わずか十五歳の我が子を遠い異国に旅立たせる母親の心境はいかばかりであったろう?　故郷を遠く離れて、しかも十年も経った今になって初めて母の気持ちが分かる。青雲の志に燃えて国を出た自分はいい。手塩にかけて育てた親にしてみれば、かわいい息子を送り出すのはたまらなく辛いことだったに違いない。

「マミー、マミー……」

ハンターは薬の調合を続けながら、目頭を熱くした。ついぞ呼んだことのない母をそっと呼んでみた。娘の愛子を病気で失おうとしている平野常助商店の主人夫婦の気持ちが痛いほど理解出来る。故郷の母の声が頭の中に聞こえる

「助ケテアゲナサイ」母はそう言っている。オーストラリア、香港、上海を経てやって来た日本。横浜を経て、今、この兵庫に根をおろそうとしている十年の歳月を経過した自分自身を改めて実感するハンターであった。薬種問屋《やくしゅどんや》・平野常助商店《ひらのつねすけしょうてん》の娘・愛子《あいこ》が久しく忘れていた人間らしい感情を呼びさましてくれた。その愛子の命を救うために、ハンターは必死になっている。はるばる英国から届いた医薬品のすべてを吟味して、選び抜いた何種類もの医薬品を調合し、愛子の病状がどのように変化しようとも対応出来るように万全の準備を整えるのであった。翌朝、雨は上がった。久しぶりに秋晴れの空が広がっていた。留吉、タネ、稲次郎、キルビーが見送る。

「日本の男はね、ここ一番という時には自分を犠牲にしてでも、立派な働きを見せるものです。日本びいきのハンターさんだ、おいらが言わなくともがんばってこられることでしょうが」

留吉が激励する。

「ビジネス抜キデ人ヲ助ケルコトモ大事ナコトデス。ベストヲ尽クシテアゲナサイ」

キルビーが握手で送り出す。

「サンキューベリーマッチ。愛子サン命助ケタラ帰ッテキマス」

愛子の回復の目途がつくまで大阪にとどまり続けてでも看病を続ける覚悟のハンターだ。明治元年の交通手段といえば、自分の足で歩くことと、船に乗ることだった。馬車が誕生してはいたが、気軽

に利用出来る交通手段にはまだなっていない。大阪まで出かけるには最近、帆掛け船に代わって就航したばかりの小型蒸気船を利用するのがいちばん便利だった。大阪に上陸すると、ハンターはまっすぐ平野常助商店を目指した。

「ハンターさん、お待ちしとりました！　お嬢さん、生きてはりまっせ」

番頭が喜びの声をあげて、ハンターを迎えた。

「ミス愛子、大丈夫デスカ？」

「ハンターさんの薬、よう効きます。熱が下がりました。主人も奥さんも、働いてるみんなも、ハンターさんを神様みたいに思うてまっせ。今日は何かまた薬、持って来てくれはりましたか？」

「モチロンデス。新シイ薬調合シテキマシタ。スグ、ミス愛子ニ呑マセマショウ」

離れの座敷のふとんに寝ている愛子が死なずに生きていた。医者から見離されていた愛子が、ハンターの薬によって高熱も下がったという。

主人の常助がすぐに顔を出した。

「ハンターさん、おおきに！」常助は畳に額をこすりつけんばかりに、丁寧に礼を述べた。

「ハンターさんのおかげで娘が助かりました。ほんまにおおきにです。ハンターさん、この調子で娘をもっと元気にしてやって下さい」

「オーケーデス。私、ミス愛子キット助ケテミセマス。ソノ積リデ私来マシタ」

愛子はどうやら最悪の事態は切り抜けたもようである。

「良カッタデス。シカシ、勝負ハコレカラデス。何トシテモ私、ミス愛子元気ニシテミセマス」

「ハンターさん、ほんとによろしくお願いします。お礼は出来るだけのことをさせて戴きますので」

「オ礼ヨリ命ヲ助ケルコトガ先デス」

ハンターは昨夜、寝るのも惜しんで調合してきた薬を愛子の口にふくませる。ハンターの指が愛子の唇に触れると、愛子がかすかに目を開けた。

「あ、ハンターさん、あ、りがと……」

「ダイジョーブ、ミス愛子。今日ハモットイイ薬作ッテキマシタ。キット良クナリマスヨ」

やさしく気を使いながらたくみに薬を愛子の口にふくませていく西洋人の姿をまるで魔法使いでも見るように番頭や丁稚が遠巻きに様子を伺う。

この時、常助は四十六歳。二歳姉さん女房の菊子との間に長女・愛子を筆頭に三人の女の子と一人の男の子をもうけていた。菊子も遠慮がちに姿を見せて、ハンターに頼み込む。

「何かご入り用の品がありましたら何んなりと言うとくれやす。愛子のことくれぐれもよろしゅうにおたの申します」

いつの間に勢揃いしたのか、愛子の妹や弟が神妙な面持ちで、母親の横からハンターのようすを伺う。

「ほれお前たちからも、お姉さんのことハンターさんによ〜くお願いしなさい」

母親にうながされて、子供たちはいっせいに畳に額をこすりつけて深々とお辞儀をする。

日本流の挨拶にハンターは笑顔を返しながら、

「今イチバン大事ナ時デス。ミンナノ気持チ一ツニ合ワセテ、ミス愛子、助ケマショ」

珍しい洋服姿の青い目の外国人が、平野家のみんなには本当に頼もしく感じられるのであった。

「私、ココデミス愛子看病シマス」

ハンターは座敷の端に進むと、正座して言った。その言葉を受けて、番頭が丁稚たちに言って聞かせる。

「いとはんの命を助けられるのはハンターはんしかいてはれへん。みんなもハンターはんの手足となってお役に立つように、たのんまっせ」

「へい。何なりと言うて下さいませ」

めったに同席できない異人と一緒になって店のいとはんを助けるのだと思うと、丁稚たちの気合いも入る。愛子が寝ている座敷の様子を誰もが伺いながら仕事や用事を進める。愛子救命活動の中心的存在のハンターは座敷の一角に身を置いたまま、たじろぎもせず、愛子を見守り続けている。洋服を着た西洋人ながら、そのさまはまるで、瞑想にふける禅僧のようでもあった。

時が静かに流れた。障子に影を落としていた庭木の枝がいつしか消えると夕暮れになった。

「ハンターさん、主人が母屋までお連れするようにとのことです」

丁稚が連絡に来た。

「晩ご飯を食べてもろうて下さい言うてはります」

ハンターは愛子の様子を見る。安らかに眠っている。細菌をやっつけるヨーロッパの薬が効いているようだ。この分だと席を外しても問題ないだろう。母屋の奥座敷で、常助の妻の菊子が三つ指ついてハンターを迎える。

「ハンターさん、このたびは本当にありがとうございます。晩ご飯をどうぞ召し上がって下さい」

使用人が複数いるにもかかわらず、菊子はハンターに感謝を伝えるべく、自ら彼のために夕食をこしらえたのであった。菊子にご飯を茶碗によそってもらいながら、ハンターがぽつりと言う。

「私ノマザー、ミス愛子ノ命助ケナサイトロンドンデリーデ希望シテイルト思イマス。長イ間忘レテイタマザーノコト、愛子サンガ思イ出サセテクレマシタ」

「お母さん、遠い海の向こうでハンターさんのこと心配してらっしゃることでしょうね」

菊子は国は異なっても、同じ母親として子を思う気持ちがわかるような気がするのである。まして、遠い遠い異国に生きる息子を案じる母ごころはどんなであろうと、菊子は思うのであった。

「私ノ夢ノタメナラト、マザー、私ヲ送リ出シテクレマシタ」

「お母さん、寂しかったことでしょうね」

「…………」

ハンターは言葉を詰まらせた。自分のことで思いがいっぱいで、これまでほとんど母親や父親の気持ちなど考える余裕がなかった。ハンターの父ジョーン・ハンターはロンドンデリーの港町で、つつましやかな家庭を築いてきた。庶民の中に埋もれるようにひっそりと暮らしてきたが、どういう風の吹き回しか、息子が大航海に出ると言い出して悩み抜いた。結局、息子の意志を尊重して、オーストラリア行きの帆船に乗り込んだ息子を見送ったのであった。

「香港カラ上海へ、ソシテ日本ニ移動シテ、今、兵庫デ暮ラシテイルコト、ペアレント、知リマセン」

この時点では郵便制度はまだ生まれていないので、消息を気軽に知らせることも出来なかった。

「せっかく、故郷を出てきたのですから、ハンターさんの夢が叶えられるといいですね？　どんな夢なのか、良ければ教えて下さいな」

「日本ノ暮ラシヲ豊カニスル色々ナビジネスヲ始メルコトデス」

「もし、私たちでお役に立てることがありましたらおっしゃって下さいね」

菊子は持ち前のやさしい気持ちで心のままを表現した。

「ハイ、ソウイウ時ハ、ヨロシクオ願イシマス」

社交辞令としてそう返したが、この菊子という日本女性に自分の母親代わりのような気持ちで甘えてみたい思いにもかられるハンターであった。

「鯖《さば》の味噌煮《みそに》にしました。ちぬの海にまわって来る鯖が今旬です。ハンターさんのお口に合いますかしら？」

菊子が手作りの料理を勧める。

「旬？　ベストシーズン？　ジャパニーズフィッシュ好キデス。味噌モ好キデス。アリガトゴザイマス。イタダキマス」

ハンターは合掌して、箸を手にする。箸の使い方もすっかり上手になっている。

平野家から少し北東に歩いたところに、慶長二年に建立された東本願寺津村別院があった。慶応四年一月に官軍の本営・大坂鎮台《おおさかちんだい》がそこに設置され、同九月に明治元年となるにおよんで、大阪府庁《おおさかふちょう》と変わり、後藤象二郎《ごとうしょうじろう》が大阪府知事に就任していた。知事は川口居留地の形成に備えて西洋料理店が必要と考え、外国判事の五代才助の力を借りて、長崎で西洋料理店を営んでいた草野丈吉を呼び寄せて外国人に食事と宿泊を提供する「自由亭」という店を最近開かせていた。

ハンターはそこに宿泊した。朝、平野商店に出かけると、夜、「自由亭」に戻る。そんな毎日が何日か続いた。

「よろしければ、うちに泊まっていただけませんか？」

本音で菊子が申し出たが、

「外人相手ノホテル、オープンシテイマスノデソコニ泊マリマス」

と、けじめを付けるハンターだった。

「モシ、ミス愛子ニ困ッタコトアレバ、イツデモ私呼ビニ来テ下サイ。夜中デモスグニ駆ケツケマスカラ」と付け加えて。

ハンターの献身的な働きが効を奏して、愛子は病を克服したのであった。

第十一章　大阪ドリーム

天下の台所と淀屋橋
適塾

平野常助商店のある大阪江之子島上之町から西南に一里余りほど歩いたところに、天保山《てんぽうざん》があった。そこは、明治元年の今からさかのぼること四十五年、天保三年（1832）に鴻池善右衛門や加島屋久右衛門ら豪商が中心となって資金を集め、安治川と木津川の大川ざらえを行った土砂を盛り上げて築いた土地であった。八幡屋新田にうず高く積み上げられた土砂が山となって、船の目印になることから、目印山とも呼ばれるようになっていた。幕末の安政元年（1854）、つまり十四年前にこの沖にロシアの軍艦・ジアナ号が太平洋艦隊司令官プチャーチンを使節として姿を現し、騒然とさせたこともある。

その小高い丘の麓から大阪と各地を結ぶ船が出ていた。ハンターはこの船を利用して兵庫と大阪を行き来していた。ある日、間人塾の米田左門講師にハンターは言った。

「一度、大阪へゴ同行願イタイデス……」

「OKですよ。ちょうど私も一度大阪へ行ってみたいと思っていたところですから、喜んで同行させて下さい」

米田は教育にたずさわる身として、北浜の適塾《てきじゅく》を訪ねてみたいとかねてより思っていた。

「二、三日大阪ノ自由亭ニ泊マリ込ム気持チデオ願イシマス」

川口居留地予定地のそばに誕生して間もない外国人相手の西洋料理店兼宿泊所「自由亭」にハンターは米田を案内した。「自由亭」の主人・草野丈吉にハンターが牛肉を勧めてからというもの、ステーキがオリジナルメニューとして人気を集めていた。キルビー商会が納入した牛肉を料理人が焼き上げたステーキを食べながら、米田が話す。

「この大阪が天下の台所として繁栄したのは水運に恵まれて、諸国の物産の集散地となったからですよ」

安治川を少しさかのぼると中之島があり、北側を堂島側、南側を土佐堀側が流れる。そのあたり一帯に約一万坪の広大な敷地を誇った淀屋の屋敷があったことも米田はハンターに教える。

「立身出世の人物でしてね、秀吉の時代に山城の国から大坂に出て来て、材木商から身を起こし、大坂落城の時に鎧、兜、刀剣などを処理する特権を与えられて大金持ちになったんです」

「大金持チ？　リッチマン？　日本ノビジネスノサクセス・ストーリーデスネ？」

淀屋の初代・与三郎常安《よさぶろうじょうあん》は土地の開発にも力を注ぎ、常安請地《じょうあんうけち》として開発したのが中之島であった。

二代目・言当《げんとう》の時代に靭《うつぼ》の地に魚市場を開設するほか、蔵元として諸大名の米の売りさばきも行い、堂島米市場へと発展させる。寛永年間に自費で架けた木の淀屋橋が有名になり、のちのちまで地名としてその名をとどめる。

「ハンターさん、サクセスストーリーには時として思いがけない展開があるもので、それが人生のおもしろさだと私は思うのですよ」

「淀屋ストーリーニモ意外ナ展開アリマスカ？」

ハンターがナイフで切りかけたステーキをストップさせて興味深げに聞く。

「最盛期には幕府や大名への貸し金が一億両とも二十億両とも言われるほど羽振りの良い淀屋でしたが、五代目・通称辰五郎の時に破滅します」

「破滅？　何カ理由アリマスカ？　知リタイデス」

「単純です。辰五郎の贅沢が町人の身分をわきまえぬとして、幕府に全財産を没収されたんです」

「幕府ニ貸シ金ノ協力マデシタ者ヲ幕府ガ痛メツケル？　私ニハ理解デキマセン」

「ハンターさんはお人がいいので、理解に苦しまれるでしょうが、権力者のすることは時に非情ですよ」

「フーン、日本モ恐ロシイ国デスネ？」

「この事実を欠所事件《けっしょじけん》と呼びましたが、当時の人々の話題を集めましてね、近松作『淀鯉出世滝徳《よどのこいしゅっせのたきのぼり》』として竹本座で上演されました」

「近松？　近松門左衛門？　日本ノシェークスピアネ？」

「さすがはハンターさん、近松をご存知なのですね？」

「イエス、竹本座ノアッタ場所ヲイツカ見タイト思ッテイマス」

「私は逆にシェークスピアに興味があります。日本の近松が題材にした淀屋は西国から九州にかけての諸大名の多くに金を貸し、淀屋に借金のない者はないというほどになりました。大名を経済的に支配するまでになった淀屋を幕府が恐れ、出る杭を叩いたというのが真相です。ハンターさん、日本には『出る杭は打たれる』という諺がありますから、注意して下さいね」

「私、平野商店ノ娘サン、看病シマシタ、アレ、ヤリ過ギデシタカネ？」

何日も通い続けて平野常助の長女・愛子に自分が調合した西洋の薬を呑ませて看病をしたことが行き過ぎだったかと、ふとハンターは今にして思ったのである。

「いいえ、とんでもない、ハンターさん、あなたが愛子さんの命を救ったことはとても立派です。良いことは自信を持ってやり抜くことです。この国は天下を取った者にへつらう習性もありますから、どうせならビジネスのサクセスを目指してがんばるのみですよ」

「イズレ、大キナビジネスシタイト思ッテ私、アイルランド出テ来マシタ」

「ハンターさんならきっとそのうちに大きなビジネスやられると私は見ています。そのための助走の日々が今ですよ」

ステーキを食べ終えて、米田はナイフとフォークをテーブルに置くと、ハンターの目を見てほほえんだ。

「ハンターさん、会わせて下さい。愛子さんに」

「ミスター米田、会ッテクレマスカ？　ミス愛子ニ」

「もちろんですよ。だから、お供して大阪に来たんですよ」

「自由亭」のベッドは懐かしい故国を思い出させる。アイルランドで過ごした幼い日々がハンターの脳裏によみがえる。しかし、米田にとっては、畳の上に敷くふとんとは勝手の異なることで、なかなか眠りにつけない。やっと眠りに落ちたと思ったら、窓の外に朝日がさしかかってきた。平野商店は「自由亭」から少しの道のりである。玄関先でハンターが声をかけると、手代が、

「あ、ハンターさん、ようお越し」

と心から嬉しそうな態度で迎えてくれる。愛子嬢の命の恩人としてハンターを見てくれていることが、その態度から読み取れる。

「ハンターさん、その節はほんまにおおきにでした」主人常助がすぐに顔を出す。

「さあさあ、上がっとくれやす」

「ア、ゴ主人、私ガオ世話ニナッテイル先生オ連レシマシタ」

「兵庫で間人塾の講師をしております米田左門と申します」

「この店のあるじの平野常助です。よう来てくれはりました。ささ、ご一緒に座敷へ上がっとくんなはれ」

二人が座敷に通されて間もなく、母菊子と一緒に愛子が姿を見せた。

「ハンターさん、このたびは命をお助けいただきまして、本当にありがとうございました」

十八歳の娘ながら、しっかりと礼を言う。娘と共に、畳に額をすりつけんばかりにお辞儀をする母がまた感じのよい婦人である。

「ハンターさんよりご当家のことは伺っておりました。お初にお目にかかれ光栄です」

きっちりと挨拶を返す米田もさすがである。

「アレカラ、体ノ具合ハイイデスカ？」

「はい、ハンターさんのお薬が私の体の灰汁《あく》抜けをして下さったようで、とても調子が良くなりました」

「ソレハイイ。マタ、具合ガ悪クナッタライツデモスグニ、私ニ言ッテ下サイヨ」

「はい。そうします」

愛子はきわめて素直である。

「でも、どうやってハンターさんに連絡すればいいのでしょう？」

愛子は真剣に困りはてた顔をする。この時代は電話はもちろん、郵便もない。連絡を取る方法をどのようにすればいいのかと、愛子は娘ごころに案じたのである。米田が名案を思いついた。

「そうだ、これからハンターさんが定期的にこのお家を訪ねるようにすればいいのですよ」

「いいのですか？」

愛子が目を輝かせた。

「ハンターさん、大阪にいらっしゃる用事、たくさんありますか？」

不安な面持ちも隠せない愛子を、かわいいとハンターは思った。

「ＯＫデスヨ。ビジネス作ッテデモ、私、大阪ニ来マス」

「うわあ、嬉しい！　サンキューベリーマッチ」

「これで決まりです。ハンターさん、これからはなるべく大阪のビジネスを作って、定期的にこの平野家を訪問して下さい」

米田が講師然としてハンターに言うのを、常助、菊子夫婦は目を細めながら見守っている。

「米田先生、今宵、うちでお食事会をいかがでしょうか？　もちろん、ハンターさんを囲んでのことですが」

菊子の突然の提案に、米田はどう返答したものか、ハンターの顔を見る。にこやかなハンターの表情が答えを示唆している。

「ありがとうございます。喜んで今宵、お食事をご馳走になりましょう」

夕刻までの間に、米田は行ってきたい所があった。適塾だった。ハンターも同行することにした。土佐堀川に沿って東へ歩くこと、半里余り。北浜にめざす建物があった。白壁造り、二階建ての適塾がそのままの姿をとどめていた。

「緒方洪庵という医学に明るい人物が天保十四年（1843）から文久二年（1862）まで、ここで蘭学を教えたんです」

米田は話しに聞いていた適塾を実際に目にして、興奮を隠しきれない面持ちでハンターに説明する。

「今から六年前に、幕府の要請で洪庵が奥医師として江戸城に招かれるまで、ここで優秀な人材を育てていたんです」

米田の説明通り、およそ二十五年間にここで学んだ者は述べ千人におよんだ。蘭学が連日講義され、若き学徒が切磋琢磨《せっさたくま》して自己の向上に努めた。大村益二郎、橋本左内、大鳥圭介など維新の改革を担った人材を輩出したのもこの適塾である。

「最近、江戸に慶應義塾を起こした福沢諭吉もここからスタートしたんです」

大坂生まれの諭吉は洪庵を慕って安政二年（1855）に入塾、勉学に励むうちに腸チフスをわずらい、父の故郷、大分に移り住む。しかし、向学心に燃えて再び、翌年、大坂に戻り、さらにその翌年には塾長となった。一年後、独立を志して江戸へ出て、蘭学塾「一小家塾」を起こす。十年後の慶應四年（1868）、慶應義塾と改称し、それがのちに慶應義塾大学となって後世にまで存続する。

「天ハ人ノ上ニ人ヲ作ラズ、人ノ下ニ人ヲ作ラズト名言ヲ吐イタ人デスネ？　福沢諭吉サンノ原点ハココデスカ」

感慨にふけるハンターである。

「安政元年に二十歳で大分に行き、そこから長崎に出て、再び大坂に戻り、二十四歳の時に江戸へ出て、慶應義塾と改めた時は三十四歳の諭吉でした。彼に比べれば、私なんか兵庫の片隅に埋もれたままの男。ま、無理に立身出世は望みませんが、ハンターさんはなんとしても出世して下さいよ。そのための協力は喜んでしますからね」

米田は本心でハンターに色々な情報を提供したり、知識を授けたりするのであった。

「日本ノ立身出世ガドンナモノカワカリマセンガ、私ハ目標ニ向カッテソノ時、ソノ時ヲ一生懸命ニ行動スルヨウ自分ニ言イ聞カセテイマス」

「立派です。ＯＫです。ミスター・ハンター」

ロシアの軍艦が天保山に訪れた時、通訳を買って出たのがこの適塾の塾生であったことも米田はハンターに教えた。

「この適塾に杉田玄白の『解体新書』やオランダ辞書の『ヅーフ・ハルマ』があって塾生がうばい合って勉強したそうです。塾の講師たるもの、一度はここを訪ねてみたいと思ってましたが、いやあ、ハンターさんのお陰で夢が叶いました」

「ドクター米田、その夢はスモールデス。モットビッグナ夢ヲ一緒ニ見マショウ」

「もっとビッグな夢、ですか？　ハンターさんの大阪ドリームですか？」

米田は単にハンターの言葉を受けて、大阪ドリームと表現したまでだったが、大阪ドリームはのちに現実のものとなる。

第十二章　東京遷都

京都が日本の首都にならなかった理由

明治元年に神戸村《かんべむら》と二《ふた》つ茶屋村《ちゃやむら》を併せて神戸町《かんべちょう》となっていたが、旧二つ茶屋村の山手に粉引き水車がまわり、浜手に酒づくりの蔵が並ぶ一幅の絵のような風景の中に間人塾があった。塾生の稲次郎の案内で、ハンターが塾を訪れていた。キルビー屠牛場のある柴六の酒蔵からは近いが、わざわざ学問を教えてもらうために訪問するのは初めてであった。「あっしも勉強します」と留吉までもが同行していた。

「去年の九月八日に年号を明治と改めた十二日後に天皇は東京に行かれたんですよ」

米田が得意満面に説明する。

「慶応四年八月二十七日に京都で祐宮睦仁親王《さちのみやむつひとしんのう》が十六歳で即位して第百二十二代、明治天皇となって、九月八日に年号を慶応から明治に改元しましたね。そして九月二十二日に十七歳の誕生日を迎える二日前に、天皇は住み慣れた京都を離れて東京へ行幸しました。一口に言えばそれだけのことですが、どっこい、このことが日本の運命を変える結果になったんですよ」

「何故、天皇ハ東京へ?」

「そこがおもしろいのですよ。明治と改元する少し前の七月十七日に江戸の地名を東京と改めたので、江戸城は東京城となりましたが、そこへ天皇が、お行きになるわけです」

さかのぼること、わずかに四カ月。慶応四年三月と四月の幕府軍、勝海舟と新政府軍、西郷隆盛の和平交渉で江戸城の明け渡しが決まり、五月に無血開場、最後の将軍徳川慶喜は江戸を離れ、水戸を経由して駿府に移った。

「まさか、天皇さまは、永年、住まわれてきた京都を離れて、東京に住みたいなんて思われたんじゃないでしょうね?」

留吉は合点がいかない様子である。

「もっともな疑問です。天皇は十二月二十二日には一旦京都に戻られました。そして、その六日後に妻帯されました」

「え? 妻帯? 嫁を貰われたんですかい?」

留吉が驚くのも無理はなかった。明治天皇睦仁陛下は十七歳にして妻帯したのである。相手は公卿の一条忠香《いちじょうただか》の娘・寿栄姫《すえひめ》である。姫は皇后になったことにより、美子《はるこ》と名を改めた。折しも旧幕府の不満がくすぶり続け、戊辰戦争《ぼしんせんそう》が北の地方で起こっているさなかということもあって、結婚の儀はきわめて質素に済まされた。翌けて今年、明治二年三月七日、天皇はまたもや単身、東京に向かったのである。同二十八日に到着するや、天皇は東京城の中に太政官府を設置した。

「天皇は京都の住民に気を使われて、弁解されました。『東国は未開の地なので、度々行幸して教化する』とね」

米田は日頃から子供たち相手に読み書き算盤のほか、ハンターの刺激を受けて西洋医学の知識まで教え始めていることから、大人相手にこういった世間の事情を話すことには自分自身の興味も加わって、ついつい熱が入る。

「言い訳はともかくとして、天皇が東京にいる間は便宜上、太政官《だじょうかん》も東京に置くとおっしゃって、天皇は玉虫色の態度を取り続けられたんですよ」

「それこそ虫のよい話しですね。で、天皇は皇后と別居ですかい？　新婚だというのに」

留吉は熱心な生徒だが、人生を色々経験しているだけに、少々うるさい。

「ごもっともです。半年後の九月には皇后も東京へ行啓されることになり、正式な東京遷都布告《とうきょうせんとふこく》がないまま、実質の東京遷都が完了したわけです」

明治二年（１８６９）三月から九月にかけて、東京遷都が実施され、以後、東京が日本の首都となった。留吉が遠慮のない感想をもらす。

「皮肉なもんですね、時の流れで幕府が滅び、天皇が実権を握られて、そのまま京の都にいらっしゃれば、日本の首都は京都だったのに、わざわざ、天皇は上方から東《あずま》に下られたんですねえ」

「シカシ、江戸幕府ガ朝廷ヲ牽制シテ兵庫ノ開港ヲ九年遅レサセタカラコソ、私トキルビー、兵庫ニ来マシタ。ソノ結果、私、ミス愛子ト巡リ会イマシタ。私ニハ兵庫ノ開港遅レテベリーグーデシタ。運命ノ神様ニ感謝シマス」

ハンターは素直このうえもない。順応性もあるその気質が、この激動の時代を生き抜くうえでの大きな力になる。天皇が二度目の行幸に出た一カ月後の明治二年四月、兵庫では居留地の工事に拍車がかけられ、伊藤知事は第二次競売を実施して、キルビー商会は二十三号地を新たに契約した。これでキルビー商会は前回契約の十三号、十四号に今回の二十三号を加えて合計三つの区画を契約したことになる。

英国人設計士で測量士のジョン・ウイリアム・ハートが伊藤知事の指示のもとに進めてきた居留地の造成がほぼ輪郭を見せ始めていた。もとは松林と砂地にすぎなかった無価値の土地、二十五町八反四畝（258・4アール）が百二十二区画に分割され、整然とした街づくりが着々と進められていた。主だった通りに明石町《あかしまち》、播磨町《はりまちょう》、浪花町《なにわちょう》、京町《きょうまち》、江戸町《えどまち》など各地にちなんだ名前が付けられたが、東の端に近い通りはずばり伊藤町《いとうちょう》と名付けられた。それは、伊藤知事がこの町に情熱を注いだことの表れでもあった。

「浪花町《なにわまち》と京町《きょうまち》の間の区画がキルビー商会ですね。兵庫らしいハイセンスな建物にしましょうや」

商館の建築を待ちわびている留吉が提案する。勉強会は、キルビー商会の洋館着工時期の検討会へと意外な盛り上がりを見せるのであった。

居留地の第二回競売を行って間もなく、伊藤博文兵庫県知事が辞任した。明治二年四月十日、明治天皇が東京遷都を実施したことに動きを合わせての辞任である。

「政府が一国を政めるには権力を集中させる必要がある。天皇が東京を選ばれたのなら、他の権力もそこに集めて首都から全国へ指示を発信するのが賢明だろう」

伊藤は兵庫県知事でありながら、全国を見据えた考え方をしていた。東京から天皇が発令するに当たって、幕府時代の藩制度《はんせいど》が邪魔になる。

「藩を無くさねば」

伊藤の持論であった。が、いぜんとして藩意識を持つ旧派からは伊藤がうとんじられた。

「兵庫にも複数の藩が現に存在する以上、私のやり方では迷惑をおよぼす。知事を辞任したい」と、伊藤は政府に願い出た。政府からの回答は、

「知事は免ずるが、兵庫には重要な港があるので、判事として残り、新しい知事を補佐するように」

と言うものだった。慶応四年五月二十三日（九月に明治元年となる）から明治二年四月十日まで一年足らずの初代兵庫県知事であったが、その間に伊藤は慶応四年八月に洋学伝習所を作り、明治元年と改まった九月に県庁舎を移転させ、十月に兵庫県内でのみ流通可能の通貨・銭札《せんさつ》を発行し、十一月には宇治野村《うじのむら》に貧院施設《ひんいんしせつ》を設けるなど、意欲的に任務を遂行した。

「居留地だけではなく福原まで作ったところが、伊藤さんらしい」

ハンターやキルビーと親しい知事を、留吉は手放しでほめそやすのであった。

「福原を作って、誰よりも福原を愛し、福原に入りびたるのもまた、伊藤さんらしい。あっしなんか、一度だって福原に遊びに出かけたことがありませんぜ。もっとも、ファーストレディーとやらのお相手はあっしには無理でしょうがね。大工のあっしなんか文字通りの唐変木《とうへんぼく》ですよ」

えらいもので、米田左門講師の弟子になってからというもの、洒落《しゃれ》の技量《ぎりょう》が上達している留吉だった。留吉の洒落のネタにされるほど人間くさい伊藤初代兵庫県知事は、青い目の友人の影響で牛肉が

大好物となっていて、後に、明治天皇にまで牛肉を勧めるようになるのである。

伊藤の後を受けて二代目兵庫県知事に就任したのは、柏崎県知事《かしわざきけんちじ》であった久我通城《こがみちき》である。この人の父・建通《たてみち》は和宮降嫁《かずのみやこうか》をはかった公武合体派の公家といういわく因縁の人材で、久我は知事への命を受けながら、顔も見せぬまま、一カ月後の五月十九日に退任した。三代目知事は中島錫胤《なかじまますたね》。徳島藩士で、万延元年の桜田門外の変に関係して伏見に投獄された人物で、この人も顔を見せることもなく、一カ月後の六月一日、退任。次に選ばれたのは陸奥陽之助《むつようのすけ》。和歌山藩士である。文久三年に海軍操連所で勝海舟の指導を受けた人物で、勤王運動の経歴もあるが、諸藩を廃止して郡県制の上に国家を作る案を新政府に建白した仲間で、自分より三歳年下の陸奥を伊藤は歓迎した。

「やっと後任を得ました」

素直に喜びを表現する伊藤は七月一日の陸奥の就任を待って、十六日の夜、兵庫県庁に各国領事を招いて晩餐会を開いた。

「伊藤さんのパーティーには福原のトップレディーがお決まりです」

と留吉がちゃかす通り、福原コンパニオンが花を添えたことは言うまでもない。後任が決まったことで、ようやく伊藤は上京するが、その直後、陸奥は東京への転勤を命じられ、八月十八日に、上京してしまう。この陸奥が伊藤と共に活躍するのは、明治二十五年（1892）、第二次伊藤内閣の外務大臣としてである。

めまぐるしく変わる兵庫県知事の五代目に就任したのは税所長蔵《ざいしょちょうぞう》である。薩摩藩士の父を持ち、その影響で西郷隆盛や大久保利通と親交があった。一年余り在職し、明治三年（1870）八月、堺知事へと転勤して行く。その後、大参事から知事へと中山信彬が昇進する。岩倉具視の特命全権公使として欧米へ随行を命じられ、翌年十月、兵庫を去る。同年十一月、神田考平を六代目知事に迎えて、ようやく兵庫県は落ち着く。神田は西国街道沿いに開けた走人、二ツ茶屋、神戸《かんべ》の三つの村を合わせて、元町通《もとまちどお》りと命名するなど、兵庫県の礎《いしずえ》を築く。こんな背景のもと、当小説では、ここで明治三年にスポットライトを当て、主人公・ハンターの活躍ぶりを描いていくこととする。六甲連山から吹き下ろす木枯らしが海からのそよ風に変わると兵庫は春となる。明治三年、生田川の西から鯉川《こいかわ》までの間に居留地の工事が急ピッチで進んでいた。

「プレジデント・伊藤ガ県知事ノ名誉ニカケテ完成ヲ急ガセタノデス」

ハンターが愛子に言う。大阪から平野愛子を招いて居留地の案内をしているところだった。確かに、伊藤博文知事は県庁の開庁式でキルビーやハンターに約束した通り、居留地の造成を急がせ、今、これまでの日本に見られなかったような街の区画がそのおおよその姿を見せ始めていた。

同行する米田左門が愛子に説明する。

「今から十一年前のアメリカやヨーロッパとの条約で、港の近くに外国人が住んだり、仕事したりする専用の地域を設けることが決められたのです。それが居留地です。この街の中にハンターさんもキルビーさんと一緒に住むようになります」

昨年の秋に、ハンターのお供をして平野家を訪問して以来、米田はハンターと愛子の良き理解者になっていた。

「日本とは思えぬ街になるんですね？」

愛子が興味ありげにつぶやく。

「伊藤知事が依頼した英国人土木技師のジョン・ウイリアム・ハートさんが、なかなかの腕利きのようでしてね、格子状《こうしじょう》の道に街路樹《がいろじゅ》という木を植え、雨水を流す下水道というものを造り、街灯まであちこちに設けるという設計図になっているそうです」

「何やら私にはわからないことばかりですわ」

想像もつかないような新しい街に日本人の自分自身がのちに住む運命になろうとは、確かにこの時点ではわかるはずもない愛子であった。

第十三章　居留地胎動

キリスト教の伝来

ハンターは大阪から平野愛子を招いて、米田左門同行のもとに、居留地《きょりゅうち》を案内した。ようやく街らしい区画が完成しようとしている中で、建物の工事が始まっているのは、十号のグッチョウ商会の倉庫だった。ビードロの家と人々が呼ぶ、ギヤマンの窓を大きくとった運上所の建物の西に、海岸通りに面して日本家屋とは趣きの異なる建物が建築中であった。

「我が国の常識を覆すような建物になりそうですね。これが西洋建築です」

米田の説明に愛子はただただ目を見張るばかりである。西洋人とお付き合いをしていると、想像もしなかったようなことを色々体験出来るものだと乙女心をわくわくさせている。グッチョウ商会の倉庫のすぐ北側の前町通り《まえまちとお》りをはさんで、京町筋《きょうまちすじ》に面して十三号地、その西隣りで浪花町筋《なにわまちすじ》に面して十四号地があった。その北隣りが二十三号地である。

「近々、キルビー商会も建築にかかりますよね？」

米田が確認するように言う。

「イエス、留吉サン、素晴ラシイハウス建テテクレマス」

ハンターが微笑む。

「ビードロの家に負けない素晴らしい家が建つでしょう。完成したら、愛子さん、どれかに住んでみてはどうですか？　三軒も出来るんですからね」

「日本人の私が居留地に住めるのですか？」

「ええ、西洋人と一緒なら大丈夫ですよ」

米田の言葉に愛子は思わず顔を赤らめる。ハンターが目を細めて、さもいとおしいという表情で愛子を見る。この居留地は整然と区割りが行われているのが特色で、京都の条里制《じょうりせい》によく似た区画がその姿を見せ始めていた。浪花町の西に播磨町筋《はりまちょうすじ》があり、その西に明石町《あかしまち》があり、北限の西国街道から二区画目の三十九号地にカトリック教会が建築中であった。

「私タチ西洋人、キリスト教信仰シテイマス。日本人、神社、お寺オ参リシマスネ、西洋人、教会デオ祈リシマス」

トンガリ屋根の上に付けられた十字架を指さしながら、ハンターが言う。

「切支丹《きりしたん》とかバテレンとか聞いたことはありますが、私にはよくわかりません」

愛子にとって、ハンターと一緒にいることは珍しいことだらけである。米田が愛子に説明する。

「三百二十年ほど前の戦国時代にフランシスコ・ザビエルがキリスト教を日本に伝えましたね。切支丹とか耶蘇教《やそきょう》とか言われました。宣教師は伴天連《ばてれん》です。秀吉も徳川幕府も統一の邪魔になるということで禁止し、江戸時代は表向き、キリスト教は姿を消していました。ですが、民衆の間にけっこう根付いてきてたんですね。この西洋人の街ではこのようにキリスト教会が堂々と作られるんですよ。まさに、鎖国の封建時代の長い眠りからさめようとしている日本の夜明けですよ」

米田が胸を張る。愛子が目を輝かせる。

「日本の夜明けに私たち生きているのですか？　これからどんな一日が始まるのでしょうね？」

頬を紅潮させて遠くを見やる愛子の目にはるか鯉川《こいかわ》の土手に咲き誇る菜の花の黄色い帯と、さらにその向こうに広がる集落が映る。

「まあ、あんなに家が建ち込んでいるところが。あそこは何ですか？」

愛子が指さして聞く。

「ああ、あれはね雑居地《ざっきょち》です」

米田が説明する。

「非条約国の中国の人たちはこの居留地に住むことが出来ないので、雑居地に集まって暮らしているのです。西洋の人たちの中にも、この居留地が完成するまで雑居地に住む人もいますよ」

明治三年春のこの時、兵庫在住の外国人は約五百人でその半数が中国人だった。居留地の西端を流れる鯉川《こいかわ》のすぐ西に位置する雑居地が、のちに南京町《なんきんまち》と呼ばれるようになる。

「そろそろ、行きますか？」米田が促す。このあと、紺部村の留吉の家でパーティーが予定されていた。留吉の家族はもちろん、キルビーと、彼が昨年の明治二年に営業を開始した小野浜鉄工所《おのはまてっこうしょ》の従業員の秋月清十郎《あきづきせいじゅうろう》が参加することになっている。

居留地の北端は西国街道である。それに面して三宮神社の森があり、その北東に競馬場《けいばじょう》が出来ていた。かんじんの居留地はいまだに工事中だのに、この競馬場は明治と改元されてから数カ月の間に誕生したのだった。

「生田競馬場《いくたけいばじょう》と言いまして、馬の駆け比べが行われるところです。さすが、工事のスピードも馬に負けぬくらい速かったです」

米田の説明に愛子が目を丸くする。

「馬の駆け比べですって？」

ハンターが口をはさむ。

「ヨーロッパデハ馬ノスピードヲ競ウレースガアルヨウデス。私ハ十五歳デ故郷ヲ出テ来マシタノデ詳シクハ知リマセンガ」

「世界には色々なことがあるのですね」愛子は西洋人のハンターといるだけで、日本とは異なる色々な興味深いものに接することが出来、有頂天《うちょうてん》になるのだった。

「そのレースを日本では居留地競馬《きょりゅうちけいば》と言いまして、九年前の文久元年に横浜に出来たようですね。それが四年前の慶応二年に根岸競馬場《ねぎしけいばじょう》の誕生につながりました。これからは西洋の珍しいものがどっと日本に入ってくると思いますよ」

「ハンターさんが私の病気を治して下さったのも西洋のお薬を使ってのこと。西洋はずいぶん進んでいるようで楽しみですね」

愛子は若い女性らしい、素直な感想をもらす。

「日本ノ人々ノ暮ラシヲ豊カニスル色々ナビジネスヲシタイト私ハ思ッテイマス。愛子サン、何カアイデアアレバ、ゼヒ、教エテ下サイ」

「アイデアだなんて、私には、そんな……」と、顔を真っ赤にしながらも、ハンターの気持ちが嬉しい愛子だった。

ゆるやかな坂道がまっすぐ山に向かって続いていた。大阪では見られぬのどかな景色である。空からひばりの声が降ってくる。

「疲レナイ？　ミス愛子。大丈夫デスカ？」

ハンターが気遣う。

「こんな素敵なところ、初めてです。来てよかった」

「ほら、あそこにあおあおと若葉を茂らせているのは木綿畑《もめんばたけ》です。夏に白い花が咲きます。綿の花ですね」

米田が指さす方向に一面の木綿畑があった。このあたりは木綿がよく育った。それを紡いで布にし、染め上げる家が揃っているところから、ハンターたちが身を寄せている集落を紺部村《こんべむら》と呼んだ。生田神社の本村ともいうべきところで、もとは四十四戸から成り立っていたが、しだいに地域が広がり、今では居留地の北に隣接する神戸村《かんべむら》の延長地域のように見られるようになっていた。留吉の家に着いたら、みんなが愛子を待ちわびていた。もう顔なじみになっているキルビーが歓迎する。

「ヨウコソ、ミス愛子。小野浜鉄工所デミスターハンタート一緒ニビジネスヤッテイル、秋月サン紹介シマス」

初めて見る日本人の中年男がいた。

「紀州藩の秋月清十郎です」侍の名残りをとどめる男性が毅然とした姿勢で挨拶する。

「平野愛子と申します」

律儀に挨拶を返す日本の娘をハンターは改めてかわいいと思う。

「いやあ、今日は嬉しいねえ。西洋流ガーデンパーチイーとかを今からやらかすんでさあ。稲次郎よ、さっそく、火をおこそうぜ」

留吉が稲次郎を促す。外国人を二人もホームステイさせていると、知らず知らずのうちに、留吉の家は西洋の風習を当たり前のように身に付けていく。庭先ですきやきパーティーが始まった。キルビーとハンターが始めた牛肉ビジネスが一年余りの間に各地に普及していた。昨年の明治二年（1868）、東京新橋で中川屋嘉兵衛が牛鍋を看板にし、港町として先輩の横浜でも同じように鍋で煮込んで食べるやり方が普及し始めていた。牛肉ビジネスを日本に植え付けたキルビーとハンターが本家本元《ほんけほんもと》のプライドで、この牛鍋に興味を示し、今日はそれに負けぬ新しい食べ方を試みようということになった。

「どんな鍋になることやら？」

留吉が土の上に薪を組んで火を点け、その上に鉄鍋をかける。これまでは牛肉を鋤で焼いて、西洋でいうステーキとして食べてきたが、今日は東京や横浜の牛鍋を意識して、鋤でいったん焼いた肉を鍋に入れ、その上に醤油と砂糖を混ぜ合わせて作った割り下を注いで、炊きあげようというのである。

米田が学者らしい提案をする。その割り下のだしの中に野菜を入れて、肉と一緒に炊いてみようというのである。

「西洋と日本が仲良く手を組んだ新しい料理の誕生ですね」

米田がはりきって春菊、玉葱、じゃがいもなどを鍋の中に入れる。タネが手伝う。

「お肉と野菜がうまくなじんでくれるといいのですが……」

おそるおそる肉と野菜を合わせるタネの手元を見ながら、キルビーがポツリともらす。

「私タチ牛肉タクサン食ベテ来マシタガ、牛肉ト野菜ヲ鍋デ炊ク料理、知ラナカッタデス。マサニ日本流デスネ」ハンターも興味津々《きょうみしんしん》で言う。

「コレガウマクイケバ、兵庫デモ牛肉専門ショップ誕生スルカモ分カラナイデス」

何気なく口にした言葉だったが、しばらく後に後世にまで残る牛肉専門店が本当に出現するのである。

「上手に出来るといいですけれど？」タネがかいがいしく、野菜と肉がだしにうまくなじむよう鍋の中の世話をする。

「うわあ、いいにおい！」

稲次郎が鼻をくんくん鳴らした。薪の煙の臭いを抑えて、甘くかぐわしい匂いが庭先一帯に漂い始めた。この時は鋤で焼いた肉を鍋に入れたが、のちに生肉を鍋に入れて野菜と一緒にだしで炊きあげる調理法が世間に普及する。今にいうすきやきである。

「こんな食べ方も出来ますが、どうですか？」留吉が少し離れたところの焚き火に鍬を乗せ、鉄の部分に肉を乗せて焼いている。ジュジューとたちまち香ばしいにおいが立ちこめて肉が焼き上がる。

「レディーファーストデ、ミス愛子、プリーズ」キルビーが愛子に試食を勧める。

「サンキュー。ですが、私より先輩のタネさん、どうぞ」

愛子がタネを気遣う。

「まあまあ、よく気の付く愛子さんですね。なら、年上ということで、遠慮なく私がお先に頂いてみます」

「我が女房のためにあっしは肉を鍬焼きしたんですかい？」

留吉が鍬から皿に肉を移して、タネに渡す。一口食べるなり、タネが声を上げる。

「おいしい！　こんなおいしいもの生まれて初めてです！」

「なら、二枚目は愛子さんだ」がぜん、留吉は張り切る。男尊女卑《だんそんじょひ》が当たり前の封建制度《ほうけんせいど》がやっと終わりを告げようとしている日本で、ハンターの周辺はいち早く、西洋のレディーファーストのエチケットを実行している。秋月が古武士然《こぶしぜん》とした態度で感想をもらす。

「ハンターさん、我が国の常識を打ち破る雰囲気がここには色々と充満しておりますね」

十四歳年上のこの元侍《もとさむらい》と、ハンターは小野浜鉄工所の仕事を通じて肝胆相照《かんたんあいて》らす仲となっていた、

「日本ニハ素晴ラシイ物タクサンアリマス。シカシ、西洋ニモ素晴ラシイ物アリマス。イイモノニ国ノ違イアリマセン」

ハンターらしい考え方はいつも変わらない。キルビーが愛子に聞く。

「ミス愛子、ドウデスカ？　牛肉オイシイ？」

ハンターと一生懸命にここまで推し進めてきた牛肉ビジネスを、この日本の若い娘にぜひとも理解

してほしいと思うキルビーだった。

「おいしいです！　とっても」

適度に油のまわった肉のうまみが口いっぱいに広がって、愛子はこんなにおいしい食べ物がこの世にあったのかと今更ながらに感動する。その初々《ういうい》しい姿にハンターが感動する。

「牛肉、愛子サンニパワー付ケテクレマス。タクサン食ベテ下サイネ」

鍋で煮込んだもの、鋤で焼き上げたもの、自分が口にするより愛子に食べてほしいハンターだった。愛子の嬉しそうな顔を見るだけで、胸がいっぱいになるハンターだった。この異国の地で、髪も瞳も黒い日本の娘を好きになってしまったアイルランド生まれの一人の青年がここにいた。

第十四章　すいかずらの花

風評被害
住民パワー
出資制度のはしり

生田川《いくたがわ》の川尻の東に小野浜《おのはま》と呼ばれる砂浜が広がっていた。川尻の西は兵庫港《ひょうごこう》で、その北には外国人居留地で、活気に満ちた地域へと変貌《へんぼう》をとげる兆しが見られる一方で、この小野浜は自然のままの大地が広がっていた。ここに、キルビーとハンターが鉄工所を設けたのである。

昨年の明治二年八月にこの鉄工所を開設するのを機にキルビー商会は屠牛場兼牛肉直売ビジネスをやめた。実はキルビー商会が世間で話題になるにつけ、やっかみを持つ者が現れて、柴六の酒蔵の周辺から「牛を殺すのがむごい」とか「生肉の臭いがたまらない」などの流言飛語《りゅうげんひご》がとりざたされるようになっていた。今にいう風評被害のはしりである。

「ジャパニーズ、他人ノプライバシーニ干渉シスギル」

気性の激しいキルビーがいきどうった。

「私タチノビジネスサクセスヲネタンデ、邪魔スルコト許セナイ」

おだやかなハンターが言う。

「コレマデノ日本ニナイコト、私タチヤッテキマシタ。ココマデ大々的ニナッタカラ、柴六付近ノ人タチ本当ニ迷惑シテイルノカモシレマセン。私タチチョウド他ノプラン考エテマス。今、チェンジノチャンスニシマショウ」

気性が激しくとも、キルビーはハンターの意見には素直に耳を傾ける。だから、二人は名コンビなのである。こんな事情もあって、キルビー商会は牛肉ビジネスから撤退することを決めた。柴六の酒蔵付近の人々の取った行動は、現代ならば住民パワーとでもいうのだろうか。牛肉ビジネスは既に真似をする者が出て来ていた。日本人が経営する鳥獣売込商社《ちょうじゅううりこみしょうしゃ》が出来ていたほか、英国人ヲーボーが、生田川尻の東に屠牛場を開設した。このように、誰かが新しいことをやって成功するとすぐに真似をする習性も、この明治の初期に早くも日本のビジネス界に根付いたのである。皮肉にもヲーボーの屠牛場の東にキルビーの経営する小野浜鉄工所はあった。捨て去ったものに未練はない。情熱を燃やすべきものは他にいくらでもある。それがキルビーとハンターのやり方であった。

鉄工所開設に当たって、キルビーに助成したいと名乗り出る英国人が二人も現れた。ハーガンとテイラーである。彼らは実務はさっぱりわからないが、資金だけを出すと言うのであった。キルビーにとっては好都合であった。この時代、株式制度はまだ誕生していないが、のちの株式や出資制度のはしりともいえるものであった。

資金面のほか、実際の業務面で今にいうスタッフとして抜擢されたのは和歌山神前《こうざき》出身の秋月清十郎である。彼は神前家の生まれながら紀州藩士、秋月勘三右衛門の跡目を継いで秋月姓を名乗っていた。侍の最後の時代に、秋月は西洋の事情を勉強したいと意欲を燃やし、兵庫にやって来ていた。志を同じくする者は運命の糸に操られるかのように相い寄るものである。新規事業開始に向けてスカウトされた秋月を部下に迎えて、ハンターは工事監督として未知の分野に挑戦することになった。自分より十四歳も年上のこの元紀州藩士《きしゅうはんし》をハンターは気に入り、肝胆相照《かんたんあいて》らす仲となった。秋月もまた年下のハンターを尊敬し、積極的に西洋人から色々なことを学ぼうとする謙虚な姿勢を影日向《かげひなた》なく見せていた。この日本の侍にハンターは信頼も寄せ、単に仕事上の付き合いにとどまらず、きわめて個人的なこと、つまり、ハンターが昨今深い関心を抱いている日本女性、平野愛子のことなども秋月に相談するのであった。

「いいじゃないですか。人が人を思うのに国境はないと自分は思います」

この時代にしてみれば、驚くほど進んだものの考え方をする秋月であった。ハンターにしても、日本の侍はもっと堅苦しい考え方をしても仕方がないと思うのに、この侍は素直に時世時節《ときよじせつ》の流れに順応する。こんな日本人もいることを知ってハンターは百万の味方を得たような心強い気持ちになるのであった。

小野浜鉄工所は鉄工所といいながら、最初に手がけたのは木造の蒸気船である。肥後藩《ひごはん》が汽船の建造を計画し、兵庫に誕生した小野浜鉄工所のことを聞き及んで発注してきた。「舞鶴丸《まいづるまる》」百七十一、五トン。この監督がハンターで、秋月が助ける。これまで、日本でやったことのない全く新しいビジネスに一年と数カ月、ハンターと秋月は神経を集中することとなった。1860年に日米修好通商条約批准《ひじゅん》のために、アメリカサンフランシスコへ日本の船を仕立てて出かけるに当たり、勝海舟の進言に従って幕府が帆船兼蒸気船「咸臨丸」を建造させてはいた。だが、それは当時唯一国交のあったオランダで造らせたものであった。日本国内で蒸気船を造るのは最初だと思うと、ハンターは胸の高鳴りを覚えるのであった。

「私ノ国ノジェームス・ワット、蒸気機関発明シ、産業革命ノ原動力トナリマシタ。蒸気機関使ッテ私、日本ノ船造リタイノデス」

思いを寄せる愛子に自分の働きぶりを示すためにも、ハンターは意欲をみなぎらせるのであった。忙しい仕事のあいまをぬって、ハンターは平野家との付き合いも大事にした。折りを見ては大阪に出向き、平野家を訪問する。ハンターに代わって秋月が造船現場の指揮を引き受けてくれるからこそであった。ハンターの訪問を主人の常助も夫人の菊子も四人の子供たちも心から歓迎する。英国から取り寄せた新薬を持参するというキルビー商会医薬品部の仕事をも兼ねてハンターは行動し、この西洋の新薬が平野商店の名声を上げることにもつながっていた。平野は他の薬問屋にない西洋の珍しい薬を扱うということが、評判になり、老舗の店をいっそう繁盛させる一つの要因ともなっていた。

ハンターは訪れるたびに、造船の進み具合を報告するのがお決まりのようになっていた。それほど、ハンターにとって造船というビジネスは自分の情熱の大半を注ぐべきものであった。そして、残りの大半の情熱は、この平野家の長女、愛子へと注がれた。

「今、蒸気船トイウ最新ノ技術ヲ木造船デ実現スルベク頑張ッテマス。キットイイ船造ッテミセマスヨ」

ハンターの話しに愛子と他の三人の子供たちが目を輝かせて耳を傾ける。

「私ガアイルランドカラ日本来タ時ハ帆船デシタ。コレカラハ蒸気船ノ時代デス。勝海舟サンガサンフランシスコニ行ッタ九年前ノ咸臨丸ハ帆船ト蒸気船ノ両方ノ機能持ッテマシタ。帰国シテ、今カラ六年前、兵庫ニ海軍操練所造ッタ時、蒸気ヲ起コス燃料ヲ兵庫デ調達ショウト、海舟サンハ兵庫長田ノ鷹取山カラ石炭ヲ掘ラセタンデスヨ」

この国が好きで好きで仕方なくなっているハンターであることに加え、米田左門をはじめ伊藤博文など付き合う人物が世間への影響力を持った人たちであることから、平凡な日本人以上に世間の事情に明るくなっているハンターであった。

「へえ、兵庫で石炭が出るのですか？」

主人の常助が大いに関心を示す。

「鷹取山石炭採掘場ヲ盛リ上ゲヨウト、勝サン考エタラシイデスガ、1865年ニ海軍操練所ガ閉鎖サレルト同時ニ、鷹取炭坑モ自然消滅シマシタ」

「でも、勝さんはどうして、海軍操練所を兵庫に設けたのでしょう？」愛子が疑問を投げかける。

「ソレハ、網屋吉兵衛《あみやきちべえ》サンの船《ふな》タデ場《ば》ガアッタカラダソウデス」

「船たで場、なんですの？　それ」菊子も興味をそそられる。

「船ノ底ニ貝殻《かいがら》ヤ船虫《ふなむし》ナドガ付イテ船ガ走リニククナルノデ、船ノ底ヲ修理スル所デス」

のちのドックである。網屋のドックがあったからこそ、勝海舟は兵庫に海軍操練所を設けるよう幕府に進言して実現したのであった。

「私ハ周リヲ海ニ囲マレタ日本ダカラ船ヲ造ル技術磨クベキダト思イマス。私ガ今手ガケテイル舞鶴丸、木ノ船デスガ、イツカ鉄ノ船造リタイデス」

きっぱりと言い切る異人の顔を常助はさも頼もしいといわんばかりに見守る。

「ハンターさん、もし、資金面でお手伝いさせていただけるようでしたら遠慮なくおっしゃって下さい。平野常助商店、娘の命の恩人のハンターさんのためなら、どんなことでもしますから」

菊子も同様に言う。

「本当ですよ、ハンターさん、どんなことでもおっしゃって下さいね。愛子を助けて下さったハンターさんへの恩返しに何でも致しますから」

「ソレナラ、一ツダケオ願イアリマス」

素直にハンターが言うので、居合わせたみんなは一体何事かと、身を乗り出す。

「ハンターさんの頼みならいやとは言いませんよ」常助は言ってのけた。

「いくらぐらい用立てればいいですか?」

「オ金デハアリマセン」

「何んですか?」

けげんそうに問い返す常助の顔をハンターはじっとながめる。そのハンターの顔を常助が見返す。

ハンターは少しためらいながら、しかし、意を決して言った。

「ミス愛子、私ニ下サイ」

居並ぶみんながいっせいに驚きの表情になるのと、愛子が顔を真っ赤にするのと同時だった。

次の瞬間、ハンターは正座し直すと、畳に額をこすりつけるようにお辞儀して、そのまま頭を上げようとしなかった。常助は娘の気持ちを確かめるように、おそるおそる愛子に聞く。

「どうなんだ？　愛子は」

愛子は答えることをせず、さっと席を立つと、手で顔を覆いながら、隣の座敷に身を隠す。その仕草から家族の誰もが愛子の気持ちを読みとった。隣の座敷の襖のそばで、愛子は立ちつくし、顔を覆った両手の指の間から涙をこぼした。去年、高熱で死にかけていた自分の命を助けてくれた西洋の青年、ハンターに愛子はあの時から自分の命は彼のなすがままだと思っていた。ハンターの言葉がたまらなく嬉しかった。涙がとまらなくなった。家族は愛子をそっとしていた。隣の座敷では、常助がハンターに頭を下げる。

「よろしく、お願い致します」

常助はそれだけ言うのがやっとだった。そのままハンターに負けないくらい額を強く畳に押しつけた。

「お願い致します」

菊子が同じようにお辞儀をするのと三人の子供たちが額を畳にこすりつけるのと同時だった。ハンターはいつまでも身を起こそうとはしない。日本流眞礼《しんれい》で彼なりに一生一度の運命をここに決めようとしている態度が誰にも理解出来た。常助も菊子も三人の子供たちも、ただただ、頭を下げ続け、ハンターに心からの礼儀を表明するのだった。

愛子が涙を浮かべたまま、恥ずかしそうに、みんなが待つ座敷に戻ってきた。ハンターがトランクから何やら取り出すと、愛子のそばへ近づいた。ハンターが手にしているもの、それは指輪だった。アイルランドを出る時、母がそっと渡してくれたものである。十五歳で国を出る息子に母が大切にしていた指輪を贈った。あれから十二年、母が自分に託した指輪を今こそ役に立てるべき時だとハンターは思ったのである。

「マザーガ大事ニシテイタリング、ミス愛子、モラッテクレマスカ？」

愛子の左手の薬指にハンターは母の指輪をはめた。期せずして、座敷中に拍手が湧き起こる。愛子の目からまたしても涙があふれ出た。その目に庭木の白い花が映った。縁先《えんさき》の向こうに折しも満開の忍冬《すいかずら》。緑の葉の間に細長い筒型《つつがた》の花が無数に付いているが、よく見ると、その花が二つずつ並んで咲くという珍しい庭木であった。めざとく見つけたハンターが言う。

「オウ、カップリング・フラワー！　、コノ花ノヨウニ私、ミス愛子大切ニシマス」

冬に絶えて葉を落とさず、初夏に花を開かせることから「忍冬」と書いて「すいかずら」と読む。きわめて日本的なこの植物が、この日からハンターと愛子にとって生涯忘れらないものとなった。

居留地では、最近英国人・カペルが十六番館で洋服店を開業していた。東西に走る前町《まえまち》と南北の播磨町《はりまちょう》が交わるところで、西洋人向けの洋服の仕立てをビジネスにしていた。その東隣の十五番区画にはのちにアメリカ領事館が建つ。その東の南北の道の浪花町を隔てて、十四番区画にキルビー商会の建物がほどなく完成しようとしていた。木造の西洋風建物で事務所と住まいの両方に使えるものだった。

「十三番館もすぐに建築にかかりましょうや」

留吉がキルビーを促していた。ハンターが愛子と共に所帯を持つとするなら、もう一軒、建物が必要になると予想してのことである。

「留吉サン、急イデ下サイ」

キルビーの決断はすばやい。とりあえず、建ち上がった十四番館をハンターと愛子の新居にとキルビーが気を使った。

「我が家からハンターさんがいなくなるのは寂しいねえ。でもねえ、自分が作った家に住んでもらうために寂しい思いをしなきゃあならないんですからね、世話はないですよね」

留吉が苦笑する。

「ハンターさん、遊びに行かせて下さい」

稲次郎が今年十八歳になって、立派に父の大工仕事を助けるようになっていた。

「ビードロの家に負けないほど値打ちのあるキルビー館にした積もりですよ」

博識家の米田左門の弟子である稲次郎だけに面子《めんつ》にかけて、あれこれ工夫した館に仕上げた積もりだった。例えば、二階のバルコニー。この時代の日本家屋は平屋が当たり前だのに、稲次郎は西洋を見習って二階建てにすることを勧めた。

「バルコニーから港の様子を見てもらいます。船の出入りを見るだけで、貿易に役にたちます。それに、海の彼方に故郷の山や川を思い浮かべるのにバルコニーは役に立ちます」

ハンターにとっては懐かしい故国、愛子にとっては、自分の夫となる人の生まれた国を思い描くのにもってこいのバルコニーである。

第十五章　国境を越えた結婚

日本における結婚式のルーツ
国際結婚第一号

その日、平野常助商店はこれまでにないはなやいだ空気に包まれていた。長女愛子の婿がやってくるという大切な日なのである。

「おまえたちもちっとはこましな身なりで婿殿をお迎えしなさいよ」

番頭が張り切って陣頭指揮を取る。

「へい。承知致しております！」

掃除を終えた丁稚たちが、前垂れを外して、さっぱりと洗濯の行き届いた木綿の着物に着替える。

主人の常助の感慨はひとしおだ。

「おとどしの秋、高熱で死を覚悟していた愛子がまさか、花嫁になるとはねえ」

何度も目頭を熱くして、喜びを噛みしめている。

「それにしても、英国人と夫婦にさせるとは、思いもかけなかったですよねえ」

妻の菊子も感慨ひとしおである。

「来たぞ、来たぞ、まるで行列のようになって婿殿が来るぞぉ！」

様子を伺うために外に出ていた丁稚の一人が息せき切って戻ってきた。大阪・天保山《てんぽうざん》の船着き場から川口居留地の外れに当たる江之子島上之町《えのこじまかみのまち》まで、青い目の外人二人を中心に、七、八人の日本人が一団となってやってくる様はまるで一幅の絵のような光景であった。洋服姿の外人二人をはさんで、着物姿の日本人が粛々と、おだやかな日差しに輝きながら歩を進めてくる。

「お迎えに上がりなさい！」

主人の一声で、番頭が丁稚数人を従えて外に飛び出す。近づいてくる兵庫からの一行を大阪方が待ち受ける。

「いらっしゃいませ」

「お待ちしとりましたぁ」

口々に歓迎の言葉を投げかけて、大阪方が兵庫の一行を平野商店に導く。

明治三年（1870）の初夏。ハンター二十八歳、愛子二十歳。英国人男性と日本人女性の結婚で、これが日本における国際結婚第一号と言われるようになるが、この時点では日本国家としての憲法もなければ、戸籍法もないので、婚姻届けなどの手続きは必要もなかったことは言うまでもない。戸籍法の制定を明治政府が発令する明治四年四月四日まではちょうど一年ある。

この時代は結婚式という風習もまだない。兵庫県が生んだ偉大な民俗学者・柳田国男《やなぎだくにお》の説をもってしても、明治のこのころは、今にいう嫁入りの風習は江戸時代までの武家の慣習は別として、一般庶民の間には生まれておらず、「婿入り婚《むこいりこん》」という形式が多かった。婿入り婚とは男性が女性の家に通う形式で、一定期間、妻となる女性の家に男性が通うというものである。男性の家に女性が「嫁入り《よめいり》」するのは男性の母親が家事一切の権利を嫁に譲る時で、嫁入りまでに時間がかかることが多いことから、必然的に子供を産んでからの嫁入りも珍しくなかったという。

江戸時代まで武士の社会では「嫁入り婚」が行われ、家を継ぐ子供を産むことが女性の重大な任務であった。いずれにしろ、結婚式という儀式はまだ誕生していなかった。ここで、今に見る結婚式がどのような過程で形成されていったのかを考察すると、その発端は明治政府がヨーロッパ諸国に比べて遅れた文明の差を縮めることを自らの課題としたことに起因する。日本の文明が何故遅れたのかということを研究するために岩倉米欧使節団《いわくらべいおうしせつだん》が世界を回り、まとめた結論が教育を充実させることと宗教を持つことだった。特に建国わずか百年にして、歴史の長い日本より優れた文明を築き上げたアメリカに刺激されて得た結論だった。そんな中から教育制度が生まれ、国家神道《しんとう》が作られ、そんな背景のもとで神前《しんぜん》結婚式が生まれていくのである。

ハンターと愛子の結婚に当たって、どこに世帯を構えるかということが関係する人たちの間で話題となった。

「留吉サンニ建テテ貰ッテイル洋館ガ完成スルノヲ待ッテ、ソコニ住ンデ貰ウノガ当然デショウ」

キルビーが十四番館の提供を申し出た。

「アリガトウゴザイマス。ゼヒ、ソノヨウニサセテイタダキタイデス。シカシ、洋館ニ住ム前ニ、少シノ間、平野ノ家ニ住ミタイデス」

ハンターはきわめて日本的な風習を重んじた。米田が言葉を添える。

「素晴らしい考え方です。ミスターハンター。郷《ごう》に入《い》りては郷《ごう》に従《したが》えという諺《ことわざ》が日本にはあります。西洋人のハンターさんが私たち日本の風習を理解して下さるのは何より嬉しいことです。婿入りという形でスタートして、しばらく後に改めて嫁入りという形で、愛子さんを兵庫に招いて居留地に住んでもらうのがいいでしょう」

こんなわけで、ハンターは日本の庶民の風習に従って、まず、婿入りをすることとなった。大事なビジネスパートナーの運命の瞬間に立ち会いたいと、キルビーがお供をすることを申し出た。

「あっしたちも平野家を一度見ておきたいですよ。ぜひ、おじゃまさせて下さい」

留吉が言った。稲次郎も、

「ハンターさんがベターハーフとして選んだ女性の生まれ育った家をぜひ見たいです」

と希望し、米田のとりまとめによって、キルビーのほか、留吉の家族三人、秋月清十郎、米田の六人が婿入りのお供をする結果となったのである。

「いやあ、すごい威厳のあるお家ですねぇ」

平野家の前に立って、稲次郎が素直に感動する。元武士の秋月も、

「さすがです。商人の誇りがにじみ出た立派な家です。英国生まれのハンターさんが、こんな日本の格式を誇る家とうまくお付き合いなさるものですねぇ」

と、不思議な表情になる。

「ようお越しやす!」

番頭を筆頭に丁稚たちが居並んで、一斉にお辞儀して、一行に歓迎の意を表明する。

一行が通された座敷から見る庭に忍冬《すいかずら》の花が咲いている。「これがハンターさんから聞いていたカップリング・フラワーだな」と稲次郎は思う。床の間には鶴が舞う絵が描かれた軸が飾られて隅々にまで行き届いた気配りが感じとられる。やがて、主人常助が姿を見せ、正装に威儀を正して挨拶する。

「本日はお揃いでようこそ遠路はるばる浪花の拙宅までお越しいただき、ありがとう存じます。特にキルビー様にはハンターさんと私どもの娘愛子が所帯を持つことに理解を示していただき、恐縮しごくに存じます。ハンターさんには、どうぞ末長く、愛子をかわいがって下さいますようよろしくお願い申し上げます」

丁寧な挨拶を受けて、米田が一行を代表して言葉を返す。

「ご丁重なるご挨拶、感謝のみぎりに存じます。ご縁あってイギリス生まれのハンターさんがこの日本で、愛子嬢とめおととなってこれからの人生を共に歩んで行かれることとなりました。国の違いはありましても、人が人を想う気持ちに垣根はないと私は信じます。平野家の皆様方におかれましては、どうぞ、お二人を何かとご支援たまわりますよう、心からよろしくお願い申します」

兵庫方の一行が正座のうえ一斉に頭を下げる。

「こちらの方こそ、よろしくご指導のほど心からお頼い申します」

大阪方も畳に額をすりつけんばかりに丁重な礼を返す。母菊子に手を取られて、愛子が姿を現した。一張羅《いっちょうら》の着物に身を包んで、いつもとは異なる面持《おもも》ちで、今日のこの瞬間がいかに大事なものなのかを実感させる雰囲気である。菊子がやおら膝を折って、正座し、三つ指ついて挨拶する。

「愛子の母にございます。ふつつかな娘ではございますが、なにぶん末永くよろしゅうおたの申します」

母親の言葉に合わせて、愛子が同じように三つ指ついて丁重にお辞儀する。

「愛子サン、チョット、私ノ言葉聞イテクレマスカ？」

ハンターが立ち上がると、愛子のそばに歩み寄った。

「私ノ国デハ、大事ナ時、神ニオ祈リシマス」

ハンターはものごころついてから十五歳まで過ごしたアイルランド・ロンドンデリー州での生活を思い出した。大事な時、大人たちが真剣に神に祈る姿を少年ながら目にした光景が脳裏に鮮明によみがえる。こういう時こそ、神に誓いを立てるべきだと、ハンターは考えたのである。自分流にハンターは愛子の前にひざまづくと、愛子の手を取って、祈り始めた。

「天ニマシマス神サマ、私ハ今、コノ日本女性ヲ妻ト定メ、新シイ人生ニスタートシヨウトシテイマス。ドウゾ、彼女ヲ幸セニ導クコトガ出来マスヨウ神ノ御名ニオイテオ守リ下サイ」

愛子はどうすれば良いのかわからなかった。ただ、ハンターのなすがまま、じっと祈りに耳を傾けていた。

「愛子サン、私ト生涯、幸セニ暮ラスコト、約束シテ下サイマスカ？」

「はい、約束します」

無意識に愛子は言葉を返した。はるかのちの時代に結婚式で交わされるようになる誓いの言葉である。ここで留吉がしゃしゃり出た。

「日本におめでたい時に唄う歌があります。少し私が唄ってよろしいでしょうか？」

みんなの拍手が起こった。留吉は仕事をしながら色々な歌をよく口にした。江戸の木場《きば》で筏師《いかだし》が口にした木遣《きや》りとか、粋な世界で唄われる謡曲のさわりなど、大工仕事のなぐさみに覚えた歌の中から留吉は謡曲「高砂《たかさご》」を選んだ。いつもとは異なり、鼻歌まじりではなく、留吉は毅然と胸を張って、堂々と唄い始めた。

「たかあさごやあ〜このうらあふねにぃ〜ほをあげてえ〜……」

兵庫の西、明石《あかし》を越えて、加古川《かこがわ》のさらに西、播州高砂《ばんしゅうたかさご》に翁《おきな》と媼《おうな》がいて、共に白髪の生えるまで仲睦まじく暮らしたという内容の謡曲である。こういう場にはぴったりな歌だと留吉は考えた。得意の喉が役に立った。長い歌なので、適当なところで唄い納めると、留吉は、

「これにて、ハンターさんと愛子さんのご祝儀相い整いました。ご両人、そして皆様、誠におめでとうございます！」

と声高々に口上を述べた。留吉は家を建てるのが得意なだけではなく、こういった儀式ばったところの場持ちでも意外な力を発揮したのである。居並ぶ誰もが無意識に心から拍手した。感動で思わず目をうるませた常助が番頭に命じた。

「さあ、酒を出しなさい。御膳も頼みますよ」

丁稚たちがきわめて手際よく、酒肴《しゅこう》を運び入れる。米田が提案する。

「僭越《せんえつ》ながら私が今一つの儀式を提案させていただき、皆さんにご協力をお願いしたい。欧米はもとより、同じアジアの中国にも酒を飲み始める時の作法があります。中国で戦いが続いていた時代、皇帝や王侯がこの酒には毒が入っていないことを示し合い、しばし、休戦の意味を持って杯を一斉に挙

げ、同時に飲むという儀式を行ったと言われています。この儀式をここで、私たちも見習いたいと考えます。私が『おめでとうございます』と言いますから、皆さん、一斉に唱和して下さい」

丁稚たちが盃を皆に配って、酒を注ぐ。稲次郎にも盃が配られる。十八歳が未成年だとする法律はこの時代には制定されていないし、この時代、十八といえばもう立派な大人として扱われた。ハンターには一番に盃が手渡されたのは言うまでもなく、愛子も盃を手にした。丁稚たちも喜びを味わうために、盃を持つことが許された。さすがに愛子の妹三人と弟一人は茶を入れた湯飲みを手にして、米田の音頭に従う。

「それでは皆さん、本日はハンターさん、愛子さんの御婚儀、誠におめでとうございます！」

米田の言葉に続いて皆が一斉に、

「おめでとうございます！」

と唱和する。思い思いに盃を挙げ、そして飲む。今にいう乾杯である。この十三年後の明治十六年、東京日比谷（現在の帝国ホテルの隣）に鹿鳴館《ろくめいかん》が誕生し、舞踏会が華々しく開催されるなど、西洋流社交術が根を下ろすことによって、パーティーの始まりに欠かせぬ乾杯の儀式が浸透を始めるが、ハンターと愛子の周辺では既に、時代の魁《さきがけ》となることを無意識のうちに、必要にせまられてごく自然に行っていたのである。それほどまでに、英国人・ハンターと日本人・愛子の国境を越えた結婚は画期的なものであった。薬種問屋・平野常助商店に青い目の婿が来たという噂は、すぐに大阪中を駆けめぐった。その婿はもとはと言えば、女性の命を助けたことが縁で夫となったものであるという詳しい話しも、興味津々の世間話となって瞬く間に知れ渡った。それほどまでに力を持った人が婿入りした平野の薬はよく効くと評判になり、平野商店の売上が急増するのであった。そのことはつまり、薬品を卸すキルビー商会の売上もまた伸ばすこととなる。

ハンターが大阪で暮らす間、小野浜鉄工所の舞鶴丸建造工事の指揮は秋月が取る。ハンターの代理であることを意識して、秋月はことのほか、意欲を燃やした。

居留地では留吉が十四番館の仕上げに余念がなかった。完成後、ここにハンターと愛子が住むのかと思えば、いっそう張り合いがある。

「たかあさごやぁ〜」

大阪でみんなの前で唄い上げた得意の歌が思わず口に出る。片腕となって父を助ける稲次郎が

「父さん、他の歌も歌ったら？」

とひやかす。ゆるやかに時が流れていく、明治三年のハンターと愛子の周辺であった。

第十六章　黄金《こがね》の国にて

米の起源と日本の稲作の発祥

青い目の婿殿を迎えて薬種問屋・平野常助商店は大いに活気に満ちあふれた。薬の町・大阪の中でも西洋の医薬品に強い平野商店はまたたく間に世間の注目を集める存在となった。噂を聞きつけてやって来た客の応対をしていた番頭がハンターの姿を探して言う。

「ハンターさん、いとはんの命を助けた薬が近江あたりでえらい評判になっているそうです。うちから仕入れた薬を近江の商人があちこちへ売りに歩きたいと言ってるそうです」

思いもかけない展開にハンター自身が驚く。

「嬉シイデス。私ノ薬ガソレホド役ニ立ツナラ、頑張ッテ調合シマショウ」

離れ座敷の一角がハンターの研究室として当てがわれ、西洋の医薬品の数々を心おきなく、調合することが出来た。伸び伸びと研究を続けるハンターを妻の愛子がねぎらう。

「お茶が入りました。ちょっと休憩して下さいな」

日本のお茶が大好きなハンターである。

「オヤ？　茶葉《ちゃば》チェンジシマシタカ？　味少シ変ワリマシタネ？　オイシイ！」

一口ふくんでハンターが愛子に聞く。

「宇治の柔らかい茶葉を取り寄せました」

「若葉ノ香リ？　グッドデス。私ノ生マレタイギリスデハ、レッドティーガオイシイデス」

「レッドティーですか？　日本のお茶は緑ですが、イギリスはレッドティーですか？　飲んでみたいです。私だけではなく、たくさんの日本人に飲んでもらうようハンターさん、あなたの力で取り寄せて下さいませんか？」

こういった夫婦の会話がビジネスにつながる。レッドティーとはのちに言う紅茶のことである。紅茶の輸入もハンターにとっては難しいことではないが、昨今、ハンターが胸を痛めていることは、明治元年、二年と連続して、この国が米の不作に悩まされていることである。現在、小野浜鉄工所が工事中の蒸気船舞鶴丸の発注元である肥後熊本藩《ひごくまもとはん》では近年、六千人もの人たちが飢え死にする大凶作があったという話しも伝わって来ている。日本は瑞穂《みずほ》の国という割りに近年、米が不作なことにハンターは心を痛めていたのである。

「ドウデスカ？　愛子、レッドティーモグッドデスガ、外国カラ米ヲ輸入シタイト私思ウノデスガ」

「米を外国から輸入するのですか？　そんなこと出来るのですか？」

愛子がびっくりして問い返す。この夫は何んととてつもないことを考え出すのだろうと今さらながらにハンターのスケールの大きさに目を丸くする愛子である。

「西洋デハブレッドが食ベラレマスガ、ライスハケッコウ多クノ国デ食ベラレテイマス。日本ノ米足リナイ時ハ外国ノ世話ニナレバイイ。ソノオ返シニ日本ノグリーンティー、外国ニ輸出シマショウ」

ハンターの提案は綿密な状況分析に基づいた上でのもので、決して行き当たりばったりの思いつきで行動するものでないことをキルビーは百も承知だから、ハンターに反対するはずがない。早急にキルビー商会は米の輸入を実施することにした。地に足の着いたビジネスとして一歩踏み出すために、ハンターは兵庫に出向いて、米田講師から米について勉強する機会を作った。

「ハンターさんは、黄金《こがね》の国・日本に憧れてやって来られましたよね。秋に色づく稲穂《いなほ》が黄金《こがね》と讃えられるほど、この国は昔から米が象徴となっています。だから瑞穂《みずほ》の国と言われて、マルコポーロの東方見聞録《とうほうけんぶんろく》に記されたほどですね。豊臣秀吉の太閤検地《たいこうけんち》以後大名の領地が収穫される玄米《げんまい》の量目でその規模を表現されるようになったことからも分かるように、米はこの国では何よりも大切なものだということをよく理解しておられるハンターさんは立派です」

「加賀百万石《かがひゃくまんごく》トカ、赤穂五万三千石《あこうごまんさんぜんごく》トカ聞イテ興味持ッテマシタ」

「米はこの国の重要な食糧となっていますが、比較的長期に保存可能な産物であることから、年貢《ねんぐ》や租《そ》（税）に用いられてきたわけですね」

これほど日本になじんだ米でありながらそもそもの起源は日本ではないという意外な事実をハンターは教わった。米はメソポタミア付近や東南アジアの熱帯サバンナ地帯の原野に自生していたとする説のほか、インド北東部の中国と国境を接するあたりに自生していたと言われる。人類の祖先が知恵を働かせて栽培用に改良し、日本には縄文中期に中国大陸経由から朝鮮半島を経て伝来した。また、台湾や琉球を経て九州から日本各地に広まったとも言われる。

「邪馬台国《やまたいこく》で稲作をやっていたとする記録が残っているんですよ。このころの日本の人口はたった二十万人ほどだったと言われてますが、日本列島に水田が誕生するのは弥生時代です」

「今ノヨウナ食べ方ヲシテイマシタカ？」

ハンターの質問は鋭い。薬剤の勉学を積むなど研究熱心な性質のなせるわざである。

「とてもいいところに気が付きましたね。弥生時代の米の食べ方は汁粥《しるがゆ》と言って水でどろどろに煮て食べるやり方でした」

稗《ひえ》や粟《あわ》など雑穀《ざっこく》を混ぜて量を増やして大切に食べたと推測されている。それほど貴重な米の保存用に高床式倉庫《たかゆかしきそうこ》を作ったのも弥生時代。平安時代に進んで強飯《こわいい》と言ってせいろで蒸す食べ方が考え出された。また、釜で炊く姫飯《ひめいい》と言う食べ方も上流階級の間に普及したこともハンターは学んだ。

「日本ニトッテ何ヨリ大事ナ米ガ今、不足シテイマス。外国カラ米取リ寄セマショウ」

米田から得た知識によってハンターはいっそう米に対して意欲をかきたてられた。すぐに手を尽くして、英国経由でインドや中国から合計二百十万石の米を輸入した。これが日本における外米輸入のさきがけとなった。そして、輸入と輸出のバランスをはかる意味において、ハンターは日本のお茶を海外に輸出することもやってのける。

ハンターが平野家に婿入りして大阪で新婚生活を送っている間、兵庫の小野浜鉄工所では秋月清十郎が舞鶴丸の工事監督代理をつとめるのであった。この元和歌山藩士は西洋の事情を勉強したくてキルビー商会に勤務したものだけに、その仕事ぶりは尋常ではないほど熱心であった。蒸気タービンがイギリスから届くや、ためつすがめつ自分でさわりまくって研究する。その結果を和紙を綴《と》じた帳面に筆で一部始終を記録する。そのうえで作業員に命じてタービン取り付けの工事に着手させるのであった。

「おい、そこの枠組み、もっと頑丈に！　それではゆるい。船はな、穏やかな海を走ることの方が少ないのだ。嵐の中の大海原を突き進んでこそ目的地に行けるのだ。船がでんぐり返りそうになっても蒸気タービンが動くよう、頑丈に保護しておかないと使いものにならんのだぞ」

作業員に指示する秋月の頭の中に、日米修好通商条約が締結される十七年も前に、アメリカに渡って、十年後に帰国した中浜万次郎の話しがよみがえっていた。土佐の足摺岬の近くから大人にまじって漁に出た十四歳の少年が嵐に遭遇して無人島・鳥島に漂着、百四十三日後にたまたま、海亀の卵を求めて島に近づいてきたアメリカの捕鯨船に助けられ、ハワイを経由してアメリカ大陸に行き、色々な勉強をして立派な大人になった。アメリカ女性と結婚までしたものの、妻が死に、日本への帰国を決意する。鎖国の日本へ直接戻るのは危険なので、琉球を経由して本州へ入り、江戸で学問の士として暮らすようになったという実話である。漁師の子、万次郎が助けられたアメリカ船長の名前の一字をもらってジョン万次郎と名乗るようになった。

「今、東京でも尊敬を集めているジョン万次郎さんは、土佐の漁師から英語を使いこなす偉大な人物になられた。嵐で命を落としてしまっては元も子もない。ジョン万次郎さんを助けた捕鯨船も、十年後に彼が帰国の時に使った船も帆船だが、今、自分たちが造っている船は蒸気船だ。日本でも初めての本格的な蒸気船だ。エンジンがしっかりと取り付けられないと、帆船よりもやっかいなしろものとなってしまう。船がどんな角度になろうとエンジンが外れないよう頑丈の上にも頑丈に固定してこそ使いものになるのだ」

秋月は現場に妥協を許さない。完璧を求めて監督するのである。厳しく管理する一方で作業員たちに誇りを持たせながら工事を進めるから、いやが上にも現場の志気が上がる。

「そうか、俺たちは日本人として最初の蒸気船を造っているのか。世間をあっと言わせる船に仕上げないと」

「材木の船に蒸気エンジンを積み込むことなんて思いもつかなかったよな。舞鶴丸は日本最初の蒸気船として小野浜から世に出て行くのか。凄い現場をわしらが任されているのだな」

休憩時間の作業員たちの話までもが盛り上がる。現場の人間にやる気を起こさせる秋月の監督能力は実に優秀である。その要因の一つに、ハンターの代理として現場監督を引き受けているという意識があった。大阪で新婚生活を送っているハンターの期待に応えて十二分に働くことを自分自身に命じて行動する古武士であった。

ハンターはハンターで、自分に代わって現場を取り仕切ってくれる秋月に感謝の念を惜しまない。ことあるごとに、妻の愛子に言うのであった。

「肥後熊本藩ハ加藤清正デ知ラレルユニークナ藩ダト米田先生ニ教エテ貰ッテイマス。秀吉ニ仕エタ清正ガ朝鮮出兵デ虎退治シテ朝鮮ノ人カラモ喜バレタ。清正ガ造ッタ熊本城ハ徳川ノ天下ニ変ワッテカラハ幕府ニ忠誠ヲ誓イ、明治政府ノ今ハ政府ニ協力シテ蒸気船ヲ造ル。アノ藩ハ時代ヲ見ル目ガアル」

「その時々の対応の仕方が上手ということですか？」

自分の夫のものを見る目にも愛子は感心する。

「肥後藩ハ日本ノハートヲ持ツ藩ダト私ハ思イマス。赤穂浪士ガ主君ノ仇討チヲ果タシタ後、アノ藩ダケガ武士ノ心デ浪士タチヲ預カッタト米田先生カラ聞イテイマス」

ハンターが米田講師から教えてもらった赤穂浪士の一件はこうである。元禄十四年、大石内蔵助《おおいしくらのすけ》をはじめ赤穂浪士四十七士が吉良上野之介《きらこうずけのすけ》を討ち取り、浅野内匠頭《あさのたくみのかみ》の無念を払ったあと、四組に分かれて身柄を各藩の江戸屋敷に一時お預けの身となった。犯罪者として冷たく扱う藩が殆どのなかで、肥後細川藩だけは誠の侍の鑑《かがみ》として浪士に敬意を表し、丁重に浪士たちを預かったという。

「私ガ日本ヲ好キナノハ、日本ノ心ガアルカラデス。武士道ノ心ヲ引キ継グ肥後藩ノ蒸気船ヲ手ガケサセテモラエルコトハ名誉ナコトデス」

その蒸気船の建造工事をハンターに代わって秋月が陣頭指揮してくれている。

「武士の気概が分かる秋月サンダカラコソ安心シテ任セラレル。私ガココデ平野家ノ皆サント穏ヤカニ暮ラセルノモ秋月サンノオ陰デス」

日本人以上に義理人情を理解する英国人の夫を愛子は本当に不思議な人だと思うのであった。

明治三年の秋も深まるころ、ハンターは妻、愛子と共に平野家を出て、兵庫の居留地に完成したキルビー商会の十四番館に移り住むこととなった。平野家は居心地が大変良いものの、小野浜鉄工所の舞鶴丸の現場が気にかかることと、やはりキルビー商会のマネージャー的立場のハンターとしては居留地に商館が完成したからには、職場に張り付いて仕事をしたかった。半年近く同じ屋敷で暮らしてきた番頭や丁稚たちが名残りを惜しんだ。

「ハンターさん、いつか暇を貰えるようになったら兵庫に遊びに行かせて下さい」

親しげに言う丁稚にハンターが答える。

「イツデモオーケーデス。遊ビニ来テ下サイ。皆サンガ来テ下サレバ、愛子喜ビマス。ネエ、愛子」

と、妻の顔を見るハンターの横顔は結婚していっそう頼もしくなった男性の表情だ。主人常助と愛子の母、菊子が話の輪に加わって言う。

「ハンターさん、キルビーさんをしっかり助けていい仕事をして下さい。日本には内助《ないじょ》の功《こう》という言葉があります。戦国時代に山内和豊《やまのうちかずとよ》の妻が夫を陰で支えて出世させた話もありますからね。愛子も和豊の妻を見習って、ハンターさんが力いっぱいビジネス出来るようよろしく頼みますよ」

母の心からの言葉に愛子は素直にうなづく。

「ソロソロ出発シマショウカ。愛子、大丈夫デスカ?」

ハンターが妻を気遣う。それもそのはず、愛子はハンターの子供を宿していた。お腹の中の子供をいたわるように愛子はゆっくりと腰を上げる。

「皆さん、長い間、お世話になりました。今日から私はハンターの妻として兵庫に住まいを構えます。お父様、お母様、ありがとうございました」

改まって礼を言う娘の言葉に常助は答えるすべもない。感極まって目をうるませている。妹たちが姉に言う。

「お姉さま、お義兄さま、いつでもまたこの家に来て下さい。私たちも兵庫に遊びに行かせて下さいね」

兵庫側ではキルビーをはじめ、秋月、留吉、タネ、稲次郎が二人を心から歓迎した。真新しい洋館に世帯道具を用意して二人を待ち構えてくれていた。タネが愛子に言った。

「大阪を離れてさびしいでしょうけど、そのうちに慣れますよ。いざと言う時には私たちが応援に来ますからね」

　留吉も言葉を付け加える。

「あっしはキルビー商会の新しい洋館を工事にかかりますからね、日昼は近くで仕事してますから何んなりと言って下さいよ」

　愛子を想ってくれる人たちの気持ちがじんわり身にしみて、胸詰まる愛子である。ハンターとの結婚が自分をこんなに幸せな思いにさせてくれる。洋館のフロアに思わず膝まづいてしまいたいような気持ちで愛子が言う。

「皆さん、ありがとうございます。こんな素晴らしい洋館に住めるなんて、私、思ってもみませんでした」

「留吉サン、アナタハ私ノイメージヲ見事、実現シテ下サイマシタ。英国ヲ思イ出サセテクレル素敵ナ家デス」

　キルビーが言葉を添えた。

　オーナーとして満足げなキルビーがハンターに覚悟を伝えるかのうように言った。

「セッカクノコノ洋館ヲ立派ニ守ッテビジネス盛リ上ゲマス」

「舞鶴丸の工事も順調です。ハンターさんの二世誕生と舞鶴丸の完成とどっちが早くなるか楽しみです」

　秋月も後押しを添えると、稲次郎も負けじと口を開けるのであった。

「十六番館が既に営業中で英国人のカペルさんが洋服店を営んでらっしゃいます。同じ国の方ですからハンターさん、お付き合いされるといいと思います」

米田仕込みだけのことはあって、稲次郎はただの大工の息子ではない。この稲次郎、秘かに野望を抱いていた。舞鶴丸の艤装《ぎそう》で内装の仕上げの時に、肥後熊本の誇りともいうべき象徴を自分の手で彫刻させてもらおうと、アイデアを練っている最中であった。物わかりの良い秋月が稲次郎の申し入れを了承した。

「船室の入り口あたりにさりげなく、邪魔にならないように、しかし、存在感を持って誇り高く、飾りとなるような彫刻をすると良い」

キルビーがアドバイスする。

「向カイ獅子マークノヨウナ物ガグッドデス。イギリスデハソンナシンボルガ喜バレマス。稲次郎ノセンスデ工夫シテミナサイ」

ハンターも一言添える。

「肥後藩ノシンボルハ清正ガ退治シタ虎ダト私ハ思イマス。向カイ獅子マークヲアレンジシテ向カイ虎印トイウノハドウデスカ？」

横で何気なく耳傾けていた愛子がハッとする。この夫は何という深い思考力の持ち主なのだろうと改めて感心するのである。思わずニコっと微笑む愛子の横顔を見てとった稲次郎が、

「決めました。向かいタイガー・マークにします。朝鮮半島では虎が増えすぎて清正が退治しましたが、本来虎は勇敢な動物と教わっています。荒海に負けず目的地に向かって波を乗り切ってもらえる

よう願いを込めて、虎マークを彫ってみせます」息子の言葉に水を差すのは父、留吉である。

「おいおい、舞鶴丸だからむしろ鶴を彫るべきじゃないのか？　虎でいいのか？」

どっと笑いが起こる。キルビー商会十四番館は人と人との善意が充満して幸先良《さいさきよ》いハンターと愛子の新居のお披露目となった。

第十七章　二世誕生

近代日本の出産のようす
除夜の鐘のおこり

愛子がハンターと共に兵庫に移り住んでからというものは、薬種問屋・平野常助商店は灯が消えたようにさびしくなっていた。番頭や丁稚たちがことあるごとに、ハンターと愛子の夫婦のことを話題にする。

「ハンターさんがいてくれるだけで、うちの店の看板になりましたなあ」

「イギリスの薬を扱えるのはこの大阪でもうちだけですからなあ」

「いとはん、ややこを産みはるそうやが、大阪へ戻って来はったらええのに」

従業員たちのそんな会話を耳にした愛子の母、菊子が言った。

「愛子は戻って来ますよ。ややこを産みに。ハンターさんと暫くここで過ごします」

その言葉通り、明治三年も師走を迎えるころ、愛子が大きなおなかを抱えて里帰りした。船で天保山に上陸したあと、ハンターが調達した馬車で平野商店に戻ってきた。ハンターがまず、馬車から降りて、手を差し伸べ、愛子をエスコートする。西洋流のレディーファーストという流儀である。

「お帰り！　ハンターさん、いとはん」

居並ぶ丁稚や番頭らが一斉に拍手で迎える。

「皆サン、アリガトゴザイマス。暫ク居候サセテモライマス」

夫の立場で挨拶するハンターはすっかり日本の夫婦の威厳が身についた風格だ。満足げに主人、常助がねぎらいの言葉を送る。

「ハンターさん、よう戻って来て下さった。のびのびと過ごして下さいよ」

離れの一角のハンターの研究室がいつでも使えるようにそのまま置かれていたので、ハンターはそこに陣取って仕事することにした。愛子がいつでも出産出来るよう奥の座敷が当てがわれた。菊子が愛子に言う。

「取り上げ婆さんには評判のいい人を頼んでありますからね。心配要りませんよ」

この時代の出産は生家か婚家でするしか方法がなかった。今日のように産院がないのは言うまでもない。丹波などの田舎では村外れに産屋《うぶや》などの専門小屋を設けている所もあったが、大阪の町では普通の民家で産むのが通常であった。経験に基づく女性が出産の介助をする習わしが自然発生的に起こり、そんな経験豊かな女性を世間では取り上げ婆さんと呼んで一目置いていた。職業的に介助する産婆《さんば》の制度はまだ確立しておらず、出産の世話をしてもらったお礼には飲食や品物を贈るのが普通であった。封建時代には天井から紐を吊るし、それに妊婦がつかまって立ち産《ざん》で生み落とす方法がよくとられたが、丹波の産屋では土間に藁《わら》を何段にも積み上げてそれに妊婦をもたれかけさせて座《すわ》り産《ざん》として生ませる方法もあった。当然、出血を伴うが、血液を不浄とする考え方がこの時代にはあった。

　ハンターは十五歳でアイルランドを出て来たので、さすがに英国ではどのような方法で出産されるのか、知るよしもなかった。だが、この国の出産にまつわる話は不安要素の強いものばかりであった。間引《まび》きといって生まれたばかりの子供を闇にほうむる悲しい風習があったり、生活の貧困と医学的知識の不十分さから、妊婦が命を落とすことも珍しいことではない。この国ではまさに出産は命がけの作業だったのである。文明の進んだ西洋出身のハンターにとっては不安このうえもない。その辺を見越して、愛子の母、菊子は大阪でも評判の取り上げ婆さんを依頼していざという時に備えていた。明治元年に産婆取締《さんばとりしまり》に関する太政官布告が発布され、産婆の資格が問われるようになったものの、資格認定制度が生まれるまでにはあと四年かかる。産婆の資格を取得するための条件が付され、それに合致した者に免許が下される制度が確立するのは明治七年のことである。

　あえて脱線を承知で女性の重要任務である出産のあり方をもう少し記述すると、制度が整備されていく途上には数々の抵抗もあった。取り上げ婆さんの既得権収益を守るための運動が起こったりもした。そんな中から産婆資格を与える対象としては、取りあげ経験四十例以上で、平産《へいざん》十人、難産《なんざん》二人を扱った者に正規の認定を与えるものとし、必要知識を教える学校も各地に作られるようになった。思い思いの学校で教える知識にバラツキは当然で、やがて全国統一の機運が高まり、明治三十二年には勅令産婆規則《ちょくれいさんばきそく》が作られる。

　昭和三十五年に至っても、自宅分娩《じたくぶんべん》と施設分娩《しせつぶんべん》が半々で、同四十年になって施設分娩が八割となった。それに伴って出産介助者も助産婦から産科医へと移行して今日に至っているのである。

明治三年暮れのこの時点では、取り上げ婆さんの介助を頼むのが最良の方法であった。婆さんといっても全員が年老いているということではなく、総称として婆さんと呼ぶだけのことで、中年女性もたくさんいた。菊子が愛子のために依頼したのも中年の腕の確かな取り上げ婆さんである。

大晦日《おおみそか》の平野商店はこれまでにない活気に満ちあふれていた。燭台のあかりをふんだんに灯して除夜の鐘が近くの寺から聴こえてくるのを待つ。

「今年の鐘はひときわ身にしみますねえ」

と感慨にふけるのは番頭だ。主人の長女、愛子の結婚と出産を意識してのことである。

除夜の鐘を撞《つ》く風習は宋の時代に起こり、強五十四声、弱五十四声の合わせて百八つ撞くという様式が確立した。日本には鎌倉時代に伝わり、十二ヶ月、二十四節季、七十二候《こう》を足した百八つが煩悩《ぼんのう》の数とも一致するということで、大晦日に煩悩を払い、清浄な気分で新年を迎えるという精神性の強い風習が日本全土に普及した。

冬の風に乗って聴こえてくる鐘の音がハンターにとっては新鮮であった。東洋の神秘を肌で実感する思いである。

「アノ鐘ハドコノ寺カラ聴コエテ来マスカ？」

ハンターのお相手をしていた常助が答える。

「黄檗宗《おうばくしゅう》の九島院《きゅうとういん》です。竜渓禅師《りゅうけいぜんじ》というえらいお坊さんがいた寺です」

キルビー商会が第十七番区画三百五十五坪の権利を取得している川口居留地のすぐ隣に中国情緒を

漂わせる寺があった。それが九島院で、寛文十年八月の暴風雨の時に竜渓禅師が座禅のまま入寂《にゅうじゃく》し、このあたりが開発される人柱となったとして崇敬《すうけい》を集めている寺であった。百八つの鐘が時間をかけてゆっくりと撞かれる。折しも臨月《りんげつ》の愛子が格別の思いでそれを耳にする。愛子が横になっている奥の間へハンターが顔を見せた。付き添っていた菊子が、愛子の子供のころを思い出して言う。

「除夜の鐘を聴くのを楽しみにしながら、いつも眠ってしまって満足に聴いたことのない愛子でしたよ」

愛子が答える。

「ほんとですねえ。こんなにはっきりと除夜の鐘を聴くのは初めて。ハンターさんももちろん初めてでしょ？　こうして私たち二人が同じ鐘の音を聴いていることが不思議です」

「二人じゃないですよ。三人ですよ。おなかの中のややこも聴いていますよ」

菊子の言葉に、大きくうなづくハンターであった。

「番頭さん、夜明け前に誰かを走らせて、取り上げ婆さんを呼びに行かせて下さいね」

菊子はもう愛子の出産が間近にせまっていると予測した。百八つを聴き終えるまでもなく、愛子は安らかな寝息を立て始めた。ハンターがそっと奥の間を出て、男衆たちが集まっている座敷に姿を見せる。丁稚や番頭が初詣《はつもうで》に行くと騒いでいる。

「ハンターさん、一緒に行きましょう」

丁稚が気安く誘う。番頭があわてて止める。

「ハンターさんはいとはんの出産を控えてそれどころじゃない。すみません、ハンターさん余計なこと言いまして」

「イエ、大丈夫デス。愛子、出産マデマダ時間アリマス。安産祈ルタメニモ、私初詣行キタイデス」

「うわあ、嬉しいなあ。ハンターさん一緒に行きましょう」

早速、提灯《ちょうちん》が用意され、明治四年と変わったばかりの深夜の町に出る。電気もガス灯もない時代で、漆黒《しっこく》の闇の中に平野商店の番頭、丁稚たちとハンター一行の提灯行列《ちょうちんぎょうれつ》が粛々《しゅくしゅく》と南に向かう。半里も行かない所に茨住吉神社《いばらすみよしじんじゃ》の常夜燈《じょうやとう》の明かりが見えて来た。さすが商人の町、大阪である。こんな深夜にも初詣の人間が多数いる。

「この神社は分限者《ぶげんしゃ》（金持ち）の池山一吉というお人が社殿を寄付されたんです」

番頭がハンターに説明する。昔、このあたり一帯は浪速八十島《なにわやそじま》と称される小さな島が多数浮かぶ海だったところで、その一つ、九条島《くじょうじま》の新田開発《しんでんかいはつ》が行われた寛永元年に、産土神《うぶすながみ》として社殿を建て境内を整備した。その経費一切を土地の豪農、池山一吉が負担したのである。そのはるか以前、ここがまだ小島であった昔から楠があった。いつのころからか、その根元に小さな祠《ほこら》が設けられ、誰からともなく、祈りを捧げるようになったが、豪農の協力を得て幕府の役人が住吉大社の四神を勧請して海運の守り神とした。

「海ノ神様、嬉シイデス。私、イツカ自分ノ力デ造船所作ル計画アリマス」

ハンターはとても喜んだ。いずれは自分の力で造船業を起こしたいとの夢を持っているだけに、番頭が海の神様の所に連れて来てくれたことはラッキーであった。

境内の楠の大木の下で番頭が説明する。

「樹齢六百年を超えているそうです。この神社のご神木です」

ハンターが大木を見上げる。うっすらと白み始めた東の空をバックに、小山の如くに枝を張った大木。その生命力にハンターは感動した。

「生マレ来ル二世ガ男ノ子ナラバ、ドウゾ、コノ木ノヨウニ元気ナ子供トシテ育ッテクレルヨウニ」

ハンターは心からそう祈るのであった。

明治四年一月一日の朝が来た。

「祝いの膳はちょっと待て。いとはんがいよいよの様子や」

番頭が丁稚たちに申し渡した。

取り上げ婆さんの指示で丁稚たちが湯を沸かす。男たちは誰も奥座敷には入れてもらえない。愛子の陣痛が始まったのである。この時代は今のようなラマーズ法など普及していなければ、夫が妻の出産に立ち会うことなども考えられもしないことだった。

奥座敷には菊子が付き添って、愛子を勇気づけている。緊張した空気が屋敷中にみなぎる。愛子の妹たちも同様に緊張の面持ちで、控えの間でじっとややこの生まれ出る瞬間を待っている。

ハンターは正座して、目を閉じ、ひたすら祈りを捧げた。新しい命の誕生が無事運ぶように、と。

ハンターの脳裏に何故か、ふと郷里の父母の顔が浮かんだ。あれから十四年、父母がかつて自分を生んでくれたように、この異国の地で、自分は自分の分身を今、誕生させようとしている。

「マザー、ファーザー、守ッテ下サイ」

神だけではなく、父母にも守ってほしいと本心から願うハンターであった。

やがて、たった今、生を受けたばかりの泣き声が突如、静寂を破って屋敷中に響き渡った。

「うわあ！」

屋敷中にどよめきが起こり、すぐにあちこちで拍手と歓声が沸き起こった。生まれたのだ。ハンターと愛子の子供が生まれたのだ。

「おめでとうございます！」

番頭や丁稚たちが一斉に言う。ハンターの手を取って心から喜びの言葉を贈る。ただ、ただ、目頭を熱くするだけのハンターに、取り上げ婆さんからの連絡が届く。

「ハンターさん、赤ちゃんを見て下さい、とのことです。さあ、愛子さんのところに行ってあげて下さい」

奥の間に行くと、取り上げ婆さんがたらいで産湯をつかわせている。

「ご主人、玉のようないいお子さんですよ。あ、玉ってわからないか……」

手際よく、生まれたばかりの赤子の体を湯の中で清めながら、取り上げ婆さんがハンターに言う。

「ささ、ご主人、こちらに来て、抱っこして上げて下さい」

「アリガトゴザイマス」

ハンターがたらいの傍《そば》ににじり寄る。赤子を手渡される。柔らかい布にくるまれた赤ちゃんがあったかい。赤ちゃんが無意識に小さな口をあくびのように開けて、ハンターに抱っこされる。適度な重みが充実感に変わる。これが自分の命と血を分けた子供なのだ。ハンターの目に涙があふれた。

「オウ、マイベィビー……」

思わず赤ちゃんに頬《ほお》ずりしたい気持ちになった。ここで、ハッと我れに返る。そうだ、愛子だ、愛子が産んでくれたのだ。赤ちゃんを抱っこしたまま、ハンターは愛子の枕もとににじり寄った。

「愛子、アリガト」

それだけ言うのがやっとだった。涙で愛子の顔がにじむ。

「ハンターさん、私、産みました。ハンターさんの命、産みました」

菊子がそっと赤ちゃんを引き取る。ハンターが愛子の手を握る。

「愛子」

ハンターが男泣きした。無理もない。十五歳で国を捨て、異国の地でここまで道を切り開いてきたのだ。日本人女性との愛の結晶をこの世に生み出してまぎれもない、自分の足跡を立派にこうして形として打ち出したのだ。ほどなく三十歳になろうとする英国人ハンターが日本人との間に新たな命を地球上に生み出したのだ。永年の緊張がとけてハンターは男泣きしたのである。その姿に感動した主人、常助も菊子も番頭も丁稚も愛子の妹たちも平野の屋敷のみんなが共に泣いた。感動の渦が平野家に充《み》ち満《み》ちた。

第十八章　昇り竜

戸籍の始まり
日本の人口の変遷

明治四年一月一日、エドワード・ハズレット・ハンターと平野愛子との間に生まれた赤ちゃんは男の子だった。ハンターに似て目鼻立ちのきりりとしたかわいい赤ちゃんである。

「オ父サン、名前ヲ付ケテ下サイ」ハンターが常助に言った。

「私に名前を付けさせてくれるのは、大変嬉しいが、ハンターさん、あなたの血を分けた大切な子供です。あなたの想いもこの子に託しましょう」常助は共に名前を考えることを提案した。

「愛子ガ産ンデクレタベィビーデス。愛子ノ意見モ聞キタイ」

レディーファーストの国に生まれたハンターらしい対応である。愛子は答えた。

「丈夫で大きく育ってくれるような名前がいいです」

日本には男の子を象徴する太郎という名前がある。それに加えて、ハンターならではの想いを付け加えたいとハンターは考えた。

「私ノ名前ノハンターハ、狩人《かりうど》トイウ意味ガアリマス。狩猟民族《しゅりょうみんぞく》ノヨーロッパデハ、色々ナ狩猟ヲシマス。デスガ、絶対ニ狩ルコトノデキナイ動物ガアリマス」

遠巻きにハンターや愛子、常助らの様子を伺っていた番頭や丁稚たちが興味深い面持ちで身を乗り出す。

「絶対に狩ることの出来ない動物？　わかるか？」

「う〜ん、何だろう？」

番頭や丁稚たちが真剣に考え抜く姿を横目に見ながら、ハンターが言う。

「ドラゴンデス。日本ノ言葉デ言エバ、竜デス」

「竜ですか？」

常助が目を輝かせる。

「竜はいい。夢の動物だが、縁起のいい動物だ。昇り竜は特に勢いがあって最高のものだ」

愛子も目を輝かせる。

「竜をこの子の名前にしましょうか？」

ハンターがうなづく。

「ドリームノ動物、竜ト日本ノシンボル的ネームヲプラスシテ竜太郎《りゅうたろう》トイウノハドウデスカ？」

常助が手を叩いて喜んだ。

「竜太郎か？　これはいい！」

家中から拍手がわき起こった。

騒ぎを聞きつけて菊子が顔を見せた。ハンターが言う。

「オ母サン、ベィビーノ名前、竜太郎デドウデショウカ?」

「竜太郎、ですか? いいですねぇ、強い男の子に成長してくれそうで、とてもいい名前ですねぇ」

と菊子は満足げである。

「オ母サンガ了解シテ下サレバ、竜太郎ニ決メタイト思イマス」

かくして、ハンターの第一子の名前は竜太郎と決定した。この子がのちに日本国籍を得て、範多《はんた》という苗字を考案し、範多家を興す。この時点ではまだ戸籍制度は日本に存在しておらず、名前を公に登録する必要もない。

一般に名前を付ける風習は室町時代に芽ばえ、宗門別帳《しゅうもんべつちょう》や寺の過去帳《かこちょう》に庶民の名前を記録するなどしてきたが、明治四年四月に太政官布告として戸籍法の制定を発表し、翌五年から実施される。この年がひのえさるの年であったことから壬申戸籍《じんしんこせき》と呼ばれるようになる。竜太郎は壬申戸籍のうえでは平野竜太郎として登録され、成人して自分自身が範多家を興すまでは平野竜太郎として通す。このようにやっと戸籍制度が作られようとしている時代であり、英国人のハンターが日本の戸籍に登録する制度もなく、ハンターと愛子の結婚は戸籍上の結婚ではなく、実質の結婚であった。しかも、ハンターと愛子の国境を越えた結婚は日本における国際結婚第一号として記憶されていく。竜太郎の誕生は平野家にとってこの上もない喜びであった。

「一度は死にかけた愛子が、こんな元気な男の子を生んだのだからなあ」

常助が感慨ひとしおになるのも当然である。

「素晴らしい名前も決まってこれほど目出度いことはない。命名祝いの膳じゃ。番頭さんも丁稚たちもみんなで祝っておくれ」

常助が屋敷じゅうのみんなに祝いの膳を用意した。黒鯛・チヌの尾頭付き《おかしらつ》が分けへだてなく、みんなにふるまわれた。

「大阪湾・チヌノ海ニ泳グ魚デスネ」

ハンターが感動した。五年前、初めて兵庫にやって来た時、身を寄せた大工の留吉の家で、タネが祝いの膳に用意してくれた魚である。横浜から兵庫に移って新境地を開き、妻帯して、今、二世まで持てた。誰よりも喜びを噛みしめているのはハンター本人であった。我が子出産の祝いとして妻・愛子と共に味わうチヌは格別にうまかった。そのうちに、御影郷《みかげごう》の酒までふるまわれて、平野家の屋敷は祝賀一色に盛り上がった。

愛子の産後の体が落ち着くのを待って、ハンターは愛子と共に、竜太郎を連れて兵庫に戻った。しばらく経って、キルビーが竜太郎のお披露目パーティーを催してくれた。居留地十四番館が久しぶりに活気に満ちあふれる。キルビーの呼びかけで集まったのは、米田講師、留吉、タネ、稲次郎、それに秋月。誰もが我がことのように喜んでくれるのだった。

このころの日本の人口は三千四百万人ほどであった。ちなみに江戸時代初期の人口はわずかに千五百万人。江戸末期に三千万人となり、明治五年の壬申戸籍が出来たころには三千四百八十万人と記録されている。ここで参考までに日本の人口の変遷について記すと、奈良時代には日本の人口はわずかに四百五十万人程度であったといわれている。平安時代は五百五十万人。慶長時代（１６００）

に千二百二十万人となり、江戸時代に三千万人を越えた。明治末期に五千万人を越え、昭和十一年には江戸時代の倍の六千九百二十五万人に増加している。戦後の人口増は著しく、昭和二十三年に八千万人となり、同三十一年には九千万人となり、同四十二年に一億人を突破した。そして平成十七年の国勢調査では、一億二千七百七十六万人に増加してピークを迎える。

当小説の舞台となっている明治四年、この時の日本の人口はざっと三千四百万人。その中でもきわめて珍しい日本と英国の混血の赤ちゃんが竜太郎である。集まった誰もが興味津々《きょうみしんしん》で竜太郎の顔を見つめるのも無理はない。ハンターに似て、日本では見られぬほど鼻筋が通った端整な顔立ちの男の子である。

「愛子さん、ちょっと私にも抱っこさせて下さいよ」

タネが竜太郎を抱っこする。気持ち良さそうに目を閉じたままの竜太郎に、

「かわいいねえ。イギリスと日本の友好のあかしだよ」

と語りかける。そんな和気藹々のムードにキルビーは満足である。ハンターより年上の自分自身が妻帯を考えるべきかも知れぬ意識がちらっと頭をかすめる。しかし、今のキルビーは事業に全身全霊を打ち込んでいて、個人的に親しくなる女性とめぐり会う機会もない。

「サア、皆サン、モウスグ、大井肉店カラ牛肉届キマス。スキヤキパーティシマショウ」

神戸町《かんべちょう》の居留地に近い街道筋（元町通り一丁目）に最近、牛肉を専門に扱う店がお目見えしていた。「大井肉店」と掲げた看板がひときわ斬新な店構えであった。四年前の慶応四年から明治元年にかけて、キルビー商会が日本で初めて牛肉を販売するビジネスを立ち上げ、もともと牛肉を食べる習慣が

なかった日本に牛肉を食べる習慣を定着させたキルビーとハンターであったが、明治二年八月に小野浜鉄工所を開設するのを機に、キルビー屠牛場《とぎゅうじょう》兼《けん》牛肉販売所《ぎゅうにくはんばいしょ》を閉鎖した。が、二人の活動の後を受けて牛肉ビジネスは日本に定着し、生田川の東にヲーボーが経営する屠牛場が出来たのに続いて、日本人が経営する鳥獣売り込み商社も誕生したりして、牛肉文化の輪はしだいに全国へ波及していた。事実、東京でも屠牛場が造られたり、横浜では牛鍋《ぎゅうなべ》を食べさせる店が複数誕生して、関西の「すきやき」に対して関東の「牛鍋」が庶民の間に浸透していく兆しを見せ始めていた。そんな折りも折り、この明治四年に、二ツ《ふた》茶屋村《ちゃやむら》の農民、岸田伊之助が二十二歳の若々しい感覚を活かして洋館の趣きをふんだんに採り入れた個性豊かな店を構えたのであった。この大井肉店は繁盛をきわめて、明治二十年に、神戸駅の東、相生橋のたもと（元町通り七丁目）に移転し、歴史に残る新たな店舗を建築する。二階建てのバルコニーを持つ洋館で、白い漆喰壁《しっくいかべ》に半円アーチの窓を持ち、ステンドガラスをはめ込んだモダンな造りで、ひときわ人目を引くしゃれた建物である。この建物が昭和四十二年に区画整理で、建物をやり変える必要にせまられた際、愛知県犬山市の明治村に移築され、日本でも記念すべき牛肉店第一号として後世に語り継がれていくこととなる。

「ソロソロ、牛肉ガ届クコロデス。稲次郎、炭オコシテ下サイ」

キルビーが言う矢先に、一人の男が十四番館に姿を見せた。小柄でずんぐりと丸い体つきの男性が荷物を持ってやって来たのである。その体つきから「バケツ」とあだ名されている大井肉店の経営者、岸田伊之助であった。

「大井肉店です。このたびはおめでとうございます」いかにも商人らしく如才ない。岸田は農業に精を出す時はボロをまとい、身を粉《こ》にして働いた。なりふり構わず働く姿に親しみやすさを覚えて誰いうともなく、このころ水を入れる容器として普及し始めていたバケツをイメージしてあだ名が付けられたのであった。

「オウ、ミスター・バケツ、サンキューベリーマッチ」

キルビーが手を差し出して暖かく迎える。自分がこの国に一石を投じた牛肉文化の普及にこの男が一役も二役も買ってくれているのかと思うとキルビーがバケツに期待を寄せる気持ちは当然であった。

「ミスターバケツ、竜太郎ノ顔、見テ下サイ」

キルビーが岸田を愛子のいる部屋へ案内する。

「えらい評判の竜太郎さん、ひと目拝ませて下さい」

岸田は愛子の腕の中でぱっちり大きな目を開けている竜太郎を一目見るなり、

「おう、かわいい！」

と大きな声をあげ、まあるい顔をいっそう丸くほころばせた。ハンターが挨拶する。

「岸田サン、私ノ妻デス」

愛子が竜太郎を抱いたまま、会釈《えしゃく》する。

「愛子と申します」

「おめでとうございます。キルビーさんとハンターさんが始められた牛肉ビジネスにあやかって、大井肉店を始めさせてもらいました。その張本人の所へこのようにお肉を届けさせてもらうのは嬉しいかぎりです。竜太郎くんのかわいさに応えて、代金は特別に安くさせていただきます」

みごとなほど機敏な岸田であった。この商人の心意気で大井肉店は地道にその事業を進め、日本の精肉店の魁《さきがけ》として名声を得ていく。岸田は牛肉を届けるだけでなく、自らすきやきを作ることまでやり始めた。タネと稲次郎がそれを手伝い、うちとけた雰囲気が十四番館に満ちわたる。それ以上に充満し始めたのはいかにもおいしそうなすきやきのにおいである。

ほどよいところで、米田が挨拶をする。

「大海原の波濤をけたてて、異国の地にやって来たハンターさんが、みごと、二世を誕生させました。人間が夢に描いて、現実に見ることの叶わぬ竜をこうして具体化されました。ハンターさんに敬意を表し、前代未聞《ぜんだいみもん》の異国のお人との結婚によって世の人たちに大きな影響を与えておられる愛子さんの労もねぎらって、今日は心いくまでみんなですきやきを味わいましょう」

その言葉を愛子が胸つまる思いで聞いた。秋月が古武士然《こぶしぜん》として言葉を添える。

「日本女性の鑑《かがみ》として、竜太郎殿を立派に育て上げていただきたい。愛子さん期待しています」

冬から春へと季節がゆっくりと移りいく居留地の十四番館は、生後二カ月の竜太郎を中心に周囲の善意の絆がいっそう強く結ばれるのであった。

第十九章　舞鶴丸竣工

郵便のおこり
鉄道の誕生
旧暦から太陽暦に移行

明治四年のこの時、日本の人口がおよそ三千四百万人というなかで、兵庫に居留する外国人は英国人百十六人、ドイツ人三十六人、フランス人十九人、清国人二百四十人、ベルギー人二人、イタリア人二人の計四百五十四人と記録されている。そのうちの二人がキルビーとハンターであった。そしてその二人がのちの日本に大きく影響を与える働きをするのである。小野浜鉄工所の第一号船、木造蒸気船舞鶴丸、百七十一、五トンの竣工は日本における汽船建造の礎ともなる偉業であった。そのことが発端となって、のちに日本を世界でも有数の造船技術を誇る国へと導く。

そして、キルビーとハンターが先鞭を付けた牛肉ビジネスはますます評判となり、伊藤博文の肝煎りもあって、翌年の明治五年一月二十四日、天皇の食膳に初めて牛肉が乗せられた。明治新政府の要職にまで出世した伊藤が、兵庫で知った牛肉のうまさを天皇に知ってほしいと働きかけて実現したものであった。素直に牛肉のおいしさを認めた天皇が、「牛肉を食べるように」との布告を出し、日本中に牛肉を食べる習慣が広まることに拍車がかかる。その四カ月後に兵庫で「みなと新聞」が発行され、明治天皇が国民に牛肉を食べることを勧めたきっかけは、この兵庫にある事実をきっちり押さえて報道した。新聞というより、瓦版《かわらばん》といった方がふさわしい体裁の新聞ではあったが、その一枚が手元に届き、ハンターは感慨にひたる。

「私トキルビーガ始メタ牛肉ビジネス、明治天皇ノ勧メデ日本中ニ広マルノデスカ……」

一歳の誕生日を過ぎて、既によちよち歩きをするようになっている竜太郎の相手をしながら、愛子が言葉を返す。

「嬉しいことですねえ。そんなあなたとキルビーさんが、今度は船を造ることに夢中です」

「私、命ガケデ、日本来マシタ。コノ地球、海デ沢山ノ国ツナガッテマス。世界ヲ自由ニ行キ来出来ル船、作リタイ」

「竜太郎が大きくなるころには、夢が実現しているといいですねえ」

居留地十四番館の玄関先で元気に遊ぶ竜太郎を見守りながら、愛子がしみじみ言う。世の中が文明開化で少しずつ変化して行くのを実感する毎日である。居留地にガス燈の街灯を作る工事が最近始まっていた。居留地の北西、宇治川の傍にあった関門と生田神社参道筋にあった関門が昨年秋に撤去されて、西国街道が自由に往来出来るようになっていた。西関門跡地の近くに最近、「郵便役所《ゆうびんやくしょ》」が誕生していた。今にいう郵便局である。東京では昨年の明治四年（1871）三月に郵便制度が構築されていた。政府の役人の前島密《まえじまひそか》が、英国を見習って日本にも郵便制度をと働きかけ、政府が国家事業として着手したものであった。さしあたり東京と京都と大阪を結ぶ事業であるが、民間の飛脚《ひきゃく》に比べるとスケールが大きく、いずれ日本全国に普及させる事業として意欲的に進めているものであった。明治五年七月に全国規模での事業展開を始める予定であったが、その前に兵庫は京都や大阪に近い土地柄から、郵便役所が設けられたものであった。

「大阪の平野と書状のやりとりが出来るのは嬉しいことですが、英国にも書状が送れるようになるといいですねえ」

愛子が言う。

「英国ノパパ、ママニ私ガ日本デ頑張ッテイルコト、伝エラレル日、キット来ルデショウ」

ハンターが目を細める。その目に映る四角い大きな箱は最近設置された「書状集《しょじょうあつ》めの箱場《はこば》」である。切手というものを書状の裏に貼ってその箱に入れると、何日かのうちに大阪や京都、東京に配達されるというものである。

郵便役所のさらに西に当たる楠木正成《くすのきまさしげ》を祀る塚がこのころ神社に生まれ変わる。江戸時代に水戸のご老公・水戸光圀公《みとみつくにこう》が「嗚呼忠臣楠子之墓《ああちゅうしんなんしのはか》」と揮毫《きごう》した碑が立つ塚を見ていた伊藤俊輔が兵庫県知事に就任し、博文と名を改めたころから神社造営の願いを出し、神域の整備工事が進められてきたが、明治五年五月二十五日の楠公戦死の日には湊川神社《みなとがわじんじゃ》社殿が完成していた。神社の名前であるが、はじめのうちは「大楠霊神社《おおくすたま》」とか「楠木神社《くすのき》」などの案もあったが、合戦のあった地名としてよく知られている湊川を冠して「湊川神社」に決定、別格官幣社《べっかくかんぺいしゃ》とする布告も太政官から布達された。その四カ月後の明治五年九月には東京と横浜間に鉄道が開通する。そして、第二弾として予定されている鉄道が兵庫と大阪間であった。世界に誇る蒸気機関車を発明した国が英国であることがハンターにとっては何より嬉しいことであった。

「愛子、私ノ生マレタ国、世界ノ人、喜バセマス。蒸気タービン、陸デ使エバ汽車、海デ使エバ汽船デス。世界ノ海ヲ結ブ汽船ヲ造ル仕事ガ私ノ使命デス」

「世界の海を結ぶのですか？　国と国とが交流することですね？　素敵です」

愛子は今更ながらに我が夫のスケールの大きさを実感するのであった。テクテクと自分の足で歩いたり、駕籠《かご》で旅したこれまでのことを思うと、蒸気を使った汽車が日本に姿を見せるというだけでも、信じられないほどの驚きである。このころ、兵庫県の東部、石屋川で川底の下に汽車を走らせるための鉄道敷設用《てつどうふせつよう》トンネル工事が昨年七月に始まり、日本の鉄道史に記録される第一号トンネル工事が着々と進められている最中であった。

この明治五年には歴史を書き換える出来事が起こる。といっても事件ではない。十一月九日、政府はそれまでの太陽太陰暦《たいようたいいんれき》を廃止して太陽暦を採用することを発表したのである。当小説ではこれまで歴史的事実にのっとり、旧暦通りの記述を行ってきた。旧暦、つまり太陰暦《たいいんれき》にもとづく考え方では、一カ月の長さを月の満ち欠けによって定めてきた。それによると、一カ月は二十九日と三十日になる。二十九日になる月を「小の月」、三十日になる月を「大の月」と呼んだ。一年を十二カ月とすると、一年は三百五十五日となる。太陽の周期に比べると十日短くなる。これを調整するために設けたのが「閏月《うるうづき》」。この閏月のある年は一年が十三カ月となった。三年に一度の割合で一年十三カ月の年を設けて調整した。これでは不合理というので、明治政府は太陽暦を採用する一大決心をしたのである。太陽暦は文字通り太陽の動きに合わせて暦を決める。一年を三百六十五日とする。実際の太陽の周期は三百六十五、二四二二日であるので、これを調整するために四年に一度閏年《うるうどし》を設け、二月二十八日のところを二十九日とする。世界の情勢をも考慮して明治政府が一大改革を行ったのである。太陽暦に切り替えるとの布告を行った翌月の十二月二日で明治五年を終了させ、明治五年十二月三日を太陽暦による明治六年一月一日としたのである。ここで少し脱線させて戴くと、「忠臣蔵《ちゅうしんぐら》」の物語でおなじみの赤穂浪士の吉良邸《きらてい》討ち入《う》り《い》は十二月十四日ということになっている。雪が降るなかでの討ち入りのシーンはテレビドラマや映画で欠かせぬ見せ場であるが、江戸つまり今の東京で十二月に雪が降ることはまずない。これは旧暦での十二月十四日だから今の基準で考えると矛盾する。今の暦になおせば、一月半ばである。大寒のころならなるほど、雪が降ってもおかしくない。江戸時代は日本の人口はたかだか七千万どまり。地球温暖化の気配すらみじんもない時代。冬は冬らしく江戸に雪が降って当然であった。

ついでに、当小説で兵庫開港を慶応三年十二月七日と筆者は表記した。この時点では新暦は採用されていなかった事実にかんがみ、正しく表示したものである。また、兵庫開港を神戸開港とする資料も多くあるが、歴史小説であるという性格から、この時点では神戸市そのものが誕生していないので、筆者は兵庫開港としたものである。明治二十二年に至ると神戸市が誕生するので、その時にそのいきさつを綴ると共に神戸港と呼び方を変えることを予告させて戴く。

小野浜鉄工所の評判は上々であった。なにしろ日本で初めて木造とはいえ、蒸気船を造ったのである。当のハンター自身は格別意識することもなくごく素直に運命のままに行動しているのだが、考えてみると我が国で初めてということを幾つもさりげなくやってのける人物である。噂は一人歩きする。ハンターの名前があちこちで話題となって、彼を頼っての相談が増えてきた。なかには小野浜鉄工所の経営者がハンターと勝手に思い込む人もいて、ハンターは上司であるキルビーに気を使う一面もあった。キルビーは経営者としての積極性に富むものの、実務面で人を納得させる度量の点ではハンターにかなわなかった。だから、施主になろうとする人たちが、代表者のキルビーよりも直接ハンターと折衝したがるのも無理はなかった。キルビーにとってハンターはきわめて優秀なスタッフであるが、素晴らし過ぎるスタッフは時として使いづらい一面も生じるのである。

小野浜鉄工所のある生田川から数えれば、西に鯉川、宇治川、湊川と三つ目の川に当たる湊川の川尻に明治二年から元加賀藩士が「兵庫製鉄所」を設けていた。ある日、そこで働く一人の男がハンターを訪ねてきた。

「加州《かしゅう》鉄工所の佐畑伸之と申します。お教えいただきたいことがあって参りました」

兵庫製鉄所は加賀藩士にちなんで通称、加州鉄工所と呼ばれていた。いわばライバル会社の社員が思いがけなくも敵地に飛び込んできたわけである。

第二十章　ザンギリ頭の誓い、そして横浜

チョンマゲ終息のいきさつ
鉄道のおこり
山下、山手居留地

旧暦・太陰暦から新暦・太陽暦に変わっての明治六年一月、小野浜鉄工所に兵庫鉄工所の佐畑伸之が訪ねてきた。ライバル会社の社員が敵地に飛び込んできたのである。ハンターは身構えたが、意外に柔和で紳士的な佐畑であった。

「舞鶴丸建造に大きな働きをなさったハンターさんに一度お会いしたいと思って参りました。これからの造船業の発展のためには、互いの切磋琢磨が必要と思います」

狭い島国の中で、同じ民族が敵味方に分かれて争うのが常識であった日本では異質な考え方の持主である。船台で次の船を建造する準備にとりかかっていた秋月を応接室に呼び寄せて、ハンターは、佐畑と引き合わせた。

「元紀州藩士、秋月清十郎と申します」

「元加賀藩士、佐畑伸之と申します」

日本人同士が握手する。ハンターの前では西洋式エチケットがしごく当たり前となる。佐畑が加賀の地酒を持参していた。

「加賀百万石《かがひゃくまんごく》、前田《まえだ》のお殿様も飲んだ酒です。金沢の冬は太陽を拝むこともまれで、雪に閉ざされた厳しい冬に胸温めてくれるのがこの酒です」

茶碗に注いだ地酒を三人が口にする。敵情視察に来たのかと思った佐畑が、そんな気配はみじんもなく、ハンターとの交流を希望するという。

「日本モ広イデスネ。兵庫ヤ大阪ニ住ム限リデハ、雪ニ閉ザサレルトイウコト全ク知リマセン」

英国人・ハンターの胸に日本の酒がしみ入る。もっとしみるのは初めて会ったこの佐畑という中年男性の心意気である。眉きりりといかにも侍という顔立ちである。佐畑の頭にはまだチョンマゲが乗っていた。明治四年八月九日に政府が「脱刀の許可」と「散髪の許可」を出した。元武士といえど、もはや刀は持ち歩かなくともよろしいというおふれである。そして、チョンマゲを切り落とす散髪もよろしいというお達しである。だが、大半の国民はマゲを簡単には切れなかった。男性がチョンマゲに未練を残す一方で、女子はためらわず日本髪に別れを告げる風潮があった。あっさりと短髪に走る世の女性の姿を嘆いて、明治五年三月には「女子の断髪は見るにしのびず」という論調の印刷物がばらまかれた。兵庫の地元の「みなと新聞」も同じ論調ではやしたてた。

かたくなに旧来の風習を守り抜く恰好の佐畑がいちはやくマゲを切り落としている秋月に言う。

「幕末の志士、坂本龍馬《さかもとりょうま》さんや伊藤博文さんはいち早くチョンマゲを切っておいでじゃったが、私はどうもこのマゲを切り落とせなくて、時代遅れの姿をさらしております。秋月さんはさすが時代の波に乗って、いさぎよいですね」

酒が入ることによってぐっと話がうちとける。

「ザンギリ頭になれば、少しは西洋通になれるかなと思い、ばっさり切りました。ハンターさんのスタッフにしてもらったのも西洋事情を勉強したかったからですよ」

「これは失礼！　今度ハンターさんにお会いする時には私もザンギリ頭にしてきます」

「無理シナイデOKデス。日本ノ長イ風習、少シズツ変エテ行ケバイイノデス」

ハンターはむしろ西洋かぶれすることを好まない。だから、自分は洋服を着ても、妻の愛子には着物で通させている。

「巷で〝ザンギリ頭を叩いてみれば、文明開化の音がする〟という唄が流行っていますが、秋月さんあなたの頭はどんな音がするのですか？」

「いやあ、それは素晴らしい音ですよ、そうですねえ、蒸気船の汽笛のような音ですかね」

「ハハハ、蒸気船の汽笛ですか。なるほど」

納得げな佐畑に、ハンターまでが冗談を言う。

「ヒュー、ヒューーッテ音デスネ、ハッハッハ」

三人が笑う。男三人が意気投合し、この時からハンターと佐畑の心の交流が始まる。

明治六年三月二十日、明治天皇は自ら断髪し、チョンマゲの時代はもはや終わったことを広く国民にアピールした。その一カ月後、兵庫鉄工所をハンターが訪問した時にはザンギリ頭になった佐畑が出迎えた。

「天皇ご自身まで、チョンマゲを落とされる時代ですからね。いや、私もこれでふんぎりがつきました。ふんぎりといいますとね、この工場、近く、政府の直営に変わるんですよ」

思いがけない佐畑の言葉にハンターが聞き返す。

「加賀藩士ノ皆サンノ手カラ離レルノデスカ？」

「そうです。兵庫制作所と名前も変えて、この湊川尻から東川崎に移転します」

湊川の東に白州《しらす》で出来た岬があった。そこが東川崎《ひがしかわさき》で、政府直営の造船所として、兵庫鉄工所が移転していく先である。

「どうですか？　ハンターさん、よろしければ、私に力を貸して下さいませんか？」

思いがけない言葉にハンターが驚く。

「私ニ小野浜鉄工所ヲヤメロトイウコトデスカ？」

のちのちの時代にいうヘッドハンティングを佐畑はやろうというのであった。そして、二カ月前に彼がハンターに会いに来て提案した切磋琢磨の交流は、今にいう異業種交流である。

「私、小野浜鉄工所ハ近イウチニ辞メマスガ、兵庫制作所ヲ手伝ウコトハ出来マセン」

ハンターはきっぱりと言った。実は最近、ハンターは独立を考えていたのである。

「どういうことですか？」

ハンターが持参したイギリスの紅茶を入れながら、佐畑がいぶかる。

「ソレデスヨ、イギリスノティートカ、機械トカ薬品トカヲ日本ニ輸入スルビジネス、私ト秋月トデヤッテミタイノデス」

紅茶をすすりながら、佐畑はザンギリ頭でうなづきながら耳を傾ける。

「時ノ流レ、デス。小野浜鉄工所ハベースガ出来マシタ。私ガ抜ケテモ大丈夫デショウ。私ハ秋月ト横浜ニ行ッテ新シイ道ヲ開拓シタイノデス」

横浜はキルビー商会の発祥地である。そこでは出遅れの感を否めなかったので、キルビーとハンターは未開の地だったこの兵庫にいち早く乗り込んできたものであった。なのに、今さら再びハンターが横浜に戻るのは、キルビーに対する遠慮以外の何ものでもない。

「そうですか。横浜で新たな道をね。うまく事が運ぶよう祈っておきますよ。私も兵庫制作所が順調に運ぶようがんばってみます。いつか、ご一緒出来る日が来ることを願いながら、ね」

この佐畑がのちにハンターにとって誰よりも力強い味方になる。佐畑が移転に尽力する兵庫制作所はこの十三年後、官営から民間へ払い下げとなり、「川崎造船所《かわさきぞうせんしょ》」となる。現在の川崎重工業の前身である。そして、ハンターはのちに大阪で造船所を開設、そのスポンサーとして佐畑が力を貸すことになろうとは、佐畑自身も知るよしもない。

ほどなく、ハンターは秋月と共に横浜に移った。キルビーの経営する小野浜鉄工所をやめたのだから、キルビー商会の館に家族を住まわせるわけもなく、妻・愛子と子供の竜太郎を大阪の平野家に預けて、ハンター単独での移住である。今にいう単身赴任《たんしんふにん》のはしりである。

明治六年（1873）の横浜は、七年前にハンターがキルビーと共に住んでいた頃にまして開けていた。一年前の明治五年九月に東京の新橋《しんばし》と横浜間に鉄道が開通していた。東京の築地居留地《つきじきょりゅうち》と横浜の山下《やました》、山手居留地《やまてきょりゅうち》を結ぶために英国から輸入した陸蒸気《おかじょうき》を走らせていた。横浜停車場（のちの桜木町駅）が煉瓦造《れんがづく》りのモダンな姿を見せていた。蓬莱社《ほうらいしゃ》と称する会社が誕生してこれまたモダンな洋館を目立たたせており、その近くには外務省接客所も同様に洋館の瀟洒《しょうしゃ》なたたづまいを見せているのであった。北側から南を一望すると、洋館の屋根が幾重にも連なってはるか彼方まで続き、その向こうに港が広がっていた。ハンターがしみじみと秋月に語って聞かせる。

「私トキルビー、コノ横浜、離レル少シ前、大火事アリマシタ」

それは慶応二年十月二十一日に、港崎遊郭の南の豚肉商、鉄五郎宅から出火した「豚屋の大火」と呼ばれるものであった。朝に起きた火災が深夜まで続き、遊女四百人が焼け死んだ出来事であった。開港後の山下居留地はほとんどが日本家屋であったが、この火事以後、西洋風の建物が軒を連ねるようになった。人口増と共に、１８６７年に外人住宅地として形成された山手居留地はさすがに西洋風の建物が主流だったが、この大火の後は外国人居留地は洋館以外は考えられないという状況になって来ていた。

「そんな大火事があったなんてみじんも感じさせない見事な復興ぶりですねえ」

和歌山の日本情緒豊かな環境に育った秋月にとっては、ただただ目を見張るばかりの光景である。しかし、見かけは発展そのものの横浜の街ではあっても個々の事業体の経営状況は安泰ではなかった。なにぶんビジネスの黎明期《れいめいき》だけに、それぞれの事業を軌道に乗せるには汽車を走らせる運転技術以上に難しいものがあった。事実、このころ誕生したホテルを例にとっても、明治二年にグリーン夫人が、山下居留地三十七番で「ヨコハマホテル」を開業したが、わずか一年も経ずして廃業している。その翌年、グリーン夫人は二十番でベアトと共に「グランドホテル」を始めるが、これも営業不振で休業に追い込まれる。このグランドホテルがウイリアム・スミスを総支配人に迎えて、来る八月に営業再開しようと準備を進めている頃、ハンターと秋月が横浜入りした。激動のビジネス業界であるから、借り手不在となっている洋館を見つけるのに苦労はなかった。

「久シ振リノ横浜ハ新シイハウスガドンドン増エテイル。特ニ山手居留地ハ外国人ノハウス、モット増エルデショウ。材木ノ輸入ヲ始メタイト思イマスガ、秋月サン、アナタノ考エハドウデスカ？」

ハンターが秋月に意見を求める。

「私の生まれ育った紀州は木の国と言われたくらい材木の豊かな土地です。日本は木が豊富にある国ですのに、何故、わざわざ外国から木を輸入するのか正直、私には分かりません」

「ハイ。今、盛ンニ建テラレテイルハウスハ、コレマデノ日本ニハナイ建物デス。西洋ノ建物ニハヤハリ外国ノ木材ガイイト思イマス」

なるほどと秋月は素直に納得する。西洋人のハンターならではの発想だろう。

「やってみますか？」

というわけで、米松《べいまつ》とシャムのチーク材の輸入の準備に二人は早速とりかかるのであった。

第二十一章　横浜の日々

ガス燈お目見え
マッチの発明
アイスクリームの元祖
牛鍋のおこり

ハンターが秋月をアシスタントとして新たな第一歩を踏み出した横浜は、文字通りの文明のあかりが夜の街路を照らすようになっていた。日本初のガス燈が明治四年にお目見えしていた。電力はこの時点ではまだ普及しておらず、ガスを燃やすことによってあかりをともすという方式であった。東京銀座にガス燈がお目見えするのは明治七年十二月のことで、港町横浜にはいち早く、文明のあかりがともっているのであった。たそがれ時ともなれば、どこからともなくガス燈屋と呼ばれる職人が現れて梯子《はしご》をよじ登り、軽業師《かるわざし》のようにあかりをともしていく姿が横浜の名物となっていた。それにヒントを得て、ガスの火種となる燐寸《まっち》を商品にと、秋月がハンターに提案する。

「これから、燐寸が日本全国でますます必要になると思うんです。ぜひ扱いましょうよ」

明治三年に、横浜在住のフラオンというオランダ人が燐寸を作っていた。ハンターと秋月は、早速、フラオンを探し当て、燐寸の販売を行いたいと申し出た。

「OKデス。協力シマショウ」

と、一発返事。物事が順調に進む場合はとんとん拍子である。ハンター商会はフラオンに作らせた燐寸を日本全国に販売する手はずを整えた。そもそものマッチの発明は1827年、英国の薬剤師ジョンウォーカーが硫化アンチモニーに塩酸カリ、アラビアゴムを混ぜ合わせて作った黄燐《おうりん》マッチが最初とされる。この黄燐は毒性が強く殺人や自殺の小道具としても悪用される一面があり、1850年代になって赤燐《せきりん》を材料とするスエーデン式安全マッチがとって変わった。我が国では、天保十年（1839）、高松藩士、久米通賢《くめつうけん》が雷光燐寸《らいこうまっち》を作り、国産初とされる。弘化二年（1845）金沢の清水誠が燐寸を手がけ、嘉永元年（1848）には摂津横谷村の蘭学者・川本幸民が黄燐燐寸《おうりんまっち》を成功させていた。この年、デンマークではアンデルセンが「マッチ売りの少女」という童話を発表しており、マッチが世界中に普及していった経過がよくわかる。

時代の最先端をいく横浜での生活で、秋月が興味を持ったのは、最近、話題を呼んでいるアイスクリンという食べものであった。西洋生まれのこの食べものを、横浜で作って販売している人がいることを秋月が嗅ぎつけて、ハンターに言う。

「今、この街で一番の話題のアイスクリンをどこで作っているのか調べましたら、馬車道の町田商店だと分かりました」

アイスクリンというのは牛の乳に氷と塩を混ぜて作った冷たい菓子のことで、今に言うアイスクリームのことである。

「町田商店の主の町田房蔵さんは、勝海舟について咸臨丸に乗り、アメリカに行き、そこで食べた味が忘れられなくなって日本でアイスクリンを作っているそうです」

町田が横浜で初めてそれを作ったのは明治二年で、日本におけるアイスクリームの元祖として語り継がれる。探求心旺盛なハンターは郵便で兵庫にいる米田左門に、似たようなものがこれまでに日本で作られた事実がないか、調べてくれるよう依頼した。ほどなく、米田から返事があった。それによると、日本で初めて氷が用いられたのは、仁徳天皇の四百二十年のころで、天然の氷を解かさず保管するための氷室《ひむろ》が作られたという古文書が残っている。平安時代になって、削氷《けずりごおり》というものがお目見えし、天然氷に蔦《つた》の蜜《みつ》をかけて口にする貴族が現れたという。

ハンターがそもそも、ジパングに憧れるきっかけとなったマルコポーロの「東方見聞録」においても、次のような記述が見られる。

紀元前四世紀にマケドニア帝国を樹立したアレキサンドリア大王が、ミルクに蜂蜜とワインをミックスしてアイスクリームの基を作り出した記録が残っているという。また、中国でも紀元前三千年に、牛乳に氷を加えて、今に言うアイスクリームを作り出した記録が見られるという。このように、洋の東西を問わず、アイスクリームはかなり昔から作られていたものである。当然、アメリカにおいてもそれが日常の食べものとして普及しており、万延元年（１８６０）に町田が勝海舟とアメリカに出かけた時にそれを口にして、大いに気に入り、日本に帰って十年後に町田は自分の住む横浜でビジネスとして製造販売を開始したものであった。

「町田商店はアイスクリンだけではなく、燐寸や石鹸、造船用の鋲《びょう》まで扱っているそうですよ」

「燐寸ハミスター・フラオンダケカト思ッタラ、町田商店モ売ッテイルノデスカ？」

「町田さんは、西洋の優れたものを貪欲に吸収するという意欲を持ったなかなかの知恵者ということです」

「会イタイデスネェ」

ハンターが関心を示した。

「はい。そう言って下さると思いまして、町田商店にコンタクトを取っておきました」

「早イデスネ、秋月サン、ヤルコトガ。ベリーベリー、サンキューデス」

秋月は上司のハンターのために働き、ハンターは年上の部下の秋月をねぎらう。この連携プレイでハンター商会は、横浜で新境地を切り開こうとしているのであった。

港から山下居留地を経て、山手居留地まで続く馬車道に面して、町田商店は一見してそれと分かる独特の店構えで、ひときわ目立っていた。町田なる人物はいかにも職人らしい身なりでハンターたちを待っていた。

「私どものアイスクリンに興味をお持ちいただき、感謝致します」

丁寧にお辞儀する町田にハンターが言う。

「町田サン、私ハアナタヲアイスクリン屋サントシテダケオ訪ネシタノデハアリマセン。日本ノトレードノプロフェッショナルトシテ、オ会イシタクテ参リマシタ」

ハンターの差し出す右手を握り返しながら、町田が聞き返す。

「トレードのプロフェッショナル？　私が？」

いかにも人の良さそうな顔をほころばせて町田は思いがけないといった面持ちである。

「造船用ノ鋲モ手ガケテラッシャルヨウデスガ、ドコカラ取リ寄セテイラッシャイマスカ？」

ハンターにとって最も知りたいことである。一瞬、町田はけげんな面持ちになりながらも、

「アメリカですよ」

惜しげもなく、答えを返す。この日本人にハンターは興味を抱いた。

「イツカ、アナタノ造船用ノ鋲ヲ買ッテ、私、船造リタイデス」

「サンキューベリーマッチ」

町田は洋行経験者らしく英語で礼を言う。

「私、勝海舟先生を尊敬してまして、勝先生に頼み込んで咸臨丸に乗せてもらいました。人間ひとりでは何も出来ません。勝先生がいらっしゃったから私はこうしてビジネスやってます。アイスクリンの製造も、出島松蔵さんに教えを受けております」

「出島サン？　ドンナ人デスカ？」

「出島さんは、私と同じようにアメリカに興味ヲ持たれまして、現地に行かれました。明治元年に日本に帰ってこられましたが、酪農について勉強してこられましてね、私にアイスクリンの作り方を指導して下さったんですよ。人間、ほんとに一人では何も出来ません」

町田の考え方に大いに同調するハンターである。

「確カニ、人間一人デハ何モ出来マセンネ」

それはハンターにとっても同感であった。キルビーと巡り会ったからこそ、兵庫の新天地で牛肉ビジネスを始め、それが今、この横浜でも盛り上がりを見せている。横浜は兵庫の先を行く港町だけに実はハンターたちが兵庫で牛肉ビジネスを始めるのとほぼ同じくして、牛肉を食べさせることをなりわいにした人がいる。高橋音吉であった。彼は明治元年に牛肉の串焼きを食べさせることを始めた。そのうちに山猪鍋にヒントを得て、醤油や味噌をタレに、牛肉を煮込んで食べさせることも思い付いた。浅い鉄鍋を七輪にかけて食べさせる。代金は五銭。肉の臭みを葱で消す工夫は良かったが、高橋は根っからの酒好きで、昼間からいっぱいひっかけて調理する。面倒くさいというわけで、肉をぶつ切りにしたが、これが好評だった。色里帰りの若衆が「精が付く」と喜んで食べた。この店、明治十八年、二代目になって道路の埋立を行い、店を一時的に太田赤門近くに移したことから、「太田の牛屋」とか入口に蝿除けの縄暖簾を吊していたことから「太田なわのれん」と屋号を変え、「牛鍋の元祖」として伝統を守り抜いて平成の現在に至る。

明治六年のこの時、居留地や馬車道周辺に「牛鍋」と看板を掲げる店が目につく。その看板を目にするだけで、感慨ひとしおのハンターであった。愛子との巡り会いにしてもそうである。キルビー商会があったればこそ、大阪で平野常助商店との縁が生まれ、愛子と巡り会い、そして結婚した。人生はすべからく、「尻取りゲーム」のようなものだとハンターはつくづく思うのであった。

横浜で何としても、ハンター商会を成功させたいと意気込む秋月は率先して色々な挑戦を試みた。人間、付き合う人によって自分自身も変わる。元紀州藩士の秋月が、今や目から鼻へ抜けるようなビジネスマンに変身していた。

「シャムのチーク材に加えて、燐寸を普及させましょう。燐寸は単にビジネスということではなく、私たちのハンター商会が世のため、人のためになれるか、ということを試みるうえでも意義のあることです」

商いを行う者は単に金儲けだけでなく、社会貢献もするべきだということこの秋月の考え方は二十一世紀の今にいうメセナ活動=企業の社会貢献に匹敵する考え方にほかならない。

熱心なあまり、ハンターがアイスクリンを自分で作ってみると言い出した。どこで手に入れてきたのか、牛の乳や氷をはじめ塩、鶏卵などを用意して見よう見まねで作業を始めたのである。

ほどなくして、アイスクリンが出来上がった。

「レシピ通りにしたら、やっぱり出来るものですねえ。町田さん仕込みの秋月アイスクリンです。ハンターさん、食べてみて下さい」

鶏卵の黄味の色が付いて、少し黄色がかったアイスクリンが出来ていた。ハンターにとって生まれて初めてのものである。

「オイシイ!」

冷たくて、甘みもあり、口当たりもさっぱりとして、なかなか結構な味であった。二人の男が夢中になって、スプーンを口に運ぶ。

「愛子ニモ食ベサセテヤリタイ」

「大阪じゃどうにもなりませんね。残念です」

愛子に食べさせられなくて幸いであった。

第二十二章　ヘボン博士と救いの神

ヘボン式ローマ字と辞書

明治六年の横浜は生き生きと輝いていた。周辺の農村とはがらり風景を異にして、汽車が走り、船が浮かび、馬車が行き交う、夢のような世界が実在していた。この町で燐寸の扱いに成功し、英国の紅茶を扱う準備に入っていたハンター商会が、思いがけない事態と直面する。突如、秋月が激しい下痢に襲われ、高熱にうなされるという異変に陥ってしまったのである。

「申し訳ありません。仕事、休ませて下さい」

苦渋にあえぎながらも、毅然とした姿勢を見せようとする秋月の姿を見て、ハンターは、

「無理シナイデ。秋月サン、仕事ハイツデモ出来マス。病気治シマショウ」

といたわり、彼の症状からサルモネラ菌による食中毒であると判断した。

「秋月サン、ヘボン博士ニ診テモライマショウ」

いかに薬剤師としての知識があるハンターとはいえ、このたびの症状は自分の力の限界を越えている

と判断したハンターは、居留地三十九番地で開業しているヘボン施療所に治療を依頼することにした。

中村川沿いに西洋式の建物が偉容をはなつヘボン施療所は今話題の医院である。横浜の開港から三年目の安政九年（1862）にお目見えし、以来十年間のうちにすっかり有名になっていた。

「秋月サンハ急性サルモネラ中毒ダト私ハ診マス。死ニ至ル病気デス。コノ病気ヲ治セルドクターハヘボン博士シカイマセン。一刻モ早ク、治療シテモライマショウ」

ひっきりなしに便所に駆け込み、額に脂汗を浮かべる秋月を周囲の応援を頼んで戸板の担架に乗せると、ハンターは秋月をヘボン施療所にかつぎ込んだ。

待ち構えていたヘボン医師が、髭をたくわえていかにもといった風貌で、聴診器を秋月の胸に当てて尋ねる。

「アイスクリンハムシロ体ヲ元気ニスル食物デスガ、腐敗シタモノヲ食ベテシマイマシタネ？」

「はい。もったいないと思いまして……」

顔をしかめながら、秋月が答える。

「ソレデスヨ。腐敗シカケタウエニ、鼠《ねずみ》ノ糞《ふん》ガサルモネラ菌ヲモタラセマシタ」

そばに付き添うハンターが言葉をはさむ。

「ヘボン先生、何ガアッテモ、秋月サンヲ助ケテ下サイ。彼ハ私ノ大事ナ人デス」

「大丈夫デス。ココニ来タカラハ死ナセマセン。私、必ズ、アナタ治シテミセマス」

このころ、ペストやサルモネラ菌など、鼠が媒介する病気で死亡する人が多かった。日本人の死因の一番は鼠がもたらす病気であった。肺結核が不治の病として恐れられるのはもっと後のことであり、ガンなどこの時代にはその名前すら知られていなかったのである。

ヘボン医師はてきぱきと抗生物質を調合すると、自信をもって秋月に服用させた。

「二、三日、ソノベッドデ寝テナサイ。必ズ治リマス」

ということで、秋月はこのヘボン施療所で数日を過ごすこととなった。今にいう入院である。

「ヘボン博士、駄目ならはっきりと言って下さい。身辺の整理をして死にたいと思いますから」

さすが武士である。死に際を綺麗にと秋月は考えるのである。そんな日本男子を笑顔でながめながら、ヘボンが言う。

「大丈夫デスヨ。何故ナラ、神ガアナタヲ守ッテ下サイマス」

ヘボンの口癖は「大丈夫」であった。その訳を「神ガ守ッテ下サイマス」と付け加える。ヘボンは医師であると共にプロテスタントの宣教師でもあった。

この秋月の入院を通してハンターは医学的知識に加えて、神への祈りを捧げる方法があるということを身をもって知った。人間として最善を尽くした後、神の守りを願って完璧を期すというやり方である。自分より二十八歳も年上のこのアメリカ人に、ハンターは父親のような頼もしさを覚えた。十五歳でアイルランドを出て、十六年、ついぞ父親の味を知らぬハンターにふと人恋しいものごころが芽生えるのも無理はなかった。

抗生物質が効き始めてスヤスヤと眠り始めた秋月を横目に見ながら、ハンターはこの偉大な人生の先輩に思いきって質問を発した。

「ヘボン博士のディクショナリーハ、ドンナプロセスデ作ラレタノデスカ？」

意外なこの問いかけに、ヘボンの顔色が変わり、目が輝いた。

「オ？　私ノディクショナリーヲ知ッテイルノデスカ？」

ディクショナリーとは「和英語林集成」のことである。

「ハイ。今、博士ニ助ケテモラッテイル秋月ガ愛用シテイマス」

英語圏出身のハンターのスタッフとして仕事する以上は、英語を覚える必要があるとして、秋月がどこかで手に入れていた和英辞書「和英語林集成」は、実はヘボン博士が作成した辞書なのであった。

「私ハネ十四年前ニ日本来マシタ。神奈川ノ成仏寺ニ住ミ、宗興寺デ施療所ヲ開キマシタ」

ヘボンにとってもこの英国人・ハンターが好感の持てる人物に思えたらしく、気分を良くして自分の歩いてきた道を語り聞かせるのであった。

ジェームス・カーチス・ヘボンは1815年、アメリカのペンシルバニア州ミルトンで生まれた。成人して医師となり、ニューヨークで大病院の院長として築いた資産を売り払い、日本での宣教を志して1859年、開港間もない横浜に上陸した。四十四歳であった。医師としても活動を起こし、宗興寺で施療所を開いたのち、三年後の安政六年（1862）横浜居留地三十九番地に本格的な施療所を構えて、今日に至っているものであった。

「患者ヲ診察スル時、互イニ言葉ガモット自由ニ使イコナセルコトガ出来タラト思イ、ディクショナリー作ルコトニシマシタ」

既に日本でかなり知られた存在となっているヘボン博士の興味深い話をじきじきに聞かせてもらってハンターは感無量である。

「立派デス。尊敬シマス。博士ノディクショナリーノ一冊ヲ秋月ガ手ニシタノモ何カノゴ縁デス。言語ノ面デヘボン先生ノオ世話ニナリ、今マタ、秋月ハ命マデ救ッテモライマシタ」

「ノー、ノー、秋月サンノ命ハ私ガ救ッタノデハアリマセン。全テハ神ノ決メタコトデス」

三日ほどのちに、秋月は施療所を出た。今にいう退院である。その後、数日間は通院して治療を受けることとなった。嘘のように元気を取り戻した秋月がしみじみともらす。

「もうアイスクリンを作ることはやめます。食べたくなったら、町田商店に買いに行きます。やはり、アイスクリンはアイスクリン屋です」

のちに言う「餅は餅屋」である。

「ハンターさん、見事な処置で私の命を救っていただき、ありがとうございました」

深々と頭を下げる秋月に、ハンターが答える。

「私ヨリモヘボン博士ノオ陰デス。ソシテ神ノオ陰デス」

ハンターまでもが「神のお陰」と口にするようになっていた。ヘボンは、この七年後の明治十三年（1880）には新約聖書を著し、さらにその七年後の1887年には旧約聖書の日本語訳を完成させ、その功績においてものちのちの日本に語り継がれていく。

秋月が命を救ってもらった施療所がのちに、私塾「ヘボン塾」に変わり、それが「神学校」を経て、東京芝白金の明治学院の創立につながる。現在の明治学院大学のルーツで、日本におけるキリスト教系大学としては最も古い歴史を有する大学として評価される。また、ヘボン博士は「ヘボン式ローマ字」の生みの親として知られる人物となる。彼が考案したヘボン式ローマ字によって、日本語が世界中の人々に発音可能となった功績は高く評価される。

「人間トシテ自分ノ持テル力ヲ精一杯発揮スルコトハ大事ナコトダガ、人事ヲ尽クシテ天命ヲ仰グ気持チモ忘レテハイケナイ」

ヘボン博士との出会いがハンターの生きざまに大きな影響をもたらせることとなった。「神」という名の「運命」に身をゆだねる謙虚さをハンターは三十一歳にして修得する結果となった。ハンターを命の恩人と仰ぐ秋月との絆がいっそう深まったことは言うまでもない。

「私と同じように命を救われた愛子さんの待つ兵庫に帰りませんか？」

ポツリと言った秋月の言葉に心をとめるハンターである。

「愛子さんの待つ兵庫にこそハンター商会を興すべきと私は思います。こうして救われた命です。私は死にものぐるいで働きますよ」

「死ニモノグルイハダメデス。今度病気ニナッタラ救ワレルカドウカ分カリマセンヨ」

冗談が言えるほどの平穏が戻ってきた。秋月を伴ってハンターがヘボン博士のもとへ横浜を去ることの挨拶に伺ったのは明治七年の春であった。

「コレモマタ神ノオボシ召シデショウ。兵庫デモ神ハイツモアナタ方ヲ見テ下サッテイマス。何故ナラ、アナタ方ハ神ノ子供ダカラデス」

そう言って、ヘボンは二人のために祈りを捧げてくれた。港から春風が船の汽笛を運んできた。この町を去ろうとする二人の再出発を祝福する汽笛であった。

二年も経っていないのに、兵庫居留地の変遷もめざましいものがあった。英国人土木設計技師J・W・

ハートが明治五年に126の区画割りをほぼ完成させ、下水道まで完備した街づくりの基礎固めを終えて、着々と街路の完成度を高めつつあった。

格子状の整然とした街に多くの洋館が軒を連ね、ガス燈も設置されていた。十五年後の神戸市誕生と共に神戸居留地となるこの地域の洋館は多くが英国人建築家アレクサンダー・ネルソン・ハンセルの設計によるものが多く、下見板を張り巡らせた特有の外観がおしゃれで、評判が高かった。帳本人のハンセル自身がその二十番館を設計事務所として使用し、その北隣が二十九番館で播磨町の中ほどの角に当たるその洋館をハンターが借り受けることとなった。

横浜の経験を活かして早速にも「ハンター商会」を立ち上げる準備が整うと、秋月が神妙な顔で願い出た。

「暫く和歌山で静養をさせてほしいのですが」

数カ月、故郷で体づくりをしたのちに、貿易業に専念したいというのであった。同席していた愛子がハンターの顔色をうかがう。ハンターは一瞬、顔を曇らせたが、すぐに平静に戻って、

「ソレモイイデショウ、今慌テテコトヲ起コシテ失敗スルヨリ、万全ヲ期シテサクセスヲモノニスル方ガ確実ダト私モ思イマス」

この運命に任せるという考え方は横浜でヘボン博士から学んだやり口である。一回り人間的に成長して横浜から帰って来た夫に愛子は改めて惚れ惚れと見とれるのであった。長男の竜太郎が三歳になっていた。目のくりくりとした聡明な顔立ちのりりしい男の子に育っていて、ハンターは今さらながらに愛子や我が子を心からいとおしく思うのであった。

第二十三章　元町、神戸駅、埋田ステンショの誕生

日本で二番目の鉄道開業

明治七年十月、兵庫外国人居留地の二十九番館を借り受けて「ハンター商会」は貿易業を開始した。このころの日本では、外国製品といえば、新品だろうと中古品だろうとすべて舶来品として珍重された。そんな風潮のなかでのスタートであるが、秋月清十郎がしばらく暇を取って和歌山で静養したいというので、ハンターも久方振りの兵庫の生活をゆっくりと味わうことにした。竜太郎が三歳のかわいい盛りになっていた。秋の日差しを受けて、洋館の玄関先を小走りに駆け回る我が子の姿に目を細めながら、ハンターが愛子に言った。

「ドウデスカ？　平野ノ家ニ行キマセンカ？」

愛子が素直に言葉を返す。

「父も母も喜びますわ」

夫が横浜へ単身赴任していたことから、愛子の父、平野常助も母、菊子も永らくハンターに会って

いなかった。兵庫に戻ってくることを手紙で知らせたら、そのうちに娘婿に会えることを心待ちにしているという返事が届いた。

「汽車デ行キマショウ。竜太郎モ喜ブダロウ」

ハンターが提案した。これまでは船で大阪に行くのが習わしであったが、初めて汽車で行こうと言うのであった。二年前の明治五年十月十四日（新暦）に新橋横浜間に鉄道が開通した後を受けて、今年五月十一日に大阪神戸間にも鉄道が開通していた。二年前に建立された湊川神社の少し南の田圃の中に煉瓦造りの瀟洒な駅が姿を見せていた。湊川神社は初代兵庫県知事をつとめた伊藤博文の肝煎りで、明治天皇が造営させた別格官幣大社で、この神戸大阪間の鉄道開通に関しても、政府の格別のはからいがあった。東京の新橋横浜間の鉄道敷設は天皇の膝元であることから、当然のことであるが、それに続いての大阪神戸間の鉄道については、伊藤博文の働きかけがものを言った。天皇が十六歳まで暮らした京都から大阪までの区間に鉄道を付けるよりも先に大阪神戸間を優先させたのは、伊藤にとってゆかりの地である兵庫県を意識した結果にほかならない。大阪と兵庫の間に西宮駅を設け、兵庫の終着地を神戸駅《こうべえき》と名付けた。

神戸駅が誕生してから、すぐ近くを通る西国街道の宇治川から居留地までの区間が繁華街として生まれ変わったような活況を呈していた。元町《もとまち》と呼ばれて、今に言う商店街へと変貌を遂げようとしていた。その辺の事情について米田左門が説明する。

「西国街道の南に、新しく道を造っていたのが完成しましてね、道幅二間の西国街道よりはるかに広い道が出来たので町が栄えるだろうと住民たちが栄町通り《さかえまちどお》りと名付けたんですよ」

「栄町ガ新シク出来タコトハイイニシテモ、元カラアル西国街道ハドウナリマスカ？」

「さすがはハンターさん、鋭い。新しいものが出来れば、古いものがすたれる。それではむなしい。神戸村から走人村にかけての住民達が頭をひねりました」

「元町ト呼バセルヨウニシタノデスネ？」

ハンターが身を乗り出す。

「その通りです。西国街道は元からあった町だから元町とネーミングして対抗しようという訳です」

「単純明快デベリーグーデスネ」

「世の中は猫の目以上にどんどん変わりますから、時の流れをうまく泳いでいかねば駄目ですよ」

かくいう米田自身が講師をつとめていた間人塾も明治五年の学制の発布によって、翌六年四月に寺子屋から神西小学校へと発展し、米田は今では小学校教諭になっていた。ちなみに、この神西小学校は神戸における小学校の原型と評価される。

日を追うごとに賑わいを増す元町通りを歩いて、ハンターは愛子と共に竜太郎を連れて神戸駅に向かうことにした。居留地を出て元町通りに入ると道の両側に瓦葺きの家が軒を連ね、藁葺きの家はほとんど姿を消して、一帯が時代の先端を行く地域であることが肌で実感される。西洋人を対象に英語の看板を掲げている店もあり、この通りに足を踏み入れるだけで、心が浮き立つような雰囲気を漂わせていた。

少し西に進んで間もなく目に付くのは大井肉店であった。バケツとあだ名される岸田伊之助が経営する店である。

「岸田さんお元気かしら？」

愛子が女性らしいやさしさを見せる。元町の盛り上がりと共に、大井肉店も順調に業容を拡充している様子が、店先の活気に満ちた雰囲気から感じ取られるのであった。

ほどなく、人力車が客待ちをしているのを見つけ、ハンター達は乗り込んだ。

「これだと楽に周りを見られていいですねえ」

愛子は夫の粋なはからいに満足である。竜太郎をしっかりと抱っこして、人力車の上から元町見物を楽しむ。

いくらも行かない所に、明治三年に開業した市田写真館があった。

「米田先生がおっしゃってた写真というのはここで撮ってもらえるんですね。命を吸い取られるっていやがる人が多いそうですが、そんなことはないと米田先生は仰言ってました」

「レンズデ映像ヲ写シトルダケダカラ、何モ心配ハナイ。イツカ私タチモ撮ッテモライマショウ」

ほどなく、北側に酒蔵が見えてきた。その軒先に「紅梅焼《こうばいやき》」と書いた旗が揺れている。その前でハンターは人力車を止めさせると、車から降りて店員に声をかける。

「コレガ噂ノ紅梅焼ネ？　オ土産ニ持ッテ行キタイノデスガ」

最近、松野庄兵衛という人が始めた固焼《かたや》きを売る店であった。最近、おもしろい食べ物が元町で人気を呼んでいる、と米田から聞いていた。

「固い固いおやつで、歯の悪い人には食べられない。歯が強い人には歯ごたえがあって噛めば噛むほどおいしい」

という小麦粉を焼き上げた菓子であった。大阪の平野家への土産にとハンターは考えたのである。焼き上がったばかりの固焼きを竹の皮に包んでもらって、再び人力車を神戸駅に向けて進めさせる。この紅梅焼は丸い形をしているが、人気が高まるにつれ、庄兵衛が工夫をこらし、やがて四角な反り返った煎餅に仕上げる。その時点で庄兵衛は屋号を苗字の一字をとって「松花堂」とし、それが瓦《かわら》煎餅《せんべい》の元祖となる。

元町通りも終わりに近くなると北側にひときわ豪勢な料理屋が控えていた。明治六年創業の「月華亭」である。宇治川関門跡の東隣りに位置することから二階建ての小屋根の上に「牛肉商関門」との大きな横看板を掲げていた。また、玄関先には「第一等飲食店」との縦看板も吊るし、自らこの店が立派であることを宣言しているのであった。

「コノ店ノ奥方ハ横浜ノ生マレデ、牛鍋ガ評判ノメニューニナッテイマス」

と、ハンターが愛子に説明する。

宇治川に架かる橋を渡ってさらに少し西に行くと跨線橋「相生橋」である。鉄道をまたいで作られた木造の橋で、階段を上がらねばならないので人力車はここで下りる。

「この橋をくぐって汽車が走るんですね」

愛子は感慨深げである。橋の上から、誕生して二年の湊川神社が見える。田圃の中にこんもりと茂った林と社がゆったりと広がりを見せ、その参道の行き着く所に、周囲の田園風景とは不似合の煉瓦の建物が見えてくる。神戸駅であった。プラットホームで、英国製の蒸気機関車が待っていた。神戸駅を発車してしばらくすると、汽車は鉄橋にさしかかった。新生田川である。三年前の明治四年、居留地の東端を流れていた生田川がことあるごとに氾濫して居留地が迷惑することを見かねた加納宗七という商人が私財を投げ打って旧生田川を埋め立て、布引の滝から流れ出る生田川の流れをまっすぐ南に付け替える工事を行っていた。その新しい川の上を渡る鉄橋である。加納という人物についてハンターが米田から聞いていたことを愛子に話して聞かせる。

「加納宗七サンハ秋月ト同ジ紀州藩士デスヨ。紀州人ハ強イネ、徳川八代将軍ノ吉宗公モ紀州藩カラ江戸ニ上ガッテ幕府ヲ建テ直シタデショ」

「加納さんは京都の天満屋事件とも関係あるお人だそうですね」

愛子も米田から加納のことは聞いていた。坂本龍馬暗殺後の天満屋事件の首謀者、陸奥宗光と同郷で、自分達と今、きわめて親しい秋月とも同郷であることが嬉しかった。

「普通は一年くらいはかかる工事を加納さんは四カ月でやってのけたそうですから、凄い方ですね」

生田川が流れていた土地は埋め立てられて、道路となり、のちのちの世にはフラワーロードと名付けられて神戸市の玄関口の役割を果たす。

汽車は煙を吐きながら、ゆっくりとのどかな農村風景の中を進む。一瞬、煙が横に流れて、客車の中に入って来たと思ったら、トンネルに入った。鉄道のトンネルとしては日本初の石屋川のトンネルであった。石屋川は天井川で、川底を繰り抜いてトンネルを掘ったものであった。

「このトンネルの上を水が流れているとは思えませんね」

愛子が興味津々の面持ちで感想をもらす。竜太郎は母親の膝の上ですこぶるご機嫌だ。三歳の子供ながらに、この新しい乗り物を体ごと楽しんでいる。天井川トンネルを抜けて、しばらく進むと、西宮駅に着く。ここで汽車はしばらく止まる。機関車に石炭を積み込んだり、水を補給したり、運転士や助手の仕事がたくさんあるのであった。小休止の後、西宮を出ると、汽車は大阪まで止まらない。平野の中をひた走る。とは言っても、この時の機関車は軽便機関車といわれる小型の機関車で速度はさほど速くない。比較的民家の多い尼崎あたりでは鉄路のそばまで見物人たちが押し寄せ、開通直後の珍しいものを見ようと人だかりの連続である。見物客たちが歓声を上げながら手を振っている。ハンターと愛子も車上から手を振り返す。汽車に乗ることが出来るのはまだごく一部のエリートだけだった。淀川の鉄橋を渡ると、間もなく終点大阪である。この駅舎もまた同じように煉瓦の建物であった。

「船もいいけど、陸蒸気《おかじょうき》もいいですねえ」

愛子が満足げに言う。このころの汽車は海運に対して〝陸蒸気〟と呼ばれていた。

「米田先生ニ聞イテ来タコトダケド、コノステーションハモトモト沼地ダッタソウデス」

ハンターが愛子に教える。

「へえ、そんなには見えませんねえ。沼地を埋め立ててステンショを作ったのですか?」

大阪の人々はこの出来たばかりの駅を「埋田ステンショ」と読んでいた。ハンターは英語を母国語とする国の生まれだけに、ステーションと正しく発音しないと気持ちが悪い。

「淀屋橋ニステーションヲ造リタイトコロダッタケド、中心地ハ反対意見ガ多イノデ、コノ外レノ沼地ヲ埋メ立テルコトニシタソウデス」

「そう言えば、子供のころ、このあたりの池から掘った蓮根をよく貰って母が煮付けて食べさせてくれました」

と愛子が懐かしむ。

「蓮根ノ取レル沼ヲ埋メ立テタノデ、コノ辺リ一帯ヲ『埋田』ト呼ブヨウニナッタソウデスヨ」

米田から聞いた話を、きっちり自分の知識として役立てるところがハンターならではである。

「それにこのあたり一帯の地主さんが梅田宗庵というお方とも聞いています」

埋田がのちに「梅田」と変わって、日本でも一、二の繁華街に成長する。が、それははるか後のことで、この明治七年には、埋田ステンショを一歩出ると、あたりは田圃ばかりという光景であった。

第二十四章　天下の台所界隈

大阪中之島の誕生
大阪駅誕生のころ

土地には歴史があり、そこに生きた人がいる。イギリス人・ハンターは日本女性の妻・愛子の生まれ育った大阪が日本の出世物語の主人公、豊太閤が栄華を極めた土地であることに深い関心を抱いていた。愛子とハンターが生きるこの時代を二九二年遡る天正十年（１５８２）には、歴史に残る本能寺の変が起きていた。織田信長が、その家来、明智光秀の謀反によって京都本能寺で殺された。その光秀がほどなく豊臣秀吉に殺されたことに日本的ものの考え方である「因縁」の深さや「栄枯盛衰《えいこせいすい》」をハンターは意識するのであった。天下の大勢は急速に秀吉へと傾き、天正十一年六月、その三年前に信長が焼き討ちした石山本願寺の跡地に、秀吉が大坂城を築いたのである。

「信長ガ滅ボシタ跡地ニ秀吉ガ城ヲ築ク。不思議ナ因縁デス」

その辺の話しは愛子よりも詳しく理解しており、ハンターは愛子にも教養を深めてもらおうとわかりやすく語って聞かせるのである。

「夜モ昼モ二～三万人ヲコキ使ッテ、三年間デ完成サセタ大坂城ハ三国無双《さんごくむそう》トイウホドスケールノ大キイモノダッタソウデスガ、愛子、三国無双トイウノハ何デスカ？」

と逆に愛子に質問したりするのも愛嬌である。

「三国無双？　私、そんな難しい言葉、知りません。でも、とてつもなくスケールが大きい、ことを表すのではないですか？」

「フ～ン、スケールノ大キイコトノ例エデスカ」

このように仲むつまじく、一つの話題をやりとりする息ぴったりの夫婦である。日本人の愛子自身が知らない言葉で表現されるほど、大坂城の規模は雄大極まりないものであった。東は淀川、西は東横掘川、南は空堀に囲まれて、本丸、二の丸、三の丸、山里丸の四つの曲輪からなり、本丸には五層内部八階の大天守がそびえて、派手好みで知られる秀吉の本領をいかんなく発揮したものであった。

しかし、いかに栄華をきわめようと、寿命にはさからえず、その十五年後、慶長三年（１５９８）、秀吉はこの世を去る。

「ドンナニ大人物デモ死ンデシマエバ終ワリデス。秀吉ガ死ンダラタチマチニシテ、天下ノ形成ハ徳川家康ヘト傾キマシタ。人間ハ生キテイル間ニ悔イナク、事ヲ成シ終エルベキダト秀吉ガ教エテクレテイマス。アレホド出世シタ秀吉デサエ、夢ノマタ夢……ト未練ヲ残シナガラ死ンデイッタノデスカラネ」

この言葉の端々にハンターの生き方がにじみ出ている。自分の人生に全力を傾けるというのがハンター流である。こんな彼がのちに、日本における実業界の黎明期《れいめいき》に燦然《さんぜん》と輝く実積を残す。ここで、ハンターと愛子が生きる大阪にまつわる歴史的事実について少し記述する。

慶長五年（1600）の関ヶ原の合戦によって石田三成らの軍を破った家康はその三年後の慶長八年（1603）に征夷大将軍《せいいたいしょうぐん》となって江戸に幕府を開き、名実共に天下人となった。これに対して秀吉の子秀頼は摂津、河内、和泉六十五万七千石の大名へと転落したものの、徳川幕府にとって秀頼の存在はなお侮《あなど》り難《がた》く、慶長十九年（1614）、京都方広寺の鐘銘事件をきっかけに両者が争うこととなる。大坂冬の陣である。この戦さは和議が成立したが、大坂城は外堀、内堀を埋められてしまい、丸裸同然となった。この処置が翌年の大坂夏の陣を引き起こし、真田幸村、木村重成、後藤又兵衛らの奮戦もむなしく、大坂城は落城し、秀頼、淀君らは自刃して、豊臣の栄華物語は幕を閉じた。

この徳川と豊臣の戦いに、大坂の人間でありながら、敵の徳川に味方したのが淀屋常安《よどやじょうあん》であった。冬の陣、夏の陣にあたり、常安は家康や秀忠の陣所を建てて献上し、その功により、家康の特別な保護を受け、莫大な利益を得た。彼が単なるずる賢い商人で終わらなかったのは、その財を世のために使ったことによる。淀川が堂島川と土佐堀川に合流し、川下で再び合流して出来た中州を堅固な島に造成した。中之島である。水運の便がきわめて良いことから各藩が米をはじめ特産品の保管や販売を行う蔵屋敷を周辺に設け、日本全国の物産が集中するようになったことから大坂が「天下の台所」と呼ばれるようになった。江戸時代には大坂のほかにも江戸、京都、大津、下関にも米市が立っていたが、この大坂の堂島米市で立った相場で取引がなされ、大坂の米相場が全国の米相場を左右した。この二年後の明治九年に堂島米市場は「堂島米穀取引所」と改称され、昭和十四年まで存続する。

この米市場にハンターは大いに興味を示し、のちに精米事業を起こすこととなる。

さて、ハンターにとって久し振りの大阪である。埋田ステンショに陸蒸気《おかじょうき》が到着するや、駅前にたむろしていた人力車夫たちが一斉に客引き合戦を始める。改札口を出るやいなや、ハンター、愛子たち家族はたちまち、二、三人の車夫に取り囲まれてしまった。

「ヘイ！　ミスタージェントルマンアンドミセスレディ。どこまでお送りしましょうか？」

さかしい車夫が他の車夫を出し抜いて、愛子が手にしていた風呂敷包みを持つ。

「ああ、ありがとう」

愛子が苦笑する。すばやくハンターが言う。

「コノ人ノ人力車ニ乗リマショウカ」

「やさしい車夫さんがいいですものね」

「へい、おおきに。どうぞ、奥様こちらへ」

車夫が愛子の手を取って車に乗せる。ハンターが竜太郎を愛子に抱っこさせる。そして、自分自身も車上の人となる。

「ヘイ、サンキュベリマッチです。川口居留地まででよろしいですか？」

外国人だから川口居留地に住んでいると思ったのだろう。

「アバウト、ソレデＯＫ。近クマデ行ッタラ道ヲ指示シマス」

埋田ステンショは、現在の大阪中央郵便局の位置にあった。駅舎は神戸駅とよく似た二階建て煉瓦造りのしゃれたものであった。イギリスで発明された蒸気機関車を走らせることから、駅舎もイギリスを真似たものである。神戸駅も埋田ステンショも、駅員はヨーロッパ調の羅紗《らしゃ》のユニフォームに身を包み、カイゼル髭をたくわえた者までいて、立派な見かけであった。フランス帽をかぶって「切符をこちらへ」と居丈高な態度で「この文明の乗り物に乗せてやる」というような感じの応対をするのが普通であった。そんな駅員に比べると鉄道のおこぼれで客をもらう人力車はサービス精神に富んでいた。車夫が気を使って色々と話しかけてくる。

「ジェントルマン、お国はイギリスですか?」

ハンターをイギリス人と見抜く車夫はなかなかのものであるが、実はそれはかまをかけただけのことであった。陸蒸気がイギリスから導入されたものなので、この時節、何事もイギリスと言っておけば間違いはないと計算づくでの言葉であった。

ハンターたちが神戸駅から埋田ステンショまで乗ってきた蒸気機関車はイギリスで作られたB1テンダー型機関車で、のちの機関車に比べるとずいぶん小さなものであった。客車は四両。これも小振りで、座席間が狭く、膝を突き合わせるようにして乗る。駅に到着すると、駅員が外から座席横の鍵を外して、乗客を下ろすのであった。神戸から埋田までの運賃は四十銭。この時の米一升が七銭であるから、驚くほど高い運賃である。この時代の陸蒸気に乗れる人は財力のあるエリートたちに限られていた。上流階級のお客を乗せた陸蒸気がステンショに滑り込むと、待ち受けていた駅員がメガホンで叫ぶ。

「埋田、うめだ～! 終着、うめだ～。忘れものなど無きよう下車ご準備をされよ～」

なにしろ乗せてやるといった態度が当たり前の鉄道誕生の時代であり、駅員の態度は大きい。このことに対してハンターは手きびしい。

「高価ナ運賃ヲ払ウ乗客ハ大事ナオ客ダノニ、アノ態度ハ良クナイ。大切ナオ金ヲ払ウ人ガ良質ノサービスヲ受ケルベキデス」

これは車夫にとっても勉強になる話しである。機転のきく車夫がハンターに話しを合わせる。

「あっしは乗っていただくお客様に感謝しながら運ばせていただいておりやす」

「イイコトデス。ソノ向上心ガ必ズ、サクセスニ繋ガリマス。埋田ステンショヲ造ルニ当タッテモ、堂島ノ人タチガ敬遠シタモノヲ埋田ノ沼地ヲ埋メ立テテ新シイ土地ヲ開発シタデショ？　ソノウチニ埋田ガ大阪ヲ代表スル場所ニ変ワリマスヨ」

ハンターお得意の先見の明で、近未来を予測するのであった。ほどなく、人力車は堂島の米市場にさしかかった。米蔵が川の流れに姿を映すあたり一帯にたくさんの人が往来してなかなかの賑わいである。竜太郎が母の腕から身を乗り出すようにして幼児ながらに興味を示す。

「さすがですわね、この賑わい」

我が子をあやしながら愛子がハンターに言う。

「日本ハ瑞穂ノ国トイウダケアッテ米ハ世界一ノ出来バエデショウ。コノ米ヲ外国ニ輸出シタイト私ハ考エテイマス」

「五年前には米を輸入なさいましたが今度は輸出ですか？」

「ソウデス。アノ時ハ米ガ不作デ、日本人ガ食べる米ガ足リナカッタノデ外米輸入シマシタ。今ハ米余ッテイマス。コレカラハ米輸出シテ日本ノ経済力ヲ付ケル時代ダト思イマス」

このさりげない夫婦の会話が何年か後に、めざましいビジネスとなって花開くのである。

平野家では久方振りの愛子と婿殿の来訪に家族は言うまでもなく、番頭や丁稚に至るまでみんなが大喜びで大歓迎であった。

「ハンターさん、さあさ、この手ぬぐいで顔をぬぐって下さい。陸蒸気の石炭をぬぐい落として下さいよ」

丁稚が気をきかす。それほど、陸蒸気に乗ると煙の煤で顔が黒くなるのが常識であった。

「いとはんもどうぞ」

番頭が愛子に手ぬぐいを渡す。愛子は自分の顔をぬぐうよりもまず、竜太郎の顔をぬぐってやるのであった。さすがは母親である。

「おう、かわいいのう」

奥から出てきた常助が、孫を抱き寄せて愛子が手ぬぐいで綺麗にしたばかりの竜太郎の顔に頬ずりするのであった。

「竜太郎、爺じゃぞ。わかるか？　何かほしいものはないか？　何でも買ってやるぞ」

目鼻立ちがはっきりして、いっそうかわいさを増している我が孫にじいはめろめろである。そんな主を横目に見ながら、菊子が姿を現す。

「お帰りなさい。少しはゆっくりして行って下さいな」

いつもと変わらぬ暖かい平野家の人たちのもてなしである。

「愛子、ホラ紅梅焼《こうばいやき》ヲオ配リシテ」

「兵庫の元町で近ごろ名物となっている固焼きです。歯をこわさないように食べて下さいね」

番頭や丁稚に至るまで全員に兵庫のみやげが配られた。みんなが和気あいあいと紅梅焼きを食べる姿をながめながら、ハンターが常助に話す。

「蒸気機関車ハ私ノ生マレタ国デ、スティーブンソンガ発明シマシタ。コレカラマダマダ色々ナ技術ガ日本ニ入ッテ来ルト思イマス。私ハコノ大阪デ鉄ノ技術ヲ活カスファクトリー造リタイデス。オ父サン、ドウ思イマスカ?」

兵庫の居留地では貿易業を行い、機械器具、金属、塗料、鉱物、化学薬品などを扱っているが、それにあきたらず、ハンターは鉄を加工する工場を起こしたいと、妻の父親に抱負を話すのであった。

常助には娘婿の気持ちがよく理解出来る。

「ハンターさん、素晴らしい。ぜひ、やって下さい。私も応援します。工場にふさわしい土地を私が探しましょう」

久し振りに会った婿殿への機嫌取りの言葉ではない。常助の本心から出た言葉であった。

第二十五章　新天地松ケ鼻網干場

日立造船発祥地

明治八年から十年にかけては、ハンター商会の黎明期《れいめいき》であった。二年前に兵庫の居留地二十九番館に看板を掲げて以来、ヨーロッパ製の機械や雑貨の輸入で貿易業の基礎を築いていたところに、明治十年、西南の役がおこり、軍需物資の需要増で、各種土木建築用機械や一般機械工具類の輸出入などで順調に事業を拡大していた。

いきいきと才覚を発揮する夫に愛子は満足であったが、かんじんのハンター自身は貿易業のみには満足しなかった。

「愛子、私ハネ、船造リタイ。ダカラ、今、資金蓄エテイマス」

「夢は大きく持って下さいな。私も一緒に夢を見させてもらいます」

その夢が実現する時が来ようとしていた。明治十一年が明けて間もなく、造船所を大阪で設けるための応援をしようとする者が現れたのである。この四、五年の間にハンターと愛子の間には次男、範三郎と三男、エドワードが生まれていた。愛子は長男、竜太郎を併せて三児の母親となっていた。異国人との夫の間にもうけた子どもを育てるかたわら、夫の仕事まで助けた。事務所に訪ねてくる取引先の客の応対をし、子守をしながら湯茶の接待など、こまやかに心くばりをするのであった。女性の社会進出がほとんどなかったこの時代に、愛子は今にいうオフィスレディーのような仕事の手伝いを率先して行うのであった。ハンター商会では日本のお茶に加えて、商談の機が熟してくるとタイミングを見計らって、愛子がイギリスのレッドティーを運ぶ。これが業者仲間で評判になっていた。レッドティーに添えて愛子が小麦粉を使って焼き上げたヨーロピアン菓子を出そうものなら、大抵の話しはうまくまとまる。ハンター商会は人と人のコミュニケーションを大事にする商いの流儀で、着実な進展を続けていた。もっとも、主立った業務はハンターと支配人の秋月清十郎が担当していることは言うまでもない。このコンビが実に素晴らしい。一回り以上も年長の秋月が目上のハンターを敬い、ハンターも秋月を人生の先輩として立てる。ビジネスの目指すところは見事に一致して、これまでの日本では見られなかったようなニュービジネスを展開していた。世界を見据え、日本の国民の暮らしが豊かになるよう社会貢献度の高い実業の推進である。

「コレカラノ時代ハ、国ト国トノ交流ガ望マレル。ソノタメニハ世界ノ人々ガ自由ニ行キ来出来ル船ガ必要デス。四方ヲ海ニ囲マレタ日本ハ船ヲ持タネバ、何モ出来マセン」

ハンターの持論であった。口癖のようにハンターが語り続けてきた夢であった。

「ハンターさんの思いが実現する日が近づいてきましたよ」

今や誰よりもレッドティーのとりこになっている秋月が愛子の焼き上げたクッキーをかじりながら

言う。

「マイドリームガ現実トナル日ガ近ヅイタノデスカ？」

ハンターがティーカップをテーブルに置いて身を乗り出す。

「はい。門田さんが私たちの考えに大いに賛同してくれましてね。出来るかぎりの支援を約束してくれたんですよ」

明るい表情で秋月が言う。門田という名前にハンターが反応する。

「門田サン？　秋月サンノフレンド、門田三郎兵衛《かどたさぶろべえ》サンデスカ？」

「そうですよ。今や日本人経営者の間で押しも押されもせぬ門田さんが私たちの趣旨に諸手《もろて》を上げて賛同してくれたのですよ」

門田三郎兵衛は秋月と親しく交流のある大阪財界の有力者であった。材木問屋を営むかたわら、「攪眠新誌《かくみんしんし》」と題する今にいう業界誌のたぐいを発行して時弊《じへい》を論じる経済界の雄であった。

「門田さんが大阪の支援者ならば、兵庫の応援者として、佐畑さんが名乗りを上げてくれています」

「佐畑サン？　兵庫制作局ノ佐畑信之サンデスカ？」

「そうです。兵庫制作局になくてはならない重要人物となっているあの佐畑さんも応援を約束してくれました」

思えば、五年前の明治六年、兵庫鉄工所が兵庫制作局と名を変えて東川崎に移ろうとする時、ハンターと知り合った人物である。金沢出身の古武士然《こぶしぜん》とした男性で、いかにも骨のありそうな好印象でハンターの記憶に残っている人物である。

「兵庫制作局は技術の教習を目的として運営されている官営造船所ですのに、西南の役の影響で、あそこにまで造船の注文が来ているそうです。佐畑さんとしては大阪あたりにも造船所が必要だと思っていた矢先に、ハンターさんの計画を耳にして、協力を約束してくれることになりました」

秋月の言葉に熱がこもる。その姿にハンターは嬉しくなる。

「秋月サンガ頑張ッテクレタカラデスヨ。門田サンヤ佐畑サンガ応援ヲ約束シテクレタノハ、秋月サンノ人柄ヲ信頼シタカラデス」

「いいえ、私の力ではありません。ハンターさんの人柄だと私は思います」

互いに相手を立て合う二人の信頼関係を評価してこそ、このビジネスプランを応援しようと、門田も佐畑も決断したのであった。

明治十一年の春、桜の花が葉桜に変わるころ、ハンターと愛子は三人の子どもを連れて、大阪の平野家を訪れた。いよいよ、念願のニュービジネスが具体化することを愛子の父、平野常助に報告するためであった。幼い三人の子どもを愛子が遊ばせている姿を横目にながめながら、じいやの常助がいかにも満足げな表情でハンターに話すのであった。

「ハンターさん、何より良かったことはあの門田さんが応援してくれることになったことですよ」

大阪財界の雄と評価される門田のことを常助自身も財界人として良く知っている。

「彼はね、ただの材木問屋ではありません。進取の気性を持った論客で時代の指導者と私は見ています。『攪眠新誌』は私も読んでいますが、大したものですよ。時代の先を予知しています。そんな門田さんが応援を買って出てくれるということは、ハンターさんの計画が本当に素晴らしいということですよ。良かったですね」

その門田が具体的な支援策として、造船所に不可欠の工場用地の提供を申し出てくれている。

「安治川の河口に彼は広い土地を持ってますからね」

「何デモ松ケ鼻《まつがはな》トイウ所ヲ貸シテクレルソウデス」

川口居留地の隣りに位置する平野常助商店からさほど遠くない所に門田が所有する広大な新天地が存在するのであった。新天地というのは河口を開発した時に生まれた新しい土地である。

「松ケ鼻？　あそこなら理想の場所ですよ。造船所は海に面した場所がいちばんでしょう。願ったり叶ったりですよ。ハンターさん、明日にでも案内しましょうか？」

常助とハンターが嬉々として話しに夢中になる姿を見て、愛子の母、菊子が座敷に姿を見せ、言った。

「まあまあ、これはこれはほんとに良かったこと。今夜は前景気に番頭さんや丁稚のみんなにもお酒をふるまいましょうか？」

「オ母サン、日本言葉ニアル『念ズレバ通ズ』デスネ。コノ平野家ノ近クデ造船所ヲスタートサセルコトガ出来ルナンテ夢ノヨウデス」

「もう夢でないでしょ？　実現するのですから。ほんと、良かったこと」

菊子も大満足である。その夜、番頭、丁稚に酒がふるまわれた。思いがけない宴席に、使用人たちは大喜びであった。盃を交わしながら、にぎやかに話しの花が咲く。

「薬問屋が造船所の応援をするなんて、時代が変わりましたなあ」

「あてらも大した店で働かせてもろてますんやなあ」

「それにしても、船に乗ったら酔うと言いまっしゃろ？　この平野商店の新製品として船酔いを治す薬を作るなんてどうでっしゃろかな？」

「船酔いしますんか？　どうせなら、船酔いより酒酔いの方があっしは好きでっせ」

「ほな、酒の酔いにも効く薬も考えまひょか」

番頭、丁稚たちのかしましいこと、かしましいこと。滅私奉公《めっしほうこう》が当たり前のこの時代には珍しく使用人を大事にする常助、菊子夫婦である。その様を横からながめて、ハンター自身が日本の社会の実態を学んでいく。そこに近代的な西洋の感覚をプラスして、のちにハンター流経営哲学を実践していくのである。

使用人たちが盛り上がる隣りの座敷で、常助がハンターに言う。

「どうですか？　明日にも早速、松ケ鼻へ案内しましょうか？　善は急げです」

「善ハ急ゲ、デスカ？　デハ明日、連レテ行ッテ下サイ」

気の早い常助であるが、それほど娘婿の事業計画に心を砕いている証拠であった。中国の諺に捉啄《そったく》同時という言葉がある。鳥が卵から雛になって殻から出る時、親鳥が外から卵をつついて殻を破ろうとするのであるが、雛も中からくちばしで殻をつついて卵を破る。その作業が同時でなければ、雛はうまく殻から出られない。ハンターを助けて事業用地の下見に連れて行こうとする常助と、素直にその好意を受けようとするハンターの呼吸はまさに、捉啄同時を地で行くものであった。平野商店を西に歩いて少し。大阪湾に注ぎ込む安治川の河口一帯が手つかずの状態で、その姿をさらけ出していた。大阪府西成郡春日出。さんさんと降り注ぐ春の日差しをあびて、ちぬの海がきらきらと輝いていた。

常助の案内を受けながら、ハンターが感激の言葉をもらす。

「ナイスデス！　コノ海ニ私ノ造ル船浮カベマス」

ハンターの頭の中にたちまちにしてイメージが湧きあがる。常助も感慨深い。

「この海から世界の海へとつながっていくのですねえ」

常助が漢方と生薬の薬を扱って何十年にもなるが、まさか、娘が外国人と結婚するとは思いもしなかったし、その娘婿が造船所を起こすべく行動を起こすことなど夢にも考えていなかった。娘婿とおだやかな春の日差しの中を歩きながら、常助がしみじみと語る。

「ここはね、昔、河村端軒《かわむらずいけん》が九条島《くじょうじま》を断ち切って安治川を切り開いた時に出来た土地ですよ。明和七年でしたかな、川床清右衛門《かわどこせいえもん》というお方が新田開発したことから川床という地名で呼ばれるようになりました」

南側に安治川が流れ、北側には中津川の支流、六軒家川をひかえて、二つの川の合流点に向かって半島のように突き出た土地である。付近の漁師たちが網干場として利用していた。何枚もの大きな網がそこらあたり一面に広げられた雄大な光景を目にしてハンターが言う。

「漁師サンタチノ心意気ガ感ジラレマスネェ。網干場ノ邪魔ヲシテシマウカモワカリマセンガ、ココハ船ノ係留ニモッテコイノ土地デス。水運ノ便モ良イシ、造船所ヲ作ルノニベリーグッドデス」

住所で言えば六軒家新田《ろっけんやしんでん》の松ヶ鼻である。現在の住所では大阪市此花区北安治川通四丁目に当たる。ここに、造船所を造りたいとハンターの心は固まったのである。

「工場を建てる資金は私も応援させてもらいますからね」

「オ父サン、アリガトゴザイマス。ヨロシクオ願イシマス」

ハンターが頭をさげる。二人の頭上に海鳥が舞っている。その鳴き声が、まるで二人を応援するかのように聞こえる。干潟には餌をついばむ海鳥。実にのどかな明治十一年の春である。

「あなたぁ～、お父さ～ん」

突如、遠くから女の声が聞こえてきた。愛子だった。人力車に乗って、子どもたちを連れて、夫と父のあとを追ってやって来たのであった。渚の近くで止まった人力車から三人の幼子が下り立つ。そのいちばん小さいエドワードをすばやく常助が抱き上げる。

「おう、よく来た、よく来た。かわいいのう。この海にお前のお父さんが船を浮かべるんだぞ。すごいゾ」

よちよち歩きのエドワードにほおずりしながら常助が好々爺《こうこうや》に変わる。

「ほうら、よ～く見ておけ。この海に大きな大きな船を浮かべるんだぞ」

孫に話す喜びはそのまま、常助の喜であった。そんな父と我が子の姿に愛子もまた胸がいっぱいになる。

「まあ、いい場所ですこと。ここなら船を造るのにぴったりですわね。素晴らしいです！」

太陽に手をかざしながら、愛子は大阪湾の遠くに目をやる。春霞の彼方は紀淡海峡《きたんかいきょう》を経て太平洋。そのまたはるか彼方は世界七つの海。考えるだけで胸がわくわくするのであった。

「門田サンノ好意ニ甘エテ、ゼヒ、ココデ船造リタイ」

もう既にその気になっているハンターに愛子までが紅潮の思いで、子どもたちに言う。

「いつか、お父さんの造る船でお父さんの生まれた国に行きましょうね」

その様子を見て、ハンターがぐっとくる。

「オ父サン、生マレタイギリス、遠イ遠イ国。海流に負けない強イ船造リマス」

常助と娘、愛子、その夫、ハンター、その子ども三人、大阪湾の彼方に目をやりながら、しばし、ハンターの母国、イギリスを想像して感無量のひとときであった。

第二十六章　大阪鉄工所お目見え

日立造船の礎

明治十一年、ハンターが大阪松ケ鼻の海辺の土地を下見して、造船所実現に向けて行動しているころ、兵庫では、キルビーが単独で小野浜造船所を起こそうとしていた。もともと、キルビーは明治二年八月に小野浜鉄工所を創業していた。それはハーガンとティラーの出資を受けてのものであった。肥後藩から受注の舞鶴丸をハンターが工事監督をつとめて完成させたが、明治六年にハンターが秋月清十郎と共にキルビーのもとを去ったあと、キルビーとハーガン、ティラーの共同経営がうまく噛み合わなくなり、キルビーは小野浜鉄工所を解散させていた。しかし、ハンターが船を造ることを目標とするのと同様に、キルビーもやはり、造船所を何とかして実現したいと意欲を捨て切れないのであった。二、三年間の準備期間を置いて、この明治十一年の幕開けと共に、キルビーは今度は出資者を募らず、単独で操業を再開した。イメージを一新して称号も「キルビー商会小野浜造船所」とした。期せずして同じころ、大阪でハンターが造船所を設けるための準備に入っている。人の運命とはおもしろいものである。

若葉が色濃くなって、夏も盛りになると、正蓮寺《しょうれんじ》の川施餓鬼《かわせがき》の季節がやってくる。淀川の一本南に流れる正蓮寺川《しょうれんじがわ》のほとりに寛永二年からある寺で、八月二十六日に行われる川施餓鬼は「伝法《でんぽう》の川施餓鬼」とも「仏《ほとけ》の天神祭り」とも言われるもので、大阪の名物のようになっていた。この近くに造船所を設けるべく計画中のハンターにこれを見ておいた方が良いと進めたのは愛子である。

「子どものころ、川施餓鬼がやってくると、そろそろ夏も終わりに近づいたなと感じていました」

愛子が思い出を語る。忙しい仕事のあいまを見て母親の菊子が愛子を川施餓鬼見物に連れていってくれたものである。その愛子が今や、母親となっている。かつて菊子がそうしてくれたように、愛子が竜太郎や範三郎たちを連れて川施餓鬼見物をさせるのであった。

「ほら、しっかり見ておきなさい。たくさんの船が行列してくるからね」

川岸にびっしり集まった見物衆にまじって愛子が子どもたちに言う。子ども以上に興味を示すのはハンターである。

「霊魂を慰める行列だと教えられてきました。船が近づいたらみんな合掌します」

愛子がハンターに説明する。きわめて日本的な生活行事にはことのほか興味を示すハンターである。

堀川の向こうの方に船の影が見受けられるようになると既にハンターは胸のあたりでしっかりと両手を合わせて待つ。父の姿を見習って子どもたちも同じように合掌する。旗を立てた和船《わせん》が川面を滑るようにゆっくりと近づいてくる。周囲に何本もの旗を立てた船の上に多くの人々が乗り込んで手に手に卒塔婆《そとば》を持っている。一隻、二隻、三隻、四隻と船が続く。御輿《みこし》のようなものを乗せた船もある。

掘りや川が縦横無尽《じゅうおうむじん》に町を通る大阪ならではのゆかしい民俗行事である。

「コノ船ハ霊ヲ慰メマスガ、生キタ人ヲ外国ニ運ブ大キナ船、私造リマス。コノ正蓮寺川ノ水ガイギリスニ繋ガッテイルコトヲ大阪ノ人タチニ知ッテモライマス」

合掌したままで、ハンターが愛子に言う。

「この川の水がイギリスに繋がっているのですか？」

愛子が聞き返す。確かに、正蓮寺川の水は大阪湾を経て、太平洋にも大西洋にも繋がっている。世界七つの海を自由に航行出来る頑丈な船を造るための工場を、この大阪の安治川の河口、松ケ鼻の地に作りたいと、ハンターは計画を進めているのであった。


それから半年。明治十二年二月、門田三郎兵衛が所有する松ケ鼻の土地を借り受けて、ハンターは洋式造船所を立ち上げた。昔、河村瑞軒が九条島を縦断して安治川を切り開いた時に出来た土地で、明和七年に川床清右衛門が新田を開拓したことから俗に川床とも呼ばれるあたり一帯にハンターの造船所が産声を上げたのである。門田の応援のほか、佐畑信之の資金援助も受けての発足であった。愛子の父、平野常助の応援があったことも言うまでもない。この時点でハンター自身が拠出した資金は一万円ほどであった。企業名を「ＯｓａｋａＩｒｏｎＷｏｒｋｓ」とした。日本名になおせば大阪鉄工所である。十分な設備が完成しないうちに早くも一隻の受注があり、快調なスタートを切ったかに見えた。その受注は木造船で「六甲丸」と命名された。

出資者の門田は大阪鉄工所の近くに住んでいることから、足しげく工場に顔を見せたが、兵庫の佐畑も大阪での所用を作っては、鉄工所に立ち寄るのであった。彼ら共通の思いは、このニュービジネスを何とか定着させたいとの気持ちであった。

特に兵庫制作所の局長事務取扱いの肩書きを持つ佐畑は兵庫と大阪の二箇所で造船業務が進行することに大きな関心を持っていた。しかも、その両方に自分が関係しているのである。ある日、彼はハンターと秋月に言った。

「川床の鉄工所と呼ばれているので、陰気な雰囲気の工場かなと案じてましたが、明るい工場でなかなかいい雰囲気で進展してますね」

「川床と言う名前とうらはらに、ハイセンスな工場にしたところが、さすがはハンターさんです。そのうちにこのあたりは川床よりもハンターさんの事業地として知られるようになりますよ」

秋月の言葉通り、ハンターの意欲を形で証明するかのような工場の建物が一棟、また一棟と、安治川のほとりに姿を増やしていくのであった。これまでの日本では全く見られなかったような西洋風の建物が並んで、いかにも新しい技術を駆使する工場といった印象を強くするのである。かんじんの技術力について佐畑が鋭い質問を発する。

「汽罐《きかん》は輸入ものでなく、ここで制作ですか？」

即座に秋月が答える。

「そうです。大阪鉄工所第一号の記念すべき汽罐です」

胸を張る秋月に佐畑が称賛の言葉でねぎらう。

「今の日本で汽罐が造られるのですね。大したものですよ」

「はい。大事なところは自社技術で、とがんばりました。そのほかの機械は手っ取り早くイギリスからの輸入物を使っています」

「それで十分でしょう。今までの日本になかった技術を積極的に取り入れて、この日本で完成させた船を逆に世界に送り出すべきだと思います」

佐畑は満足げである。

「兵庫と大阪が交流して日本の新しい技術を世界に打ち出していくべきだと私は思います。兵庫制作所の責任者でありながら、この大阪鉄工所の応援をする私の大義名分が立ちました」

この佐畑がのちに兵庫の川崎造船所の誕生とかかわっていく。大阪鉄工所がのちに日立造船所となり、日本の重要基幹産業の一翼を担う日立造船所と川崎造船所の両方に力を貸した重要人物として、佐畑信之が記録される。

川床鉄工所とあだ名されて、付近の住民たちから興味本位で見られる大阪鉄工所であったが、わずか一年余りの間に着実に業容を整えていった。工場敷地は約三千坪。六馬力の蒸気機関を原動力とするほか、スチーム・ハンマー、ポンチングマシン、旋盤など当時の日本では目を見張るほどの最新鋭の機械を多数、短期間のうちに揃えていった。無我夢中で基盤づくりに励むハンターと秋月であったが、明治十四年を迎えて、この辺で一度、自分達の存在を世にアッピールするために、工場の竣工式を実施しようと意見が一致した。

明治十四年四月一日。やわらかい春の朝日に煉瓦造りの建物があざやかに浮き立って見えた。工場の門に貼り付けた二枚の看板が誇らしげである。一枚は英語で「ＯｓａｋａＩｒｏｎＷｏｒｋｓ」。

もう一枚は日本語で「大阪鉄工所」。このように堂々と社名を掲げ、工場の披露式を行うという点でも、日本近代ビジネスのはしりであった。煉瓦の建物の内部にぎっしり客を迎えて、秋月が案内を始める。今にいう司会のはしりともいうべきものである。マイクなどの設備は当然ない時代であるので、秋月は地声を大きく張り上げて、居並ぶ人々に伝える。

「本日は多数のお歴々の皆様にご来場いただき、誠にありがとうございます。支配人の秋月清十郎と申します。私どものプレジデントでありますエドワード・ハズレット・ハンターがイギリスを出まして二十五年。オーストラリアや香港などを経てこの日本にやって来まして、幾つかの事業を経験したのち、ここに大阪アイロンワークス、大阪鉄工所を開設させていただくこととなりました」

秋月のみごとな進行によって、おもむろにハンターが姿を現し、挨拶を始める。

「レディーズンジェントルマン、ヨクオ越シ下サイマシタ。黄金ノ国、ジャパンニ憧レテ、私、日本来マシタ。私、コノ国大好キデス。世界ノ国ト仲良クスルタメニ、太平洋横切ル船必要デス。私生マレタ国、イギリスノ技術タクサン取リ入レテ、コノ国ノ皆サンノ暮ラシ楽シクシタイ。ソノ目標ノタメコノファクトリー作リマシタ」

流暢な日本語で思いを語るハンターの姿に居並ぶ人たちは改めてハンターの人格を肌で実感する。

ハンターの挨拶の後を受けて、秋月が締める。

「この工場には二百名近い人たちが働いています。イギリスの機械を使いこなす日本人の仕事ぶりを、今からどうぞ、ごゆっくりと見物下さい」

「サア、ゴ案内シマス。ドウゾ、コチラヘ」

ハンターが率先して、案内に立つ。幾棟にも分かれている工場の建物をにこやかに説明してまわるハンターはこの時、四十歳になっていた。二十代のころに比べると、いささか恰幅のよくなったイギリス人社長である。気が付けば、その横に紋付き姿の日本人女性が付き添っていた。愛子夫人、三十一歳である。夫婦揃って大事な招待客をもてなす様がこの時の日本ではきわめて珍しい光景であった。耕作ポンプを求めて滋賀から参加していた商人が驚きの声をもらした。

「いやあ、これはこれは。ハンターさんはやることが違う。公式の場に奥方同伴とは、これまでの日本では考えもしなかった」

俗に言う近江商人で、めぼしい物を見つけるために各地を訪ね歩いている専門家をしてうならせるハンター夫妻なのであった。

「イギリスの耕作ポンプがほしいと思って、来させてもらいましたが、ヨーロッパでは大事な場所には夫婦で列席するのですか。日本では『女三界《おんなさんがい》に家《いえ》なし』と言って、女を第一線には出さないのがあたり前でしたが……」

近江商人はほとほと感心し、早速にハンターの扱う商品を販売する応援を申し出るのであった。愛子は夫の言うがまま、素直に工場の案内役をつとめていたが、それは愛子自身にとっても嬉しいことであった。夫の夢は妻の自分の夢でもある。大阪鉄工所の披露が行われたこの日は、のちに日立造船所の創業の日として記録される。

第二十七章　造船所フォーカード

サッカーのおこり

川崎重工の芽生えハンターが明治十四年四月一日に大阪鉄工所の開所披露式を行った時、数十名の関係者に招待状を出した。人と人との絆を重んじるハンター自身が、誰よりも出席してほしかったのは、キルビーであった。二十二歳にして日本に上陸した時、横浜で仕事を教えてくれたのはキルビーで、ハンターにとっては上司であった。兵庫開港と共に兵庫に移り、屠牛場《とぎゅうじょう》兼牛肉販売業を始め、キルビーが造船業を開始してからも、片腕として働いた。明治六年に独立してからも、ハンターはキルビーを変わらず恩人として尊敬していた。

しかし、キルビー自身はハンターに対して複雑な気持ちを抱いていた。ハンターが秋月清十郎と共に小野浜鉄工所を辞めたことを快く思っていなかった。ハンターは義理人情を重んじる性格であることから、キルビーに遠慮して、兵庫では独立せず、横浜に出て貿易業を開始した。が、結局、秋月の病気がもとで、二年も経たずして兵庫に戻ることとなり、明治七年九月に兵庫の居留地でハンター商会を設立した。
　一方、ハンターと秋月のいなくなった小野浜鉄工所は活況に乏しくなり、共同出資者のハーガンやティラーとの関係もぎくしゃくして、明治八年にキルビーは小野浜鉄工所を閉鎖した。だが、気性の激しい彼はそのまま鳴りをひそめることはせず、今度は独力で造船業を再開する機をうかがい、明治十一年にキルビー商会小野浜造船所を立ち上げたのであった。ちょうどそのころ、同じようにハンターも大阪で、明治十二年二月、安治川の河口・松ケ鼻で大阪鉄工所を創業。二年間で業容が整ったことから、明治十四年四月、正式に大阪鉄工所の披露式を行うことにしたものであった。明治六年にキルビーのもとで働くのをやめたハンターではあったが、彼にとってかけがえのない元上司であることに変わりはなく、尊敬するキルビーに誰よりも出席してほしかったのである。だが、キルビーは出席しなかった。考えてみれば、小野浜鉄工所にハンターが在籍の時に知り合った佐畑信之がこの大阪鉄工所に出資している。そういうことを考えただけでも、キルビーがハンターの大阪鉄工所披露式に出席をためらうことは無理もないことであった。

　兵庫でキルビーの経営する小野浜造船所は新生田川の河口の西に位置する。もともと、生田川の東に位置していたが、明治四年に加納宗七が生田川の流れを付け替えたことから、生田川筋が今では道に変わりはてていた。のちにフラワーロードと呼ばれて、神戸市役所に面するメインロードとなるその道の東に位置し、さらに東側を新しく掘られた新生田川が流れている。居留地の東端を南北に通る道に沿って西側に雑木林と空地が続く。その空地で西洋人たちがボールを蹴るなどして西洋のスポーツを楽しむ姿がよく見られた。それまでの日本では想像も出来なかった光景である。周辺の村から日本人見物客が押しかけ、道端に腰を下ろすなどして、空地の模様をながめるのが日本人たちの楽しみともなっていた。あたり一帯はのちに東遊園地と呼ばれるようになり、ボールを蹴るスポーツはサッカーとして知られるようになる。

そのにぎわいとはうって変わって、新生田川の河口は静かである。ただ、船を造る音のみがあたりに響く。かつての部下のハンターが大阪鉄工所の披露式を行った明治十四年四月一日、キルビーは招待状をもらっていたにもかかわらず、大阪には行かず、自分の造船所でひとりの時間を過ごしていた。工場の建物を出て、波打ち際に出た。大阪湾が広がっている。春霞みのはるか向こうにハンターの造船所が見えるような気がする。実際は遠距離で、見えるはずもないのだが、心の目にハンターの姿が見えるような気がするのであった。突っ立ってはるか遠くの一点をじっと見据えたまま動かないキルビーの背後にそっと歩み寄るひとりの女性がいた。キルビーの仕事を助けてくれている日本女性の志津《しづ》であった。

「ハンターさんの所に行ってあげたら良かったですのに」

その声に振り向いたキルビーがぽつりと言う。

「彼ハモハヤ私ノ手ノ中カラ飛ビ立ッテ行ッタ鳥ダヨ」

「飛び立って行った鳥はもうかわいく思わないのですか?」

志津はキルビーに仕えて二年になるが、仕事の事務的なことだけでなく、身の回りのことも世話をやくようになっているだけあって、キルビーの心中をよく見抜いていた。

「意地を張らずに、ハンターさんのお祝いに行ってあげれば良かったですのに」

「……」

大阪でたくさんの人たちの祝福を受けるハンターとは対照的にキルビーは孤独を噛みしめていた。

「何もかもご自分で切り盛りしなければならない今のキルビーさんがおかわいそう」

仕えるうちに、この外国人を愛すべき人物として意識するようになっていた志津の本音である。

「飛ビ立ッタ鳥ノ後ニ代ワリノ鳥ガ飛ンデ来レバイイヨウナモノダガ、ソウモイカナイ……」

「かといって、今さらハンターさんと手を組むなんてこと出来っこありませんでしょうし、ね」

「プレジデントニナッタ彼ガ今サラ私ト手ヲ組マナイダロウ」

「でも、佐畑さんのように、兵庫制作局の人間でありながら、ハンターさんに手を貸す人もいますからね。要領よく行った方がこれからの時代は楽だと思いますよ。あたしは女だから詳しくは分かりませんけど」

志津は兵庫の船大工の娘であった。のちに神戸港と名を変える兵庫港が誕生する以前は、新在家や船大工町のある入り江が賑わっていたものである。参勤交代の大名や朝鮮通信使《ちょうせんつうしんし》たちの一行が泊まる宿場町があった南に入り江を囲んで東西一里四町（4・3㎞）、南北十九町（1・9㎞）の町が形成され、二百八十軒もの船工場があった。そこで腕をふるう船大工の娘として志津は生まれた。豪商として名をはせた高田屋嘉平衛《たかたやかへえ》が回船問屋を構えた西出町《にしでまち》もこのあたりであり、わずか数十年前までは大変な活況を見せていた名残りのある町で志津は大きくなったのであった。時代が音を立てるような速度で移り変わり、そして町が姿を変えて行くさまを志津は身を以て知っている。近代工業としての船造りの時代に入ったことを実感して志津はキルビーの手伝いを望んで、この小野浜造船所に身を寄せているのである。

志津が言う佐畑は兵庫制作局の佐畑信之のことで、彼が局長事務取扱職を務める兵庫制作局は明治六年に湊川の川尻からその東側の岬に移転していた。官営の工場に身を置きながら、ハンターを支援する佐畑のやり口を当節風と志津は思い、そんな気軽さをキルビーも少しは見習えば良いと志津は考えるのであった。その佐畑が勤務する兵庫制作局の少し西に、この明治十四年、もう一つ造船所が誕生した。鹿児島出身で東京・築地造船所を経営していた川崎正蔵が兵庫の東出町に「川崎兵庫造船所」を開設したのである。よりによってわざわざ東京からこの兵庫の地へ造船所を移転させた川崎の噂はすぐに町中に広まった。

「ライバルが増えましたよ」

志津が危機感を持ってキルビーに言った。これで兵庫に三つもの造船所が出来たことになる。大阪鉄工所を合わせると四つの造船所が、西洋カルタのフォーカードの如く大阪湾に揃ったわけである。キルビーの反応は意外に冷ややかであった。

「負ケズ戦ウダケダヨ」

ハンターの造船所に対しては格別の思いを抱くが、他のライバルの出現に関しては、むしろ闘志を掻き立てられるキルビーであった。

「ハンターガ大阪デ頑張ルナラ、私ハ兵庫ノ海ヲ支配ショウ」

まっすぐな気性で、実行力もあるこんなキルビーが志津は好きだった。彼が心置きなく営業活動に奔走出来るよう志津はこまやかに身の回りの世話を焼いた。

そんなある日、京都への出張を終えて戻って来たキルビーが、志津の顔を見るなり、右腕を上げて親指を突き立てて意気揚々に報告した。

「琵琶湖ノ連絡船注文トッテ来タヨ」

「本当ですか？　それは良うございましたねえ」

ツテを頼りに京都まで営業に出かけていたものだが、みごと商談を成立させて帰ってきたところはさすがキルビーである。

「ではこれから忙しくなりますね」

しばらく元気を落としていたキルビーだけに、この受注は何よりも嬉しいことである。

「あなたには仕事の忙しさがいちばんですわ」

お茶を入れながら、ほっとする思いの志津である。渋茶をすすりながら、キルビーが自分に言い聞かせるようにつぶやく。

「明日カラマタ頑張ルヨ」

故国を捨て、人生を賭けて未開の地で大胆なことをやってのける人間の割りにキルビーは単純な男性であった。そんな彼を志津は憎めないかわいい異性として思いをつのらせるのであった。この受注、つまり琵琶湖の鉄道連絡船、第一太湖丸の建造で、小野浜造船所はにわかに活気づいた。これまで耳にしたことがないような甲高い音が造船所内に響き渡る。

「すごい音ですねえ。これじゃあ太湖丸じゃなくて太鼓丸ね」

志津が冗談まじりに言う。

「ナニシロ日本デ初メテノ鉄ノ汽船ダカラネ」キルビーが誇らしげに胸を張る。キルビーは日本で初めてということを苦もなくやってのける不思議な人物であった。二、三十人の工場要員を雇い入れていたが、従業員たちに西欧の近代的管理システムを採用したのもキルビーが初めてである。

「ルールヲ決メテ、仕事ヲスル時ハ一生懸命ヤル。休ム時ハキッパリト休ム」

合理的に効率良く作業を進めさせる。技術教育も実施し、日本にはなかった近代経営の模範を示すという点でも注目されるキルビーであった。一方、ハンターの大阪鉄工所では木造汽船・六甲丸を竣工させた後、蒸気船の修繕を行っている最中であった。キルビーの造船所に比べるとこちらは数倍もでかい。安治川に面した工場敷地は約三千坪。働く従業員の数は二百名近く。これまでの日本では想像もつかなかったような外国製の工作機械を使って従業員たちが興味深く作業を進める。彼らは工場を出ると各々に自分たちが取り組んでいる新しい仕事のことを自慢げに周囲の者に語って聞かせる。ハンターの評判は高まる一方であった。

折りしも、やって来たのは駐日イギリス大使である。もっとも、大使は開所式に招待されていたが、その後、順調に操業が行われている様子を聞きつけ、ぶらりと立ち寄ったものであった。愛子が丁重にもてなす。

「お心にかけていただき、嬉しゅうございます。お陰さまで、このようにみんな元気よく仕事をさせて戴いております」

愛子お得意のレッドティーを差し出す。大使がご機嫌で言葉を返す。

「本国デハティータイムノ習ワシトイウノガアリマシテ、アフタヌーンノ休憩タイムヲ楽シムノデスヨ。イツカ、ミセス愛子、私タチノ国、イギリスヲ旅シテ下サイ」

「ありがとうございます。いつか本当にそんな日が来るといいですね」

愛子が目を細めてイギリスを想像する。夫が生まれた国、そして、今日本に色々な文明をもたらせている国。ハンターが工場から事務所に顔を出した。挨拶としての握手を交わすとすぐに、

「今、イギリスノ設計図ヲモトニ汽罐ヲ造らせてイルトコロデス」

待ってましたとばかりに大使に報告する。

「ホホウ、汽罐、自社制作出来ルヨウニナリマシタカ。ソレハ立派デス。ハンターサン、器用デスカラ」

「イヤ、私ヨリ秋月ノ技術監督ノ賜物デス」

本心から部下を信頼するハンターと秋月の情熱が多くの従業員を動かせて、自社で汽罐を製作するまでになっていた。

「イギリスノ叡智ヲ結集シテ日本デ汽罐ヲ作ルコトハコレカラノ日本ヲ発展ニ導ク素晴ラシイコトデス。私タチイギリス人ノ評判ガ良クナッテ嬉シイコトデス。ハンターサン、期待シテマスヨ」

「本国ニヨロシク報告シテ下サイ」

大使は確かにイギリス本国に張り切って報告した。その記録によれば、明治十四年の末までに大阪鉄工所では合計三十三隻の蒸気船の修繕を行い、うち三隻に自社製作の汽罐が装備されたとある。さらに新しく蒸気船機関が二個予定され、その後、総トン数四百五十トンの船とほか一隻が建造準備中であることも大使は記載報告した。

「創業当初ニシテミレバ、ナカナカ順調ニビジネスガ進展シテイマスネ」

年末に再び顔を見せた大使が讃辞を送った。兵庫のキルビーが新造を主に手がけているのに対し、大阪のハンターは修繕を主とするなど、期せずしてジャンルの区別がなされ、せめぎ合う必要のないことが救いであった。キルビーが頑張っていることを風の便りに聴いてハンターは喜んだ。

「愛子、キルビーサンハサスガ商売上手デス。日本デ初メテノ鉄ノ汽船ヲ造ッテイルノダカラネ。私ハ今ノトコロ修繕中心デ儲ケガ少ナイデスヨ」

ティータイムに夫婦の会話でハンターが本音を言う。

「それは良うございましたねえ、キルビーさんはあなたの恩人ですもの。私たちにだって真面目にやってれば、きっとそのうちに割りの良い仕事がきますよ」

ハンターと愛子が健闘を讃えるキルビーが思いがけなくも、大変な境遇に追いやられる羽目になろうとは誰しも想像だに出来ないことであった。

第二十八章　キルビー挫折

戦艦大和の前に軍艦大和が
ふんどしとブリーフ

修繕船ばかりを手がけて来た大阪鉄工所に、初めての新造船の注文が舞い込んで来たのは、開所後一年余りを経過しての明治十五年五月であった。この注文を取って来たのは秋月清十郎である。郷里和歌山の知人のツテを頼って受注した。

「漁師の出入りする港周辺の連絡に使う船だそうですから、あまり大きな船は要らないそうで、小振りの木造蒸気船ですよ」

謙遜しながら秋月はハンターと愛子に報告するが、小型であろうと、新造はありがたい。

「秋月サン、頑張リマシタネ。アリガト」

ハンターが本心から礼を述べた。愛子も秋月をねぎらう。

「秋月さん、我が社にとって記念の第一号新造船ですよ。これがきっかけとなってきっと第二第三と新造船が来ますよ」

ハンターと結婚して共に暮らすようになって十二年、明治四年に長男竜太郎が誕生したのに続き、次男範三郎、三男エドワード、長女ふじ子も誕生して、今では男の子三人、女の子一人計四人の母親となっている愛子は、かなりしっかりしたものの考え方が出来る中年女性に成長している。秋月との付き合い方もうまい。

「愛子さん、私はこの日本に色々な面から新しい道を付けて、大きな実績を残そうとしているハンターさんを見込んで仕えています。楽しみながら働かせて戴いてますよ」

それは秋月の本音であった。武士の時代が終わって今や、商売ビジネスの時代。行動すれば確実に答えが出せる時代が訪れていることを秋月は身を以て実感していた。彼は営業の才能があるばかりか、工事監督としてもなかなか才覚がある。人間関係を大事にして現場作業員たちの扱いが実にうまい。

「秋月監督が新造船を手がけさせてくれるそうだ」

「初丸《はつまる》と名付けられるそうだ」

「初めての新造船に初丸とはぴったりの名前だ」

などわいわい言い合いながら作業員たちは新造の準備にかかる。初丸は長さ四十六フィート、総屯数十四屯七二。木造の小型蒸気船である。明治十五年九月に竣工し、安治川筋の渡船と大阪鉄工所への来客送迎用に使われるようになった。注文を受けた当初は、和歌山の海を走る船とのことだったのが、造っている間に話しが変わって、結局、自社への客を送迎する渡船として運行されることで落ち着いた。

一方、兵庫の小野浜造船所では琵琶湖の鉄道連絡船第一太湖丸に続いて、第二太湖丸の建造に取りかかっている最中であった。ハンターが木造船を手がけているのに比べ、キルビーは鉄の船で、さすがにスケールの大きな仕事をこなしていた。その名声はたちまちにして経営界にとどろいた。

「キルビーさんはやることがでっかい。今までの日本では考えられもしなかった鉄の船を造っている」

経営者間の評価は上々で、町衆の世間話にもキルビーの最近の動向はもってこいのネタであった。

「鉄の塊が本当に水に浮くのかい？　すぐに沈むんじゃないのかい？」

「違う、それを浮かせるのがテクノックというものらしい」

「なんじゃい？　そのテクノックちゅうもんは？」

「まあ、分かりやすく言えば、西洋の魔術を科学的にしたもんみたいやねえ。鉄の塊が水に浮かぶんやから。えらい時代が来たもんや」

思えば、キルビーがハンターと共に、日本で初めて牛肉ビジネスを始めた時と同じように、十六年後の今、また、渦中の人となっている。キルビーは英国人技師を招き入れて、小野浜造船所の工員たちを対象に技術講習会を実施した。徒弟制度が当たり前で、技術は勝手に盗むものとされていたこの時代に斬新な試みであった。講習会は本来の作業時間を利用して実施するのであるから、勉強しながら、工員たちは給料が貰えるということでも、キルビーに対する信頼度は増すのであった。英人技師がカタコトの日本語を駆使して、身振り手振りで説明する。

「コレマデノ木ノシップハ木ノジョイントヤ金具デ固定シマスガ、鉄ノシップハ鉄ト鉄ヲ溶カシ合ッテ鉄板ヲ繋ギ合ワセテ船体造リマス」

技師が実際にやって見せる。仮面を付けて、バーナーを持って、火を噴き出させる。青白い閃光の先が鉄に当たると、その炎が真っ赤になって、しばらくするうちに二枚の鉄の板がくっついて一枚になるのであった。工場内にため息が漏れる。

「ほう！　魔法だ」

「不思議！　火が鉄糊となって二枚の板を溶け合わせて一枚板にする」

「俺らにも同じことが出来るのか？」

工員たちがおもしろがるのも無理はない。前代未聞の西洋技術を導入してそれを毎日の仕事として日本人工員たちにやらせようとキルビーは考えたのであるから。従業員たちは改めて自分たちが素晴らしい職場に身を置いていることを肌で実感し、プライドすら持つのであった。

「キルビーさんの造船所で俺は働いている」

「工員を大事にしてくれる」

小野浜造船所の評判はいやがうえにも高まり続けるのであった。溶接技術を日常業務に取り入れたほか、従業員の労働条件も西洋の慣習を見習って、勤務時間を明確にし、給与体制も確立させるなど、働く者にとって都合の良い環境を整備して、近代経営の模範を示しているのであった。

こんなキルビーの近代工場の運営に比べると、ハンターの造船所は確かに見劣りがした。明治十六年二月になって初めて、木造汽船鎮西丸のボイラーとエンジンの自社製造を行うようになった。旧態依然の木造船がエンジンとボイラーだけは鉄製のものを乗せて運行する。ハンターは口癖のように言うのである。

「ソノウチニ日本ノ帆走船がキット鉄ノ船ニ変ワル時代ガヤッテクル。シカシ、時ノ流レトイウモノガアリ、個人ガドンナに焦ッテモ、時ノ流レニハ逆ラエナイ。マタ、逆ラッテハイケナイ」

ハンターの大阪鉄工所に大きな鉄製の船の注文が来ないのには、今は無理をする時期ではないとの運命のはからいがあるとハンターは解釈し、身のほどに合った操業を行うことに全力を注ぐべし、と謙虚に思うのであった。

「社会ガ必要トシテクレル役割ニオイテ厳粛ニ本分ヲ全ウスレバソレデ道ハ開ケル」

日本人以上に大和ごころを地で行こうとするハンターであるが、その辺のものの考え方は多分に古武士、秋月清十郎の影響を受けている。その生き方は、もともと緻密で、堅実なハンターには無理のない身の処し方でもあった。そんな夫を陰ながらそっと支える愛子がまた、大和撫子の見本のような女性であった。夫が伸び伸びと仕事を進められるよう身の回りの世話を焼き、夫を敬い、信頼して連いて行く。

「せっかくの技術を陸上に活かせないですか？」

夫婦の会話において、女性の意見をさりげなく述べるのをハンターは聞き逃がさない。これはいい意見だと思えば、素直に行動に移す。

「ボイラーヤエンジンハナルホド、海ノ上ダケノモノデハナイ。愛子ノ言ウコトハモットモナコトデス」

思い立てば行動に移す。緻密さに加え、行動力がハンターの身上ともなっている。しかも慎重さを兼ね備えているから、ものごとがうまく運ぶ。ほどなく、陸上用機械の製造を開始して、大阪製氷会社をはじめ、四日市製紙、但馬製紙、梅津製紙、日本綿操、大阪紡績などの工場が使うボイラーやエンジンの製造も行うこととなった。

さらに、本命とする海上部門では、そうこうするうちに、鉄製の船、三邦丸、七百三十八屯の修理の注文を受けることとなった。修理とはいえ、いよいよ鉄製の船を手がけることとなったわけである。時期がようやく訪れたことをハンターは身を以て知る。秋月清十郎が進言する。

「ドックという大がかりな設備が必要になってくると思いますが？」

「ドック、デスカ？　ドライドックデ十分デショウ。必要ナモノハ揃エマショウ」

未知のビジネスに着手するからには、それなりの投資をしなければならないこともハンターはよく知っている。知己を頼りに探し当てた技師が英国人船舶技師・ジー・エフ・コードルであった。

「大阪デ唯一ノドライドック、私造ッテミセマス」

というわけで、明治十六年五月、コードルは乾式船渠の設計に着手した。鉄の船を載せて修理する船渠ではあるが、無難にコードルは木造の乾式船渠として完成させた。木造だろうと何であろうと、大阪初のドックには違いなかった。

鉄の船の建造で一世を風靡しているキルビーの小野浜造船所では、ちょうどこのころ、海軍からの特命で軍艦の建造を受注していた。明治政府が樹立されて五年経ったころ、明治天皇は牛肉を国民に奨励するという柔軟な姿勢を示す一方で、国民に徴兵の義務を課す徴兵制度を打ち立てていた。海軍がここに来て軍艦の建造を思い立ったのも、そんな布石にもとづくものであった。東京の海軍司令部からじきじきに、国家政策による注文を貰ったことをキルビーは喜んだ。

「コノ国デ生活サセテモラッテイルノダカラ、私ハ喜ンデ国ノ方針ニ従ウ。軍艦ガ必要ナラ心ヲ込メテ造リマショウ」

大事な人が張り切る姿を見て、目頭を熱くするのは志津であった。

「よろしゅうございましたですねえ、しかも海軍じきじきのお仕事ですから、名誉なことです、わたくしめも嬉しゅうございます」

ハンカチで目頭を押さえながら、志津は心の底から喜びを口にするのであった。

「国ノ海軍ジキジキノオファーダカラ、社員ノミンナモ褌ノ紐ヲ締メ直シテシッカリ仕事スルヨウ頼ミマス」

キルビーは異例の朝礼を行って工員たちを激励した。このころの日本男性は下着に褌を着用していた。さらしの白い布の褌《ふんどし》は紐《ひも》が付いていて、重大な事に臨む場合にはその紐をギュッと締め直すと身も心もがシャキッとするのであった。英国人のキルビーはブリーフという下着を愛用しているが、いざと言う時、褌《ふんどし》の紐を締め直すという日本的行為をよく理解していて、檄を飛ばしたのである。それほど、キルビーにとって重大な軍艦の受注であった。

ほどなく、軍艦は「大和」と命名されるという情報が入ってきた。日本の別名を大和というが、それを鑑の名前に付けるほどであるから、この船がいかに重要な役割を持った船なのかということが実感されるのであった。商船とは異なり、難しい作業が続いた。その分、仕事が予定より大幅に遅れてくるという事態に陥った。喜びに満ち満ちていた小野浜造船所がそのうちに暗い空気に包まれるようになった。社員の待遇を良くし、軍艦製作にコストをかけ過ぎたりした結果、資金繰りの悪化を招いてしまったのである。事業というものは恐い。悪い方向への転落は予想以上に速い。だからといってここで大和の仕事を投げ出すわけにはいかない。日に日にキルビーの顔色が悪くなっていくのが志津には心配であった。

「この山場を乗り越えれば、また、条件の良い仕事がくるのでしょう？」

慰めの気持ちで言ったひとことでさえ、素直に受け取れぬほど、キルビーは神経質になっていた。

「ヒト山越エレバ、マタ次ノ山ガ来ル。同ジコトノ繰リ返シダ」

キルビーは頭を抱え込む。

「あなたのことですから、山はきっと乗り越えられます」

「イヤ、モウ無理ダ」

どうしたことか、これまでには考えられもしなかった弱気のキルビーがここにいる。志津の胸がキリキリと痛む。

「二、三日お休みになってはいかがですか？　お疲れだと思います」

「コノピンチニ休ンデナンカイラレルカ！」

キルビーは言葉を荒げた。

「キミニハ私ノ気持チ分カラナイ！」

志津にとってこれほど悲しい一言はなかった。自分はキルビーにとって一番の理解者の積もりでいた。志津自身の運命を預けて、キルビーの世話をやいている。自分が何よりも大切にしている相手から、気持ちを理解していない、と言われたのである。返す言葉が見つからなかった。

「…………」

無言になって、ただ、志津は唇を噛んだ。涙があふれ出た。いたたまれなくなって、志津は工場を出て、海辺にたたずんだ。いつもと変わらぬ海がそこにあった。子供のころから慣れ親しんだ海。船大工の娘として眺めてきた海。近代技術を駆使する造船実業家、キルビーの唯一、親しい女性として人生の全てを捧げている今の自分へと志津自身の大きな変化はあっても、昔と変わらぬ兵庫の海がそこに横たわっていた。しかし、今日の波の音は悲しかった。

「ソーリー……少シ、言イ過ギタ」

背後からキルビーの声がした。後を追って工場を出てきたのである。キルビーは、そっと志津の肩を抱いて、謝った。

「許シテ下サイ……。志津ニハ感謝シテイマス」

黙ったまま、向きを変えると志津はそのまま顔をキルビーの胸に埋めた。

「負ケナイヨ、私ハ負ケナイ……」

抱き合う二人を包み込むように、晩秋の黄昏の色が海にも空にも、一面に広がっていった。

第二十九章　麦酒の乾杯

郵便制度のおこり
日本におけるビールの誕生

大阪鉄工所から、小野浜造船所宛て一通の郵便物が届いた。それは、ハンターがキルビーに書いた手紙であった。十二年前の明治四年に郵便制度が誕生していた。天保六年（1835）一月、越後の豪農の子として生まれた前島《まえじま》密《ひそか》が江戸で蘭学を学び、薩摩藩の講師を務めていた時、明治二年（1869）明治政府の招きで民部省・大蔵省に出仕、英国視察の後、明治四年、日本に郵便制度を構築した。当初は東京と大阪間だけの制度であったが、翌年の明治五年には全国展開とした。しばらくは大変な事態が続いた。飛脚たちからは「俺たちの仕事の邪魔をするとんでもない奴らだ」と反対の声が挙がるばかりか、一般民衆の間でも、思いもかけぬ珍事が続出した。全国の主要な町のあちこちに木製の郵便箱を設置したが、馴染みのない郵便という言葉を「垂《た》れ便《べん》」と誤解する者が現れて郵便箱の所に小便を垂れる者が続出したのである。総責任者の前島はひるまなかった。彼は鉄道の駅逓《えきてい》の役割も与えられていたこともあり、郵便と鉄道の二つの新しい事業が必ず、近代日本の経済発展に貢献すると信じていた。ロンドンのストリートに立つポストに街の人々が気軽にレターやカードを投函する姿に感動した体験を持つ前島はレターを「手紙」と翻訳し、カードを「葉書」、それらに貼る証紙を「切手」と命名した。特に「葉書」は関西に物見遊山の折り、京都・南禅寺の庫裏の庭で見た多良葉《たらよう》の木が命名のヒントになった。モチノキ科の常緑樹で、葉に楊子《ようじ》のような先のとがったもので字を書くと、まるでインキで書いたように黒くなる、という不思議な植物であった。葉に書くことから「葉書」。単純な命名ではあったが、心を伝える手段の表現として実に日本的な素晴らしい命名だと前島は絶賛されたものである。

明治十六年の今年、この郵便制度がかなり、日本国民の間に普及していた。ハンターも大阪からキルビーに宛てて手紙を書くことにしたものであった。風の便りに耳にする兵庫のキルビーの様子が気がかりなハンターであった。

「経営ガ不調ラシイ」

心配そうに言うハンターに妻・愛子が提案した。

「手紙でも出してみてはどうでしょうか？」

「レター？」

「そうです。面と向かって口にしにくいことでも、手紙なら胸のうちを文字に記すことが出来ると思います。私たちでキルビーさんをお助け出来ることがあれば、協力させて頂いては如何でしょう？」

愛子の提案にハンターは同意した。

「キルビーサン、思イモカケヌホド経営ガ苦シイラシイ。出来ルダケノ応援ヲシタイ」

恩人のキルビーを助ける提案を愛子の方から言ってくれたことが嬉しかった。ハンターは心を込めてレターをしたためた。表書きは愛子に頼んで日本語で書き、中の文面は英語で書いた。

小野浜造船所に届いた思いがけない一通の手紙。差出人は大阪鉄工所のハンターである。郵便配達夫が届けてくれたキルビーからの手紙を、志津がキルビーに手渡す。

「ハンターさんからのお手紙ですけど、何を言ってこられたのでしょうね？」

おそるおそるキルビーの横顔の表情を伺う志津である。同業者で、ライバルとも言えるハンターから届いた手紙である。気にならない方がおかしい。英語がびっしり書かれてある文面を横から見ながら志津は気が気でない。

「ハンターさん、何んとおっしゃってるのです？」

「…………」

すぐには、キルビーは答えない。黙って、手紙を志津に渡す。英語で綴られた文面は志津には全く分からない。志津は手紙から目を上げ、キルビーの顔を見る。愛しい人の青い瞳が見る見るうちにうるんでくるのがわかる。

「何か私たちのやり方に不満でもあるのかしら？　ハンターさん」

「ノウ……」

キルビーは首を横に振った。そしてつぶやく。

「彼ハ素晴ラシイ……。私ノフレンドデス」

その一言で、志津にはすべてが理解出来た。

「あ、そうだったのですか？」

ハンターが意外にも、激励の手紙を寄こしたことを志津は理解した。

「タダノ激励デハナイ。私ノタメニナラ、大阪鉄工所の運命ヲカケテデモ、私ノピンチヲ救イタイトハンターハ言ッテクレテイル……」

その言葉を聞いて、志津の黒い瞳もまた、たちまちにしてうるんだ。工場はシーンと静まり返っている。従業員の給料を支払うのもままならぬほど、キルビーの経営は破綻《はたん》していた。従業員を「ただ働き」させるわけにいかないので、自宅待機してもらっているのであった。志津が言う。

「差し出がましい私と思われるかもしれませんが、この際、ハンターさんのお言葉に甘えません？」

「…………」

すぐにはキルビーは答えられなかった。本当はすぐにも返事を書きたいキルビーであった。もちろん、ハンターの善意に全面的に甘えたい気持ちのキルビーであった。東京の海軍司令部からじきじきに、受注した軍艦・大和の建造が作業の送れや経費増で、小野浜造船所の経営困難を招いてしまった。キルビーの責任だけではなく、近年、デフレ傾向で物価が明治十四年から十五年にかけて著しく変動し、想定外のコストアップに苦しめられるという社会情勢も災いした。従業員の首切りを行わずに自宅待機という緊急処置を取っているのは、せめてものキルビーのやさしさであった。

答えを出せぬまま、一日が暮れた。翌日、書留便が届けられた。明治四年に郵便制度が誕生した翌年の同五年には「別段書留郵便」と称される制度が出来、重要なものは書留便で届けるという風潮がここ十年間で普及しつつあった。ハンターがそれを利用してキルビーに何かを送りつけて来たのであった。

「また、ハンターさんから郵便ですよ。今度は書留で来ましたよ」

志津がキルビーに代わって封を切る。横から見守るキルビーの顔色が変わる。中から出てきたのは思いもかけない紙幣や金貨、銀貨であった。

明治四年に政府はそれまでの幕府の貨幣制度が複雑であったのを改め、藩札や地方のみしか通用しない貨幣を廃止して新貨条例を発令、円、銭、厘の十進法単位を採用した。また、造幣寮（造幣局）を設置して、同七月には国立印刷局、紙幣司を設置、明治十五年には日本銀行も設けていた。この時代、官吏の月給が十円〜五十円であったが、ハンターが送り届けてきた書留郵便物から出てきたのはその何倍もの貨幣であった。

「うわあ、どうしましょう？　すごい大金が出てきましたよ」

志津が驚きの声を発した。添えられた手紙にはとりあえず、役立ててもらえるようにと但し書きがあった。

「追ッテ必要ナ金額ハ工面スルトモハンターハ言ッテクレテイル」

キルビーが英語の手紙を要約して志津に聞かせる。キルビーの一大事を何としてでも救いたいハンターの気持ちがひしひしと伝わってくる。

「あなた、いいフレンドを持って幸せですね」

志津がつぶやく。

「…………」

キルビーは言葉を無くしていた。感動で胸を振るわせていた。

「会ッテ色々話シ合イタイトモ書イテクレテイル」

「お言葉に甘えてこの際、お会いになられるのがよろしいと思います」

志津は控えめながら、ここ一番という時にはきっぱりと愛しい人を動かす。船大工として弟子を指導してきた父親の血が自然のうちにそうさせるのであった。

「志津ガソコマデ言ウノナラ、ソノヨウニシヨウ。ハンターニ会イニ行コウ」

素直なキルビーがそこにいた。

「あなたが大阪に行かれるよりも、ハンターさんにここに来ていただいてあるがままの様子を見ていただいた方がいいと私は思います。どうせ、ハンターさんの力をお借りするのなら、この際、徹底しておすがり致しましょう」

キルビーはすぐにハンター宛返事を書いて投函した。キルビーからの手紙が届くとすぐに、ハンターはすべてを優先して、汽車で駆け付けて来た。愛子が用意したありったけの紙幣や金貨、銀貨をトランクに詰めて、大阪から兵庫の小野浜造船所にやって来た。十年振りに近い再会であっても、かつての師弟関係はすぐに時間を越えて心が通い合う。ハンターは三、四本の西洋風ドリンクをお土産に持参していた。

「愛子ノ実家ノ平野商店ガヘルシードリンクノ販売始メマシタ。飲ンデ下サイ」

それは、横浜・山手のウイリアム商会から取り寄せたビールという珍しい飲み物であった。江戸時代のペルー来航のころ、三田九鬼藩《さんだくきはん》の蘭学者・川本幸民《こうみん》が北摂の自宅の庭で酵母を醸造して作った麦酒《ばくしゅ》が我が国におけるビールのおこりと言われるが、川本はその後、江戸に出て、マッチや写真機の研究に手を染める一方で、自分の好きな麦酒の研究に余念がなかった。その影響を受けて、明治三年（1870）に米人・ウイリアム・コープランドが横浜山手の地で初めて事業として麦酒の生産を開始した。このころは冷凍技術が確立していないため、冬に仕込んだものを、横穴を掘って商品を貯蔵するという方法で商売を行っていた。麦酒は西洋生まれの飲み物らしく、ビールと呼ばれて、着実に販路を拡大しつつあった。このころのビールは健康飲料として認識されていたので、ハンターが横浜の知人を介してそれを取り寄せ、平野常助商店の新商品として今に言うニュービジネスを展開していたところであった。なにしろ、蘭学者がドイツのビールを日本流にアレンジして日本麦酒《ばくしゅ》とも呼ぶべき飲み物を開発し、自分自身が大いに気に入って飲み続けているという事実に説得力があった。それを商品化したのがコープランドである。原料のビール酵母が整腸の働きをするということで健康飲料と評価され、平野常助商店のような医薬品問屋が薬店に卸すのにもってこいの新商品として話題を集めていた。

「コノビールハ体ニ良イデス。キルビーサン、コレヲ飲ンデ元気ヲ付ケテ下サイ。志津サン、グラス貸シテ下サイ。貴女モ一緒ニドウデスカ？」

ハンターの気配りが嬉しい。志津が素直に好意を受ける。

「ハンターさん、ありがとうございます。ご一緒させていただきます」

「ア、イイモノ買ッテ来マシタ。志津サン、鉄板アリマスカ？」

「鉄板ですか？　いくらでもありますよ。キルビーさん、鉄の船造ってますもの」

「スミマセン、薪ヲ燃ヤシテ下サイマスカ？」

「火をいこせばいいのですね？」

ハンターがキルビーを勇気づけようと気を使っていることがひしひしと志津の胸に伝わる。男同志の友情の素晴らしさを側で実感しながら、かいがいしく志津が働く。

「大井肉店ニ寄ッテ買ッテ来マシタヨ」

ハンターが取りだしたのは竹の皮に包まれた牛肉であった。一目見るなり、キルビーの表情が変わった。

「オウ、ナイス！」

キルビーが笑顔を見せた。随分久方振りの笑顔である。

「ミスター・バケツ元気デスカ？」

バケツとは大井肉店の主・岸田伊之助のあだ名である。その体型と身を粉にして働く姿から親しみを持ってそう呼ばれているのである。二人共通の知人のことに話しが及んでその場の空気が一気になごむ。

「イエス！　ミスター・バケツ、トテモ元気デシタ。キルビーサント一緒ニ食ベルト言ッタラ、牛肉オマケシテクレマシタヨ」

鉄板の上に牛肉を乗せて焼く。もともと、この二人が日本に牛肉を食べるという習慣を広めたことを志津も話しに聞いていた。その二人が、今、自分の目の前で牛肉を焼いている。まるで、夢を見ているような気持ちになる志津であった。

「志津サン、一緒ニ乾杯シマショ」

レディーを大切にするジェントルマンの心づかいを実感して、志津は今さらながらにキルビーが素晴らしい男性と心を通わせ合っていることを肌で感じて嬉しくなる。志津が手にしたグラスにハンターがビールを注いでくれる。シュワッと泡が立って、グラスが琥珀色の液体でいっぱいになる。

「キルビー先輩ノ健康ニ乾杯！」

「ハンターニ感謝！」

「お二人の絆に乾杯！」

三つのグラスが優しく触れ合う。快いガラスの音。ビードロの家を一瞬、キルビーもハンターも思った。慶応三年十二月、兵庫開港前日に二人は横浜からこの兵庫に一番乗りした。稲次郎の家に身を寄せて、兵庫開港の瞬間を岸壁で実感した時、沖合の外国船が一斉に放つ祝砲に共鳴して、運上所のビードロが振動したあの光景が二人の脳裏に昨日のことのように鮮烈に残っている。

「グッドテイスト……」

ビールを一口飲んで、キルビーが言った。

「夢のような味でございます」

志津が言った。琥珀色のグラスの輝き。それは、あの運上所のギヤマンの輝きの延長である。あれから、十六年が経過していた。新天地で一旗上げようと誓い合ってこの地に足を踏み入れた二人がこうして今また、絆の深さを確かめ合っている。

「アノ日、タネサンノ黒鯛ヲ肴ニ地酒『監喜《らんよろし》』デオ祝イシマシタネ」

キルビーの言葉を受けて、ハンターが続ける。

「稲次郎ガ沸カシテクレタ五右衛門風呂ニ入リマシタネ」

しばし、男同志の思い出話しに花が咲く。麦酒はそんな和気藹々《わきあいあい》の場に最適のドリンクであった。

コープランド仕込みのこの琥珀色の麦酒は、この五年後の明治二十一年、「麒麟ビール」と名を変えて日本全国に普及する。しかし、それをキルビーが口にすることは二度となかった。

第三十章　銃声一発

神の三滝

明治十六年の秋の日足が志津にはことのほか、ゆっくりとした動きに感じられていた。経営不振に苦しむキルビーの一挙一投足が気が気で、じりじりとなすすべもなく、時間までもが足踏みしてしまったかのような状態に追いやられてしまっていた。こんな時にハンターの予期せぬ助けが入ったのである。キルビーは言うまでもなく、志津にとっても、嬉しいことであった。ハンターが小野浜造船所を訪ねて来てくれた翌日に、自宅待機させていた従業員におふれを出して、工場に戻るよう呼びかけた。軍艦・大和の建造が再開されて、再び、小野浜造船所が活気を取り戻した。志津にとって最も嬉しいことは愛しい人が笑顔を取り戻したことである。一日一日が、苦渋の連続であったところに、ハンターの援助によって、小野浜造船所がピンチを切り抜けられる見通しが立った。余裕を取り戻したキルビーが志津に言った。

「布引ノ滝ニデモ行カナイカ？」

「え？　滝見物ですか？」

志津が聞き返す。

「コノ兵庫ニ、十六年間モ住ンデイナガラ、布引ノ滝ニ行ッタコトガナイ。志津ハ行ッタコトガアリマスカ？」

布引の滝は平安時代から歌人や貴族に愛されて来た風光明媚な名所として知られるところである。

「父に連れて行ってもらった思い出があります」

船大工として忙しい日々を送る父が幼い志津の手を引いて滝見物に連れて行ってくれた懐かしい昔の出来事を志津は脳裏によみがえらせる。

「日光の華厳《けごん》の滝、紀州の那智《なち》の滝と並んで日本の神《かみ》の三滝《みたき》と言われましてね、それはおごそかな滝ですよ」

「オゴソカ？　美シイ？　ワンダフル？」

「イエス！　ベリーベリー、ワンダフルな滝です。船大工の私の父がどんなに腕をふるっても、あんなに美しい滝は造れない、といつも言ってました。案内させて下さい」

志津は喜んでそう言った。滝見物に出かけるのは何よりもの名案だと志津は思った。しばらくうちひしがれていたキルビーにとってこれに勝る気晴らしはないと志津は思うのであった。

小野浜造船所の東を流れる新生田川をまっすぐ上流に向かって進むと六甲山系に入る。兵庫の背後に屏風のようにそびえ立つ山に足を踏み入れるとそれまでの平野《へいや》とはうって変わって、深山幽谷《しんざんゆうこく》の趣が満ち満ちている。つづら折れの坂道が細い道と変わり、ほどなくそれが急勾配の岩肌を登る道となる。

「志津、手ヲ引イテアゲヨウ」

キルビーが気遣う。

「お願いします」

素直に志津が手を差し伸べる。一歩一歩、踏みしめて登る山道の辛さよりも、キルビーのやさしさと男の頼もしさが身にしみる志津であった。やがて、水の落下する音が近づいてきたと思ったら、にわかに前方が開けて、滝が姿を現した。

「コレガ布引ノ滝？　ナルホド、天カラ白イ布ヲ垂ラシタヨウダ……」

キルビーが感嘆の声を上げた。天からほとばしる水の流れは六段にも七段にも重なる崖の窪みを越えてなお、水は一気にまっすぐ滝壺めざして落下し、その姿はさながら、巨大な一枚の絹の布を天から地上に垂らしたように見えるのであった。

「天女《てんにょ》の布とも言われてきました」

志津の説明に、キルビーは日本ならではの感情の細やかさを実感する。

「テンニョ？　大空駆ケルレディ？　志津トドッチ美シイデスカ？」

ようやく、キルビーが心の余裕を取り戻したようで、志津は嬉しかった。

「そりゃ、申すまでもありませんわ。あなたには私がいちばんのはず、ですよ」

冗談めかして言う志津を、キルビーはかわいいと思う。

「デハ、テンニョハ二番デスカ？」

二人が同時に笑う。

「あ、ここでお握り食べましょ」

志津が用意してきた柳行李《やなぎごうり》を開く。握り飯は志津の手作りである。たくあんをかじりながら食べる白米の握り飯が二人には何にもましておいしいと感じられた。とうとうと落下する滝の水音がさながら愛の唄のリズムの如く、こころよく響き、ついぞ味わったことのないような充実感に二人は酔いしれた。突如、水音をつんざくような野鳥のかん高く鋭い声。

「何？　アノ声ハ？」

鴉や鳶《とび》とは全く異なる鳥の声にキルビーが反応する。

「あれですか？　あの声は百舌《もず》という鳥です」

「モズ？　ドンナ鳥デスカ？　ケタタマシイ鳴キ声デスネ。人ヲ威圧スルヨウデス」

「百舌のいけにえ、と言いましてね。野鳥のなかでも恐ろしい習性を持った鳥と言われています」

「モズノイケニエ？」

キルビーが興味を示す。

「小さな生きものを捕獲すると、木の枝に突き刺して、自分の餌として蓄えるという知恵を持った鳥と言われているのですよ」

「ホホウ、狩リヲスル鳥デスカ。狩リハ鉄砲デスルモノデスガ、鳥ハドンナニシテ狩リヲシマスカ？」

ジョークを交えて話しに花を咲かせられるほどキルビーは機嫌をよくしていた。

「百舌に鉄砲は要りません。第一、日本では鉄砲など手に入れるの大変ですから」

「イヤ、百舌ハ西洋ニ出カケテ鉄砲手ニ入レテ来タノカモシレナイ」

「へえ？　百舌が鉄砲を？　面白い発想ですねえ」

「鳥ハ羽デ空飛ブカラ大シタモノデス。人間モ空飛ベルヨウニナレバグッドデスネ」

人間が鳥のように空を飛ぶ。この発想は飛行機の発明につながる。アメリカのライト兄弟が飛行機を発明するのはこの十九年後、明治三十五年（１９０３）のことである。キルビーのものの考え方に志津は興味を感じる。斬新な発想の持ち主であることを改めて実感して、そんなキルビーに惚れ抜く自分自身に満足するのであった。

「鳥のように人間が空を飛ぶようになったら、船必要なくなっちゃいませんかしら？　そんなことにでもなれば、小野浜造船所、仕事なくなってしまって大変ですよ」

そこまで言って、あわてて志津は口をつぐんだ。冗談にも、仕事がなくなるなどとは言うべきでない。

「あ、御免なさい。とんでもないこと言ってしまいました」

志津はすぐに謝った。

「ドンマイ。大丈夫。気ニシナイデ。小野浜造船所、ツブレナイ。ハンター助ケテクレタ」

「そうでしたわね。いいお友達がいて、ほんとに良ろしかったですわね」

「持ツベキハベストフレンド。アンド、ラバー」

「ラバー？」

「ユウノコトデスヨ。マイラバー、志津」

キルビーは指の先で志津のおでこをつついた。その仕草はいかにも志津がかわいくて仕方ない、といった愛情の表現であった。

ラバーとは、つまり大切な人のことを言うのだろうと志津は理解する。志津も同様にやり返す。

「私のラバーはキルビー？　オーケーですか？」

いたづらっぽく、上目使いに見つめる黒い瞳が、キルビーの心を射る。キルビーが返す言葉は決まっている。

「オブコース。アイラブユウ、アンド、ユウラブミー」

「サンキュー、サー。マイラバー、キルビー」

志津がカタコトの英語でやり返す。あとは二人の笑い声。滝の音と、またも百舌の声。小さな幸せがそこに満ち満ちていた。しかし、志津の脳裏をふとかすめたことは、この布引の滝の龍神が、ここで病気平癒祝いをした平清盛に「平家はやがて滅びる」と伝えたエピソードを父から聞かされたことであった。そういうげんの悪い話はキルビーには言わない志津であった。こんな折り、大阪鉄工所では思いがけないことが起こっていた。キルビーを助けたまでは良かったが、世間の不景気を反映して今一つ受注が伸びず、今度は自分自身のビジネスがピンチに立たされる運命にみまわれようとしていたのである。大阪鉄工所の横を流れる安治川を航行する汽船はいずれも小型船で、しかも月々わずか数隻という状況で、比例して修繕工事も少なく、収入増につながらない。また、この時代、大阪で蒸気力を用いて製造工業を営んでいたのは、造幣局、大阪砲兵工廠、大阪紡績、堂島紡績所、日本硝子、大阪製銅、下郷製紙所、硫酸製造所くらいのもので、機械の需要についても多くの期待は持てなかった。第一、社会一般の製造業に対する関心はきわめて薄く、特に造船業についてはこれを投機的事業くらいにしか考えていない者が多い実情であった。

帳簿とにらめっこしながら秋月清十郎が困りはてた顔でハンターに言う。

「十津川鉱山《とつかわこうざん》まで出かけて、アンチモニーの輸出の相談をしようかと、思うのですが？」

唐突な言葉にハンターが聞き返す。

「大和ノ十津川鉱山へ？　アンチモニー輸出？」

「このままでは収入が減る一方ですので、新たな収入増の道を切り開きたいのです。幸い、十津川鉱山に知人がいます」

「ウ〜ン、鉱山デ道ガ切リ開ケマスカネ？」

ハンターは顎に手をやって思案する。最近、経営状態が悪化していることはハンターも十分理解していた。設立当初、何かと協力的であった佐畑信之にも支援の道について相談した。彼は工部省工作局の兵庫制作局長事務取扱職という官営の工場を取り仕切る立場にありながら、個人的にハンターに投資してくれているのであった。が、もはや、これ以上の応援は出来ないということであった。それは、彼の立場からすれば、むしろ当然のことなのであった。そこで、ハンターは大阪経済人の中からこれとおぼしき人を選んで出資の相談を持ちかけた。が、周囲の状況が一変してしまっていた。環境が悪化すると、誰も寄りつかなくなる。本業の造船や機械の製作に頼っていてはらちが開かないと判断した秋月が自分の顔の広さを利用してアンチモニーの輸出を思い立ったわけである。秋月の意欲が実って、十津川鉱山との連携の計画はうまくことが進んだ。しかし、またもや、乗り越えなければならないハードルが待ち受けていた。鉱石の精錬設備に多額の資金がかかるという。

「アンチモニーハ特殊ダカラ経費ヲカケタトシテモ元ガ取レルカドウカ？」

というわけで、この計画を中断し、以前にハンターが手を染めたことのある白米《はくまい》を輸出する会社を起こそうということになった。なりふりかまわず、金儲けに走る夫の姿を見るにしのびない愛子であったが、本業のピンチを脱出するための方便なら仕方のないことと、自分に言い聞かせるのであった。愛子の父も胸を痛めて、出来るだけの援助を申し出た。しかし、ハンターは平野常助商店の屋台骨を揺るがすようなことになってはいけないと考えて、

「オ父サン、オ気持チハトテモ嬉シイデスガ、コノビジネスニツイテハ、平野商店ハ関係ナシトシテ下サイ」

と、辞退するのであった。そして、にわか作りに立ち上げた白米の輸出会社は、「日本精米《せいまい》」と名付けて農家の米をヨーロッパに輸出した。それに加えて、製紙会社も立ち上げた。矢継ぎ早やに次々と起業するさまは一見、立派ではあったが、その真相は、少しでも金儲けにつながるものを求めての悪戦苦闘なのであった。このめまぐるしい動きは大阪のみならず、兵庫の経済界にも風の便りに聞こえて、キルビーや志津の耳にも入った。気にしたキルビーが志津に言う。

「大変ナコトニナッタ。大阪鉄工所ガピンチニナッタノハ、私ノセイダ」

と、頭を抱え込むのであった。

「世間の事情もありますよ」

と慰めの言葉を送ってみても、かと言って小野浜造船所が大阪鉄工所を助ける力がないことも志津はよく知っている。最悪のピンチは切り抜けることが出来たものの、景気そのものが悪く、依然として、小野浜造船所の経営状態は決して完全に改善されてはいない。元来、責任感の強いキルビーだけ

に、ハンターに申し訳ないことをしたと悔やむ毎日が始まった。じっと考え込んだままのキルビーを見て、志津の心も痛む。

「あまり気になさらない方がよろしいかと思います。ハンターさんのことですから、きっと何とかなさいますよ」

「助ケテモライナガラ、助ケラレナイ自分ガ悔《くや》シイ」

ますます、ふさぎこんでしまうキルビーであった。金銭面での悩みだけに、志津の愛情を持ってしても、どうしようもない。ただ時間だけが経過していくのがもどかしかった。

師走に入って、大阪鉄工所の経営は一層厳しさを増していった。もともとこの土地に工場を設けるに当たって、土台からの協力を買って出てくれた門田三郎兵衛に再びの援助を依頼しようということになり、ハンターと愛子は揃って彼のもとを訪問すべく、町を歩いていた。川口居留地の角を曲がったあたりで、思いがけないことが起こった。隣りを歩いていた愛子がふいによろよろと倒れかけたのである。あわててハンターが愛子を支える。

「ドウシマシタ？　愛子」

愛子の下駄の鼻緒が切れていた。

「何故でしょう？　何か不吉なことが起きなければいいのですが？」

「下駄ノ鼻緒ハ切レルモノデス」

と慰めるハンター自身、何かわからぬまま、胸騒ぎがする。

持ち合わせていた手ぬぐいを切り裂いて、鼻緒の応急処置をして、とりあえずは、門田宅までたどり着く。いつもと変わらぬやさしい門田が快く二人を迎えてくれ、ほっと胸を撫でおろすハンター夫婦であった。ちょうどこのころ、兵庫の小野浜造船所では、雑用をしていた志津が、聴き慣れぬ轟音を耳にして、手にしていた皿を土間に落として割ったところであった。突如起こった鋭い破裂音、それは一発の銃声であった。

第三十一章　永遠の惜別

電話の発明
明治の葬式

明治十六年の初冬の大気が静かに兵庫を包んでいた。が、その静寂が一発の銃声によって打ち破られてしまったのである。つい先日、キルビーと出かけた布引の滝。そこから流れ落ちる水がまっすぐ南に下って、大阪湾に注ぐ新生田川の河口にある小野浜造船所で、雑用をしていた志津が突如、轟音を聞いた。耳を激しくつんざくような鋭いその音は志津にとって初めて体験する音であった。

「キャア！」

思わず驚きの声を上げるのと、手にしていた皿を土間に落とすのと同時であった。志津は音のした方へと駆けて行った。事務所を出たところで、キルビーが倒れていた。

「あなた！」

志津がかがみ込んでキルビーの上体を抱える。キルビーの右手に拳銃が握られている。今しがた志津が聞いたのはキルビーが自分のこめかみに撃ち込んだ拳銃の音であった。血が流れ出しており、みるみる志津の着物を赤く染めていく。

「誰か！　誰か来て下さい！」

作業場の方に向かって大きな声で呼んでおいて志津はキルビーの体をゆさぶる。

「あなた！」

後は言葉にならない。キルビーは既にぐったりしている。

「あなた！」

キルビーは虫の息だ。が、志津の呼びかけにようやく、かすかに反応を示した。拳銃を地面に置き、その手を志津が握る。

「何故？　こんなことを？」

「……志津……ソーリー……」

それだけ言うのがやっとだった。作業場から駆けつけた従業員たちが遠巻きにキルビーと志津を見守る。

「血を、血を止めて！」

志津の叫びに、従業員たちが、あわてて手ぬぐいを見つけるなどして、キルビーのそばに駆け寄る。

作業長が率先して、キルビーの手当をする。

「救急袋！」

「はい。ここに！」

キルビーの額に手ぬぐいを巻くのが精一杯で、薬を塗りつけて対処出来る程度の傷ではない。ぐるぐる巻きにした手ぬぐいが鮮血に染まる。

「あなた！」

キルビーの上体を抱えて自らの膝で支えて、志津がキルビーの意識を取り戻そうと必死に呼びかける。

「……志津……」

あとはかすかなうめき声。言葉にはならない。薄れいく意識のなかで、キルビーがうつろなまなざしで見ているものは、子供のころの自分の姿であった。アイルランドの春である。遠くに海が見える丘の上に白い花が咲き乱れている。一面の花畑の中を男の子が駆けている。離れたところで両手を広げて待ち受けている女性がいる。

「ママ……！」

女性がにこやかに笑っているのに、近づけない。海が近づいて来て、嵐のなかを帆船が行く。大波の向こうから女性の呼ぶ声が聞こえる。

「あなた！」

志津の声であった。うつろなまなざしの中に、ぼんやりと見えるのは志津の顔である。

「サンキュ……」

それだけ言うのがやっとだった。かすかな記憶の向こうに、大名行列供割り事件《だいみょうぎょうれつともわりじけん》の責任を取って腹切りをした侍のシルエットがかすかに浮かんでくる。それがすっと消えたのは、鋭い鳥の鳴き声がしたからである。百舌の声である。つい先日、志津と二人で聞いた百舌の声。「百舌のいけにえ」と言う狩りをする鳥であるということに興味を持ったキルビーであった。布引の滝で楽しい時間を過ごし、気分の転換をはかって今後への意欲を新たにたくわえたはずであった。そのキルビーが今自らの命を終わらせようとしている。

「志津……サンキュー……」

もはや虫の息で、それだけ言うのがやっとのキルビーである。異国の地で、四十数年の生涯を今、閉じようとしている。彼が拳銃を持っていたことには全く気付いていない志津であった。まさか、拳銃でこうして自殺することなど、志津も従業員の誰もが想像だに出来ないことであった。積極性に富むキルビーが、英国を離れて日本に来て、目を見晴らせるような活動を展開してきた。最近は事業が思わしくなく、苦境に立たされる毎日であったことは志津にも痛いほどよく分かっていた。だからこそ、せめて精神的にそんな彼を一生懸命に支えてきた志津であった。が、こんな形で終焉《しゅうえん》を迎えようとは。悲し過ぎる現実であった。志津の涙がキルビーの頬に落ちた。志津の嗚咽《おえつ》が始まった。二人を取り囲む従業員たちもまた、男泣きするのであった。

大阪で、ハンターが愛子と共に、門田三郎兵衛宅を訪ねるべく、歩いている時、思いがけなく、愛子の下駄の鼻緒が切れた。一瞬、二人の間に悪い予感のような思いが走った。

「心配要ラナイ。下駄ノ鼻緒ハ切レルノ当タリ前デス。切レタ鼻緒ハ結ベバイイ」

と愛子を慰めるハンター自身、何かわからぬままに胸騒ぎした。持ち合わせていた手ぬぐいを切り裂いて、鼻緒の応急処置をして、とりあえずは、門田宅までたどり着いた二人であった。いつもと変わらぬやさしい門田の出迎えに、ハンターも愛子も、ほっと胸を撫でおろすのであったが、そのころ、兵庫の小野浜造船所で、キルビーが、拳銃自殺をとげていたのである。二人がそのことを知るのは、翌日のことである。小野浜造船所の従業員が、汽車で大阪鉄工所へ駆けつけて来た。アメリカでアレキサンダー・グラハム・ベルが電話を発明したのは1876年、明治九年。その翌年にはアメリカの電話輸出第一号機が日本に輸入されてはいた。この電話機を使って赤坂の工部省と宮内省との間、二キロメートルで試験を行い、明治十一年には国産電話機を完成させ、日本に電話を普及させる準備に着手してはいた。しかし、電話事業が公にスタートするのは明治二十二年の東京～熱海間の一回線のみで、逓信省《ていしんしょう》が一般に電話加入者募集を行うのは同二十三年のことである。この明治十六年現在の七年後のことであるから、この時点では、一大事を知らせるには汽車に乗って知らせに行くのが一番てっとり早い手段であった。

「キルビー社長が昨日、拳銃自殺しました」

従業員がハンターの姿を見るなり、報告する。ハンターの顔からさっと血の気が引く。

「ソレハ本当デスカ?」

信じられない思いのハンターであった。

「愛子! キルビーサンガ大変ダ!」

すぐに愛子を呼ぶ。

「小野浜へ行コウ」

取る物も取り合わず、バタバタと出かける準備を整える。

「アナタ、一緒ニオ願イシマス」

キルビーの従業員と共に、梅田から三ノ宮までの車中の人となり、道すがらキルビーの様子を聞き出すハンターと愛子であった。

小野浜造船所の事務所にキルビーの遺体が安置されていた。その前で志津がハンターと愛子を迎えた。愛子がそっと駆け寄るのと、志津が愛子の胸に顔をうずめるのと同時であった。愛子は黙って志津の背中に手を置くと、その手をやさしく上下に動かしながら、志津を支えた。

ハンターはキルビーの遺体のそばに近づくと、白い布をめくってキルビーの顔を見る。安らかな眠り顔にこめかみの傷が痛々しい。

「キルビーサン！」

あとは言葉にならない。ハンターは上半身を折ってどどっとキルビーのそばにうずくまる。そっとキルビーの顔を撫でる。冬の大気と同じほどに冷たい。確かに、これまでのキルビーではない。まぎれもなく、命を捨てたキルビーである。ハンターの目に涙があふれてきた。ぬぐうこともままならず、その涙がキルビーの顔にしたたり落ちる。

「ク、ク、ク……」

ハンターが嗚咽《おえつ》する。生まれ故郷をあとに日本に来て、ずっとお世話になり続けてきた恩人のキルビーである。故国で過ごした時間よりこの日本で過ごす時間の方が長くなった自分の生きざまに大きな影響をもたらせ続けてきた正真正銘の恩人である。この人との付き合いは何があろうとも生涯続くものと思っていた。いや、確かに、キルビーが死ぬまで付き合いは続いた。だが、思いもかけず、キルビーがこんなにも早く自らの命を絶とうとは。信じられない、いや信じたくない。しかし、現実にここに冷たくなってもの言わなくなったキルビーが横たわっている。

「キルビーサン！」

たまらくなってハンターが叫ぶ。そして、男泣き。そばに寄ってきた愛子の泣き声がそれにかぶさる。志津の泣き声も。取り囲む従業員たちもこらえきれなくなって泣き出した。海鳴りよりも激しいみんなの泣き声が怒濤の如く小野浜造船所に満ち満ちた。

小野浜造船所の西に加納湾と呼ばれる小さな入江があった。これは明治四年に私財を投げ打って生田川の付け換え工事を行った加納宗七《かのうそうしち》にちなんで名づけられたものであるが、その西に運上所が位置し、そこから西一帯に兵庫の港が広がっていた。はるか昔に網屋吉兵衛《あみやきちべえ》が小野浜に「船たで場」と呼ばれる木造船の修理場を置いたことはあったが、生田川を付け換えたころは風波を避ける船入り場がなかったことから、加納宗七が〝入り堀〟を設けて倉庫も建て、明治六年に加納湾を整備していた。この湾の東に隣接してキルビーが明治十一年に小野浜造船所を設けたのであった。五年の歳月を経過して、まさか、その本人が自殺するとは、誰も予想だに出来ないことであった。滝善三郎の切腹を最後にして、日本の腹切りは終わったものと世間が思っていた矢先に、外国人のキルビーが拳銃自殺をしたのである。この時代、人が亡くなるとその周辺の地域中にその事実を知らせてまわることが習慣のようになっていたが、まして、キルビーの場合は、思いもかけぬ拳銃自殺である。縁もゆかりもない人にとっても、関心を持たざるを得ない一大事件である。噂はたちまち、広まった。紺部村から、大工の留吉が、タネと稲次郎を伴って駆けつけて来た。キルビーが兵庫開港前夜にハンターと共に、この兵庫に乗り込んで来た時、二人に宿を提供し、しばらく、二人が居候させてもらった留吉の家族である。当時、十五歳の少年であった稲次郎が三十過ぎの立派な男性に成長していた。キルビーの遺体のそばに付き添うハンターを見るなり、留吉が駆け寄って言う。

「お久し振りです」

しかし、言葉が続かない。留吉は手で口を覆い、ぐっと込み上げてくるものをこらえる。

「留吉サン……」

ハンターも言葉を発せられない。が、顔を見るだけで、気持ちが通じ合う。タネも稲次郎も同じであった。稲次郎は父親と同じ大工となっていたが、米田左門講師の弟子だけに、ただの大工ではおさまらない。学術的に建築の色々なことを勉強して、その知識を応用した建物を実現して世間から一目置かれる存在となっている。

「米田先生にも伝令を送っておきました」

こんな時に至っても、やはりそつのない動きを見せるのはさすがである。その米田左門が間もなくやって来た。

「稲次郎、キルビーさんに輿《こし》を用意してあげなさい。君は泣いている場合じゃないですよ」

米田の提案に、稲次郎は早速、仲間の協力を取り付けて、白木の柩《ひつぎ》とそれを載せて運ぶ輿を急ごしらえで用意した。キルビーが息を引き取ってから丸一昼夜が経とうとしていた。従業員は言うまでもなく、その家族をはじめ、キルビーの生前、付き合いのあった人たちが次々に集まり、小野浜造船所はキルビーの死を悼《いた》む人たちでいっぱいになった。思い思いにたむける線香の煙がたなびいて厳粛の気が当たり一面に充満する。

「ハンターさん、キルビーさんに成り代わってあなた、皆さんに挨拶なさい」

米田がアドバイスする。愛子も同じ思いである。

「あなた、ぜひ」

ハンターがキルビーの遺体の横で声を出す。

「皆サン、チョット聞イテ下サイ」

群衆が水を打ったように静まり返る。

「私ハ、キルビーサント一緒ニ永年、働イテキタハンターデス。ダカラ彼ノ気持ヨク分カリマス。デスガ、ビジネスノ途中デ、彼ガ命終ワラセルコト、想像出来マセンデシタ。悔シイデス」

ハンターが言いよどむ。群衆の中に改めてすすり泣きが起こる。

「キルビーサンハ、コノ日本ガ好キデシタ。ダカラ、生マレタ国、イギリスヨリモ日本ノ土ニナルコト選ビマシタ」

悲しみが頂点に達する。もはや人目も気にせず、よよと泣きくずれるのは志津である。愛子も涙がとまらない。小野浜造船所に多くの人々の泣き声が渦巻く。

やがて、稲次郎が用意した柩にキルビーの遺体を従業員たちが入れる。みんなが思い思いにキルビーの死に顔に別れを告げて、柩《ひつぎ》が輿《こし》に載せられる。十数人の男たちが輿を担ぎ上げて、加納湾の北側にある墓地に向けて動き出す。居留地の東南に位置するその墓地は小野浜墓地で、兵庫開港にともなって西洋人居留地が形成されるのとほぼ同時に外国人専門の墓地として利用が始まり、西洋人が死ぬとそこに埋葬されるのが定まりのようになっていた。

暮れやすい初冬の夕日が遠く淡路の島影に落ちると、西空に茜色《あかねいろ》の残照《ざんしょう》が広がる。小野浜造船所から担ぎ出された輿がゆっくりと西に向かう。提灯行列《ちょうちんぎょうれつ》で数十人が野辺《のべ》の送り。米田の知り合いの牧師が祈りを捧げて、男たちが掘った穴に柩が入れられ、その上に土をかぶせると、キルビーはこの異国の地で、今、確かに永遠の眠りについたのであった。

「キルビー、グッドラック！」

そのつぶやきはハンターが恩人に捧げる次の世での活躍を激励する心からのエールであった。

第三十二章　勇気ある退却

軍艦大和、赤城、摩耶の建造と東郷平八郎

キルビーの拳銃自殺で経営者を失った小野浜造船所はこれまでかと思われた。が、海軍からの依頼で軍艦「大和」の建造中であったことから、小野浜造船所を海軍が見捨てなかった。明治十六年の暮れが過ぎて、明けて明治十七年。小野浜造船所は加納湾と共に海軍省に買い上げられたのである。これまでの民間造船所から、海軍省主船局付属小野浜造船所と改められた。非業の死をとげたキルビーの志を尊重して、海軍省は従業員をそのまま雇い入れる方針でのぞんだ。大方の従業員たちはほっと胸を撫で下ろした。

「キルビーさんのやり残した仕事を我らの手で完成させよう」

「もちろんだ。経営が国に変わっても、キルビーさんが作った造船所に違いはない。仕事だけはしっかりとやりとげよう」

従業員たちがますます結束を強める一方で、ただ一人、首を縦に振らないのは志津であった。

「せっかくのお国の配慮、身にしみてありがたくは思いますが、私だけはここに留まるわけには参りません」

思いがけない態度に、主立った従業員たちが口を揃えて言う。

「何故ですか？」

「志津さんこそ、ここに残ってキルビーさんのやり遂げられなかったことを見届けるべきだとあっしたちは思いますが？」

「…………」

志津の目に改めて涙が浮かぶ。

「このまま、ここにいると、辛過ぎます……」

この一言で、みんなは言葉を続けられなくなった。大きな夢を抱いて、故国を捨て、見知らぬこの日本で、ビジネスの足跡を残しながら、全く思いもかけぬ展開で自らの人生に幕を下ろしてしまったキルビー。その人生の最期に親しい人物として関わり、側にいながらギルビーを深い絶望から救うことができなかったという思いを払拭できない志津である。考えてみれば、自分自身の人生もまた、大きな狂いが生じてしまった志津であった。

「どうか、皆さんはここに残って、せめてキルビーの果たせなかった軍艦『大和』を立派に完成させてやって下さい。お願いします」

志津が頼み込む。それは志津の本音であった。

「志津さん、あっしたちの頭として、引っ張ってもらえませんか？」

「それはいい考えです。お願いします！」

従業員の多くが同調する。

「志津さん、キルビーさんに成り代わって、あっしたちを引っ張って行って下さい」

従業員たち一同の一致した考えだった。しかし、志津は、

「皆さんのお気持ちは、とても嬉しいです。キルビーも喜んで皆さんの声を聞いてくれていることと思います」

「じゃあ、あっしたちの頭になってくれますね？」

「………」

「お願いします！」

男たちの誰もが深々と身を折って懇願する。キルビーにビジネスの枠を越えて、人間として尊敬の念を寄せ、慕って連いて来た男たちがここにいる。そのキルビーが愛した女性を今、せめて自分たちの指導者にと純粋に考える男たちなのである。

それだけ言うのがやっとの志津だった。みんなが心から引き留めるのもきかず、いつしか志津がすっと姿を消した。どこへ行ってしまったのか、その消息が全く分からなくなったまま、歳月だけが過ぎていった。

「ごめんなさい……」

キルビーが自らの命と引き換えに海軍省にバトンタッチした小野浜造船所は、官営造船所としてほどなく、軍艦「大和」を完成させる。時代が進んで昭和の時代、第二次世界大戦の末期に、戦艦「大和」が造られ、太平洋の戦場へ向かう途上で米軍の爆撃を受けて沖縄近くの海の底深く沈没してしまった事実は多くの人たちが知るところだが、その六十年余り前に、軍艦「大和」が建造されていた事

実は意外に知る人が少ない。また、その発端を英国人キルビーが成した事実はさらに知られていない。

ちなみに、小野浜造船所では、その後、軍艦「赤城」「摩耶」なども建造し、のちに元帥として有名になる東郷平八郎が、まだ中佐として駆け出しの時分に、花隈にあった官舎から監督に通ったのもこの造船所であった。参考までに、この小野浜造船所は明治二十三年、呉鎮守府《くれちんじゅふ》の管轄に属して小野浜分工場と改称される。その五年後の二十八年、工場閉鎖となり、さらにその後、小野浜鉄道操作場を築くために大正四年に加納湾が丸ごと埋め立てられてしまい、跡形もなくなって、キルビーの活躍も、小野浜造船所の存在も、歴史の彼方へと消え去ってしまうのである。


さて、ここで、物語の舞台を明治十七年に戻そう。明治十七年一月。いつもと変わらぬ新しい年の始めであるにもかかわらず、これまでとは全く違う寂しさがハンターの胸一面にたちこめていた。それは、言うまでもなく、恩人のキルビーがこの世にいなくなってしまったことによる。ぽっかりとハンターの心に穴が開いてしまった。キルビーが拳銃自殺をするとは、想像だにしないハンターであった。それだけに、むなしい気持ちはどうすることも出来なかった。愛子が気を使って、これまでにもまして、ハンターの身の回りの世話をやいてくれる。しかし、キルビーは戻ってこない。キルビーは加納湾の北に位置する小野浜墓地に眠っている。元気をなくしたハンターを見て、秋月がやきもきする。

「どうしましょう？　資金繰りがどう見ても、うまくいきそうにありませんが？」

「…………」

ふさぎ込んだハンターはすぐには返事をしない。愛子が気を使ってフォローする。

「あなた、無理をしない方法で何らかの手を打てればいいですねえ」

秋月が資金繰りの担当者としてハンター以上に心配している。

「道修町《どしょうまち》の小西儀助商店《こにしぎすけしょうてん》の話しを聞きましたが、先代が今から十四年ほど前に京都から大阪船場に店を移して、頑張ったにもかかわらず、資金繰りがうまくいかなかったので、すぱっと身を引いて、彦根から新しい経営者を招いたそうです。二代目儀助さんは近江商人の知恵を絞って三年で経営を建て直したというのが語り草になっています」

その話しは米田左門から聞いた内容だった。米田左門は教育者にとどまらず、昨今は経営指南役もまたこなし、今にいう経営コンサルタントのような役割も演じて兵庫や大阪界隈ではちょっと名の知られた人物に成長していた。

「ソノ話ハ私モ知ッテイマス。小西儀助商店ハ今、工業薬品ヤアルコールニ加エテ、アサヒ印ビールトイウ新商品ノ研究モシテイルソウデスネ？　ソノ話ト秋月サン、ドウイウ関係アリマスカ？」

「はい。米田先生の教えでは、どうしてもうまくことが運ばない時は思い切って、発想の転換をはかることが大事だそうです。無責任と思われるかもしれませんが、私を経理担当から外していただくのも一つの方便かと思うのですが？」

思いがけない言葉であった。大阪鉄工所の経営状態が思わしくなくなったことは秋月の責任ではないのに、秋月はいさぎよく身を引こうとしている。それは、武士の魂を今なお引きずっている秋月ならではのいさぎよさかも知れなかった。

「秋月サンノコトハ私ノ責任デス。チョット考エサセテ下サイ」

それから数日にわたってハンターは思い悩んだ。これまではがむしゃらに夢を描いて前進するだけで良かったが、今はビジネスのハードルをいかに乗り越えるべきか、そのことに頭を使う毎日である。見るに見かねて愛子が言う。

「前に進むことも大事かもしれませんが、引き下がる勇気も必要かもしれません」

意外な言葉であった。

「引キ下ガル勇気？　引キ下ガルコトニ勇気ガイルノカ？」

「いりますわ。前進することより引き下がることの方が勇気がいると私は思います」

「引キ下ガルコトハ大阪鉄工所ヲ辞メルコトダガ？」

「そうですわ。どれだけ一生懸命にやって来てもこれ以上、無理だと分かったら、勇気を出して退却することも大事だと私は思います」

そういった意見が述べられる愛子は、さすが平野常助の娘であった。ものごころついて以来、経営者の家で色々なことを肌で実感して来た。その体験がここに来て自分なりの意見を口に出来る器《うつわ》に成長しているのであった。その一言はハンターにとってずいぶん、役に立つヒントであった。

「退却スル勇気デスカ？」

「ただ、いたずらに退却するだけではおもしろくありません。これまで協力して下さった人たちに恩で報いる道を探して退却することをお考えになるべきだと私は思います」

愛子とは常日頃から色々なことを話し合い、夫婦が協力して何事もなす習慣をつけているハンターなので、こういった一大事の時には助かる。一人で悩み続けるより、夫婦が共に知恵を出し合って事にのぞむのである。

「門田サンニ引キ受ケテモラオウ」

ハンターが決断した。

「それが一番だと思います」

愛子もまた、同じ考えだった。

早速、夫婦揃って、門田三郎兵衛のところへ出かけた。今度は下駄の鼻緒が切れるようなこともなく、すんなりと門田家を訪ねることが出来た。ハンター夫妻から現状報告を受けて、門田がしみじみと言う。

「やっぱり、うまくいきませんか？　困ったことですねぇ」

門田は感慨深げに、顎を撫でながら、

「ハンターさんのことだから、私はとことん、応援させてもらう積もりで、その気持ちは先日からお分かりいただいている通りですが、どうしてもハンターさん、このまま経営を続けることが難しいですか？」

ありがたい言葉である。心底からハンターのことを思ってくれている門田ならではの気持ちの表れである。ハンターが言葉を返す。

「門田サン、私トテモ嬉シイデス。シカシ、コノママ大阪鉄工所ノ経営ヲ続ケルノハ良クナイコト分カリマシタ。コノママデスト大阪鉄工所、二度ト立チ直レナクナリマス．今ノウチニ、経営チェンジシテ、大阪鉄工所守リタイノデス」

横から遠慮がちに愛子が言葉を添える。

「米田左門先生の教えでも、どうしても見込みが立たなくなった時には、違う角度から考え直すことが大事だと教えて頂いています。ハンターが自分の身を守ることが大事か、大阪鉄工所を守ることが大事か、冷静に考えたのです」

夫に代わって的確に事情を説明できる愛子はまさにこの時代の先端をいく賢夫人と言っても言い過ぎではない。

「で、自分のことよりも、大阪鉄工所を守ることの方が大事と思われたわけですか？」

「はい。ハンター自身はどのようにしてもやっていきます。ですが、大阪鉄工所はここでつぶしてしまってはおしまいです」

愛子の言葉にいちいちうなづきながら、門田が真剣に耳を傾ける。ハンターが思い切って門田に言う。

「私ニ代ワッテ、大阪鉄工所ヲ経営シテイタダケマセンカ？」

門田がびっくりする。

「まさか！」

「本当デス。私ニ代ワッテ大阪鉄工所ヲ門田サンニ守ッテホシイノデス」

ハンターが頭を下げる。愛子も同様ニ頭を下げて門田にお願いする。しばらく、腕組みして考えた末に門田がきっぱりと言う。

「分かりました。お二人からそこまでお願いされたからには、この門田、引き下がるわけにはいきません。私でよろしければ、大阪鉄工所、ハンターさんに代わって経営をお引き受け致しましょう」

経営交代するからには、ハンターにそれ相当の代償金を用意したいと門田が口にした。

「門田サンガ今後、大阪鉄工所ヲ立派ニ経営シテ下サルナラ、私ハソレダケデ満足デス。代償金ナド貰ウ気持ハアリマセン」

ハンターの本音であった。が、門田はさすがは大阪の経済界でも指折りの名士であった。

「どうでしょう？　ハンターさんがこれから他の事業をなさるのにやはり、運転資金が必要だと思います。どこまでも、あなた方を応援すると約束している私です。ここは一つ、私の気持ちに任せていただけませんか？」

惚れぼれするほど男っぷりの良い門田である。数日後、今度はハンターの所に門田が訪れた。

「ハンターさん、ご不満かもしれませんが、とりあえず、これをお受け取り下さい」

そう言って差し出した風呂敷包みの中から、洋銀八千七百ドルが出て来た。

「今後、九回に渡って同じ金額をお渡ししたいと思います。親しき仲にも礼儀あり。このように証文も用意しました」

墨黒々と書かれた文字は、土地、建物、機械、ドック等一式を譲り受ける代わりに、合計八万七千ドルを十回分割で支払うといったことが記されてあった。

「サンキュウベリマッチ！　アリガトゴザイマス！」

ハンターはそれだけ言うのがやっとであった。目頭が熱くなって、証文の字がにじんで見えた。愛子も同様に胸に込み上げてくるものを覚えた。

「門田さん、このご恩は忘れません」

このようにして、大阪鉄工所はハンターから門田三郎兵衛にその経営がバトンタッチされた。明治十七年二月。その翌月にはヨーロッパの憲法調査を終えた伊藤博文の提案で、立憲政治の導入を前提に、宮中制度取調局が設置される。そしてその功績によって彼が初代内閣総理大臣に就任するのは間近である。

第三十三章　精米所炎上

ガス事業のおこり

損害保険のはじまり

明治十七年（1884）三月、ハンターと交流のある伊藤博文がヨーロッパの憲法調査を終えた結果をふまえて、立憲政治を提案し、宮中に制度取締局が設置された。

その前年に、右大臣《うだいじん》岩倉具視《いわくらともみ》が死去し、太政大臣《だじょうだいじん》三条実美《さんじょうさねとも》と左大臣有栖川宮熾仁親王《ありすがわみやたるひとしんのう》は、指導力がなければ、意欲も乏しいで、十分な役割を果たせず、政治を実質的に担う参議たちは、天皇周辺の宮中勢力、さらには明治天皇自身にも振り回されている実情であった。そんなところへの伊藤の提案は説得力にあふれたものであった。

「これからの日本は規律にもとづいて国を動かすべきだ。先進国で当たり前のようになっていることを遅ればせながら、日本でも実施すべきだ」

と説く伊藤の考え方を聞くにおよんで、ハンターは嬉しかった。

「私ノ生マレタ国ガ日本ノオ手本ニナル。ホントニ嬉シイコトデス」

ティータイムのひとときに、ハンターがさも満足げに愛子に言う。

「嬉しいことですねえ。もっと嬉しいのは、伊藤様が長官におなりのことです」

愛子が素直に喜ぶ。制度取締局の長官に伊藤は就任していた。キルビーが思いがけない死をとげて、さびしくなってしまったあとだけに、よく知る人が偉くなるという風の便りを耳にすることは心の底から嬉しいと思う愛子なのであった。兵庫でハンターがキルビーと共に牛肉を日本で初めて食べさせるビジネスを始めた時、率先して牛肉を買ってくれた伊藤博文である。彼は即位して間もない明治天皇に牛肉を勧めてくれ、明治五年には広く国民に牛肉を食べるようお触れを出してくれた出来事も昨日のことのように思い出すハンターと愛子である。

大阪鉄工所を門田三郎兵衛に譲ったハンターと愛子は子供を連れて兵庫に戻った。このころの兵庫の居留地はずいぶん夜が明るい町になっていた。下水道が敷設されているだけでなく、ガス燈が辻々に設置されていたからである。

「ガス燈ハ文明開化ノ明カリト言ウソウダ」

ハンターが日本にやって来た時には考えられもしなかった明かりが現実に、こうして居留地を照らしている。明治三年（1870）、横浜の高島嘉右衛門がフランス人技師ベルグランを招いて日本初のガス工場の建設に取りかかり、明治五年九月、横浜瓦斯会社《よこはまがすがいしゃ》を設立した。大江橋から馬車道界隈にガス燈を設置した後を受けて、兵庫もそれを見習い、明治七年には兵庫のこの居留地にもガス燈がお目見えしていた。

たそがれ時に、職人が梯子《はしご》を登って、手にしたサオで火をつけて行く姿がみごとで、竜太郎や範三郎、エドワード、ふじ子が喜んだ。子供ごころに職人たちを「ともし屋さん」と呼んで親しんだ。ともし屋が行き過ぎるとボっと町の通りが明るくなる。十五ワットほどの明るさであるが、提灯がなければ夜道を歩けなかたった昔を思うと見違えるほどの変わりようである。

兵庫での生活を味わいながら、ハンターは次のビジネスの展開を考えていた。以前に日本の米が不足気味であることに着目して、明治元年に二百十万石の米を外国から輸入したことがある。しかし、あれから十数年を経て、昨今ではむしろ米がだぶついているとハンターは見ていた。

「時ノ流レニ逆ラエナイ」

ハンターの持論である。大阪鉄工所を手放したのも時の流れ。

「運命ノ糸ガ私ヲ操ル。私ハ運命ノママニ生キルダケ」

「とおっしゃりながら、あなたは人一倍の努力を惜しまない方です」

と、愛子は自分の夫をよく分析している。

「ソウカナ?　私ハソノ時、ソノ時ヲ一生懸命ニ生キテイルダケダ。失ッタビジネスハビジネスデ取リ返セバイイ」

ハンターの考え方はきわめて明瞭で分かりやすい。大阪鉄工所に代わるビジネスとして、ほどなく、ハンターは兵庫出在家町《でざいけちょう》に精米所《せいまいじょ》を建てることにした。大工の留吉と稲次郎が仲間を集めて二階建ての工場を建ててくれた。この出在家という土地は新川《しんかわ》の掘さくによって川に囲まれた土地が明治八年に姿を現し、それが島のように見えることから「中之島」と呼ばれていた。その西南端の一角を選んでハンターは兵庫精米所を造った。この界隈は近年、めざましい発展ぶりを見せていた。それというのも、新川開さく出資者の一人が、川沿いの土地に遊郭の設置を願い出て許可され、五年前の明治十三年九月から妓楼《ぎろう》が誕生していた。新川を掘さくの時に境内が狭められた薬仙寺あたりまで遊郭のはなやいだ雰囲気が感じられるようになっており、四年前から梅毒専門の病院まで出来ていた。さびしかったこのあたりがにわかに活気づき、新川の向かい側に当たる今出在家の浜にある生洲《いけす》までもが見物の客でにぎわうようになっていた。ハンターは英国人の目から見て、このいかにも日本的な浜の生洲に興味を持っていた。長さ十三間、幅四間で四方を囲み、雨除けの屋根があった。満々と海水を蓄えた中に鯛やスズキ、ハモなどの魚介類を泳がせていた。大勢の見物客が見守るなか、生洲番の男が手網で大小の魚をすくい上げ、求める客に渡す姿が威勢よかった。この生洲は兵庫名物となってい て、京都や大阪へ早船で運送も行い「生きが良くうまい兵庫の魚」と評判になっていた。精米所を経営しながら、ハンターはこの生洲の魚をよく買い求めた。手先が器用な従業員に包丁さばきを頼み、刺身にしては昼どきなどに、

「今日ノランチニ、レアフィッシュハ如何デスカ?」

と、みんなにふるまうのであった。英国から輸入の機械が精米したばかりの白米をかまどで炊きあげて、熱々のご飯と共に生洲の魚の刺身を食べる。経営者のハンターが従業員と一緒に食べる。

「プレジゼント、今日のスズキは特別にうまいですね」

「ほんとです。この白いご飯にスズキの刺身、よくぞ日本に生まれけり、ですよ」

話しに花を咲かせながら、和気藹々《わきあいあい》の昼食のひととき。従業員たちの嬉しそうな顔を見て、ハンターは人を喜ばせることによって自分自身の喜びが倍にもふくらむことを知る。事業経営のポイントは

何よりも、従業員たちが満足して働いてくれるかどうか、ということにある、とハンター流の経営哲学を身に付けていくのであった。

従業員たちに刺身をふるまった日は、必ず、愛子にも同じ刺身を買って帰るハンターであった。精米所の様子をハンターから聞きながら、みんなが一致団結して仕事に精を出すさまを思い描きながら、愛子も嬉しくなる。

「生洲の近くで、米を精米するのも、よくよく不思議なご縁ですわね」

と、子供たちのために刺身を食卓に並べる。長男の竜太郎が十四歳になっていた。英国人でありながら、日本的なことを好む父が生まれた国に竜太郎は強い関心を示すようになっていた。

「お母さん、僕、一度お父さんの生まれた国に行ってみたい」

そんなことを口にしながら、家族揃っての夕食がほんわかとした幸せを実感させてくれるひとときとなるのであった。愛子が居留地のこの洋館で炊きあげた白米のご飯もまた兵庫精米所で英国製の機械が撞《つ》き上げたものである。

「日本ノ米ハ素晴ラシイ。ヨーロッパノブレッドモイイガ、日本ノ米ハモット味ガアル」

ハンターは自分が大好きなものを手がけているだけに、いきおい事業にも熱がこもる。

「大阪鉄工所ハ門田サンガ立派ニ経営シテ下サッテイルダロウ。セッカク門田サンニ助ケテ貰ッタノダカラ私モガンバラナケレバ」

と、精米所の経営に対する決意を新たにするハンターであった。明治十八年の秋が静かに時の歩みを進めていた。その日、従業員たちが引き揚げたあと、ハンターは一人、事務所に残って書類の整理をしていた。精米所のある中之島界隈にはガス燈がまだ普及していないので、ランプを灯して仕事をしていたら、突如、部屋中が明るくなった。ゆらゆらと明かりが室内に揺れる。

「アレ？　ドウシタ？　何ガ起コッタ？」

ハンターが一人ごとをつぶやくほど異常なことであった。きなくさい臭いもしていた。

「火事？」

大変なことが起こっていることを感じたハンターは書類の整理をする手を止めて机から立ち上がると、部屋を飛び出した。精米の機械のある空間にまっ赤な火の塊《かたま》りが出来ている。

「誰カイルカ？」

大声で叫ぶ。返事はない。ぷちぷちと火のはじける音がして見る見るうちに炎が大きくなる。熱い。身の危険を感じる。火を消すどころではない。ハンターは工場を飛び出して大声で叫ぶ。

「火事ダ！　火事デス！」

ただごとでない気配を感じた近所の人たちが駆けつけてくる。

「火事だあ、火消しを呼べぇ！」

「大変、みんなに知らせろ！」

たちまちにしてあたり一帯が騒然となる。火の手が見る見るうちに大きくなって工場が完全に炎に包まれるのに時間はかからなかった。ハンターはその場に立ちつくし、頭を抱え込んだ。一日の作業を終えた工場に火の気はないはずだのに、こうして工場が燃えている。原因をさぐるより、自分の工場の類焼で付近の人々に迷惑をかけないようにしたいととっさにハンターは考えた。

「オ願イデス！　近所ノ皆サン、逃ゲテ下サイ！」

そう叫んで注意を促すのが精一杯であった。火事と喧嘩は江戸の華、と言われるほど江戸では火事が多かったということをハンターは知っていた。木と紙、草のたぐいで建てられている日本の民家は火に弱いと常々、思ってきたハンターである。しかし、まさか自分の工場がこのように火事にみまわれるとは全く想像だにしなかった。夜のとばりが下りた兵庫の空を真っ赤に焦がして、精米所が燃えさかる。めらめらと揺れる炎が巨大な生き物のように右に左に動いて、そのさまが川面に写る。まるで悪夢を見ているかのような気持ちで呆然と立ちつくすハンターであった。

一夜が明けて、燃え尽きた精米所あとでハンターはなすすべもない自分をいやというほど実感していた。愛子が長男の竜太郎を連れてやって来た。ぶすぶすとまだくすぶり続けている工場を目にして、愛子は泣きくずれたい気持ちであった。しかし、ぐっと歯をくいしばってこらえた。ここで自分が泣けば、夫の気持ちをいっそう辛くさせるだけだと自分を制するのであった。自分以上に悲しい気持ちをこらえているのは夫である。大阪鉄工所を人に譲って、この精米所だけが身の置きどころ、心の寄りどころとなっていた。ハンターの生き甲斐ともなっている精米所が、まさかの出火で灰燼に帰してしまったのである。

「愛子、スマナイ……」

ハンターの思いがけない言葉であった。愛子が慰めの言葉もなく、躊躇しているのに、ハンターは愛子に「スマナイ」と言う。ズシリと心に浸み入る一言であった。

「私は大丈夫です。だって、十七歳の時、死んでしまっていたかも分からない私ですから」

命の恩人であるハンターと一緒に生きて行けるだけで幸せな愛子であった。不幸もまた生きていてさえ味わえる喜びと考えることの出来る人生哲学を身に付けている女性に成長していた。

「また、二人でやり直しましょう」

そんな愛子にほっと救われる気持ちになるハンターであった。愛子にくっつくようにして焼け跡を歩く竜太郎が父と母の姿を黙って見ている。十四歳の少年の脳裏にこの時のことが生涯忘れられぬ出来事として焼き付いていく。一大事を知って大工の留吉、稲次郎親子が駆けつけて来た。

「いやあ、ひどい話しだ。あっしたちが建てた工場が丸焼けだ」

がっくりと肩を落とす留吉。

「蒸気を起こす火の始末が悪かったのかもしれませんねえ」

と、稲次郎は左門講師の弟子らしく、早速にも火災発生の原因究明に乗り出す面持ちである。火災現場に野次馬と呼ばれる見物人はつきものと相場が決まっている通り、物珍しさで集まって来た見物客でにぎわうなか、留吉がハンターに言う。

「生意気言うようですが、もう一度、精米所をあっしたちに建てさせてもらえませんか？　今度は代金なんて要りません。あっしたちの誇りにかけてもう一度、ハンターさんに仕事場を作って差し上げたいのです」

いつの間にか一人、また一人と集まって来ていた留吉の手下の大工仲間が声を揃える。

「親方の言う通りです、あっしたちにもう一度兵庫精米所を建てさせて下さい」

こんな一部始終を見ていた十四歳の竜太郎が成長して、二十六年後の明治四十四年、父と共に、傷害保険の誕生にかかわり、大正五年には、大阪海上火災保険会社の社長に就任する。万一の時に備えての保険制度の普及に力を注ぐそもそもの原体験がここにある。そして、ハンターの長男・竜太郎が意欲を燃やした大阪海上火災はのちに住友海上火災保険株式会社へと発展する。

第三十四章　想定外の出来事

「いざ、鎌倉！」の諺の語源
隅田川の花火のおこり

明治十八年の秋の夜空を焦がして、ハンターが心血を注いできた兵庫精米所が焼け落ちた。出火原因の調査を米田左門講師と稲次郎が続けるうちに、米田が思いもかけない事実を探り当てる。

「ハンターさん、今回の出火は、仕組まれたものですよ」

「エッ？　放火デスカ？」

まさかといわんばかりにけげんな顔で問い返すハンターに、米田は自信を持って言う。

「火事の後、姿を見せない従業員がいるでしょ？　その者が犯人です」

そう言えば、火事の後、従業員の誰もが心配して駆け付けたなかで、一人だけ姿を見せない者がいた。

「稲次郎が聞き込みを続けて調べてくれた結果分かったことですが、ハンターさんのことを良く思わない者がいまして、ビジネスの邪魔をする目的で、工場に火を点けさせたようです」

ハンターはガーンと一発、頭を殴られたような気がした。

「私ニ敵意ヲ抱イテイル者ガイルノデスカ？」

稲次郎が言葉をはさむ。

「残念ですが、外国人のハンターさんが手広くビジネスを営むことを妬んで、従業員をそそのかして火を点けさせたようです」

ハンターはがっくりとうなだれた。火が出たのは過失だと思っていた。それが、意図的な放火だったとは。日本という国が好きでがんばっている自分だのに、そんな自分をこころよく思わない輩がいる。ショックだった。米田が慰める。

「ハンターさんが人に妬《ねた》まれるようなことを何もやってなくて、一方的に向こうが妬んで火を点けさせたことがせめてもの救いです。ハンターさん、負けないで下さいよ」

「そうです。ハンターさん、米田先生の言われる通りです。外国人だというだけで反感を持つ者はほんの一部の人間だけです。多くの者はむしろ、外国の色々なものを日本に普及させて下さるハンターさんに好意を持っています」

この事実をありのまま、ハンターが愛子に報告する。居留地の整然と区割りされた町を東西に走る中町と南北に走る播磨町が交わる四つ辻の南西角に当たる所、二十九番館がハンターの洋館であるが、その一階の事務所に一瞬、重苦しい空気が立ち込める。すぐに愛子が言葉を返す。

「あなたが外国人だから、妬まれたのか、事業そのものを妬まれたのか？　どちらの要素もある、と私は思います。徳川三百年、外国との交流をかたくなに否定してきたこの国ですもの、外国人に偏見を抱く者がいて当然かも知れませんわねえ」

ハンターを気遣って、愛子はやさしい口調で言葉を続ける。

「でも、日本には昔からこんな諺がありります。捨てる神あれば、拾う神あり。外国人のあなただからこそ、手を差し伸べて下さる人もいます」

「シュワー、確カニ……」

「外国人だから攻撃してくるという人は矛先《ほこさき》をかわして身を守るだけです。あなたは西洋の進んだ文明をこの国に広めることで世間様の役に立っていると私は思っています。少なくとも私と平野の家族は命をかけてでもあなたとご一緒です。それでいいじゃないですか」

いつの間にこんなに強い女性になったのか、くじけそうになるハンターを勇気づける妻だった。

「アリガト、愛子。大和撫子《やまとなでしこ》トイウ言葉ヲ聞イタコトアリマスガ、愛子ノヨウナ日本女性ノコト言ウノダト私ハ思イマス」

ハンターの青い目がうるむのであった。

兵庫精米所の再建のために、ハンターは和歌山に身を落ち着けていた腹心の部下、秋月清十郎を呼び戻すことにした。ことの一部始終を愛子に頼んで手紙に書いてもらった。

「最後ニ書キ加エテ下サイ。和歌山ノ空気ヲ十分ニ吸ッタ後ダカラ兵庫ノ火事ノ焼け跡ノ空気ヲ吸ッテモ大丈夫ダロウ。一日モ早ク兵庫ニ来テクレルヨウ、愛子カラモオ願イシテ下サイ」

「大丈夫ですよ。秋月さんは武士の魂をお持ちですから、いざ、鎌倉！　すぐに駆けつけて下さいますよ」

「イザ、鎌倉？　何ンデスカ？　ソレ」

愛子はその語源について分かりやすくハンターに説明するのだった。

昔、鎌倉から室町にかけての時代、北条時頼《ほうじょうときより》が執権職《しっけんしょく》を退いた後、僧侶《そうりょ》に姿を変えて旅をしていた時、群馬の里で冬の夜露をしのぐために、一夜の宿を請うた。落ちぶれ果てた武士の家で、主はもてなすすべがないことを悔やみ、せめてもの心づくしにと、大切にしていた梅の鉢植えを囲炉裏《いろり》にくべて暖を取らせた。武士は貧しいが鎧《よろい》や馬だけは手放すことをせず、手入れも行き届いていた。時頼が理由を聞くと武士は、

「やせこけてはいても、鎌倉幕府に一大事が起きた時は何をさておいても馳せ参じる積もりです」

時頼はその心がけに感心し、鎌倉に戻って、各地の武士たちに鎌倉に来るよう号令を出したところ、落ちぶれた武士が本当に一番に駆けつけた。この話から「いざ、鎌倉！」という諺が生まれたことを愛子はハンターに語って聞かせるのだった。

「グッドエピソードデスネ」

ハンターが感動する。日本人以上に日本的な心情を大切にするハンターらしい反応である。

「私ニトッテ、今、イザ、鎌倉！　ノ時デス。秋月サンノ手ヲ今コソ借リタイ」

「大丈夫です。きっと秋月さんはすぐに駆けつけてくれますよ」

愛子の言う通り、手紙を出して何日も経たぬうちに、秋月が兵庫にやって来た。ハンターに案内されて焼け跡を見るなり彼は言った。

「妬みでこんなひどいことをするとは許されないことです。ハンターさん、このことで日本人を嫌いにならないで下さいよ」

「大丈夫デス。ドコノ国ニモ悪イコトスル人イマス。燃エ尽キタ建物ハマタ建テルダケ。幸イ、留吉サン、稲次郎サン親子ガオ金要ラナイカラ建テサセテ、ト言ッテクレテマス」

「良かったですね。そんな心のきれいな日本人もいますからね」

「嬉シイデス。ダケド、私、オ金何トカシマス。嵐ノ海ヲ乗リ切ッテコノ国来タコト思エバ、何トカナリマス。ハンターノ底力オ見セシマスヨ」

師走に入った空の下に無惨な姿をさらけ出している焼け跡。兵庫の海のはるか彼方、ちぬの海と呼ばれる大阪湾の対岸に紀州の山並みが見える。

「冬は空気が澄み切っているから、こうして他の季節には見えない私のふるさとが見えるんですね。あの紀州の大地は徳川八代将軍、吉宗を生んだ土地です。吉宗は江戸町民が大飢饉と疫病で苦しんでいた時、隅田川に花火を打ち上げて慰めました。私も負けず、ハンターさんの役に立って故郷に錦を飾りますよ」

久方振りに良き相方を得て、ハンターは勇気をふるい起こした。

「複数ノ人タチニ出資ヲオ願イシテ、利益ガ上ガッタラ、利益モ配分スルトイウ方法ヲ考エタノデスガ、秋月サン、ドウ思イマスカ?」

今に言う株式会社のはしりともいうべきものであった。

「う〜ん、出資者を募る……利益も配分する……今まで考えられもしなかったことですねえ。名案です。さすが、イギリス生まれのハンターさんならではです。が、どうですかねえ、今のこの日本でその考え方が受け入れられますかねえ」

であるから。

秋月は慎重である。無理もない。これまでの日本にはなかった新しいことをハンターが提案するのであるから。

「何事も思い付きはそんなに難しくなく、考え付くのですが、問題は実現させることだと私は思うのですよ」

秋月は手きびしい。

「私ノアイデア、良クナイデスカ？」

「ノウ、グッドアイデアです。バット、グッドアイデア必ずしも実行可能かどうかは別問題です」

「ウ〜ン、デハドウスレバ良イ？」

頭を抱え込むハンターに秋月は一回りも年長者らしくアドバイスする。

「前代未聞のことをやるには、それなりのリスクを伴うのは当たり前です。最初からアイデアだけに頼ることをせず、自分の力だけで実行出来る手だてをし、おまけの部分として、新たな試みを付け加えるという方法が良いと思います」

二人のやりとりを、紅茶を入れながら、聞くともなく耳を傾けていた愛子が遠慮がちに言葉をはさむ。

「秋月さん、さすがです。主人の意志を損なうことなく、主人に失敗させない道をみごとにアドバイスして下さっています。あなた、良かったですねえ。秋月さんに戻って来ていただいて」

ティーカップを手に取りながら、ハンターが感慨深げにつぶやく。

「愛子ガソウ言ウノダカラ、ココハ秋月サンノアドバイス全面的ニ採用シマショ。大坂デ天下取リノ夢ヲ果タシタ豊臣秀吉ハ黒田官兵衛、竹中官兵衛、二人ノ官兵衛ノ策略ヲ受ケ入レタカラ成功シタソウデス。

私ノ官兵衛ハ秋月サンデス。私ニハ一人シカ官兵衛ガイマセンガ、秋月官兵衛ナラ一人デ十分デショウ」

「いやあ、私のことをそこまで言って下さるのですか。こりゃ、いっそう失敗するわけにいきません。真剣勝負で臨みますよ」

この秋月のアドバイスが実に良かった。ハンターの思いつきをこれと目星を付けた資産家の幾人かにぶつけてみたが、誰もすぐには、「出資しましょう」とは言わなかった。ハンターのアイデアは時代の先端を行き過ぎて、一般の人々には理解しがたいものだったのである。

「秋月サンノ意見通リ、マズ、私一人ノ資本デ地道ニビジネス進メマショ。焼ケタ精米所留吉サンニオ願イシテテモウ一度建テテモライマショ」

冬空の下の焼け跡の片づけから作業が始まった。

「ハンターさんのために働きたい」

という職人たちが十人近く、留吉のもとに集まって来た。

「西洋人を妬んで火を点けた不心得な日本人の名誉挽回のためにも、あっしを助けていい働きをして見せてほしい。この留吉と一緒に日本男児の心意気を示してほしい」

留吉を頭に、腕の良い職人たちがここぞとばかりに働く。見違えるように整地された土地に木の骨組みが姿を見せて、上棟式を迎えようとするころ、思いがけない知らせが大阪からハンターのもとに届いた。大阪鉄工所の経営を門田三郎兵衛が再び、ハンターに戻したいというのである。

「大阪鉄工所ハモハヤ私ノ手ノ届カヌモノト思ッテイタノニ、コレハマタドウシタコト？」

にわかには信じられぬハンターである。愛子とて同じ心境である。筆文字で門田の現状を綴った文面を何度も読み返す愛子である。

「何か月かやってみて、やはり、鉄工所の経営は素人であることがよく分かったそうです。このまま無理して経営を続けていけば、二度と再建不可能になると門田さんは書いてらっしゃいます」

同席している秋月が言葉をはさむ。

「門田さんは大阪商人の鑑《かがみ》のような人ですね、素晴らしいお方です。大阪商人と言えば欲得に目がくらんでどうにも救いようのない御仁《ごじん》が多いと思われる向きがありますが、本当の大阪商人は道義を一般の人以上にわきまえた立派な人間です」

昨年の二月に大阪鉄工所をハンターが門田に譲った時、代償金を払うと門田は申し出、洋銀八千七百ドルをハンターにくれた。経営を引き継いでくれるなら代償金など要らないとハンターは言ったが、門田はその後も何回かハンターのもとに送金して来ていたが、ここのところ送金が途絶えていた。ハンターはもとよりそれを全く当てにしていなかったが、門田はハンターに申し訳ないという気持ちでいっぱいだったのである。

「慣れない鉄工所の経営を続けるより、いさぎよく鉄工所をハンターさんにお返ししたいと、門田さんお書きです」

「さすが、ですねえ。門田さん、男の中の男です」

秋月が感心する。

「ウ〜ン」

ハンターはうなるだけである。想定外のことが起こるのが人生である。

第三十五章　川崎正蔵との出会い

株式会社のはしり
日本初の西洋菓子、風月堂

明治十八年二月に、大阪鉄工所の経営を譲って以来、ほぼ一年振りに会う門田三郎兵衛は思いのほかすっきりした表情で、ハンターに言うのだった。

「いやあ、この一年近く、人生の勉強をさせてもらいました。世の中は金がすべてでない、ということがよく分かりましたよ」

「ドウイウコトデスカ？」

ハンターが身を乗り出して興味を示す。

「この世には天職というものがあって、自分にふさわしい生き方をするのがいちばん幸せだとしみじみ、悟りましたよ」

「ソレデ、大阪アイロンワークスヲ私ニ返シテ下サルノデスカ？」

「まあ、そんなところです。私はやはり、商人《あきんど》としてやっていく方が性に合ってます。慣れぬ鉄工所の経営を無理して続けるより、いさぎよく大阪鉄工所をハンターさんにお返しして私はまた、商いの道でも切り開いた方が残りの人生、有意義だと考えたわけですよ」

同席していた愛子が二人の男性のやりとりをじっと食い入るように見つめる。

「ハンターさん、どうですか？　もう一度、大阪鉄工所を引き受けてくれますか？」

ハンターは言葉をすぐには返せなかった。大阪鉄工所は自分の分身のようなものだ。やむにやまれず、人手に渡っていたに過ぎない。再び大阪鉄工所が自分の手に戻って来るならそれは夢のように嬉しいことである。

「ハンターさん、引き受けてくれますか？　あなたが信念で作った工場を私はつぶしたくないんです。これからの日本に必要な工場です」

門田はハンターの目をじっと見て、手を差し伸べた。その手をハンターが握り返す。男同志の目と目がしっかりと焦点を合わせて。黒い瞳が射るように光りを放つ一方で、その燃えるような思いを受け止めた青い瞳に涙がにじむ。

「サンキュー……。門田サン……アリガトゴザイマス」

それだけ言うのがやっとのハンターだった。こうして、大阪鉄工所が一年を待たずして、ハンターの手に戻ってきた。この知らせを受けた愛子の父、平野常助が誰よりも喜んだ。娘婿が再び、鉄工所の経営に手腕を発揮出来ることが嬉しいだけではなく、門田の粋なはからいが同じ大阪商人《おおさかしょうにん》として我がことのように鼻が高い気持ちになれる。

「大阪の商人は計算高いとか、銭のためには人の命まで取るなどと噂されますが、悪い商人《あきんど》ばかりではありません。門田さんのように立派な大阪商人《おおさかしょうにん》がいることを世の人たちに知ってもらう良い機会となります。門田さんの気持ちを無駄にすることなく、ハンターさん、しっかりと大阪鉄工所を建て直して下さいよ」

愛子の母、菊が娘に言う。

「竜太郎や範三郎たちのためにも愛子、頑張りなさいよ。これからの時代は世間広く交流をすることが大事です」

十四歳になっていた長男の竜太郎が、日本語に加えて英語も話せるようになっており、ことあるごとに、

「ファーザーの生まれた国に行ってみたい」

と口癖のように言うのだった。

捲土重来《けんどちょうらい》という言葉が日本にはある。新規巻き直《しんきまきなお》しという言葉もある。再度やり直して今度こそ物事を成功に導こうとする気構えと行動力を表現した言葉である。

「モウ二度ト大阪アイロン・ワークスヲ手放スコトノナイヨウ、死ニモノグルイデ頑張リマス」

しばらくは兵庫での生活が中心になっていたのを、明治十九年、再び大阪に拠点を移し、大阪鉄工所の再建に全力投球するハンターであった。

その一方で、兵庫では精米所の再建もハンターは考えて精力的に働きかけるのであった。留吉や稲次郎らに工場の建築を任せる一方で自分は、投資家を集めることに奔走した。ハンターがやり始めていることは、今にいう株式会社組織のはしりとも言うべきものであった。一定の株式を所有してもら

い、その出資額に応じて、事業で得た利益を配当として分配するという仕組みである。それまでの日本では全く例のないことで、容易には理解してもらえそうになかったが、ハンターはくじけない。

「新シイコト始メルノダカラ理解シテモラウノニ時間カカルノ当タリ前。私、皆サンニ理解シテ貰エルヨウ努力シマス」

と、足しげく兵庫のめぼしい人たちを訪ねて回るのであった。五月の風が肌にここちよいある日、ハンターは久方振りに湊川の川尻の東の岬にある兵庫制作局に佐畑信之を訪ねた。この兵庫制作局は、もともと明治初年に加賀藩士が兵庫製鉄所（通称・加州製鉄所《かしゅうせいてつじょ》）を設立したのが発端で、その後、政府に買収りされて官営「兵庫制作局」となり、明治六年、湊川の東沿いに移転して来たものであった。その制作局と運命を共にしているのが、ハンターの知人、佐畑信之なのである。彼が思いがけない提案をしてくれた。湊川をはさんで対岸の東出町に五年前の明治十四年（１８８１）から「川崎兵庫造船所」が出来ていたが、その経営者である川崎正藏という人物がなかなか味のある男性で、佐畑と肝胆相照《かんたんあいて》らす仲になっていて、ハンターに紹介したいと言う。

「いずれ、この川崎氏がもっと大きな事業を興す時が訪れるだろうと私は見ています。だから、今のうちにハンターさんに私から引き合わせておきたいのです」

佐畑はハンターを湊川対岸の造船所に案内して、川崎なる人物を紹介してくれた。

「ナイストゥミーチュウ」紋付きをりりしく着こなした初老の男性がハンターを見るなり、英語で挨拶してきた。髭をたくわえた顔に威厳が感じられる川崎正藏であった。

「アイムグラッドトウシーユウ」

ハンターも思わず嬉しくなって、英語で挨拶を返した。これが、のちに川崎重工業の創始者となる川崎正蔵と、日立造船の創始者となるハンターとの出会いであった。川崎は天保八年(1837)七月、鹿児島城下、大国町で、呉服商の長男として生まれた。十五歳で父と死に別れ、嘉永六年(1853)、長崎に出て貿易商のもとで修行を積み、英語を習得した。この粋な日本男児にハンターは好印象を抱いた。川崎は今年、四十八歳。ハンターより六歳年上である。川崎は突然の来訪者にやさしいねぎらいの言葉を送った。

「昨年末の火災は大変でしたな」ハンターがこの兵庫の中之島で精米所を経営していたことを聞き及んでいて、思いやりのある態度を示す薩摩男児であった。

「精米所ハ今、新シイファクトリー建テテイマス。日本ノ皆サンニ助ケテモラッテ、私、大阪アイロン・ワークス、再ビ経営始メテイマス。ヨロシクオ願イシマス」

同業であることを意識して、人生の先輩にハンターは礼を尽くすのであった。

「こちらこそ、お願いしますよ。日本は西洋の良いところをどんどん学ぶべきだと私は思っています。ハンターさん、お国の素晴らしいテクニックいろいろ教えて下さいよ」

あくまでも謙虚さを忘れぬ川崎であった。東京築地の隅田川沿いの官有地を借りて「川崎築地造船所」を開設したのは明治十一年。その三年後の明治十四年、川崎は東京を引き払ってこの兵庫東出町に移り、「兵庫川崎造船所」を立ち上げたのであった。川をはさんで目と鼻の先のところに官営の造船所「兵庫制作局」があり、そこで佐畑が責任者を務めている。二人を紹介してくれた佐畑を手で示して川崎がハンターに言う。

「官営の払い下げをぜひ、とお願いしているんですよ。何とかしてこの仕事を全うしたい気持ちなものですから」

川崎は長崎で貿易の修行を積んだ後、文久三年（1863）、二十七歳の時、大阪に出て海運業を始め、暴風雨に遭難して命を落としかけた苦い経験も持っている。その後、琉球砂糖を扱う仕事を経て、明治七年（1874）、日本国郵便蒸気船会社の副頭取に就任して琉球航路を開設すると共に砂糖の内地輸送を成功させ、その資金を持って、明治十一年（1878）、東京に川崎築地造船所を開設したものであった。

「私には男の子が三人おりましたが、長男が幼くして死にましてね、次男と三男の成長を楽しみに生きてきましたが、去年、次男と三男があいついで死に、私の心にぽっかり穴が開いたままになっています」

ハンターとは初対面であるにもかかわらず、川崎は個人的なことまで打ち明ける。

「オ気ノ毒デス。子ハ宝デスノニ……」

同情するハンターに、川崎は言う。

「子供という宝が無くなってしまった私だから、ビジネスという宝を大事に育てたいのです」

川崎が政府に願い出ている官営造船所の払い下げには、実は複数のライバルがいた。目先のきく資本家たちが、こぞって払い下げはぜひ自分にと名乗りを上げ、事務局長の佐畑のところにあれこれ、働きかけをして来たりしている最中であった。佐畑が言う。

「その宝をしっかりと手に出来るかどうか、状況はかなり厳しいのですがね。なにしろ立地条件が良いうえに設備も整っていることからてっとり早く経営出来ると見込んで多くの人が払い下げを希望しているんですよ」

「川崎サンニ払イ下ゲラレル見トウシハ？」

「分かりません。あえて言うなら神様がお決めになることです」

佐畑の声に耳傾けながら、ハンターは視線を窓の外に送る。湊川の川尻に白い鷺が数羽遊んでいる。神戸市誕生の明治二十二年まであと三年、このころの兵庫は大自然豊かな土地で、湊川の西方は白砂青松の和田岬であった。その突端には元治元年（１８６４）に徳川幕府の命で勝海舟が建てた砲台が名残りをとどめている。川崎も窓の外に目をやりながら、英語に精通した人物らしい見識を吐露する。

「外国艦船からの沿岸防御が目的で西宮の今津砲台と同じように建てられた和田岬砲台ですが、いずれも徳川の無駄でしたな。外国を頭ごなしに敵と思うのは世間狭い考えです。むしろ外国とは仲良くして交流しなけりゃいけません」

砲台は一度も実戦に使われたことのないまま、その姿をとどめていた。その周辺の和田岬一帯に着目して、長崎での造船所経営の経験を活かして三菱合資会社がここに「神戸三菱造船所」を設置するのはこの十九年後、明治三十八年（１９０５）のことである。のちに、川崎が三菱と並んで神戸の二大重工業として神戸市を成長させる起爆剤となることなど、当の本人には知るよしもないことであった。ハンター自身ものちに日立造船の創始者として、日本の経済や工業の発展に大きく貢献することなど予感すらしていない。今、単純に男の生き方として、ハンターは川崎に共鳴し、また川崎もハンターという西洋人に一目で心ひかれるものを感じたに過ぎない。二人を引き合わせた佐畑もそれだけで満足である。思い立ったように川崎が言う。

「いいものがあります。ハンターさんにぜひ食べていただきたい」

川崎が大事そうに茶箪笥《ちゃだんす》から出してきたもの。それは東京の米津風月堂《よねつふうげつどう》という菓子舗が作った乾《かん》蒸餅《じょうもち》と呼ばれる西洋菓子であった。

「日本で初めて西洋菓子を作った風月堂が明治十年の内国勧業博覧会にこの西洋菓子を出展して受賞したんですよ。ちょうど、私が東京で造船所を経営している時でしてね、畑は違っても偉いお方だな、と感服しました。築地で店も近かったですから、よく風月堂の西洋菓子を買いに走らせたものですよ。そんなわけで兵庫に来てからも、何かのついでにこうして風月堂の西洋菓子を取り寄せているんですよ」

従業員が入れてくれたお茶を飲みながら三人の男が乾蒸餅を食べる。

「ホホウ、コレハイギリスデ言ウビスケットデスネ」

ハンターがご機嫌になったのを見て、川崎がもうひと品取り出した。

「これも食べてみて下さい。シュ・ア・ラケレームと言うんですよ」

今に言うシュークリームの元祖で、この時、一個が今の値段にして千円ほどもの高価な菓子であった。この振る舞い方からして、川崎がただものではないことをハンターは実感する。川崎の事務所の東を流れる湊川が埋め立てられて、新しい湊川が付けられ、川筋の埋め立て地に新開地が誕生するのはこの十九年後、明治三十八年のことである。この出会いから数カ月も経ずして、兵庫制作局は民間に払い下げられる。引受先は川崎兵庫造船所であった。多数の資本家たちが払い下げを希望するなかで、みごと望みを叶えたのは川崎であった。

第三十六章　竜太郎洋行

川崎重工業の発祥
ジョン万次郎と坂本龍馬
三菱重工業の基礎

明治十九年（１８８６）、湊川の東岸にあった官営「兵庫造船局（制作局）」が「川崎兵庫造船所」に払い下げられた。ほどなく、川崎兵庫造船所は湊川を東に渡って、兵庫制作局に統合して一本化し、「川崎造船所」と改称した。現在の川崎重工の発祥である。その十年後の明治二十九年（１８９６）には、株式会社に改組され、初代社長に松方幸次郎が就任する。そして昭和十四年（１９３９）、川崎重工業株式会社に社名変更して現代への一大飛躍への過程となるのである。

一方、兵庫には生田川尻でキルビーが経営していた小野浜造船所があった。三年前の明治十六年にキルビーが自殺したことによって、海軍が継承し、軍関係の造船所として存在していた。同じような仕事をしてはいても、こちらの方は振るわず、明治二十九年に、廃止を余儀なくされる。キルビーの事業の痕跡はこれをもって跡形もなく消滅するのである。

時の流れというものは興味深いもので、兵庫に一つの造船所が姿を消すのと入れ替わりに、新しい造船所が彗星の如くに出現する。それは、湊川の西の和田岬周辺の土地を取得して造船所建設に乗り出した三菱合資会社であった。長崎で既に大規模な造船所を経営していた同社が兵庫にも進出したのであった。九年後の明治三十八年（１９０５）には浮きドックを備えた「神戸三菱造船所」の誕生となる。現在の三菱重工神戸造船所である。

歴史は単なる過去の物語りに終わらず、すべからく現代に繋がってくるところがおもしろい。さて、舞台を明治十九年に戻すと、大阪鉄工所の経営を取り戻したハンターが川崎との出会いもあっていっそう造船業への意欲を燃やすのであった。兵庫制作局が川崎に払い下げられた報告を佐畑から受けたハンターがそのことを愛子に伝える。

「神様ガミスター川崎ニ微笑ンダヨウニ、私ニモ神様カラノ恵ミガアルト思イマス」

「イエスキリスト様がお守り下さるのですね？」

「ソウデス。シカシ、私ノ信ジル神ハ、タダオ祈リスルダケデハダメデス」

「どうすれば良いのですか？」

「ヘブン、ヘルプスゼム、ゼムセルブス、トイウ言葉アリマス。自ラ努力スル者ヲ神様ハ救ッテ下サルノデス」

「自ら助ける者を助ける、のですか？」

「ソウデス。求メヨ、サラバ与エラレン、トモ言イマス。努力シナケレバ何事モイケマセン」

思えば、ハンターはわずか十六歳で生まれた国を出て、未開の日本を目指してやって来た。直接、この国にたどり着けたのではない。オーストラリから中国上海や香港を経由してやっとの思いで上陸した黄金の国・日本であった。横浜で先進の西洋人たちに先を越され、歯がゆい思いを噛みしめている時に新たに開港を目指す兵庫に一番乗りして見返そうと誘ってくれたのがキルビーであった。彼の片腕としてハンターは奮闘の連続であった。そんななか、ハンターがこの国でしっかりと手にした黄金は愛子という日本女性であった。思いもかけぬキルビーの自殺で、ハンターは彼の分まで一生懸命生きることを自分自身に誓い、さらに奮闘努力することで自分自身を鞭打つのであった。

川崎造船所は佐畑信之が川崎正蔵を助けて不十分な設備を補いながら、操業を軌道に乗せて行く。そんな評判が大阪にまで届く。キルビーが残した小野浜造船所は海軍に引き継がれてはいるものの、盛り上がらず、ただ、存在しているに過ぎない。風の頼りを耳にするたびに、律儀なハンターはキルビーに申し訳ない気持ちになる。

「キルビーサンノ分マデガンバラナケレバ」

と自分に言い聞かせるのであった。自分が成長していく姿をキルビーが空の上から見守ってくれると信じて大阪鉄工所の経営に励む。

「門田サンカラ返シテモラッタモノダカラ、モウ何ガアッテモ挫折スルワケニハイカナイ」

と、ここで思い切って人事面の刷新をはかるハンターであった。まず、腹心の部下の秋月清十郎を総指揮官として権限を与え、その配下に彼を補佐する役割の人員を配置することにした。

「お言葉に甘えて、是非、雇用したい人間がいるのですが?」

秋月がお願いをすることはよほどのことである。ハンターは彼の意見を尊重して要望通りに対処する。重要人物を二人、抜擢することとなったが、その一人は甲賀卯吉。秋月が統率力ある男と見込んでの採用で、支配人の肩書きを与えた。もう一人は三好光三郎。この男はコツコツと業務を進める手堅いタイプで、ハンターの創業当初から勤務している職員であった。勤勉な者にはやはりそれなりに報いてやりたいというハンターの考えで、副支配人の肩書きを与えた。これら三人の日本人がスクラムを組んで西洋人経営者のハンターを補佐する。

大阪湾に船を造る槌音が高らかに響く。今のように騒音公害などという認識のない時代、工場そのものが珍しい時代で、工場で物を製造する音はむしろ近代文明の象徴として受け止められ、近隣に響くその音はむしろ好感をもって迎えられるのであった。活気に満ちた毎日が続く。そんなハンターのすぐ身辺で、大きな出来事が起ころうとしていた。愛子が心配でたまらないといった面持ちで言う。

「洋行と気軽に言いますが本当に大丈夫でしょうね？」

長男の竜太郎がヨーロッパに留学したいと言い出したのである。かねてより父親の生まれた国に行ってみたいとは言っていたが、いざ、その時が目前に近づいて来ると、愛子は心配でならないのであった。明治四年生まれの竜太郎は今年、十五歳。ハンターがアイルランドのロンドンデリーを出たのとほぼ同じ年齢に近づいている。

「日本ノ諺、蛙ノ子ハ蛙デス。私ト同ジヨウナコト、竜太郎シヨウトシテイマス」

ハンターが苦笑いをしながら、秋月や甲賀、三好らに話す。目鼻立ちもずいぶんりりしくなった竜太郎が、居並ぶ大阪鉄工所の首脳陣たちに丁重にお辞儀する。秋月が目を細めながら言う。

「鳶が鷹を生む、という諺もありますが、蛙で十分ですよ。ハンターさんの血を引き継いで、大きく成長して日本に戻って来られますよ」

心配げに男たちを見守る愛子に気遣って、秋月が言葉を足す。

「ましてや、愛子さんの血も戴いているわけですからね」

気丈夫な愛子が竜太郎の洋行に関しては気が気でない。やはり、子を思う母であった。

「父の生まれたヨーロッパを見てみたいという気持ちは分かりますが、命がけの旅ですものねえ」

支配人の甲賀が愛子をなごめる。

「大丈夫ですよ。中濱万次郎さんの時代とは違いますよ。船が発達しています」

中濱万次郎とはのちにジョン万次郎として知られる土佐の漁師である。天保十二年(1841)、十四歳の時に漁師の手伝いで沖に出て遭難し、五日半の漂流後、奇跡的に太平洋に浮かぶ無人島、鳥島に漂着して百四十三日間を過ごす。そこで、アメリカの捕鯨船に救助され、仲間の者たちは寄港先のハワイで下船するが、万次郎は船長に気に入られ、本人の希望もあって、そのまま航海に出る。

話しが中濱万次郎におよんだことから、秋月が米田講師から聞いていた知識をたぐり寄せて言葉を続ける。

「万次郎さんは、生まれて初めて世界地図を見た時、日本の小ささにびっくりしたそうです。それで、アメリカに渡ってホイットフィールド船長の養子になって、英語、数学、測量、航海術から造船技術まで寝る間も惜しんで勉強したそうです」

甲賀が後を引き受ける。

「今からの時代、やはり世界の大勢を知ることは不可欠だと思います。竜太郎さんが自らの意志で外国へ行きたいとおっしゃるのは立派です」

黙って聞いていた愛子が、ポツリともらす。

「ただねえ、広い海を無事で目的地に着いてくれるものか、それだけが心配なんですよねえ」

ハンターが言う。

「万次郎サンハ漁船デ遭難シマシタガ、アメリカデ過ゴシタ後、ゴールドラッシュノカリフォルニアデ得タ資金デ船造リマシタネ。日本ニ戻ッテ来タノハソノ船『アドベンチャー号』ト言イマス。日本語デ冒険トイウ意味デスガ、三十五年前ニ、無事、琉球糸満《リユウキユウイトマン》ノ海ニ戻ツテ来マシタ。荒海ヲ乗リ越エル船ヲ選ベバ今ノ時代、問題アリマセン」

さすがは、自ら造船のビジネスを展開している張本人らしい見識である。秋月が言葉を添える。

「兵庫の港から出る今の船に乗れば、まず大丈夫ですよ」

中濱万次郎が琉球に戻って来た嘉永四年（1851）は日本が鎖国の眠りから目覚めようとしていた時代。万次郎の出身地、土佐藩の絵師、河田小龍が寝食を共にして西洋事情を聞く。その話しが坂本龍馬に伝わって、合理的なアメリカの考え方に感動し、龍馬は西洋風を自ら取り入れる。

「龍馬サンガ靴ヲ履イタリ、ピストルヲ持ッタリシテイタノモ万次郎サンノ影響ヲ受ケタカラダト米田先生カラ教エテモライマシタヨ。私ガ特ニ興味感ジタノハアメリカノ株式会社システムデス」

小龍から聞いた万次郎の話を参考にして、龍馬は長崎に亀山社中を作り、土佐に後藤象二郎と組んで土佐商会を作った。それらの運営を行ったのが岩崎弥太郎で、彼はこの時代の先端を行く考え方を土台にして、のちの三菱重工業株式会社の基礎を築き上げるのである。そして、ハンター自身ものちの日立造船株式会社の創立者として成長して行くのである。このように多大なる影響を与えた万次郎であるが、板垣退助や福沢諭吉らとサンフランシスコに咸臨丸で渡り、その途上、万次郎が彼らに薦めた本が「ウエブスター辞典」で、それを基礎にして福沢が著したのが「学問のススメ」とされる。龍馬の「船中八策《せんちゅうはっさく》」の一文に「上・下議政局を設け、議員を置きて万機を参賛せしめ、万機宜しく公議に決すべき事」とあるが、この考え方も万次郎の影響を受けたとされる。万次郎が漁の途中に遭難しなかったら、諭吉の「学問のススメ」も龍馬の「船中八策」も三菱重工も存在しなかったかも知れないと考えれば、人生ははかり知れないおもしろさに満ち満ちている。

「カワイイ子ニハ旅ヲサセヨ、トイウ諺モアリマスネ。竜太郎ガカワイクテ仕方ナイカラコソ、私ノ手元カラ解キ放ツノデスヨ」

　ハンターが紅茶をすすりながら言う。同じように、愛子が入れてくれた紅茶をすすりながら、秋月、甲賀、三好が龍太郎に激励の言葉を送る。

「万次郎さんは東京で開成学校の教授をなさった後、普仏戦争の視察に行かれ、帰国後、脳溢血で倒れられ、今はゆっくりと過ごしておられるようです」

「これからの日本のために竜太郎さん、ぜひ、色んなことを勉強して私たちに教えて下さい」

「万次郎さんがアメリカ事情を伝えてくれましたので、竜太郎さんはヨーロッパの事情を日本に伝えて下さい」

　忌憚のないハンターの側近たちの言葉が竜太郎の意欲を掻き立てる。開成学校とは今日の東京大学の前身である。後に日本一の教育機関に成長する学校の教授に、一漁師の子として生まれた万次郎が成長したのであるから、やはり、世界の知識を吸収することは大事なことである。秋月も甲賀も三好も、竜太郎に心からの期待を寄せる。

「皆さん、ありがとうございます。最初のうちはただ、父の祖国をこの目で見たいと思っていましたが、日が経つにつれ、せっかく洋行するのだから、もっともっと幅広くヨーロッパの文化を勉強する機会にしようと思うようになりました」

単に英国に行くだけというのではなく、事前に竜太郎がいろいろと調べて、まずはドイツに渡ることに決めていた。それというのも、彼は八年前の明治十一年に兵庫に開校した商業講習所で貿易に必要な知識の勉強をしていた。その延長でドイツのオーデルキルヘン中学に留学したいと思うようになっていた。

「ドイツで勉強の後、スコットランドのグラスゴー大学に進学したいと考えています。七、八年は日本に戻ってこない積もりです」

竜太郎が秋月たちに話すのを聞いて、愛子が言葉をはさむ。

「もう少し早く帰って来られないのって言ってるのですよ」

いかに賢夫人の愛子とは言っても、かわいい子供を遠い異国に行かせるとなると、ついつい本音が出る。秋月たちは上司の妻の気持ちもよく分かる。しかし、男として、大きな目標を立てる竜太郎の気持ちも分かるのである。ハンターが口をはさむ。

「私自身、自分ノ両親ニ随分、寂シイ思イヲサセテイルト思イマス。私ガ三歳ノ頃、五年近クモ、ジヤガイモ飢饉ガ続イテ、ソノ後、私ノ生マレタ所ハ、他ノ恵マレタ国ヲ求メテ出テ行ク人ガ増エタソウデスガ、私ハ飢饉ニ関係ナク、コノ国ニ来マシタ。トテモ日本気ニイッテ、両親ニ会イニ行クコトモシナイ。コンナ私ダカラ、今、竜太郎ガ留学スルコト、止メル資格ナイ」

「ハンターさんは、日本を選んで来て下さいましたが、日本からヨーロッパに行く方が得るものが多いことは分かり切ったことです。その意味からは竜太郎さんが、ドイツやスコットランドに留学されるのは良いことだと思います。私たちは心からご無事をお祈りしたいと思います」

秋月の言葉に皆がうなづく。

かつてハンターが熱い想いをみなぎらせたように、今、十五歳になった長男が、自分と同じように青雲の志を抱いて、生まれた国を出て行こうとしている。感慨ひとしおのハンターであった。

第三十七章　メリケン波止場

洋服普及の原点
清涼飲料水お目見え
西洋スポーツの芽生え

六甲連山の山肌のしわが急に深く感じられるようになると兵庫は秋である。東の六甲山から西に数えて摩耶山を経て三つ目の峰に当たる再度山から流れ出す水が、川となって海にそそぐ鯉川の河口に明治元年（1868）、第三波止場が造られた。慶應三年の兵庫開港に先駆けてその北側にアメリカ領事館が建てられたことから「アメリカン波止場」と名付けられた。日本人には慣れない英語であり、なまって「メリケン波止場」と呼ばれるようになっていた。この波止場は兵庫の港にとって重要な役割を担っていた。明治二年、まだ居留地も十分に整備されていない時から、十六番館で洋服店を開業してきた英国人・カペルが洋服の生地を母国から船で取り寄せ、それが陸揚げされるのがこの波止場であった。

「竜太郎の洋行の服はカペルさんにお願いして作ってもらいましょう」

愛子が母親らしい気遣いを見せるのであった。兵庫が開港してから、このカペル洋服店の影響もあって、日本国中に西洋の洋服が普及を始めていた。明治五年には明治政府が「爾今礼服ニ洋服ヲ採用スルコト」という太政官布告を発令し、洋服の着用を推奨していた。古来、和服を着用してきた日本人の間に徐々に洋服が広まりつつあるのは、この兵庫の「P・S・カペル商会」の存在が大きくものを言っているのであった。そんなわけで、竜太郎の洋行に合わせて、愛子が我が子にとっておきの洋服を作ってやりたいと、注文を入れたのはごく自然の成り行きであった。

それに、ハンター商会とカペル商会がすぐ目と鼻の先であるということもあった。居留地の湾に面したプロムナードの北を東西に走る海岸通りから数えて二本目の道・前町《まえまち》と南北に走る播磨町《はりまちょう》が交わる北東の角の十六番館がカペルの洋服店で、その播磨町が中町《なかまち》と交わる南西の角の二十九番館がハンター商会である。つまり、ハンターとカペルは道をはさんで斜め前という位置関係にある。同じ英国人のよしみということもあって親しい交流を続けていた。そんな背景のもとでの竜太郎の洋行の服の注文である。

「カペルさんが素晴らしい洋服に仕上げると約束してくれてますからね」

愛子が楽しみにしていた。竜太郎本人以上に出来上がりを待ちわびるのは、やはり母親らしい気持ちからであった。そんな愛子を目を細めるようにしてながめるハンターもまた満足である。

「柴田音吉《しばたおときち》サンホドノ人材ガ育ッタカペル商会ダカラ、竜太郎ニ最適ノ洋服ヲ作ッテクレルデショウ」

と、父親として期待を寄せる。ハンターが口にした柴田音吉なる人物は嘉永六年（１８５３）近江《おうみ》の生まれである。ちょうどペリー提督の黒船来航の年で、実家がマッチ製造業を営んでいたにもかかわらず、これからの時代は洋服の技術が必ず大きくものを言うと音吉は考えて兵庫のカペルに弟子入りした。居並ぶ日本人弟子の中でもひときわ才能を発揮し、カペル仕込みの手腕をさらに、横浜のローマン商会と東京・銀座の伊勢勝洋装店で磨きをかけ、兵庫に戻って三年前の明治十六年(1883)、三十歳にして独立、居留地の北西の元町三丁目に「柴田音吉洋服店」を開業していた。この店舗は珍しい洋風三階建ての威厳ある建物で、さすがは日本に洋服の技術をもたらせたカペルの一番弟子だけのことはあって、感覚が新しくて優れていると評判になっていた。後日談だが、この店、後々まで脈々と引き継がれ、第二次世界大戦の空襲で焼け落ちるが、戦後、元町四丁目に復興し、平成の今も五代目柴田音吉が伝統の技を立派に守り抜いている。

さて、明治十九年に話を戻すと、カペルの後を追って、英人・スキップがハンター商会の西隣りの三十番館に洋服店を出し、雑居地では中国人・其昌号が洋服店を構えるなど、兵庫はちょっとした洋服店ブームとなっていた。日本人も負けじと洋服合戦に加わり、泉小十郎や西田正太郎の店も元町周辺に次々と誕生していた。これらの洋服店のそもそもの発端となったカペル商会だけに、どんな洋服を竜太郎に用意してくれるのかと、愛子もハンターも期待に胸ふくらませて出来上がりを待つのであった。

ほどなく、竜太郎の服が出来上がってきた。三つ揃いの背広とその上に羽織るフロックコートである。試しに着てみたら、見違えるほど立派に見える我が子である。竜太郎がにわかに大人ぶって見えた。

「留吉さんや、稲次郎さんらをお招きして歓送会をしましょう」

愛子の提案で、早速、竜太郎を激励する集いが開かれることとなった。二十九番館に留吉、稲次郎、米田のほか、カペル自身も駆け付け、はなやいだ歓送会が始まった。カペルが竜太郎に言葉を贈る。

「コノスーツハ、竜太郎サンノ風格ヲ高メルヨウニ私工夫シマシタ。服ニ着ラレルヨウデハイケマセン。服ヲ着コナシテ下サイ」

竜太郎が答える。

「不思議です。この服を着ると、身も心もしゃんとするような気がします」

「ソレデイイノデス。形ハ英国、精神ハ日本。二ツノ国ノ思イヲ縫イ込ンデアリマスカラ」

カペルが意外なことを言う。

「竜太郎サンニ飛ビキリノ働キヲシテイタダクタメニ、柴田音吉サンニ特別ノ協力ヲシテモライマシタ。実ハ竜太郎サンノコノ服、柴田サンニ無理ヲオ願イシテ、手伝ッテモラッタノデス」

愛子がびっくりする。

「カペルさんの指導でみごとな腕前になられた柴田音吉さんが、わざわざ手を貸して下さったのですか？」

「ハイ。師匠ト弟子ガ力ヲ合ワセテ縫イ上ゲタ自信作デスヨ。ヨーロッパノドコニ行ッテモ恥ズカシクナイ気品アル服ニナリマシタ」

その言葉通り、風格に満ち満ちた竜太郎の姿に居合わせたみんなが期せずして拍手を送る。その時、案内されて一人の男性が部屋に入って来た。カペルがみんなに紹介する。

「柴田音吉サンデス。オ祝イニ来テクレマシタ」

思いもかけない出来事にまたまた、拍手が起こる。自ら時代の先端を行く洋服をパリッと着こなした働き盛りの男性が挨拶する。

「おめでとうございます。カペルさんの弟子の柴田です」

出藍《しゅつらん》の誉《ほま》れという諺を地で行って、今や日本人初のテーラーとして押しも押されもせぬ柴田音吉が、ひそかに竜太郎の服に手を貸してくれていたのである。ハンターが柴田に握手を求めながら
「アリガトゴザイマス！　竜太郎ニハ最高ノ激励ニナリマス」

ハンターは心から礼を言う。

「採寸はカペル師匠がじきじきにさせてもらいましたが、縫製は元町の私の工房で心を込めて担当させていただきました」

「私以上ニ腕ノ立ツ柴田デスカラ間違イアリマセンヨ。何シロ、伊藤博文サンヤ天皇陛下ノ服マデ手ガケテイル柴田デスカラ」

この時の兵庫県知事は九代目、内海忠勝であるが、初代知事の伊藤博文が柴田を気に入って、自分の洋服を作らせたほか、明治天皇に推薦して、天皇の服も柴田に作らせていた。そのエピソードを柴田が披露する。

「何しろ天皇様ですから、お体に触れるのは失礼と心得て、少し離れた所から目測で採寸しましたよ」

そこまで気配りしてのオーダー仕立てが見事、天皇にぴったりの洋服となり、感動した天皇が政府の勧めもあって、明治五年に洋服着用を推奨する太政官布告を発令したのであった。

和服の習慣の日本に洋服の新しい習慣をもたらせた願ってもないコンビによって完成した竜太郎の洋服である。米田左門が感想を述べる。

「頼まれた仕事をそつなくこなすだけでも立派ですが、それ以上の付加価値を実現して予想以上の完成品に仕上げたのはさすが、カペルさんと柴田さんの名コンビですね」

留吉が大工らしい言葉を添える。

「建築に言う図面以上の作品ということですな。当初の図面を変更して、もっと良い建物に仕上げる、オプションという言葉を米田先生から教えてもらいましたが、まさにこの洋服はオプションの価値が加わった洋服に仕上がりましたな。おみごとです」

「いやあ、そこまで褒めてもらえれば、頑張った甲斐がありました。私にいいチャンスを与えてくれた師匠にもお礼を言いたいです。サンキューベリーマッチ、サー」

カペルも満顔の笑みで答える。

「英国ヲ捨テテコノ国ニ来テ日本ノ皆サント仲良クシタ甲斐アリマシタ。私ト柴田、力合ワセタ洋服、竜太郎サント共ニ私ノ生マレタ国、行キマス。トテモハッピーデス。注文下サッタ愛子サンニオ礼言イマス。ホントニアリガトゴザイマス。サア、イイモノ用意シマシタ。ミンナデ乾杯シマショ」

カペルが鞄から取りだしたものは独特の形をした瓶である。二本、三本と瓶が机に並べられるや、誰言うとなく「あ、十八番」「ポン水《すい》！」などの歓声が起こる。それは二年前の明治十七年、居留地の前町《まえまち》と明石町《あかしちょう》が交わる北東角の十八番館にスコットランド人のアレクサンダー・C・シムが開いた「シム商会」特製の清涼飲料水であった。炭酸入りの甘い飲料水で、レモネードと命名したが、英語がうまく発音されず、日本人の間では「ラムネ」と呼ばれるようになっていた。また、瓶の栓を抜く時に「ポン！」と音がすることから「ポン水」とも、販売元の館が十八番館であることから「十八番」

とも呼ばれていた。

実はこの類《たぐい》の飲み物としては、明治六年に有馬温泉で「有馬サイダー」なるものが作られていた。当初、毒水《どくみず》として恐れられたが、兵庫県の検査の結果、毒どころか、炭酸を含んだ素晴らしい飲み物であることが判明、温泉客の間で飲まれていた。この事実を知ってか知らずか、シムは居留地で英国製の瓶に炭酸水を詰めて「レモネード」を販売したものであった。シムはもともと、居留地消防隊の隊長で、スポーツ好きであることから、明治三年（１８７０）に「コーベ・レガッタ・アンド・アスレチック・クラブ」を創設、レガッタをはじめクリケット、ラグビー、サッカー、野球などさまざまなスポーツを行い、これが十数年の間に次第に日本人の間にも普及を始めているところであった。こんなシムの斬新な飲み物が音の出る不思議な水として話題になっていた。それを用意したカペルはさすが流行に敏感である。

「サア、米田サン、留吉サン、稲次郎サン、皆サン一本ズツ持ッテ下サイ。コノ木ノオープナーヲ瓶ノ口ニ当テテ私ノ合図デ押シテ下サイ」

カペルが号令をかける。

「スタンバイ、オーケー？　ワン、ツー、スリー！」

瓶を手にした者たちが一斉に瓶の口に木を押し当てる。

「ポン！　ポン！　ポン！」

高らかに音が出る。さながら祝砲である。

「おめでとう！　竜太郎さん」

口々に祝いの言葉を発する。竜太郎が胸を熱くする。

「ありがとうございます。皆さん、ありがとうございます」

深々とお辞儀をして感謝を表明する。その模様をながめる愛子が本人以上の感動にふるえんばかりの面持ちになる。ハンターもまた、思わず目頭を熱くする。我が子がここまで成長した。そして、これから日本を出て海外で勉強を始めようとしている。感涙にむせぶなという方が無理であった。

海岸通りに軒を連ねる洋館は、東からドイツ領事館、スミス・ベーカー商会、二番銀行と通称のある香港上海銀行、そしてストロング商会。それらの前を人力車で運ばれながら、竜太郎は（この風景もしばらく見納めか）と感無量であった。父ハンターも今の自分と同じような気持ちで英国アイルランド州のロンドンデリーを出たのであろうか、などと思いをめぐらせるのであった。隣の席で弟の範三郎と英二郎がいつもと変わらぬ明るい顔で人力車に揺られているのが救いである。ハンターと愛子の次男の英二郎は、後に、兄と同じように海を渡る。それも、英国に永住して父・ハンターの実家であるハンター家を継承してエドワードを名乗るようになるとは、この時点では本人ですら知るよしもない。運命とはまこと興味深いものである。二台目の人力車にはハンターと愛子が乗っており、二人の間に妹のふじ子が無邪気に揺られている。

モーリヤン・ハイマン商会の洋館の角を南に曲がるとメリケン波止場。既に大きな煙突を持った船が横付けされて、もくもくと煙を上げて出港の瞬間を待っていた。見送りの人々が多数駆け付けてくれている。大阪鉄工所から秋月、甲賀、三好をはじめ心ある社員たちが大阪から汽車に乗って見送りに来てくれていた。

「竜太郎さん、しっかり色々なものを見て聞いて無事日本に帰って来て下さいよ。楽しみにお持ちしてますからね」

秋月らしい言葉である。竜太郎をハンターの後継者と見込んでの人間的成長を期待する言葉である。思いがけない人物が駆け付けてくれていた。佐畑信之である。川崎造船所の総務担当者として敬意を表してのハンター二世の見送りであった。

「竜太郎さん、ヨーロッパの様子を日本に伝える役目だということを忘れちゃいけませんよ。難しい理屈は抜きにして普通の庶民の生活に何が必要かということを見て帰って来て下されば、十分ですから、あまり神経質に考え過ぎちゃいけませんよ」

佐畑らしい言葉である。竜太郎が赤ちゃんの頃から慣れ親しんできた留吉は言うことが違う。

「無事、向こうに着くことだけを願っておりやす。あっしにゃ難しいことは何んにも分かりません。とにかく、無事で行って、無事で帰って来て下されば、それだけで満足でさあ」

留吉の息子の稲次郎がうなづく。愛子が目頭を押さえる。いかに息子の晴れの旅立ちとはいえ、淋しい気持ちはどうしようもない。だから、ひたすら無事だけを願う留吉の素直な気持ちに涙をそそられるのである。米田が言った。

「西洋には航海の無事を保障する制度があると聞いてます。それがどんなものか、調べられるなら将来の役に立ちます。覚えていたらでけっこうですがね。ま、気楽に行くことですよ」

この米田の言葉がヒントとなって、後に竜太郎は大阪海上火災保険会社の社長に就任する。それは紆余曲折を経て、住友海上火災保険株式会社へと発展をとげる。メリケン波止場からの出港は、竜太郎にとって文字通りの人生航路の振り出しであった。波止場を埋めつくさんばかりに集まったたくさんの人々が手を振るなか、船は汽笛を残して静かに沖へと向かう。しだいに岸が遠ざかり、船上の人となった竜太郎が六甲連山の中程にウッデッド・マウントを見る。それは今から二十年前、父・ハンターが初めて目にした兵庫の山であった。その子・竜太郎が父が見た同じ山を船上から目にしながら日本を旅立つ。再び、竜太郎がこの山を目にするのは七年後、明治二十六年のことである。

第三十八章　神戸市誕生

かまぼこの誕生

和田岬の砲台の横に鋳鉄製の燈台が建てられたのは明治十七年（1884）。その十三年前に造られた八角形の木造の燈台を改築して六角形にしたもので、本州初の鋳鉄製という自慢のものであった。その赤い燈台を見納めとして、ハンターの長男、竜太郎がヨーロッパ目指して船出して行ったのはその二年後、明治十九年の秋であった。ちなみに、その赤燈台はその後、和田岬の埋め立てが進んで廃燈となり、昭和三十八年、須磨海浜公園に移され、歴史的記念物として保存され、今日に至っている。

去る者がいれば、来る者もいる。竜太郎が洋行した明治十九年、入れ替わってメリケン波止場にやって来たのはアメリカ人、J・W・ランバスであった。五十六歳の彼は妻・メリー・イサベラ・ランバスと三十二歳の息子、W・R・ランバスを伴って中国から日本にやって来た。住み着いた所は居留地四十七番館。兵庫の土地になじむかどうかという間に早くも周囲の目を引く不思議なファミリーであった。巷の噂を耳にして、愛子がハンターに言う。

「ランバスさんの奥さん、アメリカの上流家庭の出身だのに、黒人家庭での伝導集会がきっかけでランバスさんと知り合って結婚されたそうですよ。人種差別のあるアメリカで黒人階級に飛び込んで活動されて来た方。立派ですわ」ハンターが素直に反応する。

「私ニハランバス夫妻ノ気持ヨク理解デキマス。人間同志ノオ付キ合イ、垣根作ッテハ駄目デス」

居留地を南北に走る明石町の東側、裏町から南へ二軒目に当たる四十七番館のランバスの自宅を教会代わりに開放して礼拝の集いが開かれるようになっていた。夜には息子が「読書館」と銘打って、日本人に英語を教えるなど親子共に地域と結びつく行動で、いやがうえにも世間の噂の的になり続けているのであった。

「ランバスさんたち、本当にえらいわ。雑居地にパルモーア英学院を作られたそうですよ」

と愛子が近況を聞きつけたのは、翌年の明治二十年（１８８７）になってからである。

「英学院デスカ？　ソレハ良イコトデス。コレカラノ日本、英語話セル人、沢山必要ニナリマス。国ガ違ッテモ、言葉デ人ト人ノ心ツナガリマス」

他人を褒め、それを自分への励みとするのが、ハンター流である。

「私モ負ケナイヨウ日本ノ農産物ト世界ノ架ケ橋ニナルヨウ頑張リマス」

ハンターは日本の米に格別の思いを抱いていた。焼け落ちた出在家の精米所を本格的に再建するに当たって、完全オートメーション化を目指し、そのために株式会社という新しい経済の仕組みを構築すべく頑張っている最中なのであった。それだけに目覚ましいランバスの活躍ぶりがハンターにとって他山の石として励みになるのであった。

ほどなく、ランバスは四十七番館をエストイ商会に譲り渡して、居留地の北西に当たる雑居地山二番地に移る。木造洋館の建物に「パルモーア学院」と看板を掲げて日本人を対象に英語教育を開始した。翌明治二十一年（1888）にはランバス夫人のイサベラが日本の婦人たちを集めて英語や洋裁、手芸を教える一方、「ランバス記念伝導女学校」を創設、女子教育の旗頭として踊り出た。母親が頑張れば息子も頑張る。この息子は親にもまして向上心のある人材であった。W・R・ランバスは両親が中国での伝導のさなかに生まれた。十五歳になった時、父母の故国・アメリカへ単身帰国し、大学で神学と医学を勉強した。両親の祖国・アメリカは彼にとって単に勉学の地にすぎず、中国にいる両親に彼はアメリカから手紙で訴えた。

「私ガソチラニ帰ルマデ東洋ニイテ下サイ。例エ、ファーザー、マザーガソチラニイラレナクテモ私ハ東洋ニ行ク決心デス」

息子は自分が生まれ落ちた東洋を好み、両親たちの祖国、アメリカよりも東洋に生きることを希望したのである。もとより祖国を捨てて中国に住んでいる両親が反対するはずがなく、アメリカでの勉強を終えると両親のいる中国に戻ったのであった。親子共々、東洋に格別の思いを抱き、アメリカから帰ってきた息子と三人、協議のうえ、同じ東洋でありながら、中国とは趣きを異にする日本に移り住むことに話しがまとまり、明治十九年に日本のなかでも港町としてひときわ活気のある兵庫へと移り住んで来たものであった。それからの二年間に、ランバス親子はみごとに地域となじみ、多くの日本人に文化の恩恵をもたらす活動で注目を集めてきた。ランバスの活躍ぶりを喜ぶハンターが、自分自身をも発奮させる。出在家の精米所の復活に当たって思い立った株式会社組織の実現のために、投資家とおぼしき人材を訪ね歩いては、熱っぽく構想を語るのであった。

「西洋、特ニアメリカデハ、株主制度ガ常識ノヨウニナッテイルソウデス。私ハコノ仕組ミヲ日本デ立チ上ゲ、日本精米株式会社ヲ設立シタイノデス。私、日本ノ米、世界ニ輸出スル株式会社設立シタイノデス」

と、心を込めて説明するのであった。

「マルコポーロガ東方見聞録デ紹介シタ黄金ノ国トイウノハ、稲ガ実リ、黄金ニ輝く日本ノコトデス。世界中デモ優秀ナ瑞穂ノ国、ニッポンノ米ダト私ハ思イマス。私、外国人ダカライッソウ日本ノ米素晴ラシイコト分カリマス」

ハンターのライスビジネスの構想はこうである。日本各地から玄米を買い入れ、イギリス製の機械を備えた出在家町の日本精米株式会社で精製して海外に輸出する。精米の能力は一昼夜二千石で、年間一万トンの輸出を目標とする。そして向こう二十年間を一区切りとして、株主に年一割の配当を分配する、という計画である。日本人投資家たちは近年の西洋人たちの活躍ぶりをさすがによく理解していた。我が国に洋服を普及させるきっかけを作ったカペルといい、ラムネという珍しい飲み物を考案したシムといい、やはり西洋人の言動には耳傾ける価値があると判断するのであった。興味を示し始めたと見るや、ハンターが決め言葉を投げかける。

「日本ノ皆サン、昔、牛肉食ベナカッタデショ？　ソレガ今、食ベルデショ？　ソノキッカケ、実ハ私ガキルビート一緒ニ作リマシタ。ソレカラ私、大阪デ造船ビジネスヤッテマス。精米所万一失敗シテモ、私責任トリマス」

きっぱりと言ってのけるハンターの面持ちに誰もが納得する。

「よし、ハンターさんを見込んで協力しましょう」

となるのであった。人を左右するには責任が付いてまわる。ハンターは断言した通り、日本精米株式会社の配当を二十年間に渡り、一割の分配を本当に実施し続けることになる。その間には日清戦争、北清戦争、日露戦争が起こり、軍用精米も手がけて国家に貢献するという功労まで積む結果となるのである。ほどなく、日本精米株式会社が操業を開始した。焼け落ちて、留吉たちが腕を振るって再建させた精米工場である。前より一回りも二回りも大きくなった工場は外観にもまして、内部の英国製精米機が自慢であった。評判を聞いて見学に訪れる人たちを案内しながら、ハンターは口癖のように言うのであった。

「コノ機械動カシテイルノハ、投資家ノ人タチノ熱意デス。熱イ心ガ沸騰シテ蒸気トナリ、ピストンデ玄米ヲ振ルイニカケテイルノデス」

英国製の機械が精米した白米はことのほかおいしいとこれまた評判であった。こんなある日、愛子が炊きあげるご飯のおかずにと、米田がかまぼこを持参してくれた。米田らしくそのいわれを愛子に語って聞かせる。

「かまぼこはね、恐れ多くも神功皇后の思い入れがある貴重な食べ物なのですよ」

「かまぼこがどうして恐れ多いのですか？」

愛子が興味を示す。

「皇后が三韓征伐《さんかんせいばつ》の帰りに敏馬《みぬめ》の沖で船が突如動かなくなりましてね」

「船が動かなくなったら何故、かまぼこなのですか？」

愛子がコフィーを入れながら聞き返す。これまでの愛子なら英国から取り寄せた紅茶でもてなすのが常であったが、最近、元町の放香堂《ほうこうどう》で買ったコフィーも併用するようになっていた。

「紅茶もおいしいですけど、最近、コフィーも我が家ではよく飲むんですのよ。いい香りでしょ？」

「見かけは墨のように黒いのに、香りは確かに良いですねえ。私も元町の放香堂の前を通るたびに鼻をくんくん鳴らしてますよ。あの店、宣伝のためにコフィー豆を煎って店先で味見させてくれるでしょ？　商店街にいい香りがただよって、ふらふらと店に引き寄せられますよ」

「香りを放つから放香堂……ですか？　上手な発想ですよね」

愛子が入れてくれたばかりのコフィーを味わいながら、米田がかまぼこ談義を続ける。

「嵐で船が動かなくなって、食料が不足しかけた時、家来の者たちが釣り上げた魚をすり身にして矛《ほこ》に巻き付けて火にあぶって食べたというんですよ。それが蒲《がま》の穂に似ていることから、蒲鉾《がまほこ》と言うようになったと言うんですが、私は別の説をみんなに吹聴してます」

「嵐で船が動かなくなって、釣りをですか？　嵐が収まってから釣りをしたのですか？　船の上で火を焚くのも危ないですねえ。本当かしら？」

「女性の愛子さんが考えてもこの説は矛盾があるでしょう？　私が支持するのは、こういう説です」

と、米田はかまぼこの発祥について愛子に語って聞かせるのであった。折しもちょうどこのころ、全国に市制・町村制の実施が予告され、津々浦々で町の仕組みが大きく変貌をとげようとしていた。

もちろん、兵庫の町も例外ではない。明治二十二年四月一日、市町村制が実施され、横浜市、名古屋市、京都市、大阪市、堺市、姫路市などと共に、神戸市が誕生した。この市制実施の何年も前に、走人村、二ツ茶屋村、神戸村《かんべむら》が集まって神戸区《かんべく》が組織されていたが、このたび、この神戸区に荒田村、葺合村が合併して神戸市《こうべし》となったものであった。もともと生田神社を守る四十四軒の家、神の戸がその市名の語源となった。生田神社に租庸調を納めて氏神を大切にしてきた人たちの存在そのものが新しい市の名前となったわけである。まさしくその土地に住む留吉の家族が大喜びするのも無理はなかった。紺部村《こんべむら》と呼ばれていたころから、北野村との境目あたりに数本の桜の木がみごとに揃っている所があり、その桜が満開となるころを見計らって留吉がハンターの家族を花見に誘った。灘の生一本を注いだ盃をハンターに進めながら留吉が上機嫌に言う。

「かんべ市とはほんと、目出度いですよ。何しろ生田の大神様が付いて下さってますからねえ」

盃を飲み干しながら、ハンターが応える。

「神功皇后様ガ三韓カラノ帰リニ、敏馬《みぬめ》ノ沖デ嵐ニ遭ワレ、稚日女命《わかひるめのみこと》ノオ告ゲニヨッテ生田神社ガ祀ラレルヨウニナッタ話デスネ。米田先生カラ教エテモラッテイマス」

留吉にとってもハンターにとっても、この種の知識のもとは全て米田講師の受け売りである。愛子が留吉に酒を進めながら口を添える。

「かんべという言葉がこうべという言葉に変わるでしょうと、米田先生、おっしゃってましたよね」

「それはね、かんべと言うよりこうべという人の方がここんところ多くなっていたからでしょ。あったしたち教養のない働き者には、こうべという方がすんなり言える気がしまさあ」

「KOBEデスネ？　日本語デハドウ書キマスカ？」

「はいはい、そういうことならあっしの自慢の息子の稲次郎に任せて下さい。稲次郎、ハンターさんに分かりやすく教えてあげな」

稲次郎は小さな木の枝を拾い上げると、土の上にまず、漢字で神戸と書き、続けてカタカナでカウべと書いてハンターに言うのだった。

「言葉で発音するのはこうべですが、カタカナで書く場合はカウべと書いて下さい」

今の感覚からすると何を間違ったことを教えているのかと思われるが、この時代は旧かなづかいであったので「コウべ」と発音しながらも「カウべ」と書いたのである。明治四十年に市章が制定されるが、それも「カ」の字を図案化したものである。

「さあ、お酒の当てにこれを食べて下さいな」

留吉の妻、タネが竹の皮の包みを開く。出て来た食べ物を一目見るなり、愛子が言う。

「かまぼこ！　米田先生から神戸の自慢の食べ物だって教えていただきましたよ」

留吉が言う。

「神戸市誕生の祝いなら何をさておいてもこれを食べないと話しにならないとタネが言うんですよ」

ハンターがけげんな顔をする。

「何故デスカ？」愛子にはピンとくる話しであるが、ハンターが知らないのも無理はない。愛子が稲次郎に言う。

「米田先生のお弟子さんの稲次郎さんならよくご存じですわね？　かまぼこが神戸発祥だって言うお話し、主人に教えてやって下さいな」

稲次郎は米田講師が支持する蒲鉾誕生のいきさつを語り始めた。

「神功皇后様が嵐を避けて敏馬の浦から上陸なさったんですね。その時、漁師が皇軍に献上した魚を生田の森でお休みになった時、すり身にして、鉾の先に付けて火で焼いて召しあがられたそうですよ。それが蒲という植物の穂に似ていることから蒲穂子《がまほこ》と言われるようになり、それがなまって蒲鉾《かまぼこ》と言われるようになったそうです」

「蒲穂子《がまほこ》ガナマッテ蒲鉾《かまぼこ》トナリマシタカ。同ジコトデスネ。カンベガナマッテコウベトナルノモ」

ハンターの言葉に留吉が思わず拍手する。

「立派、立派！　ハンターさん、日本の言葉、よく理解してくれます。これからはこの神戸の名前をどんどん日本国中に知らしめて行きやしょう。さあ、神戸市誕生の祝いの花見ですから、神戸名物のかまぼこを当てにどんどん飲みましょうや」

英二郎、範三郎、ふじ子がタネからかまぼこをもらって口にする。ここで、稲次郎が自分の鞄から三本の小瓶を取りだして三人に手渡す。

「ポン水！」

「十八番！」

シム商会のラムネであった。子供たちのために持参してくれたやさしい稲次郎であった。

「神戸市のお誕生をお祝いして、祝砲しましょう」

ふじ子の提案で、英二郎、範三郎が応じる。子供三人が一斉に「ポン！　ポン！　ポン！」と鳴らす姿を見て、愛子はふとヨーロッパにいる竜太郎を思って淋しくなった。あれから三年、ドイツのオールデンギルヘン中学塾を卒業して、この春、イギリスのグラスゴー大学に入学するという便りが届いている。元気で過ごしているとは聞いていても、はるか遠い外国で自分の手の届かないところにいる息子を案じる母親であった。

この時点での神戸市は面積二十一平方キロメートル、人口十三万五千人。相生一丁目にあった神戸区役所が神戸市役所となり、神戸区長の鳴瀧幸恭《なるたきゆききよ》が初代神戸市長に就任した。ハンターのファミリーが留吉の家族と共に、桜の花の下で祝いの宴を催している小高い丘の南に田園地帯が広がり、その向こうの居留地の先に港がきらきらと輝いている。兵庫の港はこの三年後、明治二十五年(1892)、勅命により神戸港《こうべこう》と名を変える。

第三十九章　近代文明黎明の日々

憲法制定
内閣制度発足
関西学院誕生
神戸に電灯ともる
東海道本線誕生
コーベビーフの発祥

神戸市が誕生した明治二十二（1889）年四月一日の直前の二月十一日に、大日本帝国憲法が発布されていた。天皇は国の元首として統治権を有し、国民は居住、移転、信教の自由、言論、出版、集会、結社の自由と私有財産の保護が認められるとする内容であった。また、帝国議会が設けられ、これに先だって明治十八年（1885）十二月二十二日、内閣制度が発足し、初代内閣総理大臣に伊藤博文が就任していた。この憲法の制定に関して伊藤は多大なる貢献をしていた。そんな噂を耳にするたびに、ハンターと愛子は我が事のように喜び合ったものであった。

「伊藤サン、偉クナッタモノデス。日本ノ国ヲ動カスオ方ニナリマシタネ」

感慨深げにつぶやくハンターの言葉を受けて、愛子もまた同様にしみじみと自分の胸の内を語る。

「女性が家庭に閉じこもるのではなく、社会に出て活躍すべきだってことを教えて下さったのも伊藤さんですものね。私も何か始めたいものですわ」

この一言が後に、女性として社会活動をすることへの愛子の意欲をかりたてる。こんな折り、愛子がとくに関心を寄せるランバス婦人が昨年の明治二十一年に設立した「ランバス記念伝導女学校」がここに来て、これまでの日本女性には考えられもしなかった新しい女性像を具体化する専門学校として生まれ変わろうとしていた。西洋風の館で勉強する女性たちは着物姿ではあったが、その心の中はランバス夫人の感化によって限りない西洋への憧れでいっぱいであった。その意思伝達に欠かせぬ貴重な言語伝達手段として英会話を習うのが必須となっていた。このようなランバス夫人の活動を身近に目にするにつけ、愛子は自分も社会の役に立つ人間に成長したいと思うようになった。

「愛子ノ気持ハトテモ立派。デスガ、今、私ノビジネス助ケテクレテイル、ソレダケデ十分デス」

やさしいハンターである。

「アセルコトハアリマセン。時期ガ来レバ必ズ花ハ開キマス」

愛子が注目するランバス夫人の息子のランバスが、居留地のはるか東方の原田の森に木造二階建ての校舎兼寄宿舎を建てたのは明治二十二年九月のことである。雑木林の中に建つペンキ塗りの洋館に雑居地山二番地の「パルモーア学院」の昼間部を独立させてここに移し、翌十月十一日、「関西学院《かんせい》」と名付けて開校した。母子で世間の注目を集める様を間近に見て、愛子が感嘆する。

「お母さんに負けじと息子さんが頑張ってらっしゃる。やはり、お母さんが子供に与える力は大きいですね」この時の思いを基礎にして十年後、愛子は日本保育園の立ち上げに協力する。また、愛国婦人会、日本済生会などにも協力し、婦人運動の実践者としても名を連ねて行く。ハンターが言ったように、確かに時期が来れば花は開くのであった。ちなみに、愛子の心を動かせた「パルモーア英学院」は大正十二年（1923）、タイプ科女子生徒を分離して、「パルモア女子英学校」を設立、昭和十五年（1940）、軍国主義の世相を考慮して日本名の「啓明女学院」と改称する。昭和五十八年（1983）神戸・三宮から須磨区に移転、さらに平成十七年（2005）男女共学とし「啓明高等学校」と改称して今日に至る。

また、「関西学院」は明治後期には煉瓦造りの礼拝堂をはじめ、モダンな神学部、三階建ての高等商業学部などを揃えてキャンパスを充実させる。昭和四年（1929）、西宮市上ヶ原に校舎を移転、その三年後の昭和七年（1932）念願の大学昇格を果たして、「関西学院《かんせいがくいん》大学」となって今日に至る。ランバスが着目したこの原田の森が後に王子公園となって、昭和三十八年にはハンター邸が北野町からその隣りに移築され、平成の現代まで保存される記念の地となる事実は、この時点では想像だに出来ないことであった。その前提となるハンター邸を明治四十年に建築することも、もちろんこの時は当の本人自身が知らない。

明治二十二年の神戸市誕生の前年の二十一年に神戸電灯会社が設立され、湊川神社とその東の相生橋に電灯を設置していた。それは、翌年の東海道線の開通を見越してのことであった。明治十年

（1877）に神戸・大阪間の鉄道が京都まで延長になっていた後を受けて、明治二十二年七月、神戸・東京新橋間が開通、東海道本線が誕生したのである。これに備えて、二代目神戸駅が姿を見せ、駅から湊川神社までの道が見違えるほどの様変わりを見せ始めていた。露店が並び、見せ物小屋まで姿を現して、神社参道筋として格別の賑わいを実感させるのであった。世相の変遷に人一倍敏感なのは米田左門である。

「神戸・東京間の鉄道開通が成功したのは天竜川の橋梁が完成したからですよ。はじめはね、静岡から浜松まで鉄道を延ばせられれば十分だとする意見もあったみたいですがね、難関の静岡天竜川の鉄橋工事がうまく完成したので、一気に東京から神戸まで鉄路を敷いたわけですよ」

愛子が入れるコフィーを飲みながら、米田が得意盤面に語る。事務所に配られてきた新聞「神戸又《ゆう》新日報《しんにっぽう》」を手にしながらハンターが言う。

「マルデ、コノ新聞ノ記者ノヨウデスネ、サスガ米田先生。東海道五十三次トイッタ時代ガ嘘ノヨウニナリマスネ」

ハンター自身、日本通で、東海道の宿場町を十数日かけて旅した時代があったことを知っている。そのことを思えば、鉄道は夢のような交通機関である。神戸又新日報は五年前の明治十七年（1884）五月に創刊された新聞である。愛子が注目するランバス親子のうち、息子のランバスが雑居山二番地で始めた語学教授のビジネスを開始した時も、ランバスがこの新聞に広告を出した。その文面は「今般自宅ニ於テ英語、羅典語《らてんご》、西班牙語《スペインご》、物理学、地質学及生理学ノ教授ヲ始ム。入学志願ノ諸士ハ来談アレ。神戸北長狭通四丁目山二番館米国技術学士アール、ダブルユ、ランバス」といった内容であった。

「又新日報はちょっと政治的に偏った面がありますが、報道という新しい道を切り開いたことは評価できますね。東京日々新聞に負けず、神戸のニュースをしっかり、伝えてほしいです。又新日報の記者に負けず私が学者仲間を通じて取材した事実ですが、神戸から東京までの鉄路の長さは百四十七里(589．5キロ)です。二十時間余りで東京に行けますから、便利になったものですねえ。その代わり、三円七十六銭という高い運賃が要りますがね」

「一日一往復デショ？　ソノウチ、列車ノ便数増エルデショウネ」

「当然でしょう。長い時間の乗車ということで、ボギー客車の真ん中に便所を設けたのが自慢のようですよ」

ハンターと米田がこのように話題にする鉄道は「陸蒸気《おかじょうき》」と呼ばれて神戸市民の間でも噂がもちきりであった。神戸駅の東側の相生橋はちょうど下を通る汽車を見物するにはもってこいの場所となり、見物客が集まるのを見越して、橋のたもとに電灯会社が街灯を設置していたほどである。

この相生橋は明治七年に日本で二番目の鉄道である大阪・神戸間が開通する時、西国街道が鉄路で分断されることから、鉄路をまたぐための橋を作ったもので、日本初の跨線橋《こせんきょう》であった。木製で幅三間。階段があり、人だけが通る橋であった。これを珍しがった近隣の住民たちが「川がないのに橋がある。下を通るは陸蒸気」と唄にしてはやし立てた。明治二十二年に神戸市が誕生し、東海道本線開通に合わせて鉄橋にやり変えてからは、いっそう多くの人が橋の上から陸蒸気を見物するようになり、今ではこの界隈が名所のようになっているのであった。

この橋のすぐ近くに明治二十年、大井肉店が居留地西側の元町一丁目から移転して来ており、モダンな洋館づくりの店舗を構えていた。第十八章で記述した通りのしゃれた建物で、日本初のハイカラ精肉店として、陸蒸気と共にこの店を見るのも庶民のささやかな楽しみの一つであった。ますます商売に意欲を燃やす岸田伊之助が、良質の牛肉を確保するために、播州や但馬にまで目利きの者を使わせて、選び抜いた牛を三日三晩かけて神戸まで歩いて連れ帰らせることもやってのけるほどの熱心さで、大井の肉は天下一品と評判を呼ぶ。それがのちに「コーベビーフ」として世界にまで知られるようになる。陸蒸気見物に訪れる人たちが土産に持って帰られるようにと、明治三十五年、岸田が考案したのが「牛肉味噌漬」と「牛肉佃煮」。それは平成の今日まで大井肉店の名物商品として人気を博していく。夜になると相生橋周辺が昼間とはうって変わった情緒をかもし出すのを見習って、居留地でもガス灯に代わって電灯をという声が上がった。居留地行事局長兼警察署長のヘルマン・トローチックが先頭に立って電灯会社との折衝を行い、ハンターが率先して西洋人たちの意志統一に尽力する。居留地は電灯の線を地下配線とすることで方針が決まり、急ピッチで工事が進められた。これが神戸市全体に影響を与え、首都東京に継いで、我が国で二番目に電灯が一般家庭に普及する結果を生んだ。市内のあちこちに電信柱が立てられる様を見て留吉が言うのであった。

「大工と同じように木を扱う職人でも電灯会社の職人は、ただ木を立てるだけ。あれで商売になるんだから、えらい時代が来たもんでさ。あっしたちゃ、今だに木を曲げたり、削ったり、難しい仕事ばっかりで、割りが合わないねえ」

とぼやきながらも、実は腕の見せどころの仕事をこなせる自分に満足する留吉である。そんな彼が最近、和田岬に建設中の和楽園《わらくえん》の建築を引き受けて張りのある毎日を送っている最中であった。

「三階建ての望楼を建ててるんですがね、これがめっぽう難しい建築でね。うかうか出来ないしろものなんですよ」

和楽園というのは遊園地であった。兵庫共済株式会社が経営を始めるもので、明治二十三年四月に完成し、五月四日、来賓二百三十人余りを招いて盛大に開業式が執り行われた。留吉の肝煎りでハンター夫妻も来賓として招待された。米田と共に留吉の案内で、「眺望閣」と名付けられた三階建ての楼閣にのぼる。

「どうです？　ちぬの海が一望でしょうが？」

なるほど、見晴らしの良さは言語に絶する感があった。遠くにかすむ紀州の山並み。右手には淡路島。おだやかな海をすべるように港に出入りする船が手に取るようにながめられる。外国からの汽船が目立つ。

「外国カラノ船荷下ロシタ後、空ニナッタ船底ニバラストヲ詰メテ出テ行ク船ガ多イソウデスガ、モッタイナイト私思イマス」ハンターがポツリとつぶやく。

「バラストを積むのは、船のバランスを取るためですか？」

愛子が疑問を投げかける。

「ソウデス。船ノバランス取ルタメニ、バラストヲ積ムノデス。国ニ帰ルト、コノバラスト下ロスノ大変デス」

造船所を経営するだけあって、ハンターは海運事情に詳しい。米田がここで提案する。

「ならばどうです？　バラストは使いものにならない石屑ですが、いっそ、役に立つ石のたぐいが考えられれば文句なしですがね。ハンターさん、何か考えませんか？」

ちょっとした何気ない会話を聞き捨てにするか否かで成否が左右される。実にさりげないところから大きなヒントを自らキャッチするのがハンター流である。この和楽園の「眺望閣」での体験が活かされてのちに、ハンターは煉瓦製造会社を起こす。関西煉瓦会社がそれである。煉瓦の需要が多い西洋に向けて出荷し、国産煉瓦を海外へ輸出する嚆矢となった。

大工の留吉が近頃、煙草を喫うことを始めていた。きせるをくゆらせながら、いかにも至福の時といった表情で、世間話をする留吉の姿がトレードマークのようになっていた。これにヒントを得て、ハンターは大阪煙草会社を起こし、海外へ紙巻き煙草を輸出するビジネスを始める。複数の事業に多忙なハンターであるが、やはり、中心は大阪鉄工所である。明治二十四年、これまでの秋月や甲賀に加えて、小野正作技師長、林寛次郎造船主任、宮浦菊太郎機械主任などの肩書きを持った者たちを勢揃いさせ、工場は着実に充実していくのであった。

明治二十六年、竜太郎が帰国した。ドイツのオールデンギルヘン中学塾とイギリス・スコットランドのグラスゴー大学シビル・エンジニアリング・カレッジに学び、卒業後、バチェラ・オブ・サイエンス、日本流に言うなら工学士の称号を獲得した。七年間にわたる西洋での勉学を無事終了して日本に帰国したものであった。ひと周りもふた周りも大きくなった我が子を見て、ハンターは大いに満足であった。愛子が感激したのは、海外での八年近くの生活を、竜太郎が「平野竜太郎」の日本名で通したことである。

「リュウタロー・ヒラノはこのまま、イギリスに住む気はないかと、よく言われましたよ」

みやげ話をする竜太郎を父母はもちろん、兄弟も目を輝かせてながめる。弟の英二郎が言う。

「お兄さんはどう答えたのですか？」

「私は日本人だから、当然、日本に帰りますと言いましたよ」

「イギリスの血が半分流れているのに？」

英二郎は好奇心が旺盛であった。

「僕なら、そのままイギリスにとどまったかもしれないよ。だってファーザーの生まれた国だもの」

この時は軽い会話であった。が、後に英二郎は本当にイギリスに渡り、ハンターの生家を継承することとなるのである。そして、エドワードと名前も変える。洋行を終えた竜太郎がハンターの片腕として積極的に事業を手伝うようになった。

「日本は四方を海に囲まれているのだから、造船はすべてに優先すべき事業だと思います。イギリスも同じように海に囲まれた国だからこそ、ユニオンジャックの旗を世界の海になびかせたのです」

堂々と自分の考えを述べられるようになった長男を心の底から頼もしいと思うハンターであった。愛子に至っては、自分が生んだ子とは思えぬほど立派になった竜太郎の姿にただただ感動するばかりであった。

この明治二十六年、大阪、神戸両市内に電話が開通することとなった。その噂を聞き付けて竜太郎が言う。

「テレフォンはアメリカでベルが発明したんですが、今から十七年前の１８７６年のことです。その翌年には、自らベルが宣伝のためにイギリスを訪れて、ビクトリア女王に象牙の受話器をプレゼントしたそうです。その影響でロンドンに電話交換局が出来て、普及が早かったようです」

妹のふじ子が興味を持って尋ねる。

「お兄さんの大学にも電話、あったの？」

「ちゃんとありましたよ。イギリスのすぐ後にフランスに普及し、ドイツには1881年に伝わったようですが、私が留学した時にはもうドイツでもテレフォンがありましたからね。やはり、西洋は進んでますよ」英二郎が口をはさむ。

「日本に普及を始めたのはいつですか？」ハンターが答える。

「三年前ノ明治二十三年デショ？　竜太郎ガドイツカライギリスニ移ロウトシテイタ頃ダナ」

愛子が話しに加わる。

「東京と横浜の間で開通させるために女子電話交換手を募集した条件が、夫なく、家事に関係を有せざる、日常の算筆を能くする女性だったそうですよ。口頭試験までして集めた女性を訓練してやっと開通させたそうですから、大変なものですよ」

「電話は本当に便利なものだから、すぐにも申し込みましょう」

竜太郎の意見にハンターも愛子も喜んで従う。ほどなく、大阪鉄工所にも、ハンター商会にも電話が敷かれ、「モシ、モシ」というやりとりが毎日交わされるようになった。大阪、神戸でこの「モシ、モシ」が流行語となり、電話でない直接の会話においても「モシ、モシ」とユーモラスにやり合う姿があちこちでよく見られるようになった。この時の電話加入数は大阪百四十一、神戸七十四であった。

第四十章　親子の絆

水道事業
コーヒーの原点

ドイツとイギリスでの七年間の勉学生活を終えて日本に帰って来たハンターの長男、竜太郎が何よりも喜んだのは父が経営する造船業、大阪鉄工所が順調に進展していることであった。明治十九年、十五歳で日本を離れて留学し、人間的にも大きく成長して明治二十六年（1883）帰国、二十二歳の頼もしい青年となった我が子がここにいる。母親の愛子にとっては、そのりりしい姿を目にするだけで感動である。かわいい我が子が異国の空の下で一心に勉強している間中、夫であり竜太郎の父親であるハンターも事業に頑張ったことを、問わず語りに我が子に話して聞かせる愛子であった。

「大阪市と神戸市が誕生した年が私たちにとっても忘れられない年となりましたよ」

イギリスの紅茶と共に今や、ハンター家に欠かせぬ飲み物となっている元町放香堂《ほうこうどう》のコフィーを入れながら、愛子がしみじみと言う。このコフィーを売る放香堂のある元町通りそのものが、年と共にめまぐるしい変貌を遂げつつあった。元は西国街道の松並木であったところに、二ツ茶屋が出来、牛肉を食べさせる店が生まれ、年を経るごとに色々な店が軒を連ねて、今では神戸を代表する商店街へと発展を続けているさなかであった。ドイツではビールを飲み、イギリスでは紅茶にこだわるティータイムの習わしを体験した竜太郎が何にもまして母・愛子が入れてくれるこのコフィーをおいしいと思う。

「そうですか。神戸市と大阪市誕生と同じ年に日本初の鋼船をお父さんの造船所が建造したんですか？」

苦み走ったコフィーを味わうようにすすりながら、竜太郎が興味津々《きょうみしんしん》になる。我が国初の鋼船とは有限会社大阪商船より受注の貨客船球磨川丸《くまがわまる》のことである。愛子と竜太郎のやりとりを静かにながめていたハンターが、コフィーカップ片手に横から言葉をはさむ。

「考エテミルト、チョウドオ前ガ留学シテイタ間ガ大阪商船ノ大事ナ時期ダッタト私ハ思イマス」

たまたま、我が子が勉学にいそしむ間と時期を同じくして基礎を固めた取引先の大阪商船にハンターと愛子が親しみを覚えたのはむしろ当然のことなのかもしれなかった。そして、この三十四年後の大正五年に、大阪商船との密接な関係によって大阪火災保険会社の社長に竜太郎自身が就任することとなろうとは、この時点ではハンターや愛子にとって想像だに出来ないことであったし、当の竜太郎本人にとっても、予知すら出来ないことであった。

「日本にやっと海運関係のビジネスが根付き始めたのは、やはり兵庫開港が大きなきっかけとなったと、私は思いますね」

今や一人前の意見を述べることが出来るまでに成長した竜太郎である。その言葉に愛子が応える。

「お前自身がそうですよ。兵庫開港があったからこそ、お前のお父さんはこの神戸にいらしたのですからね。いいえ、ハンターが神戸に来なければ私も結婚してませんものね。不思議なものですねえ。人生は……」

慶応三年の兵庫開港以来、兵庫と大阪周辺に欧米商社が多数進出し、汽船の売り込みも激しく、蒸気船による西日本各地を結ぶ海運業が徐々に盛んになって来ていた。そんな世相のなかで、住友家総理人の広瀬宰平《ひろせさいへい》が有志を糾合して明治十七年（1884）有限会社大阪商船を設立した。参加船主五十五名、資本金百二十万円。大阪・長崎航路など十八本線、四支線を構築し、地上勤務百名、海員一千名という大がかりな船会社に成長をとげて注目を集めて来ていた。ちょうどハンターと愛子にとっては、息子の竜太郎をヨーロッパに留学させている間のことで、いやがうえにも、大阪商船の存在に関心を寄せる二人であった。

創業間もない会社にはクリアしなければならない課題が次々に訪れるものである。自社の傘下に組みしない船主との軋轢《あつれき》や、開通させても需要の増えない不振航路の整理から、保有船舶九十数隻のうち、疲労船舶、老朽船舶の見極めとその対策など、時間の経過にともなって難題が降りかかってくる大阪商船の五年間でもあった。そんな結果、大阪商船は政府の補助を取り付けて、我が国初の鋼船を二隻、建造することとなった。その一隻が加茂川丸で、これについては長崎の三菱造船所に発注し、もう一隻の球磨川丸を大阪鉄工所に発注したものであった。

「竜太郎がヨーロッパで頑張っている間、大阪鉄工所では、日本初の鋼船、球磨川丸を手がけて、世間様に少しは名が知られるようになりましたよ」

愛子の説明にうなづきながら、コフィーカップを傾ける竜太郎であった。一口一口味わうように飲むコフィーが胸にしみる。やはり母親が入れてくれたコフィーは何よりおいしい。そんな息子を目を細めてながめるハンターも大いに満足である。

「時ノ流レヲ見ナガラ鉄船ヤ鋼船ノ建造設備ヲ整エタコトガ良カッタト思イマス」

ハンターがしみじみと述懐する。欧米の造船情勢と時勢の変遷から明治二十年、多大の犠牲を払って鉄船・鋼船の建造施設を大阪鉄工所では整備した。その一環として、明治十六年築造の木造乾ドックを改築して、明治二十一年、人造石を用いた乾ドックを完成させていた。服部長七が考案したこの人造石は今風に言えば「コンクリートブロック積み重ね方式」とでも表現すべきもので、長さ76．2メートル、幅10．7メートル、深さ3．8メートル、入渠能力1，500総トン。我が国最初のコンクリート製ドックであった。この時、同じ服部長七による人造石を用いて二階建ての本部事務所を建築した。このころの洋館はほとんどが赤煉瓦造りであったことから、この白亜の洋館はひときわ異彩を放っていた。安治川沿いに情緒たっぷりの重厚な石造りの洋館が姿を見せ、大阪鉄工所の心意気を十分に実感させるものであった。建物にとどまらず、社員たちの意欲の盛り上がりが著しかった。自慢の「服部式人造石造の乾ドック」を早速に活用して、勢尾汽船の共立丸（149総トン。四日市・熱海間運行）や太湖汽船の第三・第五太湖丸（各155総トン。琵琶湖の鉄道連絡船）を建造した後、大阪商船の鋼船・球磨川丸を矢継ぎ早やに受注したものであった。

「球磨川丸の材料はね、すべて竜太郎が留学中のイギリスから取り寄せたんですよ。竜太郎のいるイギリスから届く材料は一つ一つが立派に思えてとても頼もしかったですよ」

ハンターの母国でもあるイギリス製の材料を使った球磨川丸は明治二十二年十二月にコンクリート製ドックを滑り降りて進水し、翌二十三年三月に完工した。五百五十八総トン。長さ四十九メートル、幅七メートル。我が国最初の鋼船である。世間の話題を集めたのは、大阪鉄工所のみならず、発注元の大阪商船もこれによって飛躍の糸口を見つけることとなった。その年の明治二十三年七月、大阪商船は、従来の本州、四国、九州沿岸の航路に加えて、初の海外航路である大阪・釜山航路を就航させたのである。

「えらいものですよ。大阪商船さん、その後、立て続けに六隻の鋼船を新造されましてね、そのうち二隻をうちに発注してくれたんですよ」

母親の報告を受けて竜太郎は嬉しい気持ちになる。

「外国との交流がこれからはもっと盛んになるでしょうから、鋼船の技術を今後もっともっと高める必要がありますよ」

ドイツとイギリスで工学を勉強した我が子が言うのだから、その言葉には真実味がある。

「幸いね、うちにとっては造船技術を高めるもってこいの機会になりましたが、神戸市にとってはいいことばかりではありませんでしたよ。悪いことが起こるのも世の中ですね。明治二十三年に、神戸市でコレラが蔓延《まんえん》しましてね、大変でしたよ。なにしろ千人を越える死者が出たんですからねぇ」

愛子がしんみりとした表情になる。

「それもね、外国船が持ち込んだ黴菌《ばいきん》が原因だったっていいますからね。船っていいことばかりじゃないんですね」

「お母さん、それは違います。船が黴菌を運んで来たことよりも、コレラが伝染することとなった不衛生な環境の方が問題なんですよ」

「じゃあ、どうすればよろしいのですか？」

竜太郎がためらうことなく答えを返す。

「それは、水道事業を進めて衛生的な生活環境にするのが一番ですね。ドイツもイギリスも水道がありましてね、蛇口をひねるといつでも水が出るんですよ」

「へえ、ヨーロッパでは水道があるんですか？」

今更ながらに驚く愛子である。日本では昔から今まで、井戸の水を使うのが当たり前で、このことに疑問をはさむ余地がなかった。

「先進国ではもはや水道は常識です」

神戸市民が恐怖におちいった一大事件、コレラ伝染騒動を思い起こして、神戸市の取った対策について愛子が話す。

「翌年の二十四年に神戸市会に水道事業委員会というのが結成されましてね、神戸に水道を実現する方法をさぐることとなりました。これまで色々と研究をしているそうですけど、本当に日本に水道が出来るんでしょうか？」

愛子が入れてくれたコフィーに使っているこの水も当然、居留地の井戸の水である。永年の風習に対して何の疑問をはさむ余地もないが、竜太郎は七年余りのヨーロッパでの生活で得た教訓を活かして自分なりの考えをハンターと愛子に語って聞かせる。

「そこまで神戸市が動いているのなら、本当に水道はいつか出来るでしょう。ただ、どんな水を流すのかが課題ですね」

ハンターが幼年期を過ごしたイギリス、アイルランドのロンドンデリー州を思い出して竜太郎と愛子に言う。

「竜太郎ハドウセノコトナラ生水ヲ飲メル水道ヲト言ウノダロウ？　イギリスノ水道ノ水ハ飲メルガ、ドイツノ水道ノ水ハ飲メナイカラネ」

「水道に限って言うなら、やはりイギリスを見習うべきですよ。ファーザーの祖国だから褒めるわけではありませんが、ドイツもフランスもイタリアも水道の水は飲めません。どうせ、今から水道を敷くなら、日本は飲める水を流通させる方が効率がいいと私は思います」

ハッキリと自分の考えを述べる息子を改めて頼もしく思う愛子である。

「そうですか。イギリスの水道を見習うといいですか。そう言えば、去年、市長の鳴滝さんがイギリス人技師を雇われたようですよ」

三年前の明治二十三年十二月に神戸商業会議所が設立され、水道事業にかける神戸市政を経済界としても応援する形となった。その五カ月前に実施された第一回衆議院選挙で神戸から国会議員となった鹿島秀麿も水道事業を推進する鳴滝幸恭を支援していた。

「鳴滝市長はね井戸に頼る時代は終わったと、是が非でも水道を実現したいと意欲まんまんなのですよ。だから鳴滝市長のことをみなさん、水道市長とあだ名で呼んでいますよ」

「水道市長ですか。いいですね。水道の実現はすべて水源しだいです。私が港を出て行く時も、港に帰って来る時も、目にとまったウッディマウンテンなんか水源がありそうですね」

「ウッディマウンテン？　イギリスノチャートニウッデッドマウントトネーミングサレテ掲載サレテイル再度山ネ？　二十六年前ニ私ガキルビート兵庫ノ港ニ上陸スル時、初メテ見タ山ダ。アソコハグリーンガ多クテ水ノ確保ニハ良サソウダ」

「幸い神戸は背後に山並みを控えていますから、きっと良い水を確保出来ると私は思いますよ」

さすがはドイツやイギリスで工学を勉強しただけのことはあって的確な意見を述べる竜太郎であった。

昨年の明治二十五年（１８９２）六月、神戸市長は内務省の雇工師、英人W・K・バルトンに依頼して神戸背山に水源地を築く設計を始めさせていた。ハンターと愛子が竜太郎と神戸の水道事業について話し合った直後、明治二十六年七月、布引谷と再度山系に水源池を設けることが神戸市議会で可決された。水道建設の市の予算は九十七万円で、他に国庫補助三十万円を見込むという計画であった。この補助金を約束するのと同時に、これまで兵庫港と呼んで来た神戸の港を今後は神戸港と呼ぶ勅令も発令された。これと相前後して、大阪商船ではこの三月に大阪・仁川航路を、六月に朝鮮沿岸航路を開通させ、それまでの瀬戸内海ローカル汽船から国際海運会社へと飛躍しようとしている最中であった。こんな折り、ハンターが竜太郎を帰化させたいと提案したのである。

「ドウダロウ、竜太郎ハ日本生マレダシ、半分ハ日本人ノ血ガ流レテイルノダカラ、日本ノ国籍ヲ持ツ方ガ何カトヤリヤスイト思ウノダガ？」

ハンターは前々から、我が子に日本人としての権利義務を与えてやりたいと考えていた。その証拠に、明治十四年に大阪鉄工所を創業した時点から、その名義人を範多竜太郎《はんたりゅうたろう》としていた。ハンターをもじって「範多《はんた》」という日本語の苗字もそのころから考案していた。それを市役所に届け出て、範多家として戸籍を作ろうというのである。

「ファーザー、大阪鉄工所を創業した時は私はまだ十歳の子供でした。そんな私に大阪鉄工所の所有権をくれようとしたのですね？」

意外な事実を知って、竜太郎が感激した。愛子が言葉を続ける。

「お父さんの思いなの。お父さんがどんなに日本を気に入っても、イギリス生まれという事実だけはどうにもなりません。せめて、お父さんは自分の血を分けた子供に自分の力で築いたものを形としてこの日本に残したいと思われたんですよ」

「で、お母さんはどう思われたのですか？」

「お腹を痛めた私が反対するはずがないでしょ？　もろてを上げて賛成どころか、私からもお願いしますと言いましたよ」

この提案は当然、愛子の実家である平野家にも報告され、主人の常助や夫人の菊を大いに感動させることとなった。常助が手ばなしで喜ぶ。

「竜太郎さんが平野竜太郎を名乗ってくれるのはとても嬉しいですが、腹の底では、申し分けないなと思って来ましたよ。もう今の日本じゃ男尊女卑《だんそんじょひ》の考え方は古くなりつつあるというものの、やはり、竜太郎さんはハンターという名前を継ぐべきだと思って来ましたよ。そんな私たちですから範多家を起こして下さるのは嬉しいかぎりです」

菊も言葉を添える。

「この平野の一族で才助の跡目を誰かに譲りたいという考えもあります。それを竜太郎さんにお譲りしてはいかがです?」

「そうだな、新しい戸籍を作る祝いにちょうどいいな」

平野家としても、愛子が婿のハンターとの間にもうけた子供の独立に当たって出来るだけの力添えをしてやりたいと思うのであった。両家の思いをしっかりと受け止めて、竜太郎は明治二十六年、二十二歳にして範多家を起こすこととなった。

第四十一章　日清戦争の陰で

電灯事業の最初

明治二十六年十二月三十一日、二十二歳にして「範多竜太郎」として新たな戸籍を編成した竜太郎は今さらながらに自分の名前について、その重みを実感した。それは想像上の動物、竜のようにたくましくという意味だけではなく、幕末の志士、坂本龍馬《さかもとりょうま》にあやかってという意味もあった。ハンターと愛子の期待に応えて、立派に成人した竜太郎にやがて、自分が立ち上げたビジネスを引き継がせたいという親心を節々に感じる竜太郎が、ドイツとイギリスで学んだ知識を活かす絶好のチャンスが訪れた。支配人の秋月が血相を変えてハンターに相談を持ちかける事態が発生した。

「河川航行用の浅喫水汽船の受注があるのですが、ロシアからの注文なんです。いかが致しましょうか？」

それは二年前にロシアが起工したシベリア鉄道の敷設用材料運搬のために浅喫水汽船《せんきっすいきせん》が必要ということで、二隻合わせての受注であった。

「日本デ造ル船ヲ外国ニ輸出スルノハ名誉ナコトダ。我ガ社ノプライドダケデナク、日本ノ名誉ニカケテモイイ仕事ヲシマショウ」

全長十二メートル、幅二、四メートル、喫水〇、三メートル、速力七、五ノットの鋼製外車船で、燃料は木材。現地では船を目的地に配置するのに陸上運搬の必要もあり、真ん中で二つ折りにし、継ぎ合わせが出来るよう特殊設計で切り抜けるという芸当をやってのけた。これは大阪鉄工所の輸出船第一号となった。

同様に、外国で運航される船の注文が舞い込んだ。清国人からの依頼で、韓国の漢江航行用浅喫水汽船の注文であった。長さ二十七メートルで、喫水〇、四五メートル、小型ながら速力十ノットという快速艇である。嬉しい受注のはずなのに、何か腑に落ちないものを感じて秋月が考え込む。

「清国の個人からの注文ということにはなっていますが、何かにおうんですよね」

折しも、得意先の大阪商船が船を走らせる朝鮮沿岸航路がここに来て日増しにあわただしい様相を見せるようになって来ていた。明治維新後、近代国家をめざす日本と一八六〇年代から洋務運動による近代化を進めて来ていた清朝（中国）との間に生じた朝鮮半島をめぐる軋轢《あつれき》がもはやどうすることも出来ぬほど緊張の域に達していた。秋月の直感は的中し、その船は実のところ、清国政府の内命によるものであるという事実がほどなく判明する。朝鮮王朝をめぐる日本と清国の意見の衝突が極地に達し、明治二十七年七月、日清戦争が勃発する。

「秋月サンガ気ニシテイタコトガ起コリマシタネ」ハンターが腕組みしながら、ため息をつく。

「敵国カラノ注文デアッタコトガ分カッタ以上、コノ船ヲ注文主ニ渡スワケニハイケマセン」

「同感です。いくら商売とはいえ敵国に船を渡すのは日本の国を売ることと同じですからねえ。しかし、この船にとっては不運なことですねえ」

「ソノ通リデス。船ニハ何ノ罪モナイシ、私タチニトッテハ船ハ命モ同然デスカラネエ」

ハンターは考え込む。秋月も同じである。

「ハッキリシテイルコトハ、セッカク造リ上ゲタコノ船ヲ無駄ニスル訳ニハイカナイ、トイウコトデス。ドウダロウ？　秋月サン、イッソコノ船ヲ日本政府ニ寄贈スルトイウ方法ハ？」

思いもかけないハンターの提案に、秋月がはたと手を打って、言う。

「名案です！」その時々の時勢を的確に判断し、素早く柔軟に対応する、ハンターのこの才覚が彼を立身出世の人物として大成させる。清国の政府筋からの注文で造られた船が「鉄島丸」と名付けられて、日本政府の軍用船となり、韓国の漢江や大同江で、軍用物資の運搬に使用されるようになった。

運命にほんろうされたこの船は、戦争が終わると、日本国内に戻され、香川県粟島を船籍港として、海浜漁村の巡視や郵便物集配業務に使用される。思いがけなくも、この戦争のとばっちりで損害をこうむった大阪鉄工所が、すぐに、繁忙の時を迎える。日清戦争の始まりと共に、国内の汽船は大部分が軍用に徴用されるという状況になっていた。戦局が拡大するにつれ、船腹はいよいよ不足し、日本政府は海運業者に命じて盛んに外国船を購入、国内の各港に係留されていた廃船同様の船まで、軍用に買い上げるという対策を講じたのであった。これらの船舶の修繕が大阪鉄工所に多数舞い込み、にわかに繁忙をきわめることとなった。

こんななか、明治二十八年三月、呉鎮守府から思いがけない注文が届いた。戦地用曳船汽艇建造計画に基づく三十隻のうち八隻を大阪鉄工所にという注文である。それは喜ばしいことであるが、五十日間で仕上げるようにという条件が付いていた。秋月が頭を抱え込む。

「せっかく注文を受けたものを断るのはもったいない。何としてもやり通す方法を考えたい」

支配人の甲賀卯吉が言う。

「ですが、五十日間で八隻の船をという注文は無茶苦茶過ぎます」

首脳陣の二人が真剣に悩んでいる姿を見て、明治二十一年以来副支配人の肩書きをもらっている三好光三郎と、二十四年に技師長となった小野正作が加わって智恵を出し合う。

四人が真剣に意見を交換している現場にハンターが姿を現す。

「皆サンノチャレンジ精神ニ応エテ私、特別ノ賞金ヲ出シタイト思イマスガ？」

このハンターの一言で決まりである。五十日間で八隻の曳船を建造するという呉鎮守府からの注文を引き受けることに決定した。小野正作が技師長の責任において、設計図を見直し、戦地用であることを大前提として、堅牢かつ取り扱いが簡単であることを主眼に、シリンダーのフレームとベッドを一個の鋳物で作成することを考えた。小野に協力して機械設計係の宮浦菊太郎が知恵を絞っての名案である。宮浦は石炭商の多賀鹿蔵から受注した石炭運搬船の特殊設計をみごとやってのけた実績を持つ。ハンターがキルビー商会とかかわっていた頃からの付き合いで、大阪鉄工所創立当初からハンターが安心して仕事を任せて来た信頼のおける人物である。その上に立つ小野自身も、少し前の「武庫川丸」と「太田川丸」に三連成機関を装備するに当たって、新式鋲鋲法の許可を東京の管船局に掛け合って取り付けた実績の持ち主である。この二人が中心となって取り組むのだから、いかなる難問も解決しないわけがない、とハンターは信頼していた。それだけに、特別の報奨金でねぎらいたい、とハンターは考えたのである。一刻を争う作業が始まり、工場は夜間にも工事の音が響くようになった。この時点では大阪鉄工所が既に電灯を設置していたので、夜間の突貫工事が可能であった。

この電灯の採用についてもハンターの決断は早かった。明治十六年に東京電灯会社が設立されたのが日本における電灯事業の嚆矢であるが、その四年後の明治二十年、鴻池善右衛門、住友吉左衛門、藤田伝三郎らが資金を出し合って大阪電灯会社を設立した。大阪は東京に負けじと、高圧送電を可能にする交流方式を採用、商都大阪を昼も夜も明るくしようという気運を高めている最中であった。その動きをいち早くキャッチしたハンターが率先して協力し、大阪鉄工所に電灯設備を施していた。これが役に立った。総力を結集してことに挑んでも、未知のものへの挑戦には次々と難問が降りかかるものである。小野技師長が顔色を青くして、甲賀支配人と三好副支配人に報告する。

「シリンダーとベッドの一体化がうまくいきません」

本来、別々のものを効率の良さをもくろんで、一体化しようと設計図を書いたのは小野自身であった。自ら陣頭指揮をとって来た小野が、自分の設計通りにことが運ばないことに自信を喪失している。

甲賀と三好が頭を抱え込む。総理の秋月が冷静に助言する。

「鋳物職人のやりやすいように一度、任せてみてはどうですか?」

甲賀も、三好も秋月の助言に賛同する。

「今回の仕事はみんなが経営者感覚でそれぞれに力を出し合って、働きに応じた報奨金を出そうという特別事業ですから、鋳物班の実力を信じて伸び伸びとやってもらうというのは名案ですね」

「時間の制約のなかで、何とかやり遂げてくれるよう見守りましょう」

部下たちの働きを見て、ハンターはただ一言。

「充分ヤッテモラッテ感謝シテイル。無事仕上ゲテクレルコトダケヲ祈リマス」

愛子が工場に泊まり込んで、従業員たちの面倒を見る。特に、徹夜組の夜食に愛子ならではの気配りを見せるのであった。

「は〜い、班長さん、皆さんに夜食を食べてもらって下さいな」

と、炊きたてのご飯に味噌汁と鯵の干物を焼いたおかずを添えて、従業員たちの労をねぎらうのであった。若い竜太郎が母を助けて一緒にみんなの世話をする。

「皆さ〜ん、ひと休みして、力を付けて下さい」

時間との戦いのなかでの貴重な休憩である。鯵の干物が鰯の酢漬けに変わったり、めばるの煮物になったり、目先を変えて愛子の手作り料理で従業員の労をねぎらうのであった。

「こんな夜食をご馳走になる時間ももったいない」と気を使う従業員たちに、竜太郎が言う。

「だからこそ、夜食で力を付けて、頑張ってほしいのです。よろしくお願いしますよ」

さりげなく、従業員たちを叱咤激励する我が子のやり口をハンターが目を細めてながめる。再三の失敗に、期日を危ぶむ声もあったが、熱心な鋳物職の工夫で、みごと、シリンダーとフレーム、ベッドが一体化した鋳物を作り上げ、仕上げ手間の省略、構造の堅牢という二重の効果を挙げることが出来た。昼夜をいとわぬ突貫工事で、順調に作業が進んでいる三月末、日清戦争が休戦となり、艇の必要がなくなった。とはいえ個人経営の一造船所が全員一致協力の献身的な働きをしたことが日本政府に認められて、軍当局から称賛を受ける結果となった。この時、職工数が四年前の三百八十人から五百人にふくらんでおり、年収も二十六年の二十一万円から五割増しの三十二万円に増加していた。さらに、二十八年には三十四万円が見込まれていた。業歴十四年にして今、事業基盤が着実に固まりつつあった。こんな状況のもとに、ハンターは事業の第一戦から身を引き、大阪鉄工所所主の地位を長男、範多竜太郎に譲り渡すことを決意する。

ハンター五十二歳の時であった。

第四十二章　小泉八雲ときんつば

きんつばの誕生
八雲名作誕生の秘話

明治二十八年（1895）六月、ハンターは大阪鉄工所所主の地位を長男、範多竜太郎に譲り渡した。が、引退後もハンターは常に出所し、老主として決済権を持って業務にたずさわった大阪鉄工所に若い息吹が吹き込まれた直後、明治二十九年三月、造船奨励法と航海奨励法が公布された。造船奨励法は、民間造船所が建造する七百総トン以上の鉄船・鋼船に補助金を交付し、大型船の建造を促そうというねらいで、我が国最初の造船助成策であった。

「国策ニ応エテ今コソ、総力ヲ結集シテ頑張ロウ」

ハンターが竜太郎の采配の援護射撃をする。日本への愛国心を英国人が鼓舞するのである。こんな折りも折り、ハンターが神戸の居留地にいるタイミングを見計らって、米田左門が姿を見せた。

「ラフカディオ・ハーンさんの日本への帰化が認められたそうですよ」

ラフカディオ・ハーンとは、正式名をパトリック・ラフカディオ・ハーンと言い、ギリシャ生まれのイギリス人で、明治二十三年（1890）来日。島根や熊本での生活を経て、二年前の明治二十七年十一月に来神、在来の外国人を対象に発行する神戸クロニクル新聞の記者としての活躍が注目されている人物であった。兵庫県知事、服部一三が文部省の学務局長として米国滞在中にハーンと知己になっており、そのつてを頼って神戸に来たものであった。ハンターが彼のことを知ったのは米田から聞かされたからであるが、同じイギリス人であることに加え、彼が島根在住中に日本人女性の小泉セツと結婚したことに親近感を覚えていた。米田が言う。

「日本に対する格別の思いを持って下さっている点がハンターさんと同類と私は見ています。ハーンさんは、日本を題材にした生活文化情報を英語でアメリカやイギリスに発表しておられるそうですが、いつか日本語に翻訳されて、我が国でも評価されるようになると私は予想しています」

米田が関心を示すハーンの海外への情報発信活動がのちに「耳無し芳一」を含む「怪談」という文学作品を生み出すのであるが、この明治年間のハーンは教員や新聞記者として知る人ぞ知るといった程度の存在であった。作家・小泉八雲として有名になるのはのちのちのことである。そしてその小泉八雲という日本名が、認可されたのはこの年、明治二十九年一月十五日、神戸においてであった。米田が言う。

「ハーンさんと同じように、ハンターさんも日本に帰化なさいませんか？」

ハンターが顎を撫でながら答える。

「ウーン、帰化ネ。竜太郎ヲ帰化サセタコトデ私は充分ダト思ッテマシタガ……」

それはハンターの本音であった。日本を愛し、日本女性の愛子と結婚し、この国に死ぬまで暮らし続ける決意ではあっても、自分がイギリスのアイルランド生まれであるという事実だけはどうすることも出来ない。

「私ハトックニ日本人ト同ジ気持デス。形ハドウデモ、心ガ日本人ナラ、ソレデ良イト思ッテキマシタガ……」

急にしんみりするハンターであった。米田が気遣う。

「申し訳ありません。ハンターさんと愛子さんの子供の竜太郎さんが範多竜太郎として日本国籍を取得されたことで充分でした。いや、余計なことを言って失礼しました。お許し下さい」

米田が深々と頭を下げる。その姿にハンターが恐縮する。

「イヤ、ハーンサンノ決断ハ立派デス。三回モ四回モ県庁ニ足ヲ運ンデ帰化ヲモノニサレタト聞イテイマスガ、実行力ニ敬意ヲ表シマス。ダカラト言ッテ私モ真似ヲシテ帰化スベキカドウカ、ト言ウノハ別問題デス」

「いや、よく分かりました。竜太郎さんを帰化させられただけで立派だと思います。一度、ハンターさんとハーンさんのお二人を引き合わせさせていただきたいと思っています」

米田の思いが半年ほど後に実現する。

明治二十九年の秋の彼岸も近くなったころ、米田がハンターと愛子をラフカディオ・ハーンの住まいに案内した。四宮神社《よのみやじんじゃ》の森の南西に当たる田園地帯の中に四年前の明治二十五年から中国風の寺院「関帝廟《かんていびょう》」が出来ていた。中国人・実業家、呉錦堂《ごきんどう》が中心となって大阪・布施《ふせ》にあった古い寺の長楽寺《ちょうらくじ》をこの地に移したもので、中国の三国時代の武神《ぶしん》・関羽《かんう》を祀る寺院であった。雑居地で商売する華僑《かきょう》が参詣に訪れる姿がよく見受けられる異国情緒たっぷりの寺であった。そのすぐ東に位置する中山手通七丁目の日本調の民家にハーンとセツ、それに今年五歳になる長男の一雄の三人の家族が住んでいた。飛び交う赤とんぼの下に曼珠沙華《まんじゅしゃげ》が咲く小道を歩いてたどり着いた藁葺《わらぶ》き屋根の軒先に真新しい表札が掲げられ、「小泉八雲」と書かれた筆文字が新鮮であった。

静かな座敷に通されて、ハンターと愛子はいくばくかの時間を自分たちと同じように国際結婚をしているハーンとセツ夫妻と共に過ごすのであった。案内の米田がみやげに持参した高砂屋の和菓子の六方焼きを口にしながら、語らいの時が過ぎていく。高砂屋は元町通りで明治十年一月に紅花堂として杉田太吉が創業。瓦煎餅で土台を築き、同十七年一月、高砂屋と屋号を改め、瓦煎餅に加えて和菓子の販売で着実に実績を積み重ねつつあったが、ごく最近、世間一般に知られた丸い形の金鍔《きんつば》を杉田が四角い金鍔に改良して世間の注目を集めているところであった。米田が八雲に説明する。

「金鍔は日本の武士の魂といわれた刀の鍔に似た和菓子だから、鍔という名前で呼ばれています。京都で作られた時は銀鍔《ぎんつば》と呼ばれていましたが、東京で盛んに作られるようになって、銀の上をいく金を名前に付けて金鍔と呼ばれるようになったいきさつがあります。それを神戸の高砂屋はさらに工夫して、丸い形を四角にしました」

八雲が記者らしい興味を示して質問する。

「刀ノ鍔ハ丸イデスヨネ？　四角ニナレバ、鍔トハ言エナクナリマセンカ？」

自分が妻に選んだセツが松江士族の家柄であることから、武士が愛用していた刀の鍔がどういうものか、よく理解出来る八雲である。

「その通りです。だから、杉田さんは六方焼《ろっぽうや》きと銘打って高砂屋の新しい名物にしようと試行錯誤の最中なのですね。ハーンさん、失礼、八雲さんとハンターさんに感想をお聞きしたくて、特別に焼いてもらって来たんですよ」

従来の金鍔は小麦粉を水でこねて、薄く伸ばした生地で芋餡《いもあん》を包んだものが主流であったが、高砂屋の主の杉田はあずきの粒あんを寒天《かんてん》を用いて四角く固め、その上に小麦粉を水でゆるく溶いた生地で覆いながら銅板で一面ずつ焼き上げるという方法を考え出していた。正方形の表と裏の側面が長方形で四面あり、合計六面を銅板で焦げない程度に焼き上げる技術を目下、試行錯誤している最中なのであった。アメリカから輸入される小麦粉がメリケン波止場に陸揚げされることから船来への尊敬の思いを込めて民衆が「メリケン粉」と呼ぶ小麦粉と寒天をうまく融和させて焼き上げる六方焼きは創案元の屋号を冠して「高砂きんつば」と命名される。翌年の明治三十年に大々的に売り出して高砂屋はもとより、神戸の名物ともなるものである。八雲の妻のセツが抹茶を点ててもてなす。そのお点前の所作はさすが松江藩士の武家の女性である。八雲もまた着物姿で、ハンター夫妻を迎えており、何年も前からの親しい友人の間柄であるかのように語り合う。

「コノ国ニハ独自ノ優レタ文化ガタクサンアリマスネ。ダカラ私ハ感ジルママニアメリカヤイギリスニ日本ノ素晴ラシサヲ知ラセテイルノデス」

ハンターが共鳴する。

「同ジ思イデス。私モ日本女性ヲ妻ニ迎エタホドデスカラ、コノ国ノ素晴ラシサ良ク分カリマス」

二人の西洋人が抹茶をすすりながら、日本談義である。すすり終えた茶碗をさりげなく逆回しにするあたり、八雲の茶道の心得も本格的で、それほどまでに彼が日本文化に深い関心を寄せていることが伺い知れるのであった。茶碗をそっと畳の上に置くと、八雲は急に厳しい顔になって、

「コノ神戸ニ住ンデ一年ト九カ月ニナリマスガ、居留地ノ外ノ日本人ガアマリニ西洋カブレシ過ギテ、日本本来ノ文化ヲ否定スル気運ガアルノハヨロシクナイト私思イマス」

八雲は四十六歳。ハンターは五十三歳になっていた。自分より二十三年も遅れて来日しながら、日本の実情をこれほどまでに的確に批評する小泉八雲という人物を、ハンターは聞きしに勝る傑物《けつぶつ》と判断した。八雲の住まいの座敷で松江士族の娘のセツと、浪速商人の娘の愛子が話に花を咲かせる一方で、ハンターと八雲と米田の男三人は庭先に出て、曼珠沙華を見る。毒々しいほど強烈な赤い水引き細工のような花に目をやりながら、ハンターが八雲に問いかける。

「死人花《しびとばな》ト言ってこの花を嫌ウ日本人ガイマスガ、八雲サンハコノ花ドウ思イマスカ？」

「私？　曼珠沙華、大好キデス」

ハンターは思わず八雲に手を差し伸べた。

「私ト同ジデス。秋ノ彼岸ノ前後ニホンノワズカノ間ダケ姿見セテ、サット姿消シテ行クコノイサギヨイ花ガ私、大好キデス。平家ノ赤旗ノ色ヲシタコノ花、見ルタビ私、モノノ哀ワレ思イマス」

八雲が言葉を続ける。

「平家滅亡デスネ？　確カニ隻眼《せきがん》ノ私ニモコノ花ハトテモ悲シイモノ感じジサセマスネ」

八雲は十六歳の時、フランスの留学先で左目を負傷し、失明した。以後、右目だけの不自由な身と

なったにもかかわらず、人一倍意欲的な活動を展開し続け、イギリスのロンドンを経て、アメリカに渡り、ニューヨークでの生活の後、ニューオーリンズで編集の仕事をしている時に服部一三に出会ったことが日本に来るきっかけとなったのであった。最初は一時的に身を寄せる軽い気持ちであったが、日本の良さに惚れ込んで、日本女性と結婚もし、長男をもうけて日本に帰化し、今では生涯をこの国で過ごすべく決意していた。実は、ハーンはアメリカで黒人女性と結婚したことがある。人種差別の激しい時代で、黒人との結婚というだけで、不都合を生じ、離婚に追いやられてしまった。そんな苦い経験があるだけに、ハーンは今度こそこの日本での結婚生活を大事にしたいと心底から願うのであった。そんなハーンの気持ちに応えて、セツがよく尽くした。単に身の回りの世話をやくだけでなく、日本独自の文化について、興味深い事実をさぐり当てては、ハーンに分かりやすく教えるのであった。

八雲が言う。

「福岡デモラッテイタ月給ガ半分以下ニナルノヲ承知デ神戸ニ来マシタ。ココデユニークナ体験出来レバ金銭以上ノ値打チガアルトイウ気持チデ、色々ナ知識ヲ吸収シテイマス。コノ神戸ガ平家ユカリノ地デアルコトヲ妻カラ教エテモラッテ来マシタ。平清盛ガコノスグ近クノ平野ニ晩年ノ十四年間、住ンデイタソウデス。彼ノ気持チヲ想像スルノハ私ニハ大変豊カナ時間デス」

ハンターが答える。

「オゴル平家ハ久シカラズ、ト言ウコトデ、平家ハ滅亡シマシタガ、平家ガ栄エタ最後ノ地ガ神戸ダト思エバ、本当ニ色々ナコト考エサセラレマスネ？　米田先生」

ハンターが米田に同意を求める。その辺の詳しいことはまさに米田が得意とする歴史ストーリーである。八雲とハンターが真剣に耳を傾ける。

「治承四年、今から七百十六年前に平清盛が福原遷都《ふくはらせんと》を行ってこの神戸を日本の中心地にした半年間が平家の最後の栄華でした。清盛が京に戻って死んでから三年後の寿永二年に平家が都落ちし、須磨一ノ谷の合戦を皮切りに、四国屋島の合戦、下関の壇ノ浦の合戦などで滅亡してしまったわけですが、平家が輝きを見せた最後の地にお二人が住んでいらっしゃる意味は深いと私は思います」

「平家滅亡ノ様子、詳シク知リタイデス」

八雲が目を輝かせる。といっても、隻眼のため、右目だけしか輝かせようがないが、光を失った左目の代わりに心の眼を見開いて米田の話の一部始終を吸収する八雲であった。

「日本ニハ滅ビノ美学ガアリマスネ」

しみじみと言う八雲の右目に曼珠沙華が映って、折からのそよ風に小刻みに揺れる。ハンターも八雲と同じ気持ちである。

「諸行無常《しょぎょうむじょう》ノ心デスネ。ダカラコソ諦メルノデナク、命ノ炎ヲイッソウ燃ヤスベキト私ハ思ッテイマス」

どことなく共通点のある西洋生まれの二人が意気投合した秋の一日であった。しかし、曼珠沙華がいつの間にやらその姿を見せなくなったころ、小泉八雲の家族もこの神戸から姿を消してしまったのである。ほどなく、ハンターのもとに届いた手紙には東京新宿富久町の住所が記されてあった。セツが表書きしたものであろう、封筒に書かれた女性のものらしい筆跡を見て、愛子が言う。

「神戸で三度も引っ越しなさった小泉さんたちですから、東京への引っ越しも気軽なものなんですね。

やっぱり新聞記者のお仕事なのかしら？」便箋の英語の文面を読んでハンターが言う。

「イヤ、新聞記者デハナク、東京帝大デ英文学ヲ教エテイルト書カレテアリマス。彼ホドノ才能ナラ、何ヲシテモウマク事ガ運ブダロウ」

ハンターが見込んだ通り、東京帝国大学での教え子の中から、名曲「荒城の月」の作詞者として知られる土井晩翠が世に出る。そして、明治三十六年、帝大の講師の後任を夏目漱石に譲って、翌年の三月、八雲は早稲田大学の講師となる。このころ、かねてよりセツから教えてもらっていた日本の伝説や幽霊話などを題材に自分の感性を加えて情緒のある文学作品に仕上げた「日本の怪談」をアメリカに向けてハーンは英語で出版した。その少し後、明治三十七年九月二十六日、狭心症で八雲は東京大久保の自宅で息を引き取る。五十四歳。平家の落人をほうむる下関の墓場で盲目の琵琶法師・芳一が平家の亡霊たちを相手に弾き語りするという鬼気迫る小説が日本語に翻訳されて評判となるのは、大正時代も末期になってからのことである。片時、神戸の八雲の住まいで心通わせたハンターがそのことを知るすべもない。同様に、ハンター自身が創業した大阪鉄工所が、日本の経済界に大きな影響を与える立派な企業として成長することすらも当の本人には分からない。まさに人生とは不可思議なものである。

第四十三章　キネトスコープと東郷平八郎

日本初の映画上映

時がゆるやかに流れていた。歳月は世間をうつろわせ、人も育てる。明治二十八年六月に大阪鉄工所所主の地位を息子の範多竜太郎に譲って時間の余裕が出来たハンターは神戸居留地二十九番館を拠点とするハンター商会の経営に本腰を入れるのであった。勃興しつつある日本の産業界を見据えて、機械類や素材、鉱石などの原料品を輸入販売することに力を注いだ。支配人として雇い入れた英国人、F・W・ノアールのもとで働く渡辺万寿太郎が積極的に営業活動を行ううちに、おもしろい情報を入手してきた。

「高橋商会が活動写真をお披露目するそうですよ」

高橋商会とは湊川神社前の相生町にある鉄砲火薬商である。ハンターの上司であったキルビーが猟銃や弾丸を買い求めていた銃砲店である。最近は二代目の高橋信治の経営に変わっているとは聞いていたが、本来の業務とは全く異なる動きを感じてハンターが興味を示す。

「活動写真？　何デスカ？　ソレ」

「写真が動くそうです。ピープショーと言ってアメリカで流行しているものを高橋さんが日本に輸入したそうです。十一月二十五日から神港倶楽部《しんこうくらぶ》でお披露目だそうですよ」

「銃砲店ガピープショー？　神港倶楽部デ、デスカ？」

ハンターはただごとならぬものを感じた。キルビーのおもかげが鮮明に脳裏によみがえって来た。

神港倶楽部は神戸の政財界の有力者たちが資金を出し合って花隈に作り上げた交流倶楽部である。明治十六年暮れにキルビーが拳銃自殺した後、彼が経営していた小野浜造船所が軍艦大和《ぐんかんやまと》の建造を請け負っていたことから、同造船所の運営を国が継承し、建造途中であった軍艦大和を国の力で完成させた。その総監督として赴任して来た海軍中佐、東郷平八郎《とうごうへいはちろう》が明治十八年七月から一年近くを過ごした所が神港倶楽部であった。後日談だが、この神港倶楽部は昭和二十年の神戸大空襲で焼失し、その敷地の一部にその後、川崎重工健康保健組合のビルが建つ。そのビルの前に「東郷井《とうごうせい》」と刻まれた石碑が存在するが、それは東郷平八郎が朝夕使用した井戸のあった所を記念しての顕彰碑である。

ハンターにとってかけがえのない上司であり、またビジネスの良きパートナーであったキルビーと縁のあった高橋商会が、ピープショーを催す会場が神港倶楽部だというのである。よくよくの深い縁を感じてハンターは渡辺万寿太郎に言った。

「ソノピープショー、私、見ニ行キタイデス。高橋商会ニ連絡シテ下サイ」

想像以上にハンターが興味を示したので、渡辺は上機嫌になって高橋商会と連絡を取った。

「十一月十七日に宇治川《うじかわ》の常磐《ときわ》で特別のお披露目をするそうです。ハンターさんを是非、招待したいと高橋さんが言っておられます」

常磐は宇治川の畔にある料亭である。神港倶楽部での一般公開に先駆けて、特別の招待客に内々の披露を行うということだった。その会にハンターを招待してくれるというのである。

「キルビーさんゆかりのハンターさんがキネトスコープに関心を示してくれたことが高橋さん、よほど嬉しかったようですよ」

渡辺が満足げに報告する。十一月十七日、宇治川の流れにこざっぱりした店舗の影を映す料亭「常磐」はいつもより華やいだ雰囲気で、高橋商会の特別の招待客たちを迎え入れていた。玄関先でハンターを出迎えた高橋が喜んで握手を求めながら言う。

「よく来て下さいました。キルビーさんからハンターさんのことをお聞きしておりました。いつも、あなたのことを誇りに思ってらっしゃいましたよ。お会い出来て光栄です」

高橋の手を握り返して、ハンターが答える。

「私モ嬉シイデス。キルビーガ猟銃ヤ弾ヲ買ワセテイタダイテイタ高橋サントコウシテオ会イ出来ルナンテ……」

その時、奥から高橋のそばに近づいて来た西洋人を見てハンターは思わず歓声を上げた。見覚えのあるその顔は居留地十四番館で貿易商を営む米人、E・H・リネルだった。リネルの方から言葉をかけてきた。

「ハンターサン、私、高橋サンニ協力シテイマス」

エジソンが発明したキネトスコープを日本に輸入するのにリネル商会が一役買っていた。

「ソウデスカ。アナタガ協力シタカラコソ、キネトスコープノ輸入ガ実現シタワケデスネ」

日本で初めてのこの試みに、よくよくハンターとゆかりのある人たちがかかわっていることを知ってハンターは不思議な気持ちになった。

常磐の大広間の床の間の前に人間の胸ほどまでの高さの箱が置かれていた。それがキネトスコープであった。明治二十二年（１８８９）から同二十四年（１８９１）にかけてエジソンが発明して以来、全米各地で人気を呼び、キネトスコープを見せるための「キネトスコープパーラー」という店があちこちに出来ているということだった。箱を上からのぞき込んで動くフィルムを見ることからピープショーと呼ばれていた。そんなアメリカの状況を高橋がリネルから聞き及んで「ぜひ日本にも」と希望し、エジソンの発明から五年後にして、日本でのこのお披露目となったものであった。二十名近い招待客が揃ったところで、高橋が挨拶する。

「銃砲店の私が意外なことをするものだ、と思われるかもしれませんが、私の扱っている猟銃は狩りをする道具です。色々なものを積極的に追い求めて行くうちに、キネトスコープに巡り会いました。これと狙いを定めたら、狩人は獲物を逃しません。リネルさんの力を借りて、有名なエジソン商会に掛け合ってもらいまして、キネトスコープを日本に輸入することに成功しました」

すかさず、リネルが言葉をはさむ。

「高橋サンハビジネスノプロフェッショナルデス。人間ト人間ノ交際ヲ大切ニシマス。高橋商会ノ取引先ダッタ小野浜造船所ノキルビーサント親シカッタハンターサンヲ招待ナサッタコト、トテモ素晴ラシイデス。ハンターサン、ソコニイマス」

リネルがハンターを手で示すので、ハンターは立ち上がって、居並ぶ人たちにお辞儀をした。期せずして拍手がおこり、それが鳴りやむのを待って、高橋が後を続ける。

「リネルさんのおっしゃる通り、私はビジネスとは人と人との絆だと心得ております。こんな私の考えに賛同して、リネルさんがプライド高いエジソン商会と掛け合って下さいました。八日後にこのキネトスコープを世間の皆さんに公開致しますが、それに先駆けての本日のこのお披露目でございます。高橋商会にとって大切な方ばかりを選んで本日お招き致しましたところ、思いがけなくも、有栖《ありす》川《がわの》宮《みや》妃殿下《ひでんか》様がお見え下さいました」

意外な言葉に場内がざわめく。

「ここで、妃殿下様をお迎え申し上げます」

お付きの人に先導されて見るからに気品のある夫人が会場に姿を現した。場内のみんなが立ち上がり、拍手で迎える。ハンターは「コレガ噂ニ聞ク皇族カ」と思う。少し離れた特別席に妃殿下が落ち着くのを待ってみんなも座る。

今から八年前の明治二十一年（1888）、有栖川宮熾仁親王《ありすがわのみやたるひとしんのう》が舞子柏山《かしわやま》に避暑に訪れ、海峡越しに淡路島を一望する景色を気に入り、そこに別荘を構えることとなった。五年後の明治二十六年に建築を開始、翌二十七年に完成した。折しも日清戦争の勃発と重なり、親王は陸海軍の総司令官として広島大本営に赴くが、そこで腸チフスを患って、完成したばかりの舞子の別荘で静養生活を送ることとなった。一旦は軽快に向かったものの、薬石の効なく、日清戦争終結の三月前の二十八年一月に六十一歳の生涯を舞子で閉じた。この後を弟の威仁親王《たけひとしんのう》が継承した。今、常磐に姿を見せた妃殿下は威仁親王の妃殿下である。本来なら威仁親王自らに来てもらいたいところだが、どうしたことか、親王もまた兄と同じように病にみまわれ、舞子の別荘で静養中なのであった。という事情があって、やむをえず、妃殿下単独での出席となったものである。

「まず、妃殿下様にご覧いただきます」

高橋が妃殿下を床の間の前に案内する。キネトスコープは一人ずつのぞき込む。四十フィートから五十フィートのフィルムを電灯の明かりに透かして拡大鏡でのぞくという仕組みである。一秒間に四十八コマの静止画が動き、目の残像を利用して動きが感じられるというもので、一分ほどで終わる。顔をくっつけるようにして箱の中をのぞき終わった妃殿下が感嘆の声をもらす。

「まあ、箱の中で本当に人が動いていますこと」

上気した面持ちで驚きの表情を素直に見せる妃殿下だった。高橋とリネルが気を使って、ハンターを次に案内してくれた。

「西洋人、トランプに興じる図と題する作品です」

高橋がスイッチを入れると、「ジー」という音と共にレンズの向こうでチラチラと何人かの西洋人がカードを手に動くさまが写し出された。このフィルムはキネトグラフという撮影機で写されたもので、こういった作品が何本かあるという。

「神港倶楽部ではまた別の作品を見ていただきますので、是非またお越し下さい。今度はご夫人同伴でどうぞ」

高橋は西洋人のハンターが公式行事には夫人を同伴させるであろうことをみごとに読んでいる。そつのない言葉に誘われて、ハンターは今度は愛子を誘って招待にあずかることにした。

明治二十九年十一月二十五日、紅葉を始めた四宮神社の森をすぐそこに見る神港倶楽部は朝から人の出入りが激しく、いかにも特別の催しが始まるという雰囲気のなかで、キネトスコープ一般公開の幕を開けた。観覧料二十五銭を払って詰めかけた民衆が、神港倶楽部北東端の洋室で、今か今かと待つうちに、主催者の高橋信治がねぎらいの挨拶をして一人の男を紹介した。活動写真の弁士をこの催しをきっかけに始めていくという上田布袋軒《うえだほていけん》という人物だった。シルクハットに燕尾服、カイゼル髭をたくわえて独特の雰囲気をただよわせた男である。紹介されるやいなや、両手を大きく広げて観衆の注意を引きつける仕草がいかにもそれっぽい。声高に喋り始めた。

「ハァ〜イ、レディーズン、ジェントルメン。本日お集まりの皆さんは世紀の一瞬に立ち会うという名誉なお方です。世にも不思議な活動写真、高橋商会が世界の発明王、エジソンの特別の許可を得まして、はろばろと海を越えて日本に輸入致しました。姿を写し取る写真の発明だけでも目を見張るものがございましたのに、なんと、写真が動くというのです。ここに用意致しましたのは、まさに魔法の箱とでも申すべき摩訶不思議の箱にございます。これをキネトスコープと申します。本日皆様のお目にご覧入れまするは、猟銃を扱います高橋商会ならではのだしもの『西洋人鉄砲を撃つの図』でございます。いかなる所作で西洋人が射撃致しますやら。皆様撃たれないように十分お気を付けなさいまして、とくとご覧あれ！」

得意満面に口上を続ける布袋軒である。

「さあ、それではいよいよ、本邦初公開の活動写真、皆様の先陣を切ってご高覧を賜りますお方様は恐れ多くも賢くも小松宮彰仁親王殿下《こまつのみやあきひとしんのうでんか》様にございます。公務ご多忙にもかかわりませず、わざわざ、東京より神戸くんだりまでご光臨の栄を賜りました。さあ、皆様、盛大なる敬意を表してお迎え下さいませェ」

見るからに威厳のある小松宮彰仁殿下がまぎれもなく、姿を現したのである。先日の有栖川宮妃殿下といい、今日の小松宮殿下といい、高橋商会はよくよく皇族が好きと見える。ある意味、このキネトスコープの公開がそれほど画期的な出来事であるとも言えるのであった。

群衆に交じってハンターと愛子は遠慮がちに遠目にそのさまをながめていた。小松宮殿下はすぐに見終わると、お付きの方々に付き添われて会場から姿を消した。布袋軒が案内を続ける。

「さあ、いよいよ皆様方に順次ご覧いただいて参りますが、まず、この方々にご覧戴きたいと存知ます。高橋商会と何かとえにしの深いお方です。また、エジソン商会と掛け合って戴きましたリネル商会ともゆかりのあるお方、今や実業界でも注目のハンターご夫妻でございます」

わざと目立たぬように群衆の中に身を隠していたのに、さすがは人の気を引くのがうまい活動弁士である。布袋軒に促されて、ハンターと愛子は前に出た。期せずして起こる拍手に応えて、ハンターは日本流にお辞儀をして、キネトスコープののぞき穴に目を落とす。レンズの奥に西洋人が猟銃を構えて、引き金を引く。筒先から硝煙が出る。その瞬間、ハンターは箱の中にキルビーがよみがえったかのような懐かしい気持ちになった。フィルムに写し出された西洋人は射撃を終えてにこやかな笑顔になったが、ハンターは涙が出そうになった。一分間が何倍もの貴重な時間に思えた。

うるむ目頭を伏せがちにキネトスコープから離れるハンターの背に布袋軒の声がひびく。

「ハンターさんに替わって、愛子ご夫人です。さあご覧戴きましょう」

愛子の背中にそっと手をやってハンターはやさしく押す。活動写真とは見る人に感動を与える不思議なものであった。

ハンターの報告を受けて、渡辺万寿太郎が二、三日後に見物に出かけたら、だしものが「サンドウ教授の運動」に変わっていた。日替わりでフィルムを入れ替え、「グレンロイのボクシング」や「接吻をする男女」など十本近い作品が披露されて、キネトスコープは大人気であった。当初五日間の公開予定が好評で二日間延長し、七日間の興業となって大成功を収める。

ハンターと愛子が見たキネトスコープは日本初の活動写真の公開として注目されるものであった。ただ、のぞき眼鏡式とでも言うべきもので、一度に複数の人が見ることが出来ないという欠点があった。神港倶楽部から居留地二十九番館に戻って、愛子が羽織をたたみながら感想をもらすのだった。

「あのキネトスコープの箱の中にフィルムが入っていると上田布袋軒《ほていけん》さん、説明してらっしゃいましたね。だったらいっそ、フィルムを光りで拡大して一度に多くの人たちが見られるように出来ないものかしら?」

ハンターも普段着に着替えながら相槌《あいづち》を打つ。

「確カニ。アレダケ待タサレル人ガ一度ニ見ルコトガ出来レバ、立派ナビジネスニナルダロウ」

実業家らしい発想である。この三カ月後の明治三十年二月十五日、フランスから帰国の稲畑勝太郎がシネマトグラフの映像を大阪戎橋通りの南地演舞場で上映、フィルムをスクリーンに投射して一度に多数の観客に見せる方式を実現した。のちに日本初の映画興業として記録される快挙であったが、その風の便りを耳にして、ハンターと愛子がティータイムの話題にする。

「キネトスコープハエジソンノ発明ダガ、シネマトグラフハフランスノリュミエール兄弟ノ開発ダソウダ。コチラノ方ガ流行スルダロウ」

「南地演舞場に汽車が走って来て、気絶するご婦人がいらしたそうですよ」

愛子が耳にしたそれは「汽車の到着」と題する映画であった。スクリーンから観客の方角に向かって機関車が走って来る映像である。いわゆるサイレントで無声映画であるが、高橋仙吉や坂田千駒などの弁士がおもしろおかしく説明するものだから、観客の中には本当に機関車が客席に突進してくると信じて卒倒する者まで出る始末であった。

「世相ノ移リ変ワリダネ。技術ガ猛スピードデ進歩シテイル。船ノ建造モ積極的ニ新シイテクニックヲ採リ入レナケレバ」

自分に言い聞かせるようにハンターは紅茶を飲み干すのだった。

第四十四章　桜島工場と居留地返還

居留地が普通の街になる

この明治三十年、大阪鉄工所は得意先の大阪商船からの受注で鋼貨客船六百六十総トンの大井川丸、天竜川丸、利根川丸を建造したが、安治川工場ではこれが限界であった。

翌年四月に西成鉄道《にしなりてつどう》大阪・安治川口間が開通したこともあって、新工場の設置が切望された。明治三十三年四月、桜島工場を稼働させ、大阪鉄工所は一段と内容を充実させて行くのであった。

竜太郎が着実に采配を振るのを横から見守りながら、ハンターは神戸居留地の返還問題で、めざましい活躍を見せる。そもそも、居留地は安政五年に、米国、英国、フランス、オランダ、ロシアとの間に結んだ条約にもとづいて西洋人の特別居住区を保障するという性格のものであった。永年の鎖国《さこく》政策《せいさく》で外国との交渉に不慣れな徳川幕府が結んだ条約で、時代が進むにつれ、条約の改正を希望する声が高まっていた。とりわけ本腰を入れて取り組んだのが外務大臣に就任した陸奥宗光《むつむねみつ》であった。彼は二十代のころは坂本龍馬《さかもとりょうま》にその才気を見込まれたほどの気骨ある人物で、明治維新後は政府の官吏となって、兵庫県知事や神奈川県令を歴任した。政府を辞任した後、政府転覆を企てたとする罪で収監されるという体験を持ちながら、その鋭い感覚と実行力が買われて、外務大臣に就任した実力者であった。「剃刀大臣《かみそり》」と異名されるほどの切れ者である陸奥が毅然とした日本の主張を持って条約の改正の交渉を諸外国と続けながらも、事が成就しない理由の一つに、日本在住の西洋人たちからの反対があった。特に強く反対したのは横浜の居留民たちであった。彼らは英国にも「安政ノ通商条約改正ニ反対！」と打電した。このことを聞き及んだハンターが普段はやさしい物腰を一変して血相を変えて憤るのであった。

「我ラ外国人ガ日本ニ在留シ、安心シテ商業ニ従事出来ルノハ、全テ日本国ノオ陰ダ。ソレナノニ、日本ノ利益ニ反対スルトイウノハ大キナ誤リダ」

夫のただならぬ姿に驚いて愛子が言う。

「横浜は居留地の行政権を既に返還済みじゃないですか。なのに、どうして、今さら横浜の居留民の皆さんが条約改正に反対するのでしょう？」

愛子が首をかしげるのも無理はなかった。横浜居留地においては、山手居留地はその誕生から十年後の明治十年に、また、山下居留地は十四年後に、行政権を日本政府に返還していた。なのに居留地そのものの返還をしぶるのは腑に落ちないと、愛子は素直な疑問を抱いたのである。陸奥が目指しているのは、神戸をはじめ、横浜、長崎、川口などの居留地を外国人の手から日本政府に返還させる代わりに、外国人が自由に日本国内を行き来出来るようにする新たな条約の締結であった。横浜はその先鞭を付けて、明治新政府になって十年目に早くも行政権を日本政府にゆだねる英断を下しながら、ここに来て、居留地自体を返還することに反対する意図が理解出来ないと女性らしい感想をもらすのであった。ハンターが冷静な分析にもとづいての意見を愛子に聞かせる。

「横浜居留地ガ日本政府ノ関与出来ル所ニナッタコトヲ残念ニ思ッテノ行動ナノカ、ソレトモ、神戸居留地ニ対スル単ナル嫌ガラセナノカ、イズレニセヨ、彼ラノ取った行動ハ神戸ダケデナク、日本政府ニ楯突ク許セナイ行為デス」

温和で正義感の強いハンターなればこそ、ひとたび憤ると激しい。居留地行事局に駆け込み、局長のヘルマン・トローチックに大胆な提案をする。

「横浜ガ反対ノ意志ヲ英国ニ打電シタコトニ対抗シテ、神戸ハ賛成デアルコトヲ英国ニ表明シマショウ」

行事局は居留地の行政や運営に当たる外国人の自治機関で、居留地内の警察や消防の役目も持つ中枢機関である。明治五年に当時の兵庫県知事であった伊藤博文の推薦もあってスウェーデン人のヘルマン・トローチックが行事局長兼警察署長に就任、これまで立派に居留地の治安を守って来た。頬から顎にかけての白い髭を撫でるというお得意のポーズで、トローチックが賛同する。

「ハンターサン、名案デス。シカシ、ドウヤッテ居留地民ノ意志ヲマトメマスカ？」

「ハイ、ソレガ大変ナコトデス。シカシ、ソレヲ私ニヤラセテ下サイ。百二十六区画ノ全テヲ説得シテデモ賛同ノ意見ヲマトメテミセマスカラ」

きっぱりと断言したハンターは、何よりもこのことを優先し、居留地内の全てのオーナーに面談して、条約改正に対する日本政府の条件を妥当と認めるよう説得を続けた。その結果、賛成多数を得て居留地全体の議決として、英国政府に打電するという思い切った行動を起こしたのであった。この直後、明治二十七年七月十六日、陸奥外務大臣の指揮下に青木周蔵駐英大使がロンドンにおいて、英国キンバレー外相との間に日英通商航海条約の調印を行ったのである。これに続けて日本政府は、同様の条約を米、仏、独、和、伊、露など十四カ国とも締結し、これによって居留地の廃止に伴い外国人の日本国内居住の自由を認めると共に居留地の治外法権《ちがいほうけん》を撤廃することとなった。その発効日にあたる五年後の明治三十二年（1899）七月十七日、神戸居留地三十八番館にある行事局庁舎で午前十時を期して居留地返還式が始まった。大会議室に参集した内外のお歴々の中に招待客の一人としてハンターがいた。式の冒頭にトローチック局長がスピーチする。

「今カラ三十年前、日本当局ガ我々外国人ニ引キ渡シタノハ、松林ト砂浜デシタ。ソノ同ジ場所ヲ美シイ建物ガ建チ並ビ、倉庫ニ素晴ラシイ商品ガ溢レタ立派ナ町ニ変エテ日本政府ニ返還シマス」

開港前夜からこの地に足を踏み入れたハンターだけに、トローチックの言葉の一語一語が胸にしみた。続いて挨拶したフランス領事のド・ルシイ・フォサリュウの言葉も名言であった。

「広ク美シイ並木通リ、夜間ガス燈ガ照ラス煉瓦ノ歩道、石畳ノ十字路、極東ノモデル居留地トモ言ウベキコノ町コソ西洋諸国民ノ才能ノ真髄ヲ現す実例デス。居留地ノ歴史ハソノママ神戸ノ歴史トナルデショウ。マタ、神戸ノ歴史ヲ抜キニシテ居留地ノ歴史モ語レマセン」

領事の言葉を受けて、局長が式を進める。

「ソレデハ、ココデ、調印ヲシマショウ。我々外国人側ハ居留地副議長、ミスター・シム。日本側ハ兵庫県知事、大森鐘一サンニオ願イシマス」

二人が署名を終えるや場内に割れんばかりの拍手が起こった。この瞬間に警察、消防、留置場を備えた行事局庁舎はもちろん、格子状に整備された居留地全体、その外れにある外国人居留地遊園（後の東遊園地）とその向かい側に位置する外国人墓地などが神戸市に引き継がれて、居留地は治外法権ではなくなり、日本の法律によって支配される地域となった。以後、日本人にも親しまれるようになり、西洋と日本が混じり合う理想の街として成長をとげて行くのである。

第四十五章　マスコミの夜明け

居留地を設けた理由
日本の新聞社の発祥

明治三十二年七月十七日に、ハンターが精魂傾けて西洋人たちを説得協力させた結果、居留地が返還された事実は新聞でも大きく報道された。このころの新聞と言えば、まず播磨国加古郡阿閇村（現在の兵庫県加古郡播磨町）出身のジョセフ・ヒコが元治元年《げんじがんねん》六月二十八日（１８６４年７月３１日）に発刊した「海外新聞」が思い起こされる。これが日本で最初の日本語の新聞で、彼は日本の新聞の父と評価される。ただ、彼が発行した新聞は経営が赤字で数ヶ月にして消滅した。ジョセフ・ヒコはもともと、浜田彦蔵という日本人で、アメリカでの生活を余儀なくされたことから英語が堪能となり、西洋人向けの英字新聞を日本語に翻訳する形で日本人を対象に「海外新聞」を発行した。それまでに「瓦版」という世情の出来事を伝達する手段があったが、それは版木に文字や絵を彫って、今にいう版画の要領で一枚一枚手作りしたもので、少量部数がやっとであった。ニュースを大量に印刷して大衆に伝達する目的の新聞の我が国における発祥は、この「海外新聞」がおこりとされる。この大衆伝達は今に言う、マスコミュニケーション、略してマスコミである。ヒコは日本人でありながら、東京青山の外国人墓地に葬られた数奇な運命の持ち主であるが、当小説の主人公、ハンターにも相通じる要素があるので、ここでヒコのたどった運命を簡単に記述したい。

ジョセフ・ヒコは元の名を浜田彦蔵という。嘉永四年(1851)十三歳にして母を亡くした彦蔵は、義父の船に乗って海に出、知人の船「栄力丸」に乗り換えて江戸に向かう途中、紀伊半島の大王岬沖で難破、二カ月間太平洋を漂流し、アメリカの商船「オークランド号」に救助され、サンフランシスコに滞在することとなった。ジョセフ・ヒコとしてアメリカ国籍を得て、アメリカでの生活を続けて来たが、安政六年(1859)駐日公使・ハリスの指名によって神奈川領事館の通訳として日本に招かれ、二年間を過ごす。文久元年(1861)当時、尊皇攘夷思想が蔓延しており、外国人だけではなく、外国人に関係した者も過激派に狙われる時代であったため、ヒコは身の危険を感じてアメリカに戻る。ハンターが日本に来るのは慶応元年(1865)で、辛うじて外国人を敵視する過激思想がおさまりつつあるころであった。このころまで過激思想が続いておれば、ハンターの日本定住は不可能であった。一旦アメリカに緊急避難したヒコは文久二年(1862)、再び日本に戻り、通訳の仕事を続けた。その翌年には通訳をやめて横浜の居留地で商売を始めた。当時外国人を「毛唐」と呼ぶ日本人も多くいた。「毛むくじゃらの外人」といった意味合いの今に言う差別語で、野蛮な人種と見て、日本人とごちゃまぜに住まわせるのは危険ということで、開港地には必ず外国人をまとめて隔離居住させる地域を設けることとなったわけである。それが居留地であった。ヒコが横浜居留地で商売を始めた二年後にハンターが上海から横浜に上陸した。慶応三年の兵庫開港に合わせてハンターは兵庫に移るが、二年間ほどは同じ横浜で過ごしたことになる。既述のように、居留地はもともと外国人と日本人とのトラブルを避ける目的もあって専用の居住区を設けたものであったが、当初「毛唐」と恐れられた西洋人がしだいに憧れの目で見られるようになり、彼らがもたらせる西洋文明の数々が居留地から日本各地へと普及して行く。こんな背景のもと、ヒコは明治二年六月、大阪造幣局の創設に尽力したのち、大蔵省に努めて国立銀行条例の編纂にかかわり、明治三十年（１８９７）十二月十二日、東京の自宅で六十一歳で死去した。日本人でありながら、日本人に戻る法的根拠がなく、アメリカ人・ジョセフ・ヒコとして青山の外国人墓地に葬られることとなった。日本で国籍法が制定されたのはその二年後、明治三十二年のことである。

さて、同様に我らがハンターのことが気がかりであるが、国籍法にのっとってハンターの嫡子・竜太郎は範多家を法的にも保護されることとなり、以後、日本人として範多家を盛り上げて行くこととなる。かんじんのハンターはいぜんとして英国人で通し、大正六年にこの世を去る時も外国人墓地に眠ることとなる。ラフカディオ・ハーンのように日本に帰化することも可能なハンターであるが、こよなく日本を愛しながらも、自分の命をもらった英国を捨て去ることなく生涯を終える。

さて、ハンターが尽力した居留地返還のニュースは小泉八雲が記者として勤務した英字新聞「コウベクロニクル」も当然のことながら報道したが、日本人の新聞として注目されるのは、地元神戸に産声を上げた「神戸新聞」であった。かつてハンターが対面した川崎正蔵が、川崎造船所を経営の一方で、明治三十一年（１８９８）二月一日、栄町に神戸新聞社を創立し、同十一日、神戸新聞を創刊していた。

ジョセフ・ヒコの日本人として初の新聞発行から八年後の明治五年（1872）、「東京日々新聞」（のちの毎日新聞）が発刊され、その二年後の明治七年（1874）、十一月二日には東京で「讀賣新聞」が発刊された。その五年後、明治十二年一月二十五日、大阪江戸堀で村山龍平が創刊したのが「朝日新聞」である。同二十一年七月には東京数寄屋町へ進出「東京朝日新聞」を発行していた。居留地返還の明治三十二年には毎日、讀賣、朝日の全国紙が新しい時代の幕開けをこぞって報じるなかで、まさに地元で起こった出来事が全国に影響をもたらせるビッグ・ニュースとして神戸新聞の記者が精力的に記事を書くのは「ブンヤダマシイ」として当然のことであった。

この時点では川崎正蔵は川崎造船所と神戸新聞社から退任し、彼の要請を受けて川崎造船所の代表に就任していた松方幸次郎が明治三十二年二月十一日に神戸新聞社の社長に就任した。松方幸次郎はハンターが日本に上陸した慶応元年（1866）十二月一日に鹿児島に生まれた。東京大学を中退してエール大学に留学、ソルボンヌ大学にも学んで帰国、内閣総理大臣を努める父・松方正義の秘書を経て叔父川崎正蔵に招かれて神戸に移り、新天地で実力をいかんなく発揮する。居留地の北方、レジデンス、つまり別荘地として開けつつあった北野に屋敷を構え、馬車で湊川の川尻にある川崎造船所までさっそうと出かけていくさまが評判となり、その道中で工員たちを次々と馬車に拾っては工場まで乗せて行く松方の思いやりがまた、好感を持って受け止められ語り草となっていた。

そんな松方の噂を耳にするにつけ、ハンターは松方の住む北野に関心を抱くようになった。このことがのちに、ハンターが北野に広大な屋敷を構える結果につながる。

会社経営の途上においては、好事魔多《こうずまおお》しという諺がぴったり当てはまる。竜太郎に主導権を譲った大阪鉄工所は順調に進展の一方で、従業員との間にトラブルが起こることもやむを得ないことであった。明治三十六年九月五日、大阪鉄工所桜島工場の職工が交通費負担問題で、上司に噛みつき、労働者の権利を勝ち取ったほか、十月九日には、西成鉄道との乗車契約をめぐって物議を醸し出した。これも会社側は従業員の利益を最優先し、鉄道との間にきっちりとした契約を締結し直すことで一件落着とした。

「全テハ働イテクレル従業員ノコトヲ第一ニ対処スレバ間違イナイ」と言うハンターの教えを竜太郎はよく守り、労使関係はむしろ他の事業体の模範と言っても言い過ぎではない大阪鉄工所であった。それでも、雇われる者にはそれなりの理屈があり、不満分子が三十八年八月二十三日、ストライキを実施した。一部の職工がいきり立って工場前にピケを張って操業が出来なくなるように行動を起こしたが、他の従業員から文句が出て、結局、九条警察署の出動によって排除されるという事態にまで発展した。創業二十周年を迎えた時点での資料によると、このころの大阪鉄工所の直接雇用職工の年齢構成は最年少者は十二歳で、十二歳から十四歳までが二十一人。十五歳から十九歳までが百十八人。二十歳以上が千三百七十一人であった。このことから、総勢千六百人を越える従業員を擁する企業体に成長していた事実が浮き彫りとなるのである。

賃金について見てみると、見習いは日給三十銭未満。中堅は三十銭から七十九銭。熟練者は八十銭以上。その支給方法は、職工については毎給料支給日に若干の積み立てを行わせ、年末に前年積み立ての半額に相応の利子を付けて払い戻すようにしていた。所員には入所に際して身元保証金を提出させ、毎月の給料の幾らかを積み立てさせ、退職する時に相応の利子を付けて払い戻すようにしていた。

おしなべて労働条件は良い方であったが、それでも不満を持つ者はいるもので、四十年十月八日には賃上げストライキの指揮に当たった十人が拘引されるという事件も起こった。

「何事ガ起コロウトモ、働イテクレルミンナヲ大事ニシナケレバイケナイ」

と言うハンターのアドバイスをよく守って、竜太郎は業務には厳しい反面、従業員を大切にした。夏の天神祭には、西区川口の範多別邸を開放して従業員を歓待した。また、秋には兵庫県三田の松茸山へ臨時列車を仕立てて、五百人を越える従業員を招待した。開通して何年にもならない阪鶴鉄道の三田駅までは大阪からちょうど二時間、その大半が宝塚・武田尾などの山間部である。猪や兎などを狙う狩猟客にはもってこいの鉄道であったが、秋の松茸狩りに大阪から出かけるのは最高に贅沢な行楽であった。

「社員単独では出来ないこういった企画を実施することこそ、企業の責任ではないかと考えます」

竜太郎の意見に秋月顧問、甲賀支配人、三好支配人など役員はこぞって賛成、報告を受けたハンターも愛子と共に参加することにした。大阪では見られないような山と山を縫って続く渓谷を行く列車に身を置いて、ハンターが竜太郎と久々のよもやま話である。

「台湾工場ノソノ後ノ状況ハドウデスカ？」

明治三十三年に竜太郎は台湾の基隆火号庄に分工場を設置していた。その二年前に台湾総督府の民政局長となった児玉源太郎に協力して、浚渫船の組み立てと、その他の工事用雑種船の建造や修理を行うために設けた工場であった。

「台湾には工場らしい工場がないので、我が社の進出が台湾の建設事業に大いに貢献しています」

竜太郎の報告を耳にして、愛子は嬉しい気持ちになる。よく頑張った夫に負けず劣らず息子が事業を発展に導いている、母親として何より嬉しいことであった。山肌を回り込んだり、鉄橋を渡ったりしながらコトコト、コトコトと進んで行く蒸気機関車のラッセル音が、規則正しい一定のリズムで、あたかも時の流れのセコンドの如く体に響いて、日常の幸せをじんわりと感じる愛子であった。三田駅は田圃の中にあった。平屋建て瓦葺きの駅舎の前には人力車が客待ちをしているが、五百人もの団体客では対処出来ない。松茸山までは歩くしか仕方がない。幸い少し歩くだけで山に行き着き、従業員たちはそれぞれに松茸狩りを楽しむのであった。取ったばかりの松茸を地元の農家の人たちが七輪で牛肉や野菜と共に甘く煮込んで食べさせてくれる。今にいう関西風すきやきである。

「さあ、食べて下さい。この肉はこの三田で育てた牛ですよ。肉がとろけるようにおいしいですよ」

農婦が世話をやきながら説明してくれるのを聞いて、愛子はつい口をはさんでしまう。

「いつごろから、三田では牛を食べるようになったのですか？」

「いえ、ついここ二、三十年のことですよ。だってあたしたち、大切な牛を食べることなんて考えてもみなかったですもん」

「そうですわね。農耕民族の日本人にとって、牛は神聖なお友だち、その肉を食べるなんて出来っこありませんでしたわね」

「そうです。それが、文明開化じゃなんて言う時代になって、こうして牛を食べるようになった、時代の様変わりですねえ。この牛肉、とってもおいしいですのよ、癖になりますよ」

二人のやりとりを聞きながら、ハンターが思わず笑い出す。慶応三年十二月にキルビーと始めた牛肉ビジネスが今やこうして日本人が当たり前のこととして牛肉を食べる習慣になっている。張本人としてはただただ嬉しい気持ちである。愛子が農婦をからかってみる。

「ねえ、せっかくのこのおいしい牛肉、日本人に食べさせるきっかけを作ったのは誰かご存知ですか？」

「知りません。神戸の方から流行りだした、とは聞いてますけど」

「この人です」

愛子がハンターを指さす。農婦がけげんそうにハンターの顔をしげしげと見る。

「西洋のお方、ですね？」

ハンターが改めて挨拶する。

「初メマシテ。私、ハンタート申シマス。アイルランド生マレ。コノ人、私ノ奥サン、愛子デス」

「私がこの人と結婚する前、この人が横浜から神戸に来て日本人に牛肉を食べさせるビジネスを始めたんですのよ」

農婦の驚く顔を見るのは楽しいことであった。それにもまして、取れたばかりの松茸を牛肉と一緒に煮込んで食べるすきやきの味は何にもましておいしかった。


蒸気機関車の車輪の回転の如く、大阪鉄工所の動向はめざましいものがあった。明治三十六年、第五回内国勧業博覧会が大阪で開催され、大阪鉄工所は鋳鉄管、プリトマン浚渫機、各種船舶模型を出展した。その開始日の四月二十日、明治天皇が来阪して、開会式に臨席した。天皇は産業奨励のため、四月二十七日から八日間にわたり、侍従を主要工場、会社に派遣することとなり、大阪市で二十三カ所が選ばれ、大阪鉄工所もその一社に選ばれた。この博覧会で大阪鉄工所は名誉銀牌を受賞した。

翌明治三十七年二月、日露戦争が勃発。政府は駆逐艦の建造を急ぐ必要にせまられ、三民間造船所にもそれを発注した。その一社に大阪鉄工所が選ばれ、駆逐艦「朝露」と「疾風」の二隻を建造した。続いて三十八年には艦載水雷艇三隻を建造納入したほか、戦時貨客船をも明治三十七年から三十八年にかけて八隻建造した。戦時下の船腹需要拡大で、三十九年、四十年と計七隻を連続建造するという繁忙をきわめた。

神戸でハンターが経営する日本精米会社も、同様に繁忙をきわめるようになった。軍用米の需要が急増したからである。この会社は明治二十年に出資者を募り、向こう二十年間にわたって純利益の一割を配当する約束をしていた。年間一万トン以上の輸出を行って、ロンドン穀物市場の標準米の地位も確保し、順調に推移していた。ここに来て、さらなる需要の拡大で、一昼夜の精米能力が二千石に達し、株主への一割配当は苦もなく継続するのであった。三重県四日市にも姉妹会社を設立の運びとなり、時流に乗ったハンターのビジネスは着実に進展を続けるのであった。

第四十六章　北野異人館街のダブルH

神戸の中心地の芽生え
異人館建築家誕生
煙草の製造

明治十八年に大日本帝国参謀本部が測量した地図がある。それを見ると、居留地の北西の元町の北東に三宮停車場がある。現在の元町駅である。明治七年五月に官設鉄道の大阪、神戸間が開通した時に、神戸駅の一つ東の停車場として誕生した駅である。南東に三宮神社があることから三宮停車場と名付けられた。次ぎの停車場は西宮で、途中尼崎を経て大阪まで通じていた。

この三宮停車場が八百メートル東に移転して現在の三ノ宮駅に生まれ変わるのは昭和六年（1931）十月。高架化工事をきっかけに三ノ宮駅が増設される。三と宮の間にわざわざ「ノ」を入れたのは「さんみや」ではなく「さんのみや」と読むことを強調させる理由からであった。これにより、旧三宮停車場は元町駅として生まれ変わったのであった。ともあれ、当小説のこの時代、明治年間には元町駅は存在せず、三宮停車場が現在の元町駅の所に、路面を走る鉄路として存在していた。

その北西部には民家が集中しているが、少し北側の下山手通りから北は一面の田圃と畑である。目を右に転じて、生田神社方面に向けると、生田の森の北を中山手通りが東西に走り、その北側は一面の田園地帯となっている。米を作る田よりも麦畑と木綿畑が目立つのどかな風景であった。男は農業に精を出し、農閑期には灘の酒蔵へ蔵人として出稼ぎに行く者が多かった。女はせっせと木綿づくりに励み、その昔には紺部村と呼ばれる地域があったほど、木綿をつむぐことと、その生地を藍染めして着物に仕上げることが得意な人たちが多く住む所であった。背後に控える山の麓まで原野が広がり、山に食い込むように存在するのが北野天満神社である。のちに国際港都神戸の顔となる異人館の町北野のそもそもの名称の由来はこの神社から来ているのであった。治承四年、平清盛が福原遷都を行い、兵庫を今にいう首都と定めた時、ふるさと京の都から北野天満宮を勧請したことから、北野と言う地名が生まれた。

居留地が返還された明治三十二年七月の七年前、同二十五年から、洋館二十番館に英国人設計家のアレクサンダー・ネルソン・ハンセルが住み着いていた。二十九番館のハンター館とは隣同士ということもあって、ハンターとは親しい付き合いであった。ハンセルは時代の波に乗って、居留地といわず、北野といわず、十年足らずの間に多数の洋館の設計を手がけていた。その活躍ぶりを見てハンターが口癖のように愛子に言うのであった。

「ハンターサンノハウスハ、コレマデノ日本ニハナカッタ建築ダ。私ノ生マレタアイルランド、ロンドンデリーノハウスヨリ立派ナ建物ダ。彼ノ腕前ハ大シタモノダ」

薬問屋の娘として大阪で育った愛子には、堂島の屋敷によく見られるような重厚な日本屋敷が良いものと思って来たが、ハンセルの手がける洋館を目にするようになって彼女の考え方が変わって来ていた。

「ハンセルさんの設計なさる家は、夢がいっぱいあふれた家ですねえ」

居留地のはずれの東遊園地に明治二十三年に建てられた神戸倶楽部にしても、愛子が行ったことのない西洋の街角をそのまま切り取って来たかのような、独特の雰囲気をただよわせていた。

何かにつけてハンターと愛子が話題にするハンセルが、明治二十九年に、彼自身の別荘を北野に持つこととなった。

「えらいわあ、ハンセルさん、他人様の家ばかりじゃなく、自分自身の家も建てられたんですもの」

「ソノ通リダ。彼ノ意気込ミハ見習ワナケレバ」

などと夫婦で話し合っていたら、ほどなく、当のハンセルから誘いがかかった。

「ハンターサン、愛子サン、是非、北野ノ私ノ別荘ヲ見ニ来テ下サイ。米田先生モ誘ッテ如何デスカ?」

ハンセルの言葉に甘えて、ハンター夫妻は、米田を誘って、北野・山本通り三丁目に完成したハンセル邸を訪ねることとなった。北西国街道と土地の人たちが呼ぶ道の南に位置する木造二階建て。瓦葺きの瀟洒な洋館がさんさんと降り注ぐ陽の光を受けて燦然と輝いていた。下見板張りでオイルペンキが塗られ、これまでの日本建築の常識を打ち破るモダンな家が誕生している。

「コノ家出来テカラ、私、夜ハココデ過ゴスコト多クナリマシタ。昼ハ居留地デ設計図描キマス」

マントロピースの前で、さもおいしそうに煙草をくゆらせながら、話す紳士、それが今、神戸でいや、関西でもっとも注目を集めている売れっ子建築家、ハンセルであった。

「日本ニ来テ最初ハ川口居留地ノ神学校デトリアエズ英語教エナガラ建築ノ仕事出来ルチャンス待チマシタヨ」

と苦労話を改めてハンターに語って聞かせるハンセルである。ハンセルは1888年、フランス生まれの英国人である。八年前の明治二十一年、三十一歳で来日し、大阪の川口居留地の神学校に身を置きながら、建築の仕事をするきっかけを伺っていた。この同じ年、京都では新島襄が明治八年に創立した同志社英学校を大学に発展させるべく「同志社大学設立の旨意」を主要新聞を通じて全国にアッピールしていた。その情報が同じプロテスタントの仲間としてハンセルの所に伝わって来た。それから二年と経たない同二十三年一月、新島が出張先の東京で倒れ、四十七歳にして帰らぬ人となってしまったのである。

彼の遺志を理解して応援しようと名乗りを上げたのがアメリカの実業家、J・N・ハリスである。彼が十万ドルを寄付して学舎を新築する案が持ち上がり、その設計をハンセルにというチャンスがめぐって来たのである。満を持しての建築の仕事だけに、ハンセルは寝食をいとわず、アイデアを練り、日本の中でも極めて日本情緒を色濃く残す千古の都、京都にあってヨーロッパと錯覚を起こすような煉瓦づくりの見事な建物を出現させて世間をあっと驚かせた。それは斬新過ぎるほどの時代の先端を行く建造物であったが、西洋の長所を日本に導入しようとした新島精神にはまさにぴったりくる優れた建物であった。ハリス理化学校と名付けられたが、のちに同志社が大学に昇格するに及び、同大工学部としてその重厚な煉瓦の建物が平成の今もなお威風堂々の姿を誇る。

一方で、ハンセルは神戸居留地にも、外国人たちの社交場「神戸倶楽部」の設計を手がけ、洋館を見慣れた神戸の西洋人たちの間からもその手腕が高く評価され、英語教師から建築家へと見事な変身をとげた。同志社や神戸倶楽部の西洋建造物でその実力を認められたハンセルが建築事務所兼自宅として神戸居留地に移って来た場所が偶然、ハンター商会の南隣りの二十番館なのであった。のちに「北野異人館街のダブルH」として語り継がれて行くハンターとハンセルがこのように心通わせることとなったエピソードがまさに「事実は小説よりも奇なり」という諺を今更ながらにほうふつさせる。居留地に建築事務所を構えて三年、のびのびと才能を発揮するハンセルがディスレフセン邸を手がけた後、その西隣りに翌年の明治二十九年に、自分の別荘を持つこととなった。三角屋根が四つ五つひときわ人目を引くディスレフセン邸と並んで瀟洒な洋館が完成し、いかにも西洋人のレジデンスといった趣きをあたり一面に投げかけているが、ハンセルはいたずらに西洋かぶれを施主に押しつけるというやり方はとらなかった。東洋の日本という本質を理解し、特有の文化を大事にする姿勢で自分なりの創意工夫を凝らすのであった。ハンセルが意外な言葉を口にした。

「コノ北野ハ単純ニ北ノ原野トイウ意味ダケデナク、清盛ト関係深イフィールドデアルコトガ私、気ニ入ッテマス」

その言葉を受けて、米田が得意満面になって後を続ける。

「さすがはハンセルさん、よく本質を理解しておられます。この北野の西に宇治野があります。そしてその西は平野、さらに西には夢野が控えています。平野から夢野あたりまで、清盛が住んだ雪見御所の勢力が及んだ土地が広がっているのです。わずか半年間ほどとはいえ、日本の首都として日本全土に影響を与えた由緒ある所ですからね」

米田のその話を聞いてハンセルがさも驚いたかのようなしぐさでふうと煙草の煙を吐き出す。

「ソウデスカ、コノアタリハ私ガ思ッテイル以上ニ歴史ノアル土地ナノデスネ。私、ソンナ素晴ラシイ所ニ洋館ヲ建テタノデスネ。嬉シイデス」

愛子が言葉をはさむ。

「ハンセルさんが洋館の設計を手がけるようになられてから、北野がにわかに注目を集めるようになったそうですわ。居留地から見る北の原野に別荘を持ちたいと憧れる西洋の人たちが増えて、その願いを叶えてらっしゃるハンセルさんってほんと、素晴らしいですわ」

ハンターが素直な気持ちを言う。

「イツカ私モハンセルサンニオ願イシテコノ北野ニ家ヲ持チタイデス」

「オ持チニナリナサイ。ハンターサンゴ夫妻ノハウスナラ張リ切ッテグッドハウス設計シマスヨ」

意気投合するハンターとハンセルの姿を見て米田までが嬉しい気持ちになる。

「西洋の人だけではありませんよ。今度、川崎造船所の社長になられた松方幸次郎さんも、東京から神戸に移って来られて、この北野に住まいを構えられましたからね。見識の高いお方はさすが良い場所をお選びになりますよ」

確かにその通りであった。明治二十九年、法人設立により株式会社川崎造船所の初代社長に就任した松方幸次郎が最近、この北野の屋敷に住んで馬車を仕立てて川崎の造船所まで颯爽と出かける姿が付近の人たちから憧憬のまなざしで眺められていた。かつて、川崎正蔵が東京から兵庫に事業所を移して間もない頃、ハンターが川崎と親しく会ったことから、川崎造船所の動向には格別の関心を抱いているハンターであるが、法人設立を機に正蔵が招いた松方の評判が良く、彼が居を構えた地が北野である事実はハンターの気持ちをそこに吸引するには十分な材料であった。

「ハンセルサンニオ願イシテコノ北野ニ私ノ館ヲ構エタイ」

という言葉はハンターの本心であった。米田が洋服のポケットからハンセルと同じように煙草を取り出して、燐寸で火を点けながら言う。

「ハンターさんが北野に家を構えるに当たって是非紹介したい人がいるのですが？」

米田がさもおいしそうに喫うその煙草は「NARUHODO」という銘柄で、大阪煙草の製品である。それに気付いたハンターが米田に礼を言う。

「米田先生、アリガトゴザイマス。私ノ会社ノ製品ヲ愛用戴キマシテ」

大阪煙草はハンターの経営する煙草製造会社であった。大阪鉄工所の一方でハンターは煙草製造会社をも経営していたのである。ライバルの村井兄弟商会に対抗して、大阪煙草はネーミングとデザインの斬新さで人気を博していた。「OHAYO」は葉タバコで鶏を表現し、「コケコッコー」と言う朝の目覚めと共にまず一服という効果を狙っていた。この知恵をハンターに授けたのは愛子である。

「日本の朝はね、鶏の声と共に始まるのです。朝日を受けてさあ、今日も頑張るぞと男の人たちがまず一服つける、あの姿がずいぶん頼もしく思えたものですわ」

それは愛子自身の体験から生まれた発想であった。平野常助商店に奉公する男衆たちの姿を子供ごころに眺めていた愛子の思い出がハンターのヒット商品を生み出した。

「愛子ノアドバイスハトテモ助カル。日本人ノ細ヤカナハートノ動キヲ教エテクレルノデ、ナルホドト私ハ感心スルノデス」

互いを尊敬し合うその思いやりが「NARUHODO」となり、図案に日本一の名峰富士山を描いた。愛子のアイデアはそれだけではない。

「こうして褒められると嬉しいもので、ついでにもう一つ、アイデアが湧いて来ましたわ。日本語で絆を深めるのにもってこいの言葉がありますわ。それは『よろしい』という言葉です。何事もよろしいと言われれば、次ぎへ進めます」

このように夫にアドバイスしながら、愛子はふと自分の母・菊子がよくそういった態度で父・常助を支えていたことを思い出した。血というものは争えないもので、いつしか自分も母そっくりになって来ていることを感じて苦笑する愛子であった。「よろしい」は「YOROSHI」となって、赤と白のシンプルなデザインで両切りタバコそのものを図案として描き、製品化された。こうしてハンターが世に送り出した煙草の中から米田が気に入っているのは「NARUHODO」であった。各方面の指導者として「米田先生」と慕われる彼が常に人々に「なるほど」と感心させる知恵を授けねばならない立場から、気分の転換と新しい意欲を湧き起こすための活力剤として、愛飲しているのが「NARUHODO」であった。

「ハンセルサンガ喫っテオラレルノハOHAYOデスネ？　我ガ社ノ製品ヲゴ愛顧アリガトゴザイマス」「コレネ？　鶏ニ夜明ケヲシンボライズスル日本ノ考え方私トテモ気ニ入ッテマス。コノシャレッ気デ私モ屋根ニシャチホコ取リ付ケマシタ」

ハンセル邸の屋根の両端に確かに二個のシャチが取り付けられてある。

「名古屋城ニ金ノシャチホコガアルト聞イテマス。ココハ私ノオ城。神戸ノシャチホコ造リマシタ」

自分自身の館なればこその茶目っ気から取り付けたシャチである。そんな少年のようなハンセルの心が好きになるハンターであった。その思いを察して米田が言う。

「北野に家を持つために土地を何とかしてくれる人を紹介しますからね」

この一言がハンターの夢を現実に近づける。

「それではこれで乾杯して下さいな」

愛子が風呂敷包みから取り出したのは、平野常助商店が輸入販売しているスコッチウィスキーであった。ペリーが浦賀に来航したあたりから日本に入って来ていたウィスキーが、近年、庶民の間に普及して来ていた。英国系のスコッチや米国系のバーボンを扱うのは薬酒問屋の仕事であった。琥珀色のウィスキーグラスを傾け合う男たちを横に見ながら、愛子は充実の時間に酔う。紫煙をくゆらせるハンセルが手にする燐寸の小箱にはインド像が鼻で旗を振る絵が描かれていた。神戸の燐寸会社の製品である。煙草とは切っても切り離せぬ関係にある燐寸。この絆がのちにハンターの情熱に火を点ける。

第四十七章　日露戦争と北野庄屋の親切

たばこのルーツ

ハンターが経営する大阪煙草《たばこ》製造会社が人気の高い商品を世に送り出していたにもかかわらず、明治三十七年（１９０４）に中止を余儀なくされた。政府が資金を稼ぐために、民間の製造を禁止したのである。ハンターが怒りを露わにした。

「モトモト、煙草ハ友好ノツールナノデスヨ。コロンブスガ黄金ノ国ヲ目指シテスペインヲ出テ、七十一日目の１４９２年十月ニ西インド諸島ノサンサルバドル島ニ上陸シタ時、煙草ガ異民族ノ心ト心ヲ結ブ素晴ラシイ役割ヲ果タシマシタ」

と、愛子に語って聞かせるハンターであった。国境を越えて人間と人間の心を結び合わせる働きがあるツールだからこそ、ハンターは煙草の製造を鉄工所や精米所に続いて始めたものであった。

「コロンブスガ先住民ニ敬意ヲ表してギヤマンノ玉ト鏡ヲプレゼントシタ時、先住民ガオ返シニ、香リ高イ乾燥シタ草ヲ燃ヤシテ吸ウ器具ヲ贈リマシタ。ソレガ煙草デス。ソンナキッカケガアッテ煙草ガ世界中ニ普及シマシタ」

そもそも、ハンターが日本に憧れることとなった動機がこのことを記録したマルコポーロの「東方見聞録」だっただけに、友好のあかしとなった煙草に対するハンターの思い入れはひとしおであった。金儲けというよりも自分自身がこの国に根を下ろす根幹となった記念の品ともいうべき煙草を製造販売することは、プライドとも言うべきものであった。愛子がハンターに同情して言う。

「おっしゃる通り、民間人が基礎を築き上げたものを政府が横取りしてしまうという身勝手な行為が許せませんわ」

「身勝手ナ上ニ、煙草デ儲ケタ金ヲ戦争ニ使オウト言ウノダカラ、モッテノホカデス」

いつになくハンターの怒りは治まらない。夫の気持ちが痛いほど分かるだけに、愛子も辛い。しかし、ハンターと愛子がいかに憤慨しようと、国家権力には逆らえない。明治三十七年（1904）四月、煙草専売法の成立により、煙草は日本政府じきじきの専売となり、その制度は昭和二十四年（1949）に日本専売公社へ引き継がれるまで続く。この明治三十七年、満州（中国東北部）・朝鮮の権益をめぐって、日本はロシアに宣戦布告した。日露戦争の勃発である。大阪煙草の製造を止めさせられたことに加えて、戦争そのものがハンターにはたまらなく悲しかった。

「日本の味方にアメリカとイギリスがなってくれてるそうですよ」

愛子の言葉に、ハンターが顔をゆがめる。

「私ノ祖国、イギリスガ日本ニ味方スルコト、私喜バナイ」

意外な夫の言葉である。

「イギリスと日本が仲良くするのはいいことではないですか？」

「ソウ、仲良クスルノハトテモ良イコトデス。シカシ、ソノ一方デロシアト戦争スル、ソレガ良クナイ」

祖国を離れて異国に生きるハンターならではの平和を愛する考え方である。だが、いかにハンターが一個人として戦争に反対しようとも、大きな社会の流れは止めることが出来ない。権力者の間では「この戦争で日本は欧米帝国主義の仲間入りを果たせる」と賛辞する声もあったが、反面、国家が受ける被害も甚大で、国民の中には、キリスト教人道主義の立場から非戦論を唱える内村鑑三や、社会主義の立場から反戦論を説く幸徳秋水らが立ち上がったのもこの時代であった。また、戦地に駆り出される弟に向けて詩人の与謝野晶子が「君死にたもうことなかれ」という反戦詩を発表したのもこの日露戦争であった。

皮肉なことに、大阪鉄工所は政府からの注文で駆逐艦や貨客船など計七隻を建造することになった。にわかに繁忙をきわめる鉄工所の様子を見て、ハンターは複雑な心境になった。

「平和ノ目的デ事業ガ盛リ上ガルコトガ望マシイ」

そう言って腕組みをしたまま、居留地二十九番館の二階の窓から六甲連山を見据えたままハンターは動かない。摩耶山から西の再度山へ起伏が連なるあたりに堂徳山《どうとくやま》という小高い盛り上がりがある。その麓が北野の集落である。居留地を北に五キロほど離れたその界隈に別荘を構えるのが、近年、西洋人たちのステイタスのようになっていた。南隣りの二十番館に設計事務所を構えているアレクサンダー・ネルソン・ハンセル自身が明治二十九年に、ハンセル自身の別荘を北野に構えて、愛子を伴って米田左門と共にそこを訪問して以来、ハンターはハンセルと同じように、北野に別荘を持つことを一つの目標としていた。

「あなた、思い切って、そろそろ別荘づくり、お始めになったら？」

浮かぬハンターの気分を晴らすためにも、実行に移すことを愛子は促した。

「米田先生ガ土地ヲ何トカシテクレル人ヲ紹介シテクレルト言ッテマシタネ。紹介シテモライマショウカ」

「それがいいですわ。早速、私から米田先生にお願いしてみますわ」

というわけで、ハンターは北野の土地探しに乗り出すのであった。

米田がハンターと愛子を連れて行ったのは、北野村にある浄土宗知恩院派の浄福寺《じょうふくじ》の向かい側に位置する藤田屋敷であった。大きな塀をめぐらせた昔ながらの庄屋である。門をくぐった所まで迎えに出た主の藤田清左衛門が笑顔で挨拶する。

「ようお越し下さいました」

この地域の顔役にふさわしい見るからに仁徳のある穏やかな風貌の男である。米田がハンターのことをあらかじめ詳しく説明してくれていたようで、藤田はきわめて友好的であった。座敷に通して、おもむろに藤田は言う。

「平清盛ゆかりのこの北野の土地を藤田家が代々お守りさせて戴いて参りましたが、ハンターさんのような志の立派なお方にお譲り出来るのは、名誉なことで、嬉しいです」

紹介者の立場をわきまえて米田が言葉を添える。

「藤田家の清左衛門という名前も代々襲名されています。そんな由緒ある家柄が大切に守って来られた土地をハンターさんに譲っていただきます」

藤田が続ける。

「ハンターさんのことは噂に聞いてよく存じておりました。米田先生からこの話しを戴いた時、よし、ハンターさんのためなら喜んで一肌も二肌も脱がせて戴こうと決めましたよ」

実にいさぎよい藤田の態度にハンターも愛子も小躍《こおど》りせんばかりに嬉しくなった。

「アリガトゴザイマス！」

「いや、いや、私だけでなく、先代も先祖の者たちもあの世で喜んでくれるものと思います」

男同士がしっかりと手を握り合う横で、思わず目頭を熱くする愛子であった。米田が言う。

「藤田家とハンター家は運命の糸で繋がっていたようですね。藤田家は燐寸《まっち》の材料の薬品を造る事業を経営してらしゃいます」

神戸や播磨地域に燐寸《まっち》製造工場が増加する風潮のなかで、明治十九年以来、藤田家は「藤田燐寸《まっち》原料製造所」を経営していた。硫黄やアンチモン、ガラスパウダー、松ヤニパウダーなどを製造して燐寸メーカーに供給しているのであった。この時代の先端を行く事業を今、清左衛門の息子の繁太郎が意欲的に操業して世間の注目を集めていた。

「どうです？　私の息子の作業場を見て下さいますか？」

藤田の案内で、ハンターと愛子、米田は燐寸材料を製造する現場を見せてもらうことにした。浄福寺を西にしばらく歩くと再度山への登り道がある。昔、弘法大師がこの地を気に入り「再び来たい」と言ったことから再度山と呼ぶようになった山へ少し登り始めたあたりに急流を利用して水車が何台も回っている。

「この水車で今はこうやって燐寸の原料の微粉末を造っていますがね、昔は米を搗いてましたよ。海軍操練所があった幕末に、坂本龍馬が北野へ何度か来てましてね、この水車で搗いた米でご飯を炊いて食べてもらったとよく親から聞かされたものですよ」

代々面倒見の良い庄屋の藤田家が今また、こうしてハンターの面倒を見ようとしている。煙草と燐寸の相性の良さもあって、話が順調に進むかに思われた、が。

第四十八章　朝鮮通信使に思う故国

秀吉の朝鮮出兵

北野村の庄屋で、燐寸《まっち》原料となる薬品製造業を営む藤田家から土地を譲ってもらうことに決めたハンターの噂がまたたく間に広まっていった。それを聞きつけた一人の男が、突然、居留地二十九番のハンターの館を訪ねてやって来た。林田村《はやしだむら》に住むという朝鮮人の金玉均《きんぎょくきん》であった。流ちょうな日本語で金は自分の素性を説明した。

「私の先祖は秀吉が朝鮮に出兵した時、儒教《じゅきょう》に詳しいということで、日本に連れて来られました」

豊臣秀吉のことはこれまでに誰や彼やから聞かされてきたハンターであったが、文禄元年（1592）に、秀吉が十五万の大軍を率いて朝鮮に出兵した時、儒教に詳しい者や陶芸に秀でた者たちを日本に連れ帰って来たということは初めて知ったハンターであった。

「私ハ今カラ三十二年前、日本来マシタ。自分ノ意志デコノ国ニ来マシタ。シカシ、アナタノゴ先祖ハ、秀吉ニ無理矢理連レテ来ラレタノデスカ？」

気になるところをハンターはずばり、問い正す。

「はい、秀吉は朝鮮の優秀な人間をたくさん日本に連れ帰りました。ほとんどは泣く泣く連れて来られたと聞かされています。私の先祖も朝鮮を離れたくないのに無理矢理連れて来られました」

金の言うことは真実だった。陶工の技術者が九州に住み着き、のちの昭和の時代になって薩摩焼で人間国宝となる沈寿官《ちんじゅかん》を輩出するのも、秀吉の朝鮮出兵の落とし子であった。また、儒学の分野では姜抗《サンハン》が冷泉家《れいぜいけ》一門の藤原惺窩《せいか》に協力して、日本における儒学の礎《いしずえ》を築いていた。これも元はと言えば、秀吉の朝鮮出兵の副産物として生じたものと言える。こういった歴史的事実は米田左門を通じて知識を吸収していくハンターであったが、はからずもうしろ髪引かれる思いで朝鮮半島をあとにした人たちが異国の地で立派な働きをしたという事実にハンターは心動かされるのであった。張本人の秀吉が大坂で六十三歳でこの世を去ってから、徳川家康が天下を治め、江戸城において家康に儒学を教えた林《はやし》 羅山《らざん》は藤原惺窩の弟子である。その惺窩に協力した姜坑と同じ運命を辿った祖先の末裔である金にハンターは心引かれ、付き合いを始める。交流を重ねるうちに、金は朝鮮通信使のことをハンターに語って聞かせるようになった。

「表向きは友好使節団ですが、その裏には実に人間くさい色々な思惑が込められている大行列だったと聞かされています」

もともと室町時代に始まった朝鮮から日本への表敬訪問団が、文禄・慶長の役で日朝が国交断絶となって中止となった。徳川幕府の代になって、国交を回復すべく、日本側から朝鮮に打診し、慶長十二年（1607）、江戸時代初の朝鮮通信使が日本を訪問することとなった。

「この時から三回目までの派遣は、実は秀吉に連れ去られた儒家や陶工などを朝鮮に連れ帰るという秘めたる目的があったと聞いています」

「デ、連レ帰リハ成功シマシタカ？」

「儒家の多くは朝鮮に帰ることを希望し、事実、朝鮮に帰った者も多くいますが、なかには帰れなかった者もいたようです。私の先祖も帰れなかった口です。陶工はむしろ、帰った者の方が少なかったようです」

この話に心が痛むハンターであった。朝鮮通信使の一行は総勢三百人から五百人の集団で、色彩豊かな衣裳に身をまとった大行列が瀬戸内海航路を船で旅した後、陸路を江戸まで向かった。異国情緒たっぷりの大行列は沿線の庶民たちにとっては娯楽要素の強い見せ物ともなり、日本各地で歓迎された。しかし、その裏では秀吉勢に連れ去られた同胞を故国に連れ戻すための算段が見え隠れし、宿泊先で軋轢を生じることも多々あった。自分の意志で国を出て来たハンター自身でさえ、五十四歳を迎えた今となっては故国が恋しくないと言えば嘘になる。落ち着いた境遇にあればこそ、生まれ落ちた故国は今、どうなっているのか、思いめぐらせる余裕がある。血というものはどうにも致し方ないもので、生まれ故郷というものはどこまで行っても体の奥深く染みついて離れない。まして、第三者の都合で、自分の意志とは関係なく、無理矢理拉致同然に異国に連れて来られた人たちの気持ちを思えば、ハンターが異国に生きる身だからこそ、心が痛むのであった。そんなハンターに金が相談を投げかけた。

「私は朝鮮を開拓して理想郷を造りたいと考えています。こんなことを言うのは甘え過ぎかもしれませんが、私にハンターさんのお力を貸していただければ、これ以上の喜びはないのですが？」

遠慮がちに言う金にハンターは好感を覚えた。

「アナタノ気持チヨク分カリマス。前向キニ考エサセテ下サイ」

ハンターが愛子に相談する。しばらく考えた末に愛子が言う。

「あなたは心の中で既に協力を決めてらっしゃいます。私は反対はしませんが、無理のない範囲で出資なさるのがよろしいかと思います。朝鮮の理想郷もいいですが、私はあなた自身の理想郷づくりをおやりになったら？　と言いたいです」

金の朝鮮開拓を応援の一方で、ハンターは北野の土地の確保を具体化したい気持ちになった。そのためには、藤田清左衛門にすがるしかない。

「せっかく、米田先生が引き合わせて下さった藤田さんです。お力になって戴きましょうよ」

愛子の勧めには素直に従うハンターである。また、ハンター自身も、北野に理想郷を構えたいという気持ちになりかけていた。夫婦揃って、久しぶりに藤田家を訪ねる。この前と変わらぬ穏やかな物腰の藤田が待ち構えていたかのようにハンターと愛子に言うのであった。

「ハンターさん。朝鮮の開拓まで応援なさるのですか？　噂が聞こえて来ておりますよ」

「藤田サン、ソンナコトマデゴ存知デスカ？」

「はい、この移り変わりの激しい今の時代に、外国のどうなるかも知れぬ事業によくも手を出すものだと、良からぬことを好き放題に言う人もいますからね。お気を付け下さいよ」

ハンターに代わって愛子が口をはさむ。

「うちの人はうちの人なりの思いがありましてね、昔、豊臣秀吉が朝鮮に出兵してたくさんの優秀な人材を日本に連れて来たことを、林田村の金さんって方に聞かされて、すっかり同情したんですよ。で、金さんが朝鮮に理想郷を作りたいっておっしゃるものですから、同情して幾らかでも応援出来ればということで、出資者の一人に名をお貸しすることになったというわけなのですよ」

「それはそれで大変結構なことだとは思いますが、なにぶんご無理はなさらないようにと私はお願いしたいです。私共はこの北野にこそハンターさんの理想郷を作って戴きたいと考えております。そのためのお手伝いをと村の者たちがハンターさんに土地の提供を申し出ておりますよ」

思いがけない、嬉しい言葉であった。藤田は自分の土地だけではなく、村中の有志から土地の提供をしてもらうべく話をまとめあげていたのである。北野天満神社を越えてはるか東に至るまでの広範囲の土地をまとめてハンターに譲るべく村中の同意を取り付けていた。和紙に筆で描き上げた絵図を示しながら、藤田が煙草に火を点ける。彼が手にする燐寸の箱には象が鼻で旗を振る絵がデザインされている。もちろん、その燐寸には藤田燐寸原料製造所の薬品が使われていた。藤田は自分の家業の薬品が軸となった燐寸で煙草に火を点けるだけではなく、ハンターの気持ちにも火を点けているのであった。絵図に見入るハンターと愛子の姿を、煙をくゆらせながら、見守る藤田の男らしい配慮が身にしみて、ハンターの体の奥深くからめらめらと熱い意欲が燃え上がってきた。

「コンナニ広イ土地ヲ譲ッテ下サルノデスカ？」

「理想郷を作るにはそれくらい必要でしょう。ハンターさんがどんな素晴らしい理想郷を作って下さるのか村中のみんなが楽しみにしていますよ」

「ありがとうございます。よろしくお願い致します」

愛子は藤田の予想以上の心配りに深々と頭を下げた。

「善は急げ。早速、現地を見ていただきましょう」

藤田の案内でハンターと愛子は自分たちの土地になる所を歩いてみることにした。雑木林がせまって、もうこれ以上は足を踏み入れられない所で、藤田がはるか南の彼方を指さして言った。

「ほら、港が遠くに見えるでしょう？　この北野でいちばん見晴らしが良い所ですよ。ここにハンターさんご夫婦のお住まいをお建てになるといいですよ。いや、これまでにも何人かの西洋のお方が見えられましてね、この土地を譲ってほしいとおっしゃいましたよ」

「デ、譲ラレナカッタノハ何故デスカ？」

「それはですねえ、先祖が大切に守り抜いて来た土地だからですよ。土地というものは単なる大地の区画ではないと私は思うのですよ」

藤田の言葉に愛子は父、常助が同じようなことを言っていたのを思い出した。大阪川口の薬問屋の平野家の土地には代々の命が宿っていると言っていたのを子どもごころに不思議なことを言うものだと感じていたことを思い出した。四十八歳の今、同じようなことを言う藤田の気持ちがよく理解出来る愛子である。それほど大事に守り抜いて来た土地をハンターに譲ってくれるのは一体どういう気持ちなのか、愛子は知りたくなった。

第四十九章　松尾芭蕉と北野南洋果樹園

バナナ伝来
俳聖誕生の裏事情

北野天満神社《きたのてんまんじんじゃ》の周辺一帯の土地を藤田清左衛門《ふじたせいざえもん》がハンターに譲ってくれるというのだった。これまでに何人もの西洋人が買い取りの申し入れをしたのを断ってまで守り抜いて来た先祖代々の土地をハンターに譲ってくれるという藤田の思いを愛子が知りたがる。

「うちの主人にこれほど広い土地をお譲り下さるのはどうしてなのでしょう?」

藤田はござっぱりした洋服姿である。一般庶民の間ではまだきもの姿が多いなか、時代の先端をいく燐寸の原料製造を手がける家柄だけあって、藤田は洋服を粋に着こなしている。上着のポケットから煙草を取り出すと、口にくわえ、おもむろに燐寸で火を点けながら

「人生意気に感ず、ですよ。ただ、それだけです」

あっけらかんと言ってのけると、藤田はさもうまそうに吸い込んだ煙を「ふう」と空に向かって吐き出した。そんな藤田にハンターはとびきり上等の日本人を実感するのであった。その藤田家の屋根

越しに、神戸の町並みが広がっている。三十七年前、横浜からキルビーと共にハンターが船に乗ってやって来た海が遠くに輝いている。愛子が感極まって礼を述べる。

「ありがとうございます。藤田さんのお気持ち、決して無駄には致しません」

「藤田サンノ気持ニ応エテ、コノ土地、有効ニ活用致シマス」

ハンターはこの土地に自分たちの住まいを建てるだけではもったいない、と思い始めていた。かけがえのない土地を自分たちのためだけではなく、世間の人たちの役にも立てるための有効活用をということの相談を受けて、米田左門がためらわず、アドバイスした。

「果樹園を造ると良いと思います。南洋の珍しい果樹、芭蕉《ばしょう》など植えてみてはどうでしょう？」

「芭蕉デスカ？　ドンナモノデスカ？」

身を乗り出して興味を示す夫を助けて、愛子が横から口添えして米田に聞く。

「俳人の松尾芭蕉《まつおばしょう》とは何か関係があるのですか？」

米田がしたり顔で答える。

「それですよ、松尾芭蕉の芭蕉ですよ」

日本には五七五の短い言葉で表現する俳句という文学があることをハンターは知っていた。だが、南洋の珍しい果樹と俳人がどういう関係があるのか、理解しがたい話題であった。米田が興味深い話をハンターに聞かせる。

「松尾芭蕉は最初のうちは桃青《とうせい》という俳号を使っていたんです。江戸俳壇の主流からはずれ、中心地の日本橋から隅田川東岸の深川に移って庵を結ぶ時に、バショウを一株植えたんですね。それが見事な葉を茂らせて評判になり、弟子達が師匠の庵を『芭蕉庵《ばしょうあん》』と呼ぶようになりました。その結果、桃《とう》青《せい》を改めて松尾芭蕉《まつおばしょう》と名乗るようになりました」

芭蕉という果樹はもともと南洋のもので、日本に入って来たのはポルトガルの宣教師が織田信長に献上したのが最初とされる。松尾桃青《とうせい》が庵にそれを植えたのは１６８０年代。当時としてはきわめて珍しい果樹であった。それから百年経っても、二百年経っても、芭蕉という果樹は依然、日本では珍しいものとされてきた。愛子が言う。

「最近、元町でバナナという果物を売るお店が出来ましたが、芭蕉と同じものですか？」

「外国の言葉で言えば、バナナです。日本語で言えば芭蕉、同じものです」

明治三十六年（１９０３）四月、大阪商船の台湾航路の貨客船・恒春丸《こうしゅんまる》の船員が台湾基隆《キールン》から七カゴのバナナを神戸港に持ち込んだ。それ以後、バナナの輸入が活発化し、日本人の間でバナナを食べる人が増加し始めていた。そんな風潮の結果、最近になって元町商店街にバナナの専門店が誕生していたものであった。

「井原西鶴《いはらさいかく》、近松門左衛門《ちかまつもんざえもん》と並んで元禄三文豪《げんろくさんぶんごう》と評価される松尾芭蕉が目を付けて、自らの雅号に用いたほどの果樹です。江戸で葉を茂らせたものなら神戸でも植栽が可能と思います。芭蕉の果樹園を是非、北野で造って下さい」

「松尾芭蕉は『奥の細道』で有名ですが、この神戸にも来てますよね？」

愛子は須磨《すま》・明石《あかし》を詠んだ俳句を思い出していた。芭蕉は元禄元年（１６８８）四月に源平《げんぺい》の古戦場で知られる須磨を訪れていた。鵯越《ひよどりごえ》えの坂落とし伝説の残る鉄拐山《てつかいざん》と鉢伏山《はちぶせやま》から摂津と播磨の国境《くにざか》いを眺め「蝸牛角振り分けよ須磨明石《かたつむりつの》」と一句したためた。米田がそのことについて私見をはさむ。

「紅顔《こうがん》の美少年として知られる平敦盛《たいらのあつもり》が熊谷次郎直実《くまがいじろうなおざね》に首を討たせた史実をあわれんだ芭蕉が、平家《へいけ》と源氏《げんじ》に角振り分けよと、彼なりのもののあわれを隠し味にした句なんですよ。さすがは俳聖《はいせい》です。伊賀上野《いがうえの》の忍び《しのび》の里《さと》の生まれだけに、忍者並《にんじゃな》みの速さでみちのくと北陸を旅したことも研究に値する興味津々《きょうみしんしん》の人物ですねえ」

須磨を旅した翌年の元禄《げんろく》二年三月、芭蕉は弟子の河合曾良《かわいそら》を伴って江戸を発つ。「月日は百代の過客にして行き交う年もまた旅人なり」の名文で知られる「奥の細道」を世に送り出す四十五歳の旅立ちであった。愛子が言葉を続ける。

「芭蕉は大坂で亡くなりましたよね？　父からそんな話を聞かされたことがあります」

「二年間に渡るみちのくの旅を終えて江戸に帰り、しばらくは江戸で過ごしていたようですが、漂泊《ひょうはく》の俳人《はいじん》です、やはりじっとしておられなかったんですね、また旅に出ます。最後の旅がふるさとの伊賀上野に近い大坂であったというのが芭蕉の人間性を感じて心引かれますね」

大坂御堂筋で花屋仁左衛門《はなやにざえもん》が営む旅籠《はたご》に身を寄せている時、芭蕉は「旅に病んで夢は枯野《かれの》をかけ廻《めぐ》る」の一句をのこしてこの世を去る。元禄七年十月十二日、享年五十一歳であった。

「あの時代、滑稽《こっけい》の機知や華やかさを競う句が持てはやされる風潮のなかで、自然や人生の探求が刻み込まれた桃青の句は本流からはずれ、俳句の指導だけでは飯が食えず、副業として神田上水《かんだじょうすい》の事務を四年間、担当して飯を食うという苦労もあったんですよ。金や名声への欲望が渦巻く江戸俳壇に失望した桃青は日本橋を引き払って深川に草庵を結んだわけです」

「苦労シタカラコソ転居シ、バショウヲ植エ、ソノ結果、芭蕉ト俳号ヲ変エテ偉大ナ俳人ニナッタワケデスネ。日本人ノ良イ心、私見習イマス。私、北野ニ芭蕉植エタイデス」

ハンターの決断に愛子も賛成する。藤田清左衛門《ふじたせいざえもん》が譲ってくれる広大な土地に早速、芭蕉の株を植える準備に取りかかった。この時代の日本に芭蕉を台湾から輸入するさきがけとなった大阪商船は大阪鉄工所の取引先でもある。同社の協力を得て必要な数量の芭蕉の株が神戸港にほどなく荷揚げされた。

藤田がハンターに譲ってくれた土地は浄福寺《じょうふくじ》の横から東へ北野天満神社《きたのてんまんじんじゃ》を越えて、さらに東へ進んだあたりまで、実に広範囲であった。北野神社のすぐ南西に明治三十八年（1905）、煉瓦造りの洋館が姿を見せていた。ドイツ人貿易商・ゴッドブリート・トーマスが同じくドイツ人設計家・ゲオルグ・デ・ラランデに設計を依頼して建築したトーマスの住まいであった。三角屋根のてっぺんに鶏の形をした風向計、風見鶏が乗ったその洋館は昭和の時代に進んで「風見鶏の館」と賞賛されて、神戸の象徴とも言われるようになる。その南西には二年前の明治三十六年にアメリカ総領事のハンター・シャープがアレクサンダー・ネルソン・ハンセルに設計を依頼して萌黄色《もえぎいろ》の下見板を張り巡らせた洋館を建てて居住していた。そのシャープの館を見下ろす高台にハンターの住まいを建てる構想で、その東一帯に広がる雑木林や原野を活かして芭蕉を中心とした果樹園を造成しようというわけである。

「出来ルダケ自然ノママ果樹園造リタイ。溜池ハ埋メナイデソノママ置イテ活用シタイ。芭蕉ノ有名ナ俳句、私知ッテマス。古池ヤ蛙飛ビ込ム水ノ音デス」

ユーモアに溢れた言葉がハンターの口から飛び出すほど計画が順調に進んでいった。

第五十章　神戸ゴルフ倶楽部とオリエンタルホテル

日本初のゴルフ場誕生

北野の庄屋、藤田清左衛門《ふじたせいざえもん》の協力でハンターが楽園を作ろうとしている北野の背後に控える堂徳山を北東に登り詰めると六甲山に辿り着く。その山頂近くの標高八百五十メートルの起伏を利用して、明治三十六年（１９０３）、ハンターと親交のある英国人貿易商のアーサー・ヘスケス・グルームが神戸ゴルフ倶楽部を作っていた。それに先がけてその三年前の明治三十三年のある日、荒涼たる六甲山中の三国ケ池近くの彼の別荘「１０１屋敷」で、グルームが三人の友人たちとスコッチウイスキーのグラスを傾けながら、交流を深めていた。本国の英国でゴルフというスポーツが流行しているというニュースが日本にも伝わってきており、神戸在住の西洋人たちが深い関心を寄せていた。パイプの煙をくゆらせながら、グルームが友人たちに相談を持ちかける。

「ドウダロウ？　一ツ、我々ノ手デココニゴルフ場ヲ造ッテミテハ？」

これまでの日本では考えることも出来なかった発想である。この別荘じたいがそうだった。神戸市の背後に屏風のようにそそり立つ六甲山に初の人家としてグルームがこの別荘を建てたのであった。何かにつけ、意表をつく行動を起こすグルームの新たな提案に友人たちは一瞬驚きはするものの、すぐに賛成の声をあげる。

「故郷ノゴルフヲコノ六甲山デヤレルヨウニスルノカ？　ソレハグッドアイデア」

友人のリアクションを見て「コレハイケル」と判断したグルームは、早速、同志を集めるために英字新聞で呼びかけた。

「内外人ヲ問ワズ、ゴルフニ興味アル方ハ創立総会ニ出席サレタイ」この広告をハンターも見た。というより、グルームからじきじきに協力の要請を受けた。それほど親しく肝胆相照らす仲のハンターとグルームなのであった。グルームは一八四六年九月二十三日、イギリスはロンドン郊外の生まれで、ハンターより四歳年下である。長崎のグラバー商会に勤務するために訪日、明治元年（１８６８）に兵庫開港の地に支店を開く要員としてやって来たものの、二年後の一八七〇年にグラバー商会が倒産してしまい、グルームは兵庫にとどまって自分の力で居留地１０１番館を借りて、モーリヤン・ハイマン商会を設立、日本茶の輸出とセイロン紅茶の輸入を始めた。このことに起因してのちに六甲山の別荘を「１０１屋敷」と名付ける。明治十六年、横浜へ移住し、生糸の輸出を行うが、業績が思わしくなく、十年ほどで神戸へ引き返して来た。居留地内播磨町三十四番地と三十五番地で再び、茶の輸出業を営んで今日に至っていた。同じイギリス人であることに加え、年格好が近いうえ、茶を扱うことでも力を貸し合える仲間としてハンターはグルームと親しく交際しているのであった。六甲山頂にゴルフ場を造成する構想を聞いて、ハンターにはグルームの胸のうちがよく理解出来た。愛子にその辺の事情を語って聞かせる。

「ゴルフ場ヲ造ルコトハ開発デ山ヲ傷メルコトノヨウニ思ワレルカモシレナイガ、ゴルフ場ヲ造ルコトデ山ヲ守ロウトシテイルノデスヨ」

「英悟さんがお生まれになってから、グルームさん、生き方を変えられたのですよね？」

愛子の推測はズバリである。グルームには六男三女の合計九人の子供があったが、横浜在住時の明治二十一年に生まれた五男の英悟《えいご》が聾唖《ろうあ》であった。グルームは趣味として狩猟を行って来たが、多くの動物を殺して来た罰が当たって聾唖の子が生まれたのかもしれないと思った。その罪滅ぼしの意味もあって、グルームは六甲山の自然を守りたいと考えたのである。

「畑原村ナド三ツノ村カラ一万坪ヲ借リテ、ソノウチノ四十五坪ニ別荘『百壱《ひゃくいち》』ヲ建テ、動物タチト同ジ環境デ暮ラスコトヲ実行シタミスター・グルームハ行動力ノアル立派ナジェントルマンダ」

四歳年下の友人に敬意を表するハンターである。

「百壱」とはグルームの別荘「101屋敷」の別称である。

「ゴルフハ大自然ノナカデコソ可能ナスポーツデス。グルームガ気ニ入ッタ六甲山ノ自然ヲ守ルタメニモ彼ハゴルフ場ヲ造リタイト言ッテイル」

友人の思いを代弁して愛子に語って聞かせる夫の気持ちが痛いほど理解出来る愛子である。

「オリエンタルホテルを買収した時と同じように、ゴルフ場も協力なさるのでしょ？」

居留地八十一番にあるオリエンタルホテルの経営が今一つ思わしくないというので、明治三十年に、二代目経営者のフランス人、ル・ベキューからグルームが買い取ってホテルを守った事実があった。

その時、共同経営者としてハンターがグルームを助けたのである。ホテルの社長としてはグルームが就任したが、陰になり日向になりしてハンターがグルームを助けて今日に至っている。そういった格別の間柄であることからこのたびのゴルフ場造成事業も放っておくわけにいかないハンターなのであった。聾唖の五男のためにも社会性ある働きをと頑張る友人に力を貸すハンターの生き様は、まさに人生意気に感ず、といった言葉を地でいくものであった。そんな夫の日本人以上に日本人らしい生き様を感じて素直に喜ぶ愛子もまさに大和撫子を地でいくもので、この妻にしてこの夫あり、である。

「あなたの国のスポーツですから、しっかり応援してあげて下さいね」

というわけで、明治三十三年二月二十七日の創立総会にはハンターも出席したが、集まった二十六人はすべて外国人で、日本人は一人もいなかった。それほどこの時点ではゴルフというスポーツは日本人の間に理解されていなかった。外人たちの資本力を結集して、ゴルフ場の造成が始まった。このころの六甲山は駕籠をかついで往来する程度の細い道しかないうえ、建設重機じたいがまだ存在しておらず、人海戦術に頼るしかないゴルフ場づくりであった。生い茂る笹を焼いて根をおこし、雑木を伐採して九ホールのゴルフ場が完成したのは明治三十六年五月。同月二十四日に開場式典が行われ、兵庫県知事・服部一三が始球式に招かれた。この時に使用したクラブは本国から取り寄せたもので、ボールはアジア産の生ゴムの塊《かたまり》を熱して鋳型で固めた「ガタパチャ・ボール」と言われるものであった。来賓客の一人として顔をつらねるハンターに、スタッフが説明してくれた。

「フェザー・ボールガイギリスデヨク使ワレテ来タソウデスガ、羽毛ヲ皮袋ニ詰メ込ンダフェザー・ボールハ軽イノデ飛距離ハセイゼイ百五十ヤードカラ百七十ヤードデス。今日採用ノガタパチャ・ボールハ重イノデヨク飛ビマスヨ」

　ということなので、初めて目にする光景をハンターは楽しみに見守るのであった。やがて、帽子をかぶって白い洋服に身を包んだ服部知事がグリーンに姿を現した。クラブを大きく振っての処女ドライブはスタイルは格好良かったが、青空に球が吸い込まれるかと思いきや、走り寄って拾えるほどのチョロ球に終わった。これが日本に初めてゴルフが誕生した瞬間であった。この二年後の明治三十八年四月、阪神電気鉄道の三宮・大阪出入橋間が開通し、大石駅から駕籠に二時間以上揺られてゴルフ場に登るという光景がよく見られるようになった。キャディーはかすりの着物にわらじ履き。夏は手ぬぐいのほおかむりや麦わら帽子で日焼けを防いだ。やがて、近くに住む小倉庄太郎が会員に加わり、初の日本人ゴルファーが誕生した。また、明治四十年秋には第一回アマチュア選手権試合も開催され、六甲山上の神戸ゴルフ倶楽部は日本第一号ゴルフ場として、全国にゴルフが普及するきっかけを作ったのであった。

　阪神電鉄の開通によって六甲山に登る人が増えつつある明治三十八年、六甲連山の一部をなす堂徳山の麓に当たる北野の広大な土地を藤田がハンターに譲ってくれたのであった。地名には歴史があり、平清盛が福原遷都《ふくはらせんと》の折りに、禁裡守護《きんりしゅご》、鬼門鎮護《きもんちんご》の神として京都北野天満宮を勧請《かんじょう》してこの地に北野天満神社を設けたことから北野という地名が生まれたこの地である。また、それ以前の悠久の昔からこの地に古墳があり、そのほとりにゆるやかな峠道が出来、三本松が育った。「北野の三本松」として旅人たちの憩いの場として親しまれて来た所でもある。その北西部からトアロードに至る広大な土地をハンター楽園として活用する計画である。ふだんは冷静なハンターであっても、このプランの

実施に向けて準備にかかると、ワクワクした気持ちになった。そんな夫を見て喜ぶ愛子の気持ちはハンター以上のものであった

「神戸ゴルフ倶楽部といい、オリエンタルホテルといい、あなたは人様を助けるための働きばかりなさいましたからねえ。韓国の楽園郷だってそうですわ。ほんとに人様を応援するばっかり。今度ばかりはご自分のための理想郷づくりをしっかりとなさって下さいね」

と、暖かく夫を見守る賢夫人の愛子を応援して大工の留吉がここぞとばかりにしゃしゃり出る。

「果樹園もいいですがね、ハンターさんと愛子さんの人生の実りの場所をあっしが形に致しやしょう。まあ、黙って見てて下さいよ」

そう言って留吉が持参した絵図面は、日本家屋の設計図である。

「あら、今流行りの洋館ではないのですか？」

不思議そうにながめる愛子に、

「洋館はあとで何とかなりましょう。あっしたちがいちばん得意とする日本らしい家をまず建てて、愛子さん、ハンターさんに思いきりくつろいでもらいたいんですよ」

との意気込みで、留吉は一人の若者をハンターと愛子に引き合わせた。見るからに職人肌といった風体の柳田柳太郎《やなぎたりゅうたろう》と名乗る大工であった。明治二十年、有馬温泉の隣村の唐櫃《からと》生まれの柳田は最近めきめきと腕を上げて大工仲間から重宝されていた。

第五十一章　日本調の家づくりとマロングラッセ

洋菓子の老舗が芽生える

北野に南洋果樹園を持った理想郷「ハンター楽園」の構想を進めるなかで、がぜん、張り切るのは大工の留吉である。

「ハンターさん、愛子さんとの長い付き合いのなかで、やっと、お役に立てる時が来ました」

留吉がハンターとめぐり会って三十八年、働き盛りであった腕利き大工も今では七十代の齢《よわい》をかさね、建築の最前線は退いていた。しかし、そこは昔取った杵柄《きねづか》で、それまでの経験をこの時とばかりに活かして、息のかかった腕利きの大工を集めて、ハンター夫妻のための家を建てる準備に取りかかるのであった。留吉の息子の稲次郎が五十三歳になっており、父に代わって陣頭指揮《じんとうしき》を取る。留吉の弟子の柳田柳太郎《やなぎたりゅうたろう》が稲次郎を助けて、十人近い大工仲間をまとめてよく働いた。

明治二十年ごろから北野界隈に西洋館が建つようになり、日本人の間で「異人館」と呼ばれる建物が百軒余りも目立つようになっていた。そんな風潮に逆らって、留吉がハンターのために建てようとしているのは日本調の家屋である。それには彼なりの信念があった。

「もともと北野村は、おだやかな野原に神仏を大事にする者たちが静かに暮らして来た土地です。日本の大地にとけ込むように、藁葺《わらぶ》きや茅葺《かやぶ》きの土壁《つちかべ》を塗った家が静かにたたづんで人様の命を守って来たものでさあ。それが最近は何ですかい、仰々しくペンキを塗りたくった派手な西洋館《せいようかん》とかが幅をきかし、日本とは思えぬ景色に変わりはてようとしている」

思えば、ハンターが兵庫開港前日に兵庫に乗り込んで来た時、キルビーと共に食住の面倒を見て、二人がビジネスの基盤を築くサポートをした留吉である。いわば、留吉とその妻、タネにとってはハンターはもう一人の息子ともいうべきかけがえのない存在なのであった。そんな青い目の息子が出世して北野の庄屋、藤田清左衛門から三千坪もの広大な土地を譲り受け、ここに理想郷を築こうとしている。大工という天職を今こそ活かして、留吉は自分の人生でこれが代表作と胸を張れる家をハンターにプレゼントしたい、と考えたのである。

「ハンターさんはね、日本人以上に日本人らしい心をお持ちの方です。だから、今流行《いまはや》りの西洋の家みたいな当たり前の家じゃなく、あっしたちが腕によりをかけて、極上《ごくじょう》の日本の家を作ってさしあげたいのでさあ」

留吉の気迫がひしひしと胸にしみるハンターと愛子であった。留吉を慕って集まった大工たちは大阪や神戸で有名となっている実業家・ハンターの居宅《いたく》の建築だけに、誰もが競い合って見事な働きぶりを見せていた。そんな職人たちを愛子が大事にした。居留地から北野の建築現場まで、愛子は毎日のように足を運んで、茶菓子などの接待で職人たちをねぎらうのであった。

「さあ、皆さん、一服つけて下さいな」

愛子が姿を見せると、現場の空気がにわかにやわらぐ。屋根に上がっている者、二階の床《ゆか》を張り付ける作業をしている者、一階の床の間《とこのま》の細工を施す者、それぞれが手を休めて、縁先《えんさき》の地面に敷いた筵《むしろ》にあぐらをかいて休憩する。

「イギリスのレッドティーによく合う西洋菓子を買って来ましたよ」

風呂敷包みを開いて愛子が取り出したのは、神戸凮月堂《こうべふうげつどう》のマロングラッセだった。目ざとい稲次郎が反応する。

「さすがは愛子さん、いいお店の値打ちのある菓子を買って来て下さいましたね」

子供のころ、走人塾《はしうどじゅく》で米田左門講師に学問を教わっただけあって、塾のあった所から近い元町通り三丁目に明治三十年十二月に誕生した神戸凮月堂《こうべふうげつどう》のことを稲次郎は格別の思いで見守っていた。

「東京南鍋町の凮月堂《ふうげつどう》に徒弟奉公《とていぼうこう》した吉川市三《よしかわいちぞう》さんが暖簾《のれん》分けしてもらって、神戸開港三十年の節目《ふしめ》にあのハイカラな欧風の店を構えたそうですよ」

バルコニーを持った二階建ての欧風建物で、銀行か郵便局かと見まがうほどの格調ある店舗が注目を集めていた。

「外見も立派ですが、商品がそれ以上に素晴らしく、神戸初の西洋菓子の製造販売ということで、見識ある富裕層がこぞって買い求める、そのこと自体が、ハンターさんの母国の言葉で言えば、ステイタスシンボルのようになっているんですよ」

師匠の米田仕込みのうんちくを傾けられる稲次郎はただの大工ではない。弁論の腕前は大工の技術以上に説得力あるものであった。

「ありがとう。稲次郎さんがステイタスシンボルと言って下さった凮月堂《ふうげつどう》のマロングラッセですよ。ハンター商会のレッドティーにはこれほどぴったりのお菓子はありませんからね。さあ、皆さん、召し上がって下さいな」

大工仲間に分け隔てなくやさしくふるまう愛子に、柳田《やなぎた》が感極《かんきわ》まって礼を言う。

「ありがとうございます。私の生まれた唐櫃《からと》のずっと奥の丹波《たんば》では栗がよく実って栗をごはん代わりに食べさせられたことはよく覚えていますが、こんなハイカラな菓子としての食べ方は想像も出来ませんでした」

と、マロングラッセを両手に押し頂く柳田である。無理もない。山深い田舎の丹波《たんば》のきわめて素朴な栗が凮月堂《ふうげつどう》の手にかかれば、こんなにおしゃれな高級西洋菓子に生まれ変わるのだから。愛子が女性らしい説明を付け加える。

「お店の番頭さんに教えてもらいましたよ。栗の皮をむいて煮て、渋皮を剥《は》いで、バニラで香りを付けた砂糖液《さとうえき》に漬《つ》け込んで、弱火で加熱するんですって。蒸発した水分を砂糖液で補いながら、十日近くもかけてやっと商品に仕上がるんですって」

「へえ。ものすごく手間暇かかる上等のマロングラッセなんですねえ」

「もったいなくて食べられませんや」

「これ、ちょっとうちの女房に土産《みやげ》ってわけにいかないですかね」

など、にぎやかこのうえもない大工たちの休憩時間である。余談ながら、現代の凮月堂《ふうげつどう》の代表的な商品はゴーフルであるが、この明治年間にはゴーフルはまだ姿を見せていない。フランス帰りの客の言葉をヒントに、二枚のせんべいでバニラやストロベリーのクリームをサンドにしたゴーフルを風《ふう》月堂《げつどう》が誕生させるのは昭和二年になってからのことである。この明治年間にはマロングラッセのほかに、シュークリームが人気商品であった。珍しいマロングラッセを愛子はハンター商会の従業員たちにも食べさせてやりたいと思った。この時点でのハンター商会は支配人に英国人のE・W・ノアールを雇っていた。ハンターを慕って参加して来た人物だけに、配下の日本人スタッフたちとのチームワークが申《もう》し分《ぶん》なかった。渡辺万寿太郎、中野豊太郎、奥歳五郎らが切磋琢磨《せっさたくま》して業績の向上目指して献身的な働きぶりを見せていた。それだけに経営者の妻として、愛子は従業員たちをねぎらってやりたいと思うのであった。ハンター商会では時代の先端をいくパンフレットと称する事業案内書を作成していた。そこには次のような営業種目が記載されていた。

「諸機械器具、造船鉄道材料、船舶用品金物類、線索、塗料油蝋、外国木材、煙草、米穀、安質母尼、硫黄その他鉱物輸入品、燐鉱石、硫酸アンモニア、智利硝石、人造肥料、各種輸入品全般」この事業があればこそ、北野の個人居宅を構えることが出来る。ほどなく、留吉が完成させた日本調家屋は木造二階建瓦葺の豪壮なものであった。部屋数は上下階合わせて二十を数え、ハンターが来客とビリヤードを楽しむための洋室のほか、愛子のために養蚕《ようさん》用の部屋まで用意してくれているという心配りの行き届いた家であった。

第五十二章　愛子桜

ソメイヨシノ
毎日登山
コーベウォーター

環境が変われば、気分も変わる。北野の日本家屋で生活するようになって、ハンターは早起きの楽しみを覚えた。堂徳山の麓に位置する北野の一日は野鳥のさえずりと共に始まる。雑木林や野原を散歩するのが日課のようになった。その散歩コースはすべてハンターの土地である。藤田清左衛門から譲り受けた土地は実に三千坪もある。要所要所を整地して芭蕉《ばしょう》を植え、他に柑橘類《かんきつるい》も植えて、果樹園として完成させる計画である。

留吉が音頭を取って、一世一代の働きで竣工させてくれた新しい家の住み心地は実に良かった。居留地のハンター商会で、来客をもてなす茶は英国の紅茶と決めていたが、自宅でゆっくり過ごす時間は、日本座敷で愛子に点ててもらう抹茶がハンターの口に合った。

「とってもいいお茶を放香堂《ほうこうどう》で買って来ましたよ」元町商店街の茶商「放香堂」が最近、喫茶室を設けて、人気を呼んでいた。特にコフィーを店の中で飲ませ、新しもの好きの神戸っ子たちの間で評判になっており、これが後に日本初の喫茶店として評価される。店頭でも抹茶の宣伝販売を行い、通りがかった愛子が試飲して気に入り、買い求めて来たものである。茶釜《ちゃがま》でしゅんしゅんと沸き立つ湯を柄杓《ひしゃく》ですくい、抹茶碗に注いで、茶筅《ちゃせん》で抹茶をのの字に練《ね》る。こうして時折り愛子がもうけてくれる茶の湯のひとときがハンターは好きだった。茶の湯にふさわしい着物を愛子が縫ってくれた。日本の着物に身を包むと、ほっとくつろいだ気分になれる。

「千利休《せんのりきゅう》ノ茶道《さどう》ハホント、心和《こころなご》メテクレマスネ」

ハンターは満悦《まんえつ》である。茶祖《ちゃそ》とあがめられる千利休は堺の生まれで、大阪の隣りという親しみもあって、愛子は幼いころから、母の菊子から茶の手ほどきを受けていた。昨今、婦女子のたしなみとして流行している茶道が、戦国時代には合戦場に赴く者をねぎらう儀式として用いられた歴史をハンターはよく知っている。だから愛子に点《た》ててもらう一服の茶を、ビジネスに命をかけるハンターなりの活力源として大切にしているのであった。

「今度ノ抹茶《まっちゃ》、濃茶《こいちゃ》ニ合イマスネ。ピリリト苦味走《にがみばし》ッテオイシイネ」押し頂いた立杭焼《たちくいやき》の茶碗をすすり終えて、そっと畳の上に置いた時、縁側からメイドの声がした。

「ご主人様、お客様が見えられました」

突然の来客は神戸税関長《ぜいかんちょう》の穎川君平《えがわくんぺい》であった。ハンターが手がける商品はことごとく神戸港から輸出入されることから、税関でもハンターの存在は有名で、穎川税関長自らがハンターに好意を示し、個人的にも親しい間柄になっていた。

「ご不在なれば、これをお女中にでもお預けすればよいと思いまして、突如お邪魔致しましたが、ご夫婦お揃いで良かった」立派な紳士が桜の苗木を持参していた。

「コレハマタドウシテ桜ヲ？」

「ええ、ハンターさんの果樹園の芭蕉の苗、大阪商船から陸揚げされましたでしょ？　いやあ、凡人が考えもつかない斬新なアイデアで、私共税関あげて通関業務を取り行わせてもらいましたよ。ハンターさんの計画をさらに素晴らしいものにするために、私からもプレゼントさせて戴きたいと思いましてね、この桜をお持ちしたんですよ」

その桜の苗木は近年、植木好きの人たちの間で話題を集めているソメイヨシノであった。江戸末期に江戸の染井村《そめいむら》（現在の東京都豊島区駒込）の植木職人らが改良を始めた品種が数十年を経て、文字通り花開き、明治三十三年（1900）にソメイヨシノと命名されて注目を集めていた。

「西行法師《さいぎょうほうし》の和歌に詠まれた大和《やまと》の桜の名所、吉野山の名を取りながらも、山桜《やまざくら》とは一線を画する意味で、改良地、染井村の名も付け加えてソメイヨシノとした意気込みの素晴らしい桜なんですよ。ハンターさんご夫婦にはぴったりだと思いまして東京から取り寄せました」

粋なはからいをさりげなくやってのける潁川は元、新橋鉄道局《しんばしてつどうきょく》の運輸課長であった。明治七年に潁川は神戸に赴任して来た。その時、腹心《ふくしん》の部下の高橋善一《たかはしぜんいち》を一緒に神戸へ連れて来ていた。明治十年の開業を待って高橋は車掌として勤務したが、潁川の引き立てもあって明治十三年には馬場駅（のちの膳所駅《ぜぜえき》）長となったのを皮切りに、長浜駅長を経て、五代目大阪駅長に就任した。潁川自身は鉄道から税関へ鞍替えし、益々隆盛を極める神戸港を支える神戸税関の長として活躍して現在に至っていた。明治二十八年には高橋が東京に戻ってしまい、寂しい思いを味わったが、税関の分野で新しい人間関係も生まれ、官舎に住みながら充実した日々を過ごしているところであった。潁川の人を見る目は抜群で、彼が見込んだ高橋はのちに大正三年の東京駅誕生に際し初代東京駅長に抜擢される。こんな潁川が昨今特に親しく交流を続けている人物がハンターなのであった。

「愛子、潁川サンニモ一服差シ上ゲテ下サイ」

愛子のお茶を潁川が神妙に頂く。

「結構なお点前《てまえ》でございます。西洋の文化もよろしいですが、日本伝統の文化も捨てがたいものがありますよね」

自分に言い聞かせるように呟《つぶや》く潁川である。神戸税関は慶応三年十二月の兵庫開港の時、ビードロの家と異名を取った江戸幕府直轄の運上所《うんじょうしょ》が発端である。開港を祝って群衆が「ええじゃないか」「ええじゃないか」と踊り狂った波止場に建つギヤマンの窓を持った運上所が明治六年に神戸税関として生まれ変わり、それを機に石造りのモダンな欧風調の建物に変化をとげていた。近代洋服の生地をはじめ、活動写真、ゴルフ用具など西洋文明導入の拠点となっている神戸港のすべての品物をチェックする役目が税関であり、その三代目税関長を務める潁川は近年特に隆盛をきわめる西洋文明導入の見届け役とでも言うべき立場にあった。

「西洋文明のあれこれに接すればこそ、日本の良さがよくわかります。だから、お二人の理想郷のシンボルとして日本古来の花、桜を選ばせてもらいました。では、今から苗木を植えさせて下さい。スコップをお借り出来ますか？」

「ミスター穎川、アナタノ気持、トテモ嬉シイデス」

せっかくの穎川の好意を有難く受けて、ハンターと愛子は三千坪の敷地の東南角に近い所を選んで苗木を植えることにした。ハンターが作業着に着替えようとすると、穎川は、

「そのまま、そのまま。私が穴を掘りますから、見てて下さい」

手際よく穴を掘ると、ソメイヨシノの苗木を植え付け、

「さあ、仕上げにお二人で土をかぶせて下さい」

穎川の命ずるまま、ハンターと愛子はスコップで土をかぶせる。

「しっかりと苗木が根付くよう、周りに溝を作っておきましょう。水バケツですよ」

「枯れてしまわないかしら？」案ずる愛子に
「心配要りませんよ。秋から冬にかけてが桜の植え付けに適した時期なので、今はちょうどベストシーズンですよ。ただ、しばらく心がけて水をやって下さいね。花には水を、です」

すかさず、ハンターが言葉をつなぐ。

「人ニハ愛ヲ、デスカ？」

「おっしゃる通りです。この桜はきっとここで立派に成長して見事な花を咲かせるようになるでしょう。そうだ、この桜に何か名前を付けましょう」

穎川の提案に、すぐにハンターが反応した。

「愛子桜《あいこざくら》ハドウデスカ？」

「え？　私の名前を桜に？」驚く愛子に、穎川が

「素晴らしい！　愛子桜《あいこざくら》……文句無しです」

　またたく間に名前が決まった。

　北野の地にハンターと愛子が住まいを構え、理想郷を築き上げようと行動を開始した記念の植樹となった。北野の毎日が新鮮であった。ハンターの早起きはもはや習慣となり、桜の育ち具合に目を向けたあとは、我が敷地を離れて、足を裏山に伸ばすのが日課のようになった。堂徳山を登る小道を整備させ、谷筋を再度山《ふたたびさん》や摩耶山《まやさん》方面に向けて辿る登山道を作り、誰でもが気軽に利用出来るようにした。北野界隈に居住する外国人たちの間で評判になり、早朝登山を楽しむ人の数が日を追うごとに増え続け、いつしかその道を「ハンターズギャップ」と呼ぶようになった。ハンターが作った谷沿いの道といった意味合いである。

　さらに、道は延びて、天神谷を越え、大竜寺《だいりゅうじ》の近くにまで及ぶ。途中の谷を「ハンターズバレイ」と呼ぶようになった。ずばり、ハンターの谷という意味である。西洋人たちはスポーツごころが豊かで、北野界隈だけでなく、元町、栄町、海岸通りあたりからも山に登るようになり、大竜寺の上の方に茶屋が出来た。「善助茶屋《ぜんすけじゃや》」と呼ぶ茶屋《ちゃや》で、早朝登山を楽しむ外国人たちの休憩所となり、サインブックを置いて、登山のたびにサインして帰るという習わしが生まれた。神戸における毎日登山の発祥である。こういったブームを作った張本人のハンターは時として、進路をハンターズバレイから東に変えることも試みてチャレンジ精神を発揮する。布引貯水池《ぬのびきちょすいち》の管理人の吉岡兄弟が、しばしば姿を見せる西洋人に気づいて声をかけるようになった。

「グッドモーニング、どちらからいらっしゃいましたか？」

ハンチング帽のよく似合う品の良い西洋人が笑顔で言葉を返す。

「北野カラハンターズバレイ越エテ来マシタ」

「よくお見かけしますので、一度お話してみたいと思っていました。私たち兄弟はこの布引貯水池の管理の仕事しています。失礼ですが、あなたはどんなお方でいらっしゃいますか？」

「私？　大阪デ造船所作リ、神戸デ商社ヲ営ンデイルハンタート申シマス」

「あ、あなたがハンターさんでいらっしゃいましたか。大変失礼致しました。お許し下さい」

吉岡兄弟は丁重に事務室にハンターを迎え入れ、貯水池自慢の水をグラスに入れて勧めた。それは外国航路の船が神戸港で飲料水を補充する布引貯水池の水である。赤道を越えても腐らないと外国船の間で評判の「コーベウォーター」であった。山道を登って来た身に清冽《せいれつ》なコーベウォーターはたまらないほどおいしく五臓六腑にしみた。

第五十三章　運命の異人館

「旧ハンター邸」の裏話

北野の三千坪の広大な敷地の一角に建てたハンターの日本家屋にある日、今や神戸で有名となっている英人建築家のアレクサンダー・ネルソン・ハンセルが訪ねて来た。

「サスガ日本家屋デスネ。床ノ間《とこま》ニモ欄間《らんま》ニモ細ヤカナ日本情緒ガニジミ出テイマス」

西洋建築のプロフェッショナルが日本家屋ならではの特色を読み取って誉《ほ》める。

「欄間《らんま》ノ彫刻ハ、琵琶湖ノ浮キ御堂《みどう》デスネ？」

ズバリ言い当てるハンセルに愛子が嬉しくなって答える。

「おっしゃる通りです。東播磨の腕利きの欄間彫刻士《らんまちょうこくし》の作だそうです。大工の留吉さんや柳田さんが特に頼んで彫ってもらったものです」

ハンターが口をはさむ。

「色々ナ専門家ノ思イガ一ツニナッテ素晴ラシイ家出来ルンデスネ」

「ソウデス。私ノ手ガケル西洋館ニシテモ、設計ハ私デモ、実際ニ工事スルノハ職人サンデス。実ハ、芝嶋吉《しばしまきち》トイウ棟梁《とうりょう》ニ建テテ貰ッタ洋館ガアルノデスガ、解体ノピンチニオチイッテマス。私トシテハトテモ気ニ入ッテイル建物デスノデ、ハンターサンニ助ケテ戴ケナイカナト思イマシテ、相談ニヤッテ来マシタ」

それは、明治二十二年、神戸市誕生の年にハンセルの設計によって、ドイツ人実業家・A・グレッピーが施主となって三宮筋通《さんのみやすじどお》りの北端に建てられた洋館であった。三宮筋通りは、西国街道《さいごくかいどう》と三宮神社から北に伸びる道が交わる角からまっすぐ北野まで通じる約1キロの道である。高低差が50メートル近くある坂道で、居留地と北野を結ぶ外国人たちの通勤・生活道路となっていた。三宮神社の鳥居があることから、ＴｏｒｉｉＲｏａｄ変じてトアロード、また、Ｔｏｒという門を意味するドイツ語をもじった結果、トアロードと呼ばれるようになる道である。グレッピーが明治二十三年に屋敷を囲む石垣を築き、それを記念して「Ａ・Ｇ１８９０」と刻んだプレートが残る割りには、グレッピーの運気は盛り上がらず、十年余り後には、ドイツ人仲間のバーデンスに家を売却する羽目《はめ》におちいった。新しい住居人は玄関先に「ＴｈｅＴｏｒ」と銘記し、自己主張を始めたが五年目を迎えた今、彼もまた持ちこたえるのが苦しくなり、解体もやむを得ないピンチにおちいっているのであった。せっかくの素晴らしい洋館がこの世から消滅してしまうのは惜しいので、生みの親のハンセル自身が思案の末に、ハンターに買い取ってもらえないものかと相談に来たのであった。

「コノ家、建テタバカリダノニ、モウ一軒、家持ツノデスカ?」

さすがのハンターも躊躇《ちゅうちょ》した。夫が困惑した顔を見せる時は愛子は出過ぎないように自分を抑える。

夫婦の雰囲気を肌で実感したハンセルが、

「無理デスヨネ？　コノ家建テタ直後デスモノネ」

と自分自身に言い聞かせる。

「ウ～ン」

ハンターが腕組みをして考え込む。

「ワカリマシタ。築後七年ニシテ解体ノ家、コレモ運命ナラバ仕方アリマセン」

ハンセルは無礼を詫びて帰って行った。もてなしの後かたづけをしながら、愛子が言った。

「見に行きましょう」

ハンセルがハンターを見込んで相談を持ちかけてきた洋館である。実物を見ないまま断るのもどうかと愛子のやさしい心配りである。いざと言う時には、愛子の意見を尊重するハンターである。それに、ハンセルが相談に訪れたのも、ハンターと愛子の人生にとって、何か意味のあることなのだろうと夫婦共通の考え方をする。

すぐに二人は出かけることにした。庄屋の藤田家が営む燐寸原料製造所がある再度山の谷筋へ行く途中である。三宮筋通りの北端に位置する山際《やまぎわ》に見るからに豪華な西洋館が緑に囲まれて瀟洒《しょうしゃ》な姿で建っていた。三角屋根を正面に二つ持つその下がバルコニーになっている、コロニアルスタイルの英国風気品をたたえた良質の館である。

「無くしてしまうの、もったいないですわね？」

愛子があえて積極的にそのように言うのには訳があった。夫の心が動くなら、愛子自身はこの館を買い取ることに反対しない、ということをにおわせているのである。

「ウン、竜太郎ノ意見モ聞イテミヨウ」

ハンターは気に入った。明治四年生まれの長男の竜太郎がこの時、三十五歳になっていた。大阪鉄工所を父から継承して立派に切り盛りし、既に妻帯《さいたい》して男盛りになっていた。竜太郎が迎えた嫁は、元鳥取の家老職《かろうしょく》という名家で、日露戦争に陸軍中将として参加した湯本善太郎《ゆもとぜんたろう》とその妻・ちずの長女・高子であった。竜太郎と高子は大阪に住んでいるが、いずれ、神戸にも家を持たせてやりたいとハンターは考えていた。そんな含みもあって、竜太郎に相談すると言ったのである。

この親にして、この子あり。竜太郎もさすがであった。自分のことよりも、親のことを考えた。

「お父さんやお母さんに英国調の家に住んで戴きたいので、その西洋館は買い取った方がいいと思います。資金は私が出しますよ」

きっぱりと言ってのける。六十四歳になっているハンターに親孝行しようと考える息子であった。

「イヤ、私ガオ前ニプレゼントシテヤリタイカラ相談シテイルノダ」

決まりである。早速、電話でハンセルに買い取りたい、と伝えた。解体やむなきの館だけに、解体は予定通り行って、その建築材をそっくり活用して、ハンターの敷地に再建しようということにした。

ハンセルが本音《ほんね》で喜んだ。

「ハンターサン見込ンデ良カッタ。棟梁ノ芝サン紹介シマスカラネ」

家を建てるのがうまい棟梁は解体もまたうまい。新しい土地で一層素晴らしい家として生まれ変えさせるための解体である。ハンセルが引き合わせてくれた芝は職人気質《しょくにんかたぎ》の初老の男であった。ハンターが芝に注文を付けた。

「ハンセルサンノ心ヲ無駄ニシナイヨウ、精一杯イイ家ニシタイ。ソノタメニ息子ヲ工事監督ニ使イタイガイイデスカ？」

竜太郎は神戸商業講習所、のちの神戸商業大学に学び、明治十九年、外遊してドイツのアールデンギルヘン中学塾に入り、さらにイギリスのグラスゴー大学に学んだ。卒業後、工学士の称号を得て帰国、明治二十八年、父・ハンターの跡を継いで大阪鉄工所の所主となって現在に至っていた。この経歴からうなづける通り、土木工学は得意のジャンルである。芝が答える。

「お施主さんが自ら専門家として力を貸して下さるなんてもったいない限りですよ。ただただ、よろしくお頼《たの》申します」

芝が解体した洋館は、三千坪のハンターの敷地の中でも一番高台の見晴らしの良い場所に建築することにした。竜太郎が自ら安全帽をかぶり、現場で指揮した。

「見晴らしが良い場所は工事がしにくい場所だ。その分、地盤固めをしっかりと行う必要がある。いいか、基礎を岩盤まで掘り下げて、一分《いちぶ》の狂いも生じることのないように」

明治三十九年後半に移築を決意し、工事の準備にかかった家が上棟式《じょうとうしき》を迎えたのは明治四十年五月になってからのことであった。屋根裏の大黒柱《だいこくばしら》に掲げる飾《かざ》り扇《おうぎ》の付いた棟札《むねさつ》に棟梁が墨黒々《すみくろぐろ》と書き留めた。

「上棟式範多氏《じょうとうしきはんたし》明治四十年五月吉日芝嶋吉建《しばしまきちたてる》」

木造煉瓦造り、塔屋付二階建て。一階七九・七九四坪（二四二・七七六平方メートル）、二階八四・一七七坪（二六五・〇五六平方メートル）、三階（塔屋）二・七三〇坪（六・九三三平方メートル）。

屋根は石綿スレート葺き、寄棟造り。小屋組は洋式、基礎は石造り、外壁はモルタル櫛目引き。ハンターと竜太郎があえて元の建築から設計を変更したのは、バルコニー部分である。工事現場を見ながら、ハンターがハンセルにポツリともらした言葉をハンセルが聞き逃がさなかった。

「コノ家、見セテヤリタイ人ガイルンデスヨ」

「誰デスカ？」

「今カラチョウド四十年前、横浜カラコノ兵庫ニ一緒ニヤッテ来タ人デス」

「竣工オ祝イパーティーヲ開キマショ。ソノ人招待シマショ」

「……」

「遠クニ住ンデマスカ？」

不思議そうに尋ねるハンセルに、愛子が代わって静かに口をはさむ。

「遠いです。遠過ぎますわ……」

天国に行ってしまったキルビーのことである。こうして二軒目の家を持てる身分になれたのも、すべてはキルビーのお陰である、とハンターは原点を忘れない。この家に自分が住むことの喜びよりも、ここまで自分を成長させてくれた恩人に感謝を伝えたいハンターである。二十四年前にピストル自殺してしまったキルビーのことが昨日の出来事のように脳裏に浮かぶ。そんな気持ちを汲み取ったハンセルが設計変更し、バルコニーをやめて、南側正面を全面のガラス張りとした。それは、あの兵庫開港の日、キルビーと共に見た運上所、ビードロの家のウインドウ、祝砲の轟きに揺れて輝くギヤマンを再現したものであった。

「ハンターサンノ人生ヲコノ家ノ正面ニ表現シマシタ。建築家ノプライドニカケテ腕ヲ振ルッタ積モリデス」

くすんだ緑色に幾何学的な白い窓枠が印象的で、一面に張りめぐらされたガラスが一段と映える見事な洋館に仕上がった。ここでハンターは愛子と共に日本家屋からこの洋館に移り、悠々自適の生活を送る。その歳月は十年間である。

あえて、結末を先に書かせていただくなら、ハンターが七十五歳でこの世を去った後、この館に竜太郎と高子、そしてその子龍平、貞子が住む。さらに、竜太郎の嗣子《しし》、龍平が祖父・ハンターの跡を継いでハンター商会の経営にたずさわる。昭和の時代に進んで、満州事変に続く支那事変、さらに第二次世界大戦など、社会の大変動が起こり、戦後には財産税の腑菓《ふか》も災いして、龍平は遂にこの邸宅を手放して東京へ移って行く。その後、所有者が楊、岡本義隆と変わり、昭和二十七年からは吉田千代野が経営する料理旅館「藤月荘《とうげつそう》」となるが、同三十六年、吉田の廃業で土地建物が処分される運命となった。そこでこの異人館の保存運動が起こり、兵庫県や神戸市の応援を得て、昭和三十八年九月、王子公園北東隅に移築され、国指定の重要文化財として大切に保存されることとなる。三度に渡る建築という数奇な運命を背負ったこの家は、現存する神戸の異人館の中で最も豪華華麗《ごうかかれい》の「旧ハンター邸」として燦然《さんぜん》とその輝きを放ち続けて現在に至る。

第五十四章　平野家のルーツ・佑天上人

江戸の火消し組誕生

明治四十年に豪華な洋館が完成するのを待ってハンターは故国・英国から家具調度品を取り寄せ、子供のころ過ごした懐かしい英国をしのびながら、ゆったりとした日々を過ごすようになった。穏やかな歳月が静かに流れて行く。高い天井からシャンデリアが柔らかい光を投げかける食堂で、メイドが作る夕食を愛子と共に、色々なことを話し合いながらナイフとフォークを進めるハンターであった。愛子は神戸保育院の託児事業を応援するなど社会奉仕活動に忙しい毎日にもかかわらず、時には自ら手作りの料理でハンターを喜ばせた。壁面のステンドグラスに映える日差しの影が弱くなると、北野に冬が訪れる。大理石のマントルピースの奥でチロチロと燃える薪《たきぎ》の炎を見ながら、ベンチスタイルのソファに並んで、愛子とよもやま話にふけるのがハンターの楽しみであった。

「子供ノ頃、ファーザートマザーガマントルピースノ前デ同ジ火ヲ見詰メテ話シ合ッテル横デ過ゴスノガ好キダッタ。私ハフロアニ世界地図ヲ広ゲテ夢ヲ膨ラマセタモノダ。ユニオンジャックノフラッグヲナビカセテ、七ツノ海ヲ支配シタ大英帝国……ソノスピリッツヲ自分自身デ確カメタイト子供ナガラニ思ッタモノダ。ジパング、ゴールデンカントリー……ソノ響キガ私ヲ虜ニシタ」

　スコッチの入ったグラス片手に静かに語るハンターの横顔が幸せに満ちている。琥珀色《こはくいろ》のグラスの向こうに、ハンターは半世紀前の母国を思い描いて、ウイスキーの酔いと共に胸を熱くする。

「で、この日本という黄金《こがね》の国はあなたの想像通りでしたか？」

「黄金ハ見ツケルコト出来ナカッタケド、私、女神《めがみ》ニ巡リ会イマシタ」

と、横に座っている愛子のおでこを人差し指でチョコンと押す。

「女神、日本流ニ言エバ、観音様《かんのんさま》。ドオリデ愛子ノルーツハ偉イオ坊様ダモノネ」

　飽きることなく、愛子の出所《でしょ》、平野家の発祥にかかわる話に興味を示すハンターである。

「平野家ノルーツノ佑天上人《ゆうてんしょうにん》ネ、勘当《かんどう》サレナガラモ、奈良ヤ鎌倉ノ大仏ノ修理ニ力ヲ貸シタノデショ？　破戒僧《はかいそう》カラ成長シテ、ホントニ偉イオ人ニナッタト私ハ思イマスヨ」

　何度となく耳にしている平野家の物語に、今夜もまた、興味を抱くハンターであった。平野家のそもそもの出所《でしょ》は、奥州石城郡新田村《おうしゅういわきぐんにったむら》（福島磐城上仁井田村）である。寛永十四年（１６５７）四月八日、新妻小左衛門《にいづまこざえもん》の子として生まれた三之助《みのすけ》が先祖に当たると愛子は父や母から聞かされて大きくなった。三之助が九歳になった時、江戸の芝増上寺《しばぞうじょうじ》に預けられ、檀通上人《だんつうしょうにん》の弟子となって佑典《ゆうてん》の名をもらった。ところが、この三之助、仏の修行を積む身となっても、奔放な気性が増す一方で、十四歳の時、勘当されて寺を出る羽目におちいる。佑典は檀家の娘と許されぬ仲になり、もうけてはならぬ子を産ませてしまったのである。その子の子孫が平野家であると語り継がれている。さて、寺に戻った佑典《ゆうてん》は名を佑天《ゆうてん》と改めて、修行に励む。

「五代将軍綱吉《つなよし》やその生母の桂昌院《けいしょういん》にも取り立ててもらい、増上寺の三十六世貫主《かんしゅ》にもなったんですよ」

「登リ詰メタ自分ハイイ。シカシ、佑天ト引キ離サレテ女手一ツデ子ヲ育テタ村ノ娘ハ佑天以上ニ偉イト私ハ思ウ」

ハンターの目の付けどころはいかにも人間的である。そのやさしさが彼ならではの人間的魅力の一つになっているのであった。

「そうですわね。女手一つで子を成長させ、その子が子孫を残したからこそ、平野家が現代まで存在するのですものね」

しみじみと思いを今更ながらに噛みしめる愛子である。村娘が独力で育てた佑天の子の何代か後の一人が、大阪で薬問屋を営んだ。つまり、愛子の父、平野常助である。

「佑天サンハ一人ノ女性ヲ不幸ニシタカモ分カラナイ一方デ、仏ノ道ニ戻ツテ死にモノ狂イデ頑張ッタ。私ガ評価スルノハ、寺ノ僧ヲ組織シテ火消シ組ヲ作ッタコトデス」

火事がよく起こる江戸でいざという時に備えて寺を守ろうと、僧侶多数に呼びかけて、今にいう自主消防団を組織したのである。佑天が采配を振るう寺の火消し組みの存在ぶりが町奉行大岡越前守《おおおかえちぜんのかみ》の目にとまり、これを見習って江戸名物いろは四十八組の火消し組が誕生する。

「私自身兵庫精米所ヲ火事デ焼カレタノデ、佑天ノヤッタコトガドレダケ立派ナコトカ、ヨク分カリマス」

「でも、焼かれてもすぐに立ち直ったあなたは偉いですわ」

素直に夫を誉める愛子もまた良妻賢母である。

「佑天上人は晩年になって増上寺を出て隠居し、目黒で亡くなりました。その場所が佑天寺となって残っているそうです。いつか、佑天寺や増上寺を訪れたいですわ」

「私モ行ッテミタイ。愛子ノルーツヲコノ目デ見タイ。福島ノ磐城ニモ行ッテ見タイデス。ホラ、佑天上人ガ広メタ念仏踊リ《ねんぶつおどり》、何ト言イマシタカネ」

「自安我楽踊り《じゃんがらおど》？　鉦《かね》や小太鼓《こだいこ》の伴奏で念仏を唱えながら踊れば救われるというものらしいです。一度見てみたいですわ」

享保三年（1718）、八十二歳で佑天上人はこの世を去っているが、若い頃に自らが破戒僧であっただけに放蕩《ほうとう》愚昧の輩をいさめて、念仏を唱え、手踊りで仏の救いを得る法を編み出した。それが自安我楽踊り《じゃんがらおど》である。

第五十五章　晩年の輝き

大正時代幕開けの真相
有馬温泉

明治四十五年七月三十日、明治天皇崩御にともない、第百二十三代天皇の座に着いたのは、明治天皇の第三皇子である明宮嘉仁《はるのみやよしひと》であった。明宮は皇后美子《こうごうはるこ》との間に生まれた子ではなく、側室の柳原愛子との間に、明治十二年（１８７９）八月三十一日に生まれた。生来健康に恵まれず、その気弱な性格と病弱なことから、政界の一部では山縣有朋《やまがたありとも》らを中心に、「頼りない」「頭が悪い」など公然と評されるほどであった。それでも天皇の座に着いたのは、明治天皇と皇后美子の間に皇子や皇女がおらず、また、側室との間に生まれた親王や内親王ら五人も、第三皇子である明宮出生以前に相次いで死亡していたため、明宮が即位したものである。明治四十五年七月三十一日を大正元年と定めるが、その年号は中国の書物「易教」の「大亨以正天下之道也」から取って「大正」としたものである。即位の礼は三年後の大正四年（１９１５）京都御所で行い、明治三十三年五月に結婚していた九条節子《くじょうさだこ》は貞明皇后《さだはるこうごう》となった。この大正天皇が事実上の一夫一妻制を貫き、後にその子の昭和天皇が一夫一妻制を明文化する。

こうして大正時代が幕を開けたこの頃、大阪鉄工所はのちに三菱重工業となる長崎造船所、神戸造船所と、のちに川崎重工業となる川崎造船所、それにのちに石川島播磨重工業となる石川島造船所と並んで日本四大造船所の一つに数えられる事業体に成長していた。なかでも石川島造船所は、嘉永三年（1853）に江戸幕府が水戸藩に命じて、隅田川河口《すみだがわかこう》の石川島に作った造船所で、いわば組織力を以て誕生させた造船所であるのに比べ、大阪鉄工所は西洋人のハンターが個人の力で経営を行い、ここまで発展させてきた点に特色がある。ハンターの跡を引き受けた竜太郎がよく経営の舵を取り、大正三年（1914）三月には株式会社大阪鉄工所に改組した。と言えば、きわめて順風満帆《じゅんぷうまんぱん》にことが推移したかのように思えるが、実は一口には言い尽くしがたい竜太郎の苦労があった。日露戦争以後、明治末期から大正初期にかけての経済不況は深刻で、造船業界は特殊船もしくは関税改正を動機とした日本郵船、大阪商船、東洋汽船以外の船主の古船輸入に伴う修繕工事で何とか雇用を維持する状況を余儀なくされた。大阪鉄工所も同様で、明治四十二年以降、見るべき船舶の建造はまれで、トロール漁船その他小型船、特殊船工事でようやく命脈を保っていたが、このトロール漁船も規則で制限され、四十五年を最後に受注は皆無となった。しかも四十三年実施の改正造船奨励法と遠洋航路補助法で、我が国船舶の大型化は必至となった。大阪鉄工所は中小型船建造の特徴を保ちながら大型船建造をも目標に設備拡張を実施していたが、時代の流れに逆らえず、さらに飛躍的な設備の拡張と資本の充実を迫られることとなった。

「範多個人の経営ではもはや限界となりました。今後の企業の発展をめざすには大阪鉄工所を広く世間の有志に開放したいと思います。株式会社にしたいのですが、お父さん、許してくれますか？」

竜太郎が北野の洋館にやって来て、相談した。

「北京丸ト南京丸ノ建造ガ終ワレバ、株式会社ニシナサイ」

ハンターはためらうことなく、言った。北京丸は３１８１総トンの貨物船で、南京丸もほぼ同じ３１８５総トンの貨物船で二隻とも大阪商船からの受注であった。竜太郎が同社の監査役にも就任しており、密接な関係にあった。

「大阪商船からも株式会社にするようアドバイスを受けていまして、これからも強い絆が約束されています」

「創業以来ズット大阪商船ニハオ世話ニナッテキマシタネェ」

しみじみと思いを込めて、ハンターが愛子に同意を求める。

「人間一人では生きて行けませんものね。事業も同じですわね」

こうして親子三人が納得して下した決断が、大阪鉄工所個人経営三十四年間の集結宣言とも言うべきものであった。間もなく社内に張り出された書面には次ぎのような文面が書かれていた。

「所員各位に告ぐ。時勢の進運に鑑み、業務の経営上、組織変更の利なるを償い、新たに株式会社大阪鉄工所を創立し、来る四月一日を以て、当社全般の業務を挙げて之に継承せしむることとせり」

主旨伝達に留まらず、社員の労をねぎらい、感謝の表明を忘れないところが、竜太郎の流儀、いや、父ハンターから譲り受けた心であった。

「顧るに、当初創立以来、年を閲する将に三十四年、幸いに今日の盛大を致す、一つに諸君が至誠よくその職に尽くせるの賜ならずんばあらず」

こうして範多竜太郎は個人経営の大阪鉄工所を株式会社大阪鉄工所に改組する一大転機を乗り切ったのである。大正三年四月、ハンターにとってこの春は格別の感があった。藤田庄屋から譲り受けた三千坪の敷地に今では広大な西洋風の塀を張り巡らせて、その要所要所に丸い穴をくり抜き、ハンターのイニシアルであるHという英文字を鉄で作ってはめ込んでいたが、これは日本の家紋に該当するハンター流のプライドの表現であった。その塀の東南隅に近い所に愛子桜が順調に成長していて、毎年、花を咲かせて楽しませてくれていたが、この春はとりわけ見事な花を開かせた。ハンターと愛子が寝泊まりする洋館は広大な敷地の西北隅に近い所にあるので、ちょうど桜は敷地の対角線上に当たる。洋館から桜を見に行くのに、果樹園を通り、雑木林を抜け、敷地内だけでそぞろ歩きが楽しめるというほどの立派なハンター屋敷になっていた。

「大阪鉄工所ノ法人化ヲ、愛子桜モ祝福シテクレテイルンダネ」

一働き終えて、第一線をとっくに退いた身であってもやはり自分が作った企業はかわいい。桜もかわいい。もっとかわいいのは桜の名前のもととなっている我妻、愛子である。そして事業を継承している嗣子《しし》、竜太郎である。愛子が桜を見上げて顔をほころばせる。

「十年以上経てば、こんなに立派に花咲かせるのですねえ」

四方に張り出した枝を覆い尽くした薄紅色の花々が折からのそよ風に揺らぐさまはまさに極楽《ごくらく》浄土《じょうど》に遊ぶ心地にもなる至福のひとときであった。

この二年後の大正五年には、竜太郎が大阪商船系列の大阪海上保険株式会社の社長に就任する。この保険制度の誕生に関しては、ハンター父子の働きかけが実を結んだ。イギリスで盛んに行われている怪我の保険を日本にも採り入れてはどうかとハンターが提案した。交通や工場経営の安全のためにこれからの日本には保険制度が必要だとハンターがアドバイスした結果、明治四十四年、日本に傷害保険が誕生したのであった。

ハンターが熱心に保険制度のアドバイスを行った陰には、明治四十二年十月二十六日にかつてのハンターの友人、伊藤博文が暗殺された事件の勃発があった。満州・朝鮮問題についてロシア蔵相と会談するために、日本枢密院《すうみついん》議長の肩書きでハルビンを訪問していた伊藤が銃弾三発をくらって異国の地で絶命した事件である。このニュースを耳にしてハンターは涙した。牛肉を誰よりも理解してくれた伊藤が徐々に偉くなっていき、ついに国と国との交渉ごとまでこなすようになったことを喜んでいたのに、思いがけなく、他殺されるという不幸にみまわれたのである。キルビーの自殺にも劣らぬ衝撃的な出来事であった。こういう不幸な出来事に備えるためにも、保険制度が必要であるとハンターは実感したのであった。ここに来て、のちに住友海上火災保険株式会社に成長する大阪保険株式会社のトップに我が息子が就任した姿を見て、ハンターは大いに満足であった。

大正五年の梅雨も明けようとするある日、ハンターが愛子に言った。

「ドウダロウ？　コノ夏、一度、有馬温泉ニ行ッテミナイカイ？」

有馬温泉ははるかな昔に大国主命《おおくにぬしのみこと》が発見したとされ、東の草津温泉や、西の道後温泉と並んで我が国最古の温泉と評価される名泉である。豊臣秀吉が三木城の攻略に当たって傷ついた兵士を湯治させ、自分自身も湯の山街道を通って合計九回訪れたと言われる温泉である。六甲山の北懐《きたふところ》に抱かれた温泉郷は、明治の幕開け以後、外国人たちの避暑地としても人気を博していた。住吉から有馬まで魚介類を運ぶ「魚屋道（ととやみち）」を通って、山越えで行くのがこれまでの常套手段《じょうとうしゅだん》であったが、大正四年四月に三田から有馬温泉まで「有馬軽便鉄道《ありまけいびんてつどう》」が開通していたので、それに乗って出かけようとハンターは愛子を誘った。大阪の平野家にご機嫌伺いを兼ねて一泊し、大阪から三田まで国鉄で出かけ、そこから軽便鉄道に乗り換える。三田と有馬間の単線十二・二キロを一日七往復する蒸気機関車はアメリカ製のボールドウインという機関車であった。客車を五両つないで、約三十分で有馬まで走る。運賃は二十九銭。

「清水《きよみず》ホテルの今夜のお食事に名物の塩漬《しおづ》け肉のオードブルが出るらしいですわよ」

汽車の揺れに身をあずけながら、愛子が言う。清水ホテルは外国人専門のホテルであった。御所《ごしょ》坊《ぼう》、兵衛《ひょうえ》、中の坊、ねぎや、奥之坊、角《かど》の坊《ぼう》など日本人客中心の宿とは別に、慶応三年の開港以来、外国人対象のホテルが複数誕生していた。有馬がスイスに似た環境で好印象を与え、外国人たちが喜んで避暑に訪れるのであった。三日間の滞在の間に、ハンターと愛子は外湯の本温泉にも入ってみた。鉄錆《てつさ》びた色の「金泉《きんせん》」につかったハンターと愛子が、感想を述べ合う。

「含鉄強塩泉《がんてつきょうえんせん》、スゴイネ、手ヌグイガ赤銅色《しゃくどういろ》ニ染マルホドダカラ。秀吉ノ時代カラコウシテ毎日赤茶ケタ湯ヲ噴出シ続ケテイルワケデショ？」

「温泉は地球の鼓動の産物ですよね？　大自然の営みって偉大ですわね」

「ソレニ比ベレバ、人間ノ営ミナンテホントチッポケナモノデスネ。一生懸命生キテモ、地球ノ歴史ノホンノ一瞬ノ出来事。秀吉ガ夢ノマタ夢……ト最期ニ残シタ言葉、温泉ニツカリナガラ改メテ思イ出シテイマシタヨ」

本温泉《ほんおんせん》から清水《きよみず》ホテルへの帰り道、御所坊《ごしょぼう》の前を通りかかった時、二人を呼び止めた男がいる。主の金井四郎兵衛《かないしろべえ》である。ハンターに見せたいものがあるという。座敷に案内して金井が見せたもの、それは「高談娯心」と筆書きされた書であった。伊藤博文が兵庫に住んでいた時、御所坊を訪れ、興に乗るまま書き留めてくれたという。

「庭先で牛肉を焼いて召し上がられ、友人から教わった食べ方だと言っておられました。それがハンターさんだったわけですねぇ」

今頃になって改めて、伊藤博文が自分のことをそんなにまで心に留めてくれていたのかと知って胸を熱くするハンターであった。ただでさえ、感激性《かんげきしょう》のハンターが近年、いっそう涙もろくなっていた。生きることの悲喜こもごもをここに来て何かにつけて反芻《はんすう》するハンターは、無意識のうちに、自分の人生の最終章を迎える日が遠くないことを感じていたのかもしれない。

第五十六章　永遠の眠り

第一次世界大戦

大正三年（1914）七月、第一次世界大戦が勃発した。ヨーロッパにおいての戦争が中心で、一般国民には戦時中であるという実感は乏しかった。しかし、戦域の拡大を懸念して一時、恐慌《きょうこう》寸前まで陥《おちい》りかける不安感の高まりもあったが、月日が経つうちに、戦火に揺れるヨーロッパに代わって、日本と米国が物資の生産供給基点となり、日本経済は空前の好景気となる。特に品不足を補う造船、繊維、製鉄業などは飛躍的に発展をとげて、浮かれ気味の日本国内のムードが続いていた。元来平和主義者のハンターは、この大戦そのものを悲しむ毎日であった。

「国ト国トガ争ウコト自体ガ間違ッテイル。同ジ地球ノ上ニ生息スル者ドウシ、何ガアロウトモ仲良ク共存共栄《きょうぞんきょうえい》デ行カネバナラナイ」

第一次世界大戦が終結を迎える大正七年を待つことなく、ハンターは自分自身の寿命《じゅみょう》の終わりを迎える。

大正六年（1917）六月、ハンター屋敷のあちこちに紫陽花《あじさい》が咲き始めていた。関西が梅雨入りを迎えるには十日ほど早く、五月末から晴天が続いていた。二階のバルコニーから夜明けの東雲《しののめ》を見るのがハンターは好きだった。

「朝焼ケモ夕焼ケモ同ジヨウニ空ガ茜色《あかねいろ》ニ染マルケド、愛子ハドッチノ茜色ガ好キデスカ？」

「私は朝焼けの方が好きですわ。夕焼けはさみしいですもの」

「ソウダネ。夕焼ケハ衰エ行ク太陽、サミシイネ。朝焼ケハコレカラ新シイ一日ノ始マリ。朝焼ケガイイネ」

そう言って目を細めて、大阪湾を赤く染めて昇り始める太陽の姿を追い求めるのが、ハンターの日課となっていた。近代日本の夜明けともいうべき文明開化の時代を一心不乱に生き抜いて来た一人の異国人の自らの心意気を象徴する夜明けの太陽であった。しかし、六月一日の太陽を最期《さいご》に、翌日の六月二日の日の出をハンターが見ることはなかった。眠るが如く、ハンターがその生涯を閉じたのは大正六年六月二日のことであった。死因は心臓麻痺《しんぞうまひ》とされるが、ハンター自身納得《なっとく》のうえに堂々とその天寿《てんじゅ》の幕を引いたと、当小説では結論づける。享年《きょうねん》七十五歳であった。

ハンターの訃報が伝わるや一番に駆け付けて来たのは神戸市長、鹿島房次郎《かしまふさじろう》であった。愛子が竜太郎たち子供の協力を得て、屋敷でとり行った告別式は各方面から駆け付けた弔問客《ちょうもんきゃく》でごったがえした。が、大人数にもかかわらず整然と水を打ったかのような空気が満ち満ちているのは、列席の誰もがハンターの死を心から悲しむことのあらわれに他ならなかった。市長の弔辞《ちょうじ》、参列者の焼香《しょうこう》のあと、稲次郎が竜太郎たちと用意した六頭の白い馬が引く馬車が姿を見せた。実は、稲次郎の父、留吉は何年か前にこの世を去っていた。その葬儀にはハンターが格別の心づかいをしてくれた。今日はその恩に報いる日でもある。そして、それは三十四年前、キルビーの死に際して、輿《こし》を用意して小野《おの》浜外人墓地《はまがいじんぼち》へと遺体を運んだことの続きともいうべき稲次郎一世一代の大仕事である。馬車に棺《ひつぎ》を乗せるのはハンターの子供、竜太郎、エドワード、範三郎をはじめ孫の龍平たち。御者《ぎょしゃ》のたずなさばきによって一頭の白馬がいななくと、それを合図に、馬車がゆっくりと動き出す。日本人は合掌し、西洋人は両手の指を組み合わせて、祈る。馬車の動きと共に、そこかしこに慟哭《どうこく》の渦が起こる。怒涛《どとう》のように列席の人々の慟哭が続くなか、六頭立ての白馬車《しろばしゃ》が粛々《しゅくしゅく》と坂を下って行く。六月の天までもが今にも泣き出しそうなしめった大気の中に白馬車が静かに消えて行った道——のちに、人々はその坂をハンター坂と呼ぶ。

残された愛子は、日本済生会、愛国婦人会など公共事業に力を貸し、ハンターの名を汚すことなく賢夫人《けんぷじん》として余生を送る。昭和十四年（1939）、八十九歳でこの世を去る時、愛子は子供たちに遺言《ゆいごん》した。

「ハンターと同じ墓地で、ハンターの横の墓に私をほうむってほしい」

その遺言を子供たちが叶えて、愛子は日本人でありながら外人墓地に眠る。それは、英国人でありながら日本の土になった我が夫といついつまでも一緒にいたいというけなげにも毅然とした大和《やまと》撫子《なでしこ》としての生き様《ざま》であった。いや、死に様《ざま》と言うべきか。神戸の外人墓地はキルビーが死んだ時は小野浜にあったが、明治三十一年（1699）春日野墓地《かすがのぼち》に移った。ハンターが六頭立ての白馬車で運ばれたのはこの春日野外人墓地であった。愛子も自ら希望して春日野の土となるべく埋葬された。昭和三十六年（1961）六甲山地の再度山頂近くの修法ケ原に移転され、現在はハンターと愛子は再度山の上から神戸の街を見下ろして眠っている。墓標を隣り合わせることによって「我れ、いついつまでも汝と共にあり」とするハンター流を見事、今の時代に示し続けるものである。ひときわ大きな墓標をハンターのために立てたのは、日立造船株式会社である。大阪鉄工所が昭和十八年(1943)に発展的に社名を変更した。造船と初期のネーミングを大切にするものの、平成十四年(2002)に日本鋼管株式会社と「造船事業統合基本協定」を締結してユニバーサル造船株式会社に造船事業を移管、その後は環境保全、プラント、精密機械、防災等、豊かな地球環境と社会基盤づくりを事業種目とする巨大企業に成長をとげて現在に至っている。

完

第五十七章　伝統を今に引き継いで

日本でも指折りの業歴を誇る精肉店。牛肉文化定着の立役者
株式会社 大井肉店

神戸駅の西に架けられた跨線橋、相生橋から陸蒸気《おかじょうき》見物をするのが庶民の楽しみであった。そんな市民のために、橋のたもとにいち早く街燈が建てられた。その光が届く所に、モダンな外観を誇ったのが「大井肉店」だった。明治四年、日本でいち早く精肉店を開業した岸田伊之助が、明治二十年、元町一丁目から相生橋の近くに移り、とびきりお洒落な店舗を構えた。昭和四十二年、都市計画で建て直しの必要にせまられ、その建物が愛知県犬山市の明治村に保存されることとなった。

現代的なビルに生まれ変わっても、創業者の心意気は二代目、三代目と引き継がれ、現在は四代目の岸田伊司さんが立派に伝統を守り抜いている。

写真が普及して間もなく、相生橋から撮影された風景。

明治村に保存されている大井肉店の旧店舗

神戸駅の近くで伝統を守る現在の店舗

「良質の肉を食べてもらうために、初代が並々ならぬ努力を怠らなかったからこそ、牛肉文化が日本に定着することにひと役買えたものと思っています。移り変わりの激しい商いの道で、一筋に百四十年余りも継続して暖簾を守ることが出来る喜びを噛みしめながら、責任の重さを痛感する毎日です。初代の心意気を継いで来た二代目、三代目の名を汚すことなく、情熱を傾けて自分なりに、この伝統を次の世代へと送り継がねばと、改めて自分自身に言い聞かせています」

初代が保存食として明治三十五年に開発した牛肉佃煮は、大切な命を提供してくれる牛の肉を余すことなく、大切に、しかもおいしく食べてほしいという慈愛のこもったもの。特有のうま味はそのまま今の世にも引き継がれて、これを目当てに店を訪れるファンも多い。

「神戸肉の販売に加えて、神戸ビーフをじっくり味わって戴くためのステーキレストランも、元祖神戸肉の責任において運営させて戴いております」

人なつっこいおだやかな四代目の伊司さんに、バケツとあだ名されて親しまれた初代伊之助のおもかげをほうふつさせられる。伝統をそつなく継承する一方で、自慢の商品のあれこれをインターネットを通じて全国へ直送する体制を整えるなど、時代の波に乗った運営はまさに四代目の働きの結実だ。

「二代目が若くしてこの世を去り、三代目が戦争の世紀を乗り切り、伝統を守り抜いたからこそ今日があることを忘れないでと自分に言い聞かせています。素材の品質にこだわり続けて、五代目、六代目へと引き継いで行けたら……」

と夢は果てしない。

岸田伊司さんは四代目として昔ながらのいいものを大切にする一方、新しい感覚も採り入れて、暖簾を守り抜く。

初代が開発した牛肉佃煮は郷愁をそそる味で今も多くのファンを魅了する。

住　所　神戸市中央区元町通7丁目2―5
TEL　078・351・1011
FAX　078・351・5494
そごう神戸店、大丸神戸店、阪神百貨店梅田本店にも出店がある

我が国に近代洋服が普及するもととなった洋服店
株式会社　柴田音吉洋服店

嘉永六年（1853）、近江の商家に生まれた音吉は、十九歳の時、兵庫の名門柴屋金左右衛門の家へ婿養子として入り、柴田音吉となった。居留地十六番館で英人カペルが開店した直後の洋服店「カペル商会」に弟子入りし、それまでの日本では考えられない西洋の服の知識と技術を身に付けていく。

伊藤博文が明治天皇に進言して明治五年「これより日本国民は洋服をもって礼服とすべし」とおふれを出さしめたのも、カペルや柴田の影響が大であったからと言っても過言ではない。事実、伊藤の洋服はもちろん、天皇陛下の洋服も柴田が手がけた。特に陛下の洋服の採寸に当たっては、手をふれず、拝謁するだけの目測で見事、陛下の体型にフィットした洋服に仕立て上げたエピソードが語り草となっている。

日本人初の洋服店。元町通りに威容を誇る店舗にこれだけの人たちが働いていた。

カペルのもとで十数年間修行を積んだのち、明治十六年（1883）三十歳にして独立、元町三丁目に日本人初のテーラーとして「㊎柴田音吉洋服店」を開業した。

震災を乗り越えて建てられた柴田ビル。
二階サロンに全国からの顧客を迎える。

のちに柴田は横浜にも出店を行い、近代洋服の普及にめざましい働きを示す。店の商標である金は養子先の柴屋金左右衛門の「金」であるだけでなく、音吉が経験から編み出した人生訓が込められている。仕立て職人が一人前になるにはズボンで十年、上着で二十年かかり、六万針を縫うという。その体験から「人には辛抱（芯棒）が一番」との意味がこの一字で表現されている。

三階建てのモダンな柴田のビルの前にこれまたおしゃれな洋風の菓子店が誕生していた。神戸凮月堂である。そこの吉川かねと音吉は結婚する。

二人の間に生まれたしげに婿養子、友蔵を迎えたが、この友蔵が二代目となる。彼は洋服店経営の一方で、北海木材㈱を起こし、全国に十カ所に及ぶ事業所を構え、マッチ産業も営んで財を蓄えた。娘の千代に迎えた婿養子が鎌倉幕府の重鎮、畠山重忠の末裔の忠である。彼が三代目（音吉を襲名）となった。そのころ珍しかったヨットを乗りまわし、フランス留学の体験から日仏協会会長も務めるなど国際人として活躍した。その長男の高明さんが旧制神戸大学在学中に社業を継いで四代目となる。第二次世界大戦で焼け、かろうじて残った倉庫を店舗にして昭和二十二年、再開。二年後の同二十四年には元町四丁目に移って煉瓦造りの店舗を建て、ファッション製品の輸入卸しを業とする柴田商事を設立。その年に生まれた啓嗣さんが父の背中を見て育つ。昭和四十三年、世界最大の毛織物商社「ドーメル社」と業界初の合弁会社「柴田ブリティッシュ・テキスタイル」が発足したころ、甲南大学でテニスプレイヤーとして名をはせていた啓嗣さんが卒業後ロンドンへの留学を決意する。

生来のファッション好きで、本場ヨーロッパでの見識を高めた啓嗣さんは、日本国内の父の業務と呼応して、ミラノに事務所を構え、イギリスやイタリアで服地のデザインや生産に手を染め、商品企画に優れた才能を発揮する。

伝統を守るということは予期せぬピンチをいかに切り抜けるかという試練をくぐり抜けることでもある。

平成七年、阪神・淡路大震災が勃発し、煉瓦造りの社屋が崩壊した。戦災をくぐり抜けた高明さんが、またもや底力を発揮する。瓦礫の中から顧客のパターーン（紙型）を取り出し、息子、啓嗣さんと力を合わせて二年後、七階建てのビルを建てる。不死鳥の如く神戸にはばたく柴田音吉洋服店の運営を五代目（音吉を襲名）、啓嗣さんにバトンタッチして、四代目、高明さんは平成十八年、九十二歳でこの世を去った。

五代目は二十五歳から五十歳まで、イギリス、イタリアを中心に、服地づくりの第一人者として活躍した経験を活かして平成九年、注文紳士服において世界初の洋服のスタイルを前面に打ち出し、顧客

神戸マイスターの称号も持つ稲澤治徳さん（手前）
はじめ選り抜きの技術者が腕をふるう仕事場。

から希望のシルエットの注文を受けるという、画期的な「スタイル・オーダー」を自ら考案し、マーケットにセンセーションを起こした。さらに、平成二十一年には、史上最軽量「ライト・フィット」テーラードジャケットを新発表してまたまた注目を集めた。（平成二十四年、特許庁より縫製上の実用新案特許を受理）

「カペルを支える存在が柴田であったように、私を支えてくれるチーフカッター、稲澤治徳がいます。我が社に四十年勤務して、黄綬褒章をはじめ数々の受賞の実績を重ねて、業界を代表する技術者となっています」とスタッフの技術を評価するやさしさを忘れぬ紳士である。若い職人で三十年、職長では五十年のキャリアを持つプロ中のプロ集団を文字通り一糸乱れぬチームワークで率いて、日本を代表するテーラーとしての実力をいかんなく発揮している。

「洋服は単なる衣服にとどまらず、品格と風格をまとって地位とその人の内容を表現するツールであるということを全員肝に銘じて仕事と取り組んでいます」

全国から「柴田」を名指しで注文が届く事実の重みに責任をプラスして、五代目音吉は、一世紀半

自らがりゅうとした着こなしで洋服の
素晴らしさを示す五代目柴田音吉さん
写真提供：㈱神戸っ子出版（スタジオブロックス）

テーラーの命ともいうべき型紙の一枚一枚
が顧客から寄せられる信頼を物語っている。

に及ぼうとする伝統の技と心意気をその柔和な物腰の中に厳然とした決意を込めて守り抜くのである。

創業130周年の節目を迎えて、五代目音吉さんは改めて自らに言い聞かせる。

「先代たちの実績を無にしない秘訣は、柴田を評価して支えて下さる顧客の期待にいかに応えて行くか……確かな技術にまごころを添える、これに尽きる。ファッションのセンスは時どきによって変化するが、人間の尊厳を保つ洋服の基本は不変だ」と。

流動性の激しい現代社会にあって、130年もの業暦を誇る企業はそれだけで、日本経済界の宝と言っても過言ではない。

創業間もないころの柴田音吉洋服店。

昭和初期、舞子の浜にての園遊会。右上に帆船が見える。中央が3代目音吉さん。

住　所　神戸市中央区元町通4丁目2－22
TEL　078・341・1161
FAX　078・341・1169

足から腰を経て脳まで心身をすこやかにする企業

株式会社 フットテクノ

英国人ハンターが財を築いて、明治三十八年、北野に屋敷を構えた時、三千坪の土地を譲り渡した大庄屋、藤田清左衛門の子孫が藤田稔さん。古くは治承四年に平清盛が福原遷都を行い、兵庫の守り神として京の都から北野天満宮を勧請したことから北野天満神社がおこり、北野という地名が生まれた。その北野村に住んで庄屋をつとめて来たのが藤田家で、稔さんは判明の限りでは十二代目。ハンターに土地の世話をした清左衛門は藤田家八代目ということになり、稔さんの四代前に当たる。

激動の時代に積極的に西洋人を理解し、自らの土地を提供して力を貸した祖先の思いっ切りの良さは四代を経て稔さんにも引き継がれている。明治時代に花形産業であったマッチ産業の原材料製造業を起こした曾祖父・繁太郎の事業を祖父・清太郎を経て継承した父・源蔵が生活様式の変化でマッチの需要が減少して事業に失敗、稔さんは「坊ちゃんから丁稚へと急転回を強いられました」と語る。大学での勉強を諦めて、社会勉強の実践を強いられる環境に投げ出された。ゴム産業に資材の売り込みに精を出すうちに「靴のことならやはりヨーロッパへ」と英国に渡る。わらじと下駄から履きものをスタートさせた日本では考えも

スポーツシューズ素材や健康グッズを開発した藤田　稔さん。

つかない本場での知識を身に付ける。英国のノーサンプトン靴大学や靴総合研究所「SATORA研究所」で勉強して帰国。研究、試験、開発を重ねた後、藤田さんは、世界一の化学企業、デュポン社関連会社のシューズ用高機能裏地素材「キャンブレル」の総輸入元として、日本のトップシューズメーカーに靴素材を納入する事業を開始する。この「キャンブレル」は、ムレを抑えるだけでなく、耐摩耗性抜群の快適素材として認められ、米国を始め世界の軍隊靴のライニングに指定されている。また一方、当時遅れていた日本の靴産業のなかで、素材だけでも世界のトップメーカーに向けて輸出したいとの夢を描き、ジョギングシューズの超軽量機能底材をはじめ新素材の開発を行い、ナイキやリーボックに採用された。そのシューズを履いたカルロスロペス選手がロス五輪で優勝。画期的なマラソンシューズを両手にグラウンドを2周した感動的なシーンが世界に中継されたことを藤田さんは昨日のことのように記憶している。

　このような実績の上に、昭和六十二年、株式会社フットテクノを設立。靴の高機能裏地素材を主力商品に着実に業容を拡充していく。

　有名なゴルフシューズや登山靴には透湿防水素材ゴアーテックスが使われているが、画期的な透湿素材として評価される「プロインテックス」をはじめ「ダーミダックス」、「アゼグラ」を出光、東レ、小松精錬と共同開発し、日本一のゴルフシューズメーカー「ミズノ」、世界一のゴルフシューズメーカー「フットジョイ」（米国）等に供給を果たしたほか、これらを主力商品に据えて国内外の有名な

国の有形文化財指定のフットテクノ本社ビル。

シューズメーカーに特殊機能材料を納入して現在に至る。

本社の事務所は大正十年に建てられた四階建てのビル。石造りの土台で、大正モダニズムの先駆けとされる。同十四年からＮＨＫ神戸放送局となり、昭和二十年の終戦玉音放送も兵庫県下に向けてはここから発信された。その後、ＮＨＫが山手に移転し、藤田さんがフットテクノを設立した。

平成七年の阪神・淡路大震災の激震にも耐えて毅然と立ち続けたビルは最上部にアール・ヌーヴォーの様式を採り入れ、それ以外はアール・デコ調というみごとな建築美の石造りのビルで、平成十六年、国の有形文化財に登録され、歴史の生き証人を守る藤田さんの姿勢が評価される結果につながった。重厚で格調高いビルは、靴素材から脳を活性化する香りまで多岐に渡る商品群を国内はもとより世界に送り出すフットテクノの本社にふさわしい顔として神戸のオフィス街に輝いている。

米国保健省での受賞式にて。左からハワイホノルル大学顧問、藤田稔さん、妻・好美さん、米国公益法人世界平和文化財団理事長

「脳の活性化を図る九種類の香りや、姿勢補正の『知恵マット』、『知恵ピロー』、眠りながら姿勢を矯正するマットなど、足から腰を経て脳に至るまで心身をすこやかにするのが我が社の使命と心得て精進しています」物腰の柔らかさとはうらはらに、未知の分野に挑戦する執念は尋常ではなかった。足もとから始めたビジネス展開を、腰をしっかりと支えて、安眠で心身を癒したあとは、人間としての行動の核心にせまる頭脳の活性化を促す商品の開発である。

「全身全霊を傾けて、これまでになかった商品を生み出すために１５００日間毎朝、水行をしましたよ。寺院や北野天満宮をはじめ、天河弁財天にも願をかけ、修行を続けた果てに、リラックスだけでなく、意欲と集中力を高める香りの開発に辿り着きました」

こうして世に出したのが「香脳力・サーキュエッセンスシリーズ」。五感のなかで嗅覚だけが本能を司どる脳の部分と直結していることから、嗅覚刺激によって脳を活性化し、心と体のバランスをとるという究極の香り。

「癒しの香りから一歩も二歩も進めて、積極的に脳の働きを良くしようという発想が周囲をあっと驚かせたと思います」

その発想から現実に九種類もの、脳を活性化するサーキュエンスを誕生させたところが藤田さんならではの底力。こういった活動が統合医療や予防医療の見地からも注目されて、平成二十二年一月、社団法人感覚刺激と脳研究協会の設立に至った。産学連携で脳を活性化する手法や商品開発を推進する団体で、その事務局をフットテクノに置く。また、米国で国際ストレス学会、ギリシャでスポーツ心理学会で発表するなど、藤田さんのひたむきな取り組みが評価されて、平成十六年には東久邇宮記念賞と学術研究アカデミア賞を受賞、その七年後の同二十三年五月には、米国保健省大統領評議会「大統領最優秀賞金賞」をも受賞した。

「先祖が社会にあかりをともす燐寸材料を手がけましたが、私の代で人間の心にあかりをともす働きが出来たことを感謝しています」

清左衛門がハンターに土地を世話して人と人との絆を大事にしたように、稔さんもまた、人間社会で最も大切なものは絆だと肝に銘じる。現在は妻、好美さんと二人暮らしで、三人の子どもがそれぞ

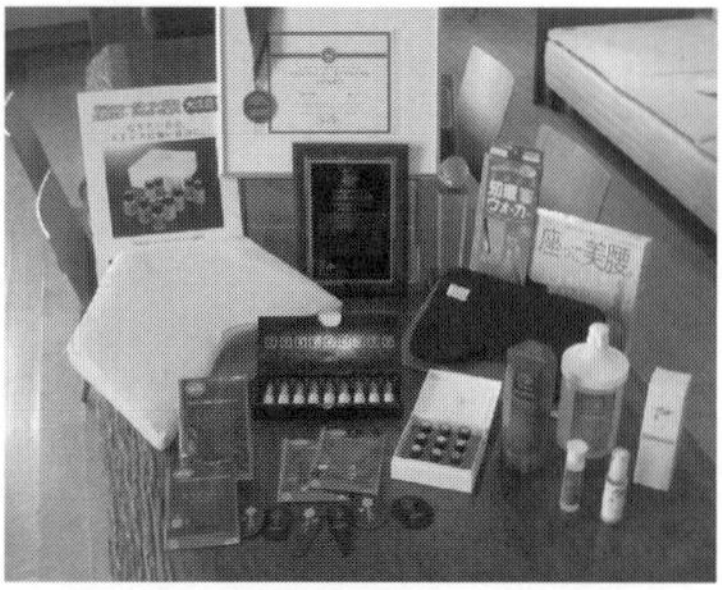

知恵マット、知恵ピロー、サーキュエッセンスなど、人生をすこやかにしてくれる新健康商品の数々

れ立派に独立してめざす道を切り開いている。長男、浩之さんは名門企業、婦人服製造、株式会社東京スタイルの取締役に就任の一方、婦人服、紳士服、服飾雑貨販売、株式会社ナノ・ユニバース（東京都）の代表取締役社長として活躍する。長女、麻衣子さんは剣道で知られる中西家に嫁ぎ、理科学研究所のメガオプトのレーザー開発課長代理として活躍の夫を支える。次男、聖二さんはJT中国事業部次長として勤務する。

「私たちの先輩たちが築いて来た歴史の上に、私たちもまた、後世に引き継ぐに足る内容をバトンタッチして行く責任を感じます。企業の繁栄は人・物・金と言われますが、フットテクノの今日あるは、各役員をはじめ、全社員のエネルギッシュな活躍と努力のおかげと心から感謝し、また、得意先、仕入れ先様、金融関係先様のご支援の賜とこの機会にお礼を申し上げたい」

と心境を語る。七十代とは思えぬ若々しさで、背筋をしゃんと伸ばし、フットワークも軽やかに多忙なスケジュールをこなし続ける藤田稔さんだ。

住　所　神戸市中央区元町通5丁目2－8
TEL　078・351・1116
FAX　078・351・1090

左から　身長216 cmのアメリカバスケットボール選手のゴルフシューズ。阪神タイガース選手のシューズ。オリンピックマラソンランナーのシューズ。これらの靴材料がフットテクノ製。

第三次あかり革命の旗手。未来のあかり＝ＬＥＤを現実のあかりに
株式会社 サンテック

明治五年、我が国初のガス燈が横浜にともされ、明治七年に東京、兵庫にもお目見えした。明治十一年（１８７８）東京で最初の電灯がともされ、明治十九年東京電灯、二十年神戸電灯、二十一年大阪電灯、二十二年京都電灯が相次いで開業、文字通り文明のあかりが日本各地へと普及していった。これを第一次あかり革命と呼ぶなら、第二次あかり革命は昭和三十年代の蛍光灯の普及。「真昼のような明るさ」と「長寿命蛍光管」が人々を驚かせた。これにとどまらず、ここに来て、電力の消費の少なさと発光体のさらなる長寿命化で注目されているのがＬＥＤ、発光ダイオードだ。平成二十三年三月の東日本大震災による津波で福島原発が破壊されて、節電の必要さを身を以て知らされた日本国民だが、こういったことを予見するまでもなく、これからの時代は「ＬＥＤの活用が大事だ」と、いち早くこの開発に情熱を燃やしてきたのが阪田照義さん。

兵庫県加古川市の北東部、空気清浄のみどり豊かな環境のなか、雑木林に包み込まれるようにして存在する電子機器メーカー、株式会社サンテックの代表取締役社長だ。阪田さんが独立開業する迄の勤務先であった古野電気から受注の魚群探知機等のプリント基板の製作部門に加えて、独自

社会を照らすあかりの新技術がここで生まれる。
サンテック本社

の技術開発を行って来た成果がＬＥＤだ。阪田さんは熊本県の西北端に位置する玉名郡南関町の生まれで、山々に囲まれた故郷の原野に街灯を増やしたいとの思いが開発の原動力となった。

「太陽光発電装置で自動点灯させ、電線を張る手間を省略する。球切れを起こすことのない電光を使用することによって、メンテの必要性もなくす」

その光源として阪田さんが工夫を重ねて来たのがＬＥＤだった。研究室を訪れるたびに、新しく生み出される光源のあれこれを総称して「未来のあかり」と呼んだ。そしてその開発の模様を逐一、私はラジオの番組でネタにしてきたものだった。

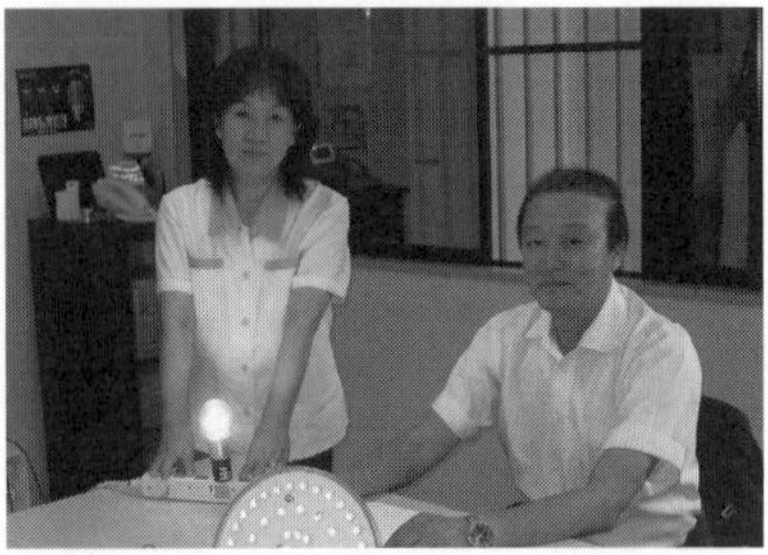

「技術と心」をモットーに意欲を燃やす
阪田照義社長と玉木恵美子専務

そのうちに道路の信号がＬＥＤに変わり、交通機関の行先表示などにもＬＥＤが採用されるようになって、未来のあかりが現実のものとなった時、サンテック阪田研究室の成果は名古屋の自動車工場で採用され、いよいよ実用化の段階に入ったことを私は実感した。電力消費が従来の白熱灯の十分の一ほどで、省エネにつながるうえ発光体の寿命が白熱電球の何十倍、何百倍と言うメリットに支えられ、電球型、蛍光管型、さまざまなタイプの光源を考案、光の色もそれこそ色々なものを具体化して、これからはＬＥＤが主流になることが素人目にもなっとく出来るのだった。

昭和二十六年四月、阪田さんは既述のように熊本県玉名郡南関町で生まれ、有明工業専門学校を卒業した。兵庫県西宮市に本社のある古

製作工程↑　橋本大介さんはじめ社員が一致団結して技術の冴えを見せる。

野電気株式会社に入社し、関西に根を下ろした。四年後、下請け企業に移って修行を積み、昭和六十年二月、独立した。

「この時ほど人の情けの有り難さを身にしみて感じたことはありません。池上電機の池之上省吾さんや取引先の知人たちが応援してくれて仕事を回してくれたんです」

その創生期にパートタイマーとして働いてくれたのが玉木恵美子さんや岩崎博子さん、宗光眞智子さん。電子機器組み立ての事業で、従業員を増やし、順調に進展していたにもかかわらず、阪田さんの運命が変わる日が突如、やって来た。昭和六十二年二月二十日、第二神明道路の大久保で従業員がハンドルを握っていた軽四輪ワンボックスカーがガードレールに激突したのだった。阪田さんは助手席に乗っていた。一瞬にして脳裏からすべてが消え、深い眠りに落ちる。暗黒の中を何者かに追われ、逃げ続けるうちに、うすぼんやりと緑の山が見えて来るという臨死体験をした。

天井が見えた。病室だった。三日間意識がなく、熊本から父母が喪服持参で駆け付けていた。一命を取り留めたのは幸いだった。しかし、阪田さんの左足が切断されていた。残った右足も正常ではなかった。大腿骨が割れ、アキレス腱を損傷していた。身動きひとつ出来ない状態が十四日間続いた。膝の皿にセラミックと骨を合わせる手術を三回、左脚処置のための手術を三回、長い入院生活ののちに阪田さんは左脚に義足を付けて戻って来た。誰もが「もう終わりか」と思った社会復帰をみごと果たした阪田さんを陰で支えた従業員たちがいた。

「阪田さんが夢で始めた事業だから、つぶすわけにいかない。阪田さんが帰ってくるまで、私たちは給料いらないから、待っている」

玉木さんや岩崎さんらが留守をつとめてくれていた。そのけなげな姿を見て元請け会社が一時中断しかけた発注をそれまで以上にくれるようになった。

「この体でやれるところまでやってみよう。これは天職だ」

義足の経営者となった阪田さんは奮起した。翌くる昭和六十三年、法人に改組し、株式会社サンテックを設立した。阪田のSとテクニックを融合した社名。そして太陽のように社会を照らしたいとの願いを込めた。平成二年、加古川市八幡町に不動産を購入、同十年、新社屋を建設、その竣工披露パーティーの司会を担当させてもらった縁で、私は阪田さんと親しくお付き合いさせて頂くようになった。片脚を失うという失意のどん底から立ち上がり、「技術と心」をモットーに事業家として成長して行く彼の生きざまを活字や電波で紹介するたびに多くの感動を呼び、私はその都度、阪田さんの人間性の素晴らしさを再認識するのだった。

「まだ義足も出来てない時、宝塚の病院に転院したばかりの僕を友人たちが抱き抱えて寿司屋に連れて行ってくれました。あの時の寿司のうまさを絶対に忘れてはいけない、と自分自身に言い聞かせています」人の絆を大

出荷作業にも力がこもる
笹倉広幸さん（右）と玉木洋平さん（左）

40w相当

60w相当

200w水銀灯に匹敵

ホテルなどに最適のミニクリプトン

両極管型 FDL／LEDライト。従来の蛍光管に比べ長寿命で明るく電力消費が少ない。

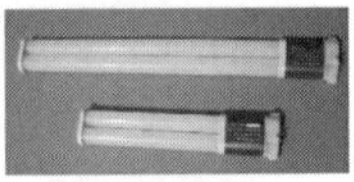

レトロ電球

事にする阪田さんは、中国にも関連会社を設立して、同国の経済の発展にも力を貸している。一度は死の淵に追いやられながら、生還し、この世に生かされる喜びを電子技術で社会にお返しをという歩みの果てに辿り着いたところが第三次あかり革命の旗手となることだった。試行錯誤の結果誕生させた各種LEDがデパート、ホテル、工場、店舗から一般家庭まで普及し、文字通り社会を照らすあかりとなっている。苦難を乗り越えて、未来のあかりを現実のものにした一人のにんげんがいることを私は世に知らしめたい。その人、阪田照義さんを「あかりの魔術師」と評価して。そんな彼が最近開発したのは、災害などの停電時にもバッテリーで手術ができるドクター・ヘッドライト。医師が下を向くとLEDがともり、上を向くと消灯する仕組みで、広島大学で実用化が進んでいる。阪田さんが命をかけた夢の事業がいつまでも人々の心を照らし続けてくれることを私は期待する。

住　所　兵庫県加古川市八幡町中西条1093－13
TEL　079・438・8783（代）
FAX　079・438・8583

愛《あい》・夢《むう》・絆《ばん》をライフワークに。和の異人館
神戸北野ハンター迎賓館

北野天満神社の東隣り。Ｈの字が鉄で細工された丸い穴を持つ石塀で囲まれた屋敷。それが「ハンター迎賓館」。平成十七年（２００５）、宮園貴江さんが開設した。これこそ、ハンターが晩年を過ごした屋敷であり、紆余曲折を経てこの屋敷を宮園さんが手に入れなければ、この小説は生まれなかった。明治三十八年、北野の大庄屋、藤田清左衛門からハンターが譲り受けた三千坪の広大な敷地の南東隅に日本家屋があり、その北西隅に洋館があった。洋館は昭和三十八年に王子公園に移築され、「ハンター邸」として保存されることになるが、日本家屋はそのまま人の手から手へと渡り、神戸女子大学の理事長からバトンタッチした宮園さんが「ハンター迎賓館」として活用することとなった。

Ｈの鉄文字をはめこんだ丸い穴が残る、ハンター屋敷。

「ハンターさんは近代日本の夜明けに大きな影響を与えた人らしいけど、詳しく調べてみて下さらない？」

宮園さんの一言が私を動かし、この小説を書かせた。それは「ハンターさんの意志だったと思うの」と宮園さんは言う。

国際結婚第一号という事実にちなんで、迎賓館の主な業務にブライダルを掲げた。昭和四十七年に「神戸ブライダル研究会」を組織して美容着付けのプロを延二千名余りも養成した宮園

神戸北野ベルクロッシュ。

さんにとって、最適の選択であった。

「英国生まれのハンターさんが日本伝統の文化に関心を寄せたことになぞらえて、この屋敷を和の異人館と銘打って、日本古来の着物が映えるブライダルの場として特色を打ち出したい」

日本家屋の東に新築した結婚式場には、ステンドグラス作家の村岡靖泰さん特製のステンドグラスを家紋を表現するかのようにはめ込んで、柔らかな光がいっそう着物をひき立たせるよう工夫を施した。また、文明開化の趣を今に伝えるパーティー会場では、お色直しのドレスがマッチして、新しい人生にスタートする若い二人と列席の人たちとの絆を深めるなごやかな空間を演出した。

庭一面に枝を張った桜は、ハンターと愛子が植えたものが見事に成長し、「愛子ざくら」と呼ばれて親しまれている。

文化の香り高いハンター迎賓館は宮園さんのこれまでの集大成の成果だと私は思う。九州は鹿児島県の開聞岳の見える山川町で湯通堂貴江さんは生まれた。結婚して宮園に姓が変わり、関西の人となった。昭和二十九年、長女弘子さんが生まれ、「これからの時代、何か技術を」と、乳飲み子を抱えて美容学校に入学、

歴史的建築に現代センスをプラスして、ひと味違うブライダルをと願う新郎新婦の夢を叶えるハンター迎賓館。

ハンターと愛子ゆかりの日本家屋が宮園さんの手によってハンター迎賓館として生まれ変わった。

主席で卒業して免許を取ったが、子連れを雇ってくれる店が見つからず苦労した。くじけそうになった時、早春の空地でふと見つけたのがすみれ。まわりがまだ枯草の中にいち早く花を付けて心をなごめてくれる。「母ちゃん、店を持つ時、すみれの名前がいいね」小学校に上がったばかりの弘子さんの一言が昨日のことのように頭に残っている。昭和三十五年、二十九歳で兵庫湊川に店を構えた。三坪に椅子三つの店。「すみれ」と名付けた。「いつかもっと大きな店を」と昭和五十五年、五階建ての「すみれビル」を新築、ホテルの美容着付けにもスタッフを送り込むなど順調に発展していた矢先に平成七年、阪神・淡路大震災ですみれビルが大打撃を受けた。しかし、宮園さんはくじけず、神戸の中心地に近い元町に十階建てのビルを建てて「神戸ブライダル学院」も開設、みごとにすみれの心意気を示した。それにとどまらず、ハンターゆかりの屋敷を譲り受けてハンター迎賓館を誕生させたものであった。歳月は人を育てる。宮園さんが美容学校に入学する時、乳飲み子だった弘子さんが、ハンター迎賓館館長・古川弘子として「愛夢絆」（あいむうばん）の拠点をしっかりと運営している。

母と同じ美容の道に進んだ弘子さんは、美容師が婚礼の仕事を行ううえで重宝な、花嫁の髪をボリュームアップする器具「童夢」や、打掛の裾下ろしや裾上げが時間制約のなかで大変な美容師の作業をスム

美容着付けで、日本の伝統を守るだけでなく、現代感覚を採り入れてプロの資質向上をはかるオーソリティたち。

宮園貴江さん

古川弘子さん

ーズにする「美装掛下」を考案、特許を取得するなど業界への貢献度も高い。そんな宮園さん親子のそばに寄り添って来たのが同様に美容家として活躍する湯通堂英紀《えいき》さん。宮園さんの妹だ。そして、宮園さんのスタッフとして永年支えて来た武田ふみさんの存在も大きい。しみじみと宮園さんが語る。

「私が無我夢中で歩いて来た道は人と人の絆を結ぶことの一語に尽きると思います。私のライフワークそのものが愛夢絆です」

今や神戸の顔となった異人館の町の中心、風見鶏の館のすぐ西に「ゲストハウス・ウエディング神戸北野ベルクロッシュ」（北野町3丁目14―13　TEL078・222・5502）もオープンさせて、宮園さんは絆の花を増やし続ける。さらに災害復旧などで国民のために奉仕する自衛隊員を支援するブライダル組織「絆結会《ばんゆうかい》」を立ち上げるなど、宮園さんの活動はとどまるところを知らない。

住　所　神戸市中央区北野町2丁目13－1
TEL　078・241・5015
FAX　078・241・5156

湯通堂英紀さん

武田ふみさん

撮影　森行善彦（神戸マイスター）

あとがきの口上

ルポライターとして「平凡パンチ」を振り出しに、「神戸からの手紙」「アミカ」「装苑」「ハイファッション」「旅行ホリデー」「るるぶ」「旅」「ダンセン男子専科」「京阪神エルマガジン」「月刊神戸っ子」などの取材に奔走してきた。放送作家、アナウンサーとして幼年期からの夢が叶えられてからも、もの書きのジャンルは捨てなかった。そんななか、西宮へ取材に出かけた帰りの阪急電車の中で「小説を書いてみない？」と「月刊神戸っ子」生みの親として知られる小泉美喜子さんが言ってくれたのが、この小説を書き出すきっかけとなった。折しも、ハンター迎賓館を運営する宮園貴江さんから「この館のそこかしこにハンターさんの心を感じるの。日立造船の創立者ってことは知っているんだけど、他にもいろいろ日本に影響を与えた英国人だったと思うの。調べてみてくださらない？」と相談を受けていたことが、私の背中を押した。

神戸市立中央図書館でハンターに関するあらゆる資料を入手し、それを糸口に、多方面での調査を開始した。近代日本の幕開けの時代に、産業、経済、文化など幅広い面で日本に大きな影響をもたらせた英国人であることが分かってきた。ハンターという名前は日本語に直すと狩人である。タイトルは「夜明けのハンター」以外に考えられなかった。めまぐるしく日本を変えていった文明開化の時代だから、想像以上の興味深いエピソードが眠っているに違いない。著者自身が狩人となって、話のタネを発掘し、ハンターの生きざまに、彼とかかわる著名人のエピソードをからませて、物語を展開して行こうと決めた。「月刊神戸っ子」に連載が始まったのは2006年5月。1年間もネタが持つかナと思いながら進めて行ったが、不思議、私自身何か大きな力で操られるように、次から次へと興味深いネタが掘り起こされてパソコンのキーボードがスムーズに進むのだった。連載の途上、いろいろな方面から資料の提供を受け、取材の協力を戴き、連載は4年9カ月にも及んだ。せっかくの読み物を単行本にという声をたくさん戴いたが、余りに膨大な内容だけに整理をしなければ、とても一冊の本にはまとまらないので、通常の仕事のあいまをみては原稿の整理に追われる状態が続いた。

かんじんの出版社であるが、どこに引き受けてもらうべきか、複数の案が示されるなかで、歴史書に強い叢文社をためらわず、私は選択した。伊藤太文会長が東京から神戸在住の私に会いに来て下さって、その熱意に感動した。しばらくすると、同じように佐藤由美子編集長まで神戸に来て下さって、「夜明けのハンター」を世に出すための準備を進めて戴くこととなった。

こうして、多くの人たちのお力添えのもとに、とりわけ、「この本を起爆剤に、身近なところからまちおこし、経済の活性化などヒントの一助に」と意欲的に支援の手を差し伸べて下さった方々のおかげで刊行までこぎつけることが出来た次第です。取材でお世話になった皆様、出版に関してご協力下さった方々、そして、書店でこの本を選んで下さったあなた、本当にありがとうございます。この本の中に織り込んだヒントをあなたの生活に活かして、より充実した日々をお過ごし下さい。

２０１２年８月

芙蓉の花咲く日に記す

三条　杜夫

著者　三条 杜夫（さんじょう・もりお）
1947年神戸市生まれ。同志社大学卒業。大阪シナリオ学校で勉強し、宝塚映画製作所で大部屋のアルバイトをしたきっかけで、東宝映画監督・内川清一郎に師事。業界新聞記者、ルポライターを経て、放送作家、フリーアナウンサーに。
ラジオ、テレビの番組の構成から出演まで器用にこなす異色の存在として地道な活動を展開。そんな経験を活かして、まちおこし講師や生涯教育講師としても活躍して現在に至る。
主な著書に『いのち結んで』（神戸新聞総合出版センター・井植記念文化賞受賞），『宝の道七福神めぐり』（朱鷺書房），『人生活性化のヒント・そうゆう人たち』（SSP出版），『よほどのこと』（ガリ版の灯を守る会），等

国立国会図書館様、神戸市立中央図書館様、神戸市立博物館様、日立造船株式会社様、ハンター迎賓館様、平野家ご一族の皆様、株式会社大井肉店様、株式会社柴田音吉洋服店様、株式会社フットテクノ様、株式会社サンテック様を始め多くの皆様方から貴重な資料のご提供をいただきました。心からお礼を申し上げます。ありがとうございました。

夜明けのハンター――文明開化物語

発行　2012年10月1日　初版第1刷

著　者　三条　杜夫
発行人　伊藤　太文
発行元　株式会社　叢文社
東京都文京区関口1-47-12江戸川橋ビル
電　話　03-3513-5285
ＦＡＸ　03-3513-5286

印　刷　モリモト印刷株式会社

乱丁・落丁についてはお取り替えいたします。
定価はカバーに表示してあります。

ISBN978-4-7947-0696-6